LIKE

Witches

WE
BURN

Impressum:
© 2024 Nala Layden
c/o JENBACHMEDIA
Grünthal 109
83064 Raubling

Cover: NH Design Nina Prömer
Korrektorat: Holly O'Rilley

nalalayoc@web.de

Verlag: BoD · Books on Demand GmbH, In de Tarpen 42, 22848 Norderstedt
Druck: Libri Plureos GmbH, Friedensallee 273, 22763 Hamburg
ISBN: 978-3-7693-0309-4

MIX
Papier aus verantwortungsvollen Quellen
Paper from responsible sources
FSC® C105338
FSC
www.fsc.org

INHALT

Als Olivia zurück in ihre Heimatstadt kehrt, sehnt sie sich nach Ruhe und Ablenkung. Doch ein verschwundenes Mädchen, ein korrupter Polizist und merkwürdige Alpträume machen ihr das alles andere als leicht.

Alles hängt mit den *Free Wolves* zusammen – eine Gruppe bestehend aus drei höllisch attraktiven Männern, die Aufregung und Adrenalin, aber auch Gefahr und Wagnis bedeuten.

Olivia scheint die nächste Beute auf ihrer Liste zu sein, aber sie ist kein Lamm, das vor Wölfen zurückschreckt.

Sie wird all die Geheimnisse ihrer Heimat lüften – einschließlich ihrer eigenen.

Für diejenigen, die sich in all den Schattierungen der Dunkelheit verlieben.

KAPITEL 1

»Du verdammtes Arschloch!« Mit voller Wucht schleudere ich den Porzellanteller zu Boden und nehme mit Genugtuung das Geräusch von zerbrechendem Glas zur Kenntnis.

»Hör auf, Olivia, bitte!«, ruft Ben und fuchtelt hilflos mit den Armen. Er steht auf der anderen Seite der Küchenzeile und starrt mir mit großen Augen entgegen. Er traut sich nicht in meine Nähe, angesichts der Tatsache, dass ich noch einen ganzen Stapel Geschirr vor mir habe. »Das Porzellan hat meine Mutter uns geschenkt!«

Ein weiterer Teller segelt gen Boden. Später werde ich deswegen bestimmt ein schlechtes Gewissen haben. Ich mag Erika, wir haben uns immer gut verstanden, aber im Moment überwiegt meine Wut auf ihren Sohn eindeutig. Das hübsche Service stand zur falschen Zeit am falschen Ort.

»Du kannst deiner Mutter ja erklären, was für ein Bastard du bist!«, schreie ich ihm entgegen. »Kaum habe ich das Haus verlassen, schleppst du die erstbeste Frau ab und hast Sex mit ihr in unserem Bett?!«

Ben, der hektisch ein- und ausatmet, weicht einen Schritt zurück, als der nächste Teller Bekanntschaft mit dem Fußboden macht.

»Das war ein eine einmalige Sache. Bitte, Liv, lass uns in Ruhe darüber reden. Solltest du nicht eigentlich in Spanien sein?«

Ich will von ihm nicht hören, warum er mich nach drei Jahren Beziehung betrügt und noch weniger will ich ihm erzählen, warum ich nicht im Flugzeug sitze.

Drei Jahre, verdammt. Wir haben uns eine Wohnung, ein Auto, ein ganzes Leben geteilt.

Ich dachte, Ben ist mein *Für Immer* und jetzt stehe ich wortwörtlich in einem Scherbenhaufen und habe nichts außer der rasenden Wut in meinem Inneren. Sie ist die einzige Konstante, die mich davon abhält, loszuheulen.

»Erklär es lieber der Frau, deren nackter Hintern mich begrüßt hat«, sage ich, meine Stimme mit einem Mal kraftlos. Das Zerstören von Geschirr bringt mir keine Genugtuung mehr, stattdessen habe ich das Gefühl, in dieser Wohnung zu ersticken. Ich muss raus. Weg von hier. Weg von *ihm*.

»Es ist aus, Ben«, sage ich heiser und greife nach dem Rucksack, der noch zu meinen Füßen liegt. Ich komme nicht weit, Ben setzt sich in Bewegung und versperrt mir den Weg in Richtung Haustür, die Arme beschwichtigend erhoben.

»Bitte bleib hier. Wenn du willst, gehe ich und du kannst in Ruhe über alles nachdenken.«

»Geh mir aus dem Weg«, sage ich und umschließe den Riemen meiner Tasche fester. Wenn ich nicht gleich von hier verschwinde, geht der Wutanfall in hysterisches Weinen über und das will ich um jeden Preis vermeiden. »Sofort.«

Er fährt sich überfordert durchs Haar, macht aber zögerlich ein paar Schritte zur Seite. Ruckartig verlasse ich die Wohnung, jogge die Treppe nach unten und trete hinaus in die kühle Nacht.

Dort im Licht des Hauseingangs steht eine junge Frau, zitternd und offenbar am Weinen. Bens Affäre. Ich erkenne die blaue Jacke, die ich ihr vor gut zehn Minuten hinterhergeworfen habe.

»Oh mein Gott, es tut mir so leid, ich wusste nicht ...«, fängt sie an, aber ich schalte auf Durchzug und laufe schnurstracks zu meinem Auto.

Mit zittrigen Fingern krame ich meine Schlüssel hervor, steige ein und schmeiße den Rucksack auf den Beifahrersitz. Jetzt bin ich froh, dass ich mich heute Mittag selbst zum Flughafen gefahren habe, meine Sachen liegt gepackt im Kofferraum und ich kann einfach losfahren. Bloß w*eg*.

Weit weg.

Nachdem ich zwei Stunden sinnlos herumgefahren bin, merke ich erst, dass es mich in eine bestimmte Richtung gezogen hat.

Nach Hause.

Nein, nicht in die Wohnung zurück zu Ben, sondern in meine alte Heimat zu meinem Vater. Ich bin diese Strecke nicht oft gefahren. Neben dem Studium und Bens Familie, die nur einen Katzensprung entfernt wohnt, habe ich Papa immer seltener besucht. Dennoch kommt es mir vertraut vor, genau diese Landstraße entlangzufahren.

Als mir das bewusst wird, kann ich die Tränen nicht länger zurückhalten. Die Wut ist verraucht, zurück bleibt nur das schale Gefühl von Verrat und Enttäuschung. Dieser Tag hat so gut angefangen und hat sich immer mehr zu einer Katastrophe entwickelt.

Scheiße.

Blaulicht in meinem Rückspiegel lässt ich innerlich zusammenzucken. Ich blinzele gegen den Tränenschleier und drücke auf die Bremse, als ich auf dem Tacho erkenne, dass ich hundertzwanzig Stundenkilometer draufhabe.

Bitte fahr weiter, bete ich und umfasse das Lenkrad fester, als der Polizeiwagen ausschwenkt und mich auf der leeren Straße überholt. Er schert vor mir ein und bremst ab. *Bitte folgen.*

»Ah, fuck«, fluche ich, werde ebenfalls langsamer und schalte die Warnblinker an. Wir halten am Seitenstreifen und ein Polizist steigt aus. Das hat mir gerade noch gefehlt. Natürlich muss mich ausgerechnet heute die Polizei anhalten. Schnell wische ich mir die Tränen weg und kurbele das Fenster ein Stück herunter.

Der Polizist kommt mit einer Taschenlampe auf mich zu, er trägt eine Uniform samt Hut.

»Wissen Sie, wie schnell Sie gefahren sind?«, fragt er. Nun, wo er im Licht steht, fällt mir auf, wie furchtbar jung er ist. Dunkelblonde Haare lugen unter seinem Hut hervor, seine Gesichtszüge sind kantig und ernst, dennoch täuschen sie nicht darüber hinweg, dass er erst Anfang zwanzig ist.

»Sorry«, sage ich. »Die Straßen waren leer, ich war unvorsichtig. Wird nicht wieder vorkommen.«

Er verzieht die Mundwinkel zu einem ironischen Lächeln, das so selbstgefällig ist, dass ich am liebsten die Augen verdreht hätte. Zum Glück kann ich mich zusammenreißen. »Ja, klar«, sagt er gedehnt und lässt die Schultern kreisen. »Führerschein und Fahrzeugpapiere bitte.«

»Ja, Moment.« Ich drehe mich zu meinem Rucksack auf dem Beifahrersitz und krame in den Seitenfächern, kann meinen Geldbeutel aber nicht finden. »Scheiße, mein Portemonnaie ist nicht da. Es ist bestimmt hinten im Kofferraum«, sage ich, halb an den Polizisten gewandt.

»Haben Sie jetzt einen Führerschein oder nicht, jungen Dame?«

Seinen arroganten Tonfall hätte ich noch geduldet, nicht aber das »*junge Dame*«. Ruckartig fahre ich herum und sehe zu ihm hoch.

»Natürlich habe ich einen Führerschein, ich finde nur meinen Geldbeutel nicht«, erkläre ich ihm betont langsam. »Ich werde im Kofferraum nachsehen.«

Der Cop klopft mit der Taschenlampe gegen mein halb heruntergelassenes Fenster.

»Aussteigen, bitte.«

»Das hatte ich gerade vor«, sage ich gereizt und schnalle mich ab. Als ich den Türgriff umfasse, zögere ich aber. In diesem Moment wird mir erst bewusst, in welcher Situation ich mich befinde.

Eine leere Landstraße, mitten in der Nacht, ein unhöflicher junger Polizist, der scheinbar allein unterwegs ist. Sollten Cops nicht immer nur zu zweit sein?

Mein Blick flackert kurz zu meinem Schlüsselbund zu dem kleinen Dolch. Er ist keine fünfzehn Zentimeter lang, aber scharf genug, um ihn zur Selbstverteidigung zu benutzen. Ich lege die Hand an meinen Schlüssel, doch es erscheint mir nicht besonders klug, den Motor abzustellen, was ich unweigerlich tun muss, wenn ich den Dolch verwenden will.

»Wissen Sie was?« Demonstrativ sehe ich dem Mann in die Augen. »Mir fällt gerade ein, dass ich meinen Geldbeutel daheim vergessen habe. Ich rufe meinen Vater an, er wird ihn mir bringen.«

Ein humorloses Grinsen erscheint auf seinen Lippen. »Steigen Sie sofort aus. Wollen Sie neben Nichtführen Ihrer Papiere und Geschwindigkeitsüberschreitung auch noch ein Verfahren wegen Widerstand gegen Vollzugsbeamte?«

In meinem Bauch kribbelt und vibriert es heftig vor plötzlicher Angst. Auf keinen Fall werde ich aussteigen.

»Ich rufe meinen Vater an«, sage ich mit fester Stimme und greife nach meinem Telefon. »Sie kommen bestimmt aus der nahegelegenen Stadt, dann kennen Sie Michael Wagner sicher.«

Er lässt die Taschenlampe ein Stück sinken, was einen unheimlichen Schatten auf sein Gesicht wirft. Die Erwähnung meines Vaters verunsichert ihn offenbar, denn er macht einen Schritt von meinem Auto weg. Sein hämisches Grinsen bleibt jedoch. »Ich habe mir Ihr Kennzeichen notiert. Da wird ein saftiges Bußgeld auf Sie zukommen.«

Fick dich doch, Arschloch.

Entschlossen kurbele ich das Fenster hoch und umschließe mit zitternden Händen das Lenkrad. Mir fällt ein Stein vom Herzen, als der Cop keine Anstalten macht, mich nochmal aufzuhalten, als ich ihn umrunde und davonfahre.

Die letzten fünfzehn Kilometer bringe ich ohne weitere Vorkommnisse hinter mich und stehe schließlich in der Einfahrt des Hauses, in dem ich aufgewachsen bin. Mein Rucksack lastet schwer auf meinen Schultern, als wäre er mit Beton gefüllt.

Es kostet mich mehr Überwindung als gedacht, den Klingelknopf zu drücken. Jede Stufe bis in den dritten Stock fühlt sich an, als würde ich den Mount Everest besteigen.

Als ich jedoch in das verwirrte Gesicht meines Vaters blicke, der in seinem Pyjama im Türrahmen steht, fällt die Schwere von mir ab.

»Livi«, sagt er perplex. Erneut sammeln sich Tränen in meinen Augen.

»Papa«, beginne ich, will irgendetwas sagen, erklären, aber die Worte bleiben mir im Hals stecken. Stattdessen laufe ich in seine Arme, lasse mich von ihm in eine feste Umarmung ziehen und inhaliere den vertrauten Geruch nach Motoröl und Axe Deo.

Das habe ich gebraucht. Genau für dieses Gefühl von Wärme und Zuhause, das zumindest für einen winzigen Moment den Schmerz in meiner Brust dämpft, bin ich die ganze Strecke gefahren.

KAPITEL 2

»... Meine Kollegin Lisa hat alle Infos für euch.«
»Leider gibt es immer noch keine News zu dem ver-
schwundenen Mädchen. Auf unserer Instagrampage fin-
det ihr aktuelle Bilder von Josie Müller. Nützliche Hin-
weise könnt ihr unter der Nummer ...«

Stöhnend rolle ich mich auf der Matratze herum und
taste blind nach dem Radiowecker, der mich soeben aus
einem Alptraum gerissen hat. Die Erinnerung verschwimmt bereits, aber das Gefühl einer kalten Gänsehaut bleibt zurück.

Der Duft von frischen Pfannkuchen macht mich
schließlich richtig wach und lockt mich in die Küche.
Das fühlt sich so tröstlich an, dass ich für einen Moment
vergesse, was gestern Abend passiert ist. Leider kommen
die Erinnerungen zeitgleich mit dem Schmerz und ge-
ballter Wut zurück.

Ich habe in meinem alten Kinderzimmer auf einer Luftmatratze geschlafen und dementsprechend gerädert
fühle ich mich. Bei meinem Auszug habe ich alle Möbel
mitgenommen und mein Vater nutzt den Raum seither
für seine Trainingsgeräte. Theoretisch hätte ich auch auf
der Couch schlafen können, aber ich bin froh, einen
Rückzugsort zu haben, dessen Tür ich abschließen
kann.

»Guten Morgen«, grüße ich räuspernd.

»Morgen, Schatz.« Er lächelt mir entgegen und wendet
einen Pfannkuchen in der Pfanne. »Setz dich, ich serviere
dir gleich eine frische Portion.«

Ich lasse mich auf denselben Platz fallen, auf dem ich
früher schon immer saß. »Das riecht fantastisch.«

»Hast du gut geschlafen?« Papa legt den letzten Pfannkuchen auf den Haufen und stellt den Teller in die Mitte.

»Hmh«, mache ich unbestimmt und bediene mich. Auf
dem Tisch vor mir stehen Nutella und Blaubeeren bereit.
Genau so, wie ich es mag. Mein Herz wird warm und ich
lächele zögerlich in die Richtung meines Vaters. »Danke.«

Eine Weile ist es ruhig, während wir essen. Nur der
begeisterte Radiosprecher tönt durch die Stille, bevor
Musik aus den Achtzigern durch den Lautsprecher
dröhnt. Keine Meldung mehr über das verschwundene
Mädchen. Darüber sollte ich mich mal schlaumachen.
Soweit ich weiß, ist Papa sogar mit ihren Eltern befreundet.

»Was genau ist passiert, Livi?«, hakt mein Vater zögerlich nach. Ich wusste, dass die Frage früher oder später
kommt. Natürlich will er es wissen, aber ich fühle mich
noch nicht bereit, darüber zu sprechen. Deshalb fange
ich mit einem weniger deprimierenden Thema an.

»Ich war schon am Flughafen, hatte den Koffer dabei
und Kaffee für uns drei gekauft. Tja, nur sind leider weder Laura noch Enisa aufgetaucht.« Alles war durchge-
plant. Nach zwei Jahren intensivem Studium haben wir
gemeinsam beschlossen, uns ein Semester freizuneh-
men. Zum Start wollten wir einen Monat durch Spanien
reisen. Urlaub machen, das Land erkunden, einfach mal
ausspannen und uns ablenken.

»Sie haben dich hängen lassen?«, hakt Papa misstrauisch nach.

»Nein. Beide hingen den ganzen Morgen über der Toi-
lettenschüssel. Enisa hat offenbar eine Lebensmittelver-
giftung und Laura ist zu ihrem Freund gefahren, um ihm
die frohe Botschaft zu verkünden. Sie ist schwanger. 2.-
3. Woche, sagt der digitale Test.«

Mein Vater braucht einige Sekunden, bis er versteht. Überrascht lacht er auf. »Laura kriegt ein Baby? Mensch, für mich ist sie immer noch die kleine, sommersprossige Pfadfinderin, die mir eine Bestellung von hundert Keksen angedreht hat.«

Meine Mundwinkel verziehen sich zu einem Lächeln. Gerade wegen dieser Hartnäckigkeit ist sie meine beste Freundin.

»Jedenfalls mussten wir die Reise kurzfristig absagen.« Halb so wild. Die Kosten des Fluges waren erschwinglich und für die erste Woche in Spanien hatten wir uns nur ein *airbnb* gemietet, welches wir stornieren konnten. Natürlich, die Enttäuschung war groß, aber schlimmer war das, was mich zuhause erwartete.

»Und dann bist du heimgefahren und hast Ben mit einer anderen Frau erwischt«, schlussfolgert mein Vater. Scheinbar hat er von meinem Gestammel gestern Abend doch noch etwas mitbekommen und ich bin froh, dass er es ausgesprochen hat. So muss ich das nicht tun. Ich muss nur nicken und seinem Blick ausweichen.

Mein Vater atmet hörbar ein und aus. »Wie lautet nochmal eure Adresse?«

»Papa«, seufze ich. Er hat die Hände zu Fäusten geballt, seine Augen funkeln angriffslustig. »Du wirst nicht zu Ben fahren und ihm eine reinhauen.«

»Wieso nicht?«

»Weil du mir all die Kickboxstunden damals bezahlt hast. Das werde ich allein hinbekommen.«

Ein Lächeln erweicht die Züge meines Vaters. »Du hast recht, Livi. Aber als dein Vater stehen mir Sonderrechte zu.«

Nun rolle ich mit den Augen, muss jedoch gleichzeitig schmunzeln. »Jedenfalls«, setze ich an und stochere in meinen Pfannkuchen herum. Inzwischen hat sich auf meinem Teller alles zu einer Pfannkuchen-Nutella-Blaubeeren-Brühe entwickelt. »Ich brauche ein paar Tage Abstand. Du hast doch nichts dagegen, wenn ich bleibe?«

»Natürlich nicht. Das trifft sich sogar hervorragend. Ich könnte Hilfe in der Werkstatt gebrauchen. Was hältst du davon?«

Sofort nicke ich und schiele lächelnd zu ihm hoch. »Dann müssen wir aber über meinen Stundenlohn sprechen. Immerhin habe ich bereits vier Semester Fahrzeugtechnik studiert, das sollte sich in meiner Bezahlung niederschlagen.«

»Nichts da, Livi.« Spielerisch funkelt er mich an. »Ein halber Bachelor bringt dir herzlich wenig. Siebeneurofünfzig, wie immer.«

»Schonmal was von Mindestlohn gehört?«, frage ich empört, grinse jedoch dabei.

»Was willst du dagegen tun? Eine Gewerkschaft gründen und streiken?«

Ich rolle mit den Augen. »Na gut, acht Euro die Stunde und ich schwärz dich nicht bei der Handwerkskammer an.«

Zufrieden streckt mein Vater mir die Hand hin. »Das klingt nach einem Deal.«

KAPITEL 3

Meine erste Amtshandlung besteht darin, den Kühlschrank aufzufüllen. Wie ich meinen Vater kenne, ernährt er sich nur von Frühstück, Kaffee und Takeaway, dementsprechend herrscht auch gähnende Leere in allen Schränken.

Papa ist bereits in der Werkstatt und ich nehme mein Auto, um zum Supermarkt am anderen Ende der Stadt zu fahren. Es fühlt sich merkwürdig an, meine alte Heimat wieder zu erkunden. Alles ist so fremd und gleichzeitig vertraut. Als ich zurück zur Wohnung komme und vollbeladen das Treppenhaus betrete, ertönt eine vage bekannte Stimme.

»Oh mein Gott, Olivia?«

Ich erkenne die hübsche Blondine wieder. Wir waren Nachbarn, haben dieselbe Schule besucht, doch mir will ihr Name nicht einfallen.

»Oh. Hi.«

»Dich habe ich ja seit dem Abschluss nicht mehr gesehen«, sagt sie mit einem breiten Lächeln. Fieberhaft gehe ich in meinem Kopf die Namen durch. Lisa? Nein. Ich will *Miranda sagen*, aber bin mir ziemlich sicher, dass das nicht richtig ist.

»Ja, ist schon eine Weile her«, erwidere ich und balanciere mich aus, da ich das Gefühl habe, mir fällt gleich eine Tüte aus den Armen.

»Warte, ich helfe dir.« Die junge Frau ist bei mir, noch ehe ich protestieren kann, und nimmt mir eine Tüte ab. »Dritter Stock, nicht wahr?«

»Ganz genau. Danke.«

Gemeinsam nehmen wir die Treppen, ich krame meinen Schlüssel heraus und lasse sie zuerst eintreten.

»Ist dein Vater da?«, fragt sie und als ich verneine, läuft sie durch in die Küche und stellt die Tüte dort ab.

»Danke«, sage ich erneut.

»Was treibt dich in die Stadt?«, hakt sie nach und beginnt wie selbstverständlich, die Lebensmittel auszuräumen.

»Hm. Längere Geschichte«, weiche ich aus. »Ich hatte eigentlich vor, ein Semester auszusetzen und mit zwei Freundinnen ein Monat in Spanien zu verbringen, aber das ist leider ins Wasser gefallen.«

»Laura und Enisa?«, rät die Nachbarin. Ich nicke, überrascht darüber, dass sie sich noch so gut an uns erinnert. Warum fällt mir ihr Name nur nicht ein, verdammt? Sie lacht leise. »Ja, ihr drei wart schon immer ein eingeschworenes Team. Weißt du eigentlich, dass man euch *The Evil Three* genannt hat?«

Jetzt bin ich diejenige, die auflacht. »Das haben wir ein paar Mal gehört. So böse waren wir gar nicht.«

Mein Gegenüber kichert. »Nein, lag vermutlich nur daran, dass Laura Tarik gefühlt jeden Monat dramatisch in den Pausen abserviert hat. Er tat mir immer leid.«

»Sie sind noch zusammen«, erzähle ich ihr. Und kriegen bald ein Kind. Oh Gott, das auch nur in Gedanken auszusprechen, fühlt sich so surreal an.

»Und was ist mit dir?«, hake ich nach. »Was hast du so gemacht?«

Meine ehemalige Schulkollegin lehnt sich gegen die Küchenzeile und seufzt. Verdammt, diese Geste kommt mir so vertraut vor. Die blonden Haare, die ihr in Wellen über die Schultern fallen, das Grübchen auf der Wange, die ausdrucksstarken Augen. Hatten wir nicht Sport zusammen?

»Ich stecke mitten in meiner Ausbildung in der Verwaltung. Ich arbeite im Rathaus in der Stadt. Mein Bruder ist inzwischen ebenfalls zum Studieren weggezogen und ich bin froh, nächstes Jahr endlich genug Geld zu haben, um in eine eigene Wohnung zu ziehen. Das Zusammenleben mit meinen Eltern wird langsam anstrengend.«

Während ich die Eier in den Kühlschrank einsortiere, halte ich unwillkürlich inne und mein Gesicht erhellt sich.

»Oh mein Gott, dein Bruder ist doch dieser süße Fußballspieler mit den blauen Augen! Lorenz, richtig?«

»Korrekt«, bestätigt Daria schmunzelnd. *Daria*, ganz genau. Die Namen sind mir wie ein Geistesblitz gekommen.

»Dann bist du Daria«, spreche ich meinen Gedanken vorschnell aus und beiße mir sogleich auf die Zunge.

Daria bricht in schallendes Gelächter aus. »Du hast dich nicht mehr an meinen Namen erinnert und nach den ersten ausgetauschten Sätzen war es dir zu peinlich, nochmal nachzufragen, oder?«

»Sorry«, sage ich schuldbewusst. »Ich habe ein furchtbar schlechtes Namensgedächtnis.«

»Alles gut«, winkt sie ab. »Ich habe dich ziemlich überfallen.«

»Macht nichts, ein bisschen Ablenkung kann ich gut gebrauchen.« Und schon während ich diesen Satz ausspreche, denke ich wieder an Ben und meine Mundwinkel ziehen sich automatisch nach unten. Gemeinsam mit dem Schmerz kehren die Erinnerungen an den gestrigen Abend zurück. Ben und dieses Mädchen … fuck.

Hektisch blinzle ich Tränen weg und wende mich dem Kühlschrank zu, um den Inhalt zu sortieren und damit Daria meinen Umschwung nicht bemerkt.

»Geht mir auch so«, murmelt diese, plötzlich ebenfalls bedrückt. Das veranlasst mich dazu, doch wieder aufzublicken.

»Was ist los?«, frage ich. »Also, wenn du darüber reden willst.«

»Es geht um eine Freundin.« Mit ihren hellbraunen Bambiaugen sieht sie mich offen an. Mit diesem verletzten Gesichtsausdruck wirkt sie tatsächlich wie ein Rehkitz, das vor die Scheinwerfer eines Autos gesprungen ist. »Sie wurde von einem Polizisten belästigt und hat es zur Anzeige gebracht, doch jetzt hat sie sie wieder zurückgezogen und will nicht mehr darüber reden.«

Mir entgleiten die Gesichtszüge, ich schlage die Kühlschranktür zu und mach einen Schritt auf sie zu. »Oh mein Gott«, entfährt es mir. »Ich wurde gestern auch von einem Polizisten angehalten. So um die zwanzig, dunkelblonde Haare. War allein unterwegs uns richtig unhöflich.«

Darias Augen weiten sich. »Warte mal.« Sie zieht ihr Handy aus der Hosentasche und tippt kurz darauf herum, ehe sie mir den Bildschirm hinhält. Es zeigt den Instagram-Feed eines jungen Mannes, genau so, wie ich ihn gerade beschrieben habe.

»Das ist er«, stelle ich fest. Dieses überhebliche Grinsen würde ich überall wiedererkennen.

»Falk Richardson«, sagt Daria nüchtern. »Das ist seine Masche. Er fährt mit seinem Polizeiauto herum und hält die Leute wegen allem Möglichen an. Besonders junge Frauen. Bei meiner Freundin ...« Daria verzieht das Gesicht. »Er hat sie bei einer angeblichen Durchsuchung betatscht und sie in Handschellen gelegt, als sie sich gegen ihn gewehrt hat. Als sie in Tränen ausgebrochen ist, hat er nur gelacht und sich einen Scherz daraus gemacht.«

Wut sammelt sich heiß in meinem Magen. Den Vorfall habe ich fast vergessen, er ist untergegangen in der warmen Umarmung meines Vaters, doch nun sind die Erinnerungen und das Gefühl von hilflosem Zorn wieder da.

»Das werde ich ihm nicht durchgehen lassen«, beschließe ich und nicke bekräftigend. »So darf ein Polizist nicht mit Bürgern umgehen.«

Vor allem nicht mit Frauen. Wir lassen uns immer noch zu viel von Männern gefallen und dumme Jungs wie dieser Falk Richardson profitieren davon. Aber nicht dieses Mal.

»Was willst du tun?«, hakt Daria nach.

»Ich werde ihn wegen seines Verhaltes gestern Abend bei der zuständigen Behörde melden. Und, wer weiß, vielleicht findet deine Freundin dann den Mut, ebenfalls auszusagen.«

»Das finde ich toll«, bekräftigt Daria. »Darf ich dich begleiten?«

»Na klar.« Ich schnappe mir die Autoschlüssel und klimpere damit in der Luft. »Wir können sofort los.«

Ein Besuch auf der hiesigen Polizeistation gibt Daria und mir die Hoffnung auf unser Rechtssystem ein kleines Stück zurück.

Meine Aussage wird von zwei Polizistinnen aufgenommen, die alles sehr ernst nehmen. Sie lassen mich den Vorfall zweimal wiederholen und haben viele Fragen, aber zweifeln an keiner Stelle an meinen Erzählungen. Im Gegenteil, als der Name Falk Richardson fällt, tauschen sie einen wissenden Blick.

»Es wird ein Aufsichtsbeschwerdeverfahren eingeleitet«, erklärt die ältere Beamtin und reicht mir ihre Karte. »Bei Fragen scheuen Sie nicht, mich anzurufen. Wir werden Sie über den Fortgang unterrichtet halten.«

Den ganzen restlichen Tag bemühe ich mich darum, positive Gedanken zu formen. Ich werde über Ben hinwegkommen, Enisa wird bald wieder fit, Laura wird die beste Mutter aller Zeiten und Männer wie Falk Richardson werden ihre gerechte Strafe bekommen.

Ich frage mich nur, warum ich das ungute Gefühl im Magen nicht abschütteln kann. Fast wie eine Vorahnung, dass etwas Böses im Dickicht lauert und nur darauf wartet, anzugreifen.

KAPITEL 4

Ich lege den Kopf in den Nacken und blicke durch das knorrige Geäst in den Himmel. Dunkelblaue, fast schwarze Wolken bedecken den Mond. Der Wind wirbelt weitere bunte Blätter von den Bäumen, die daraufhin gen Boden segeln.

Ich erschauere, die Welt um mich herum vibriert, bis meine Sicht endgültig verschwimmt.

Stöhnend drehe ich mich auf meiner Matratze und schlage gegen den Wecker, um ihn zum Schweigen zu bringen. Schon wieder dieser komische, viel zu reale Alptraum, das vierte Mal in Folge.

»Livi, bist du wach?«, ruft mein Vater durch die Zimmertür und klopft laut dagegen, als ich mich gähnend aufrichte. »Wir müssen los!«

Mist, ich habe den Wecker wieder zu oft auf *Snooze* gestellt. Jetzt springe ich auf die Beine und husche von Ecke zu Ecke, um mir frische Klamotten zusammenzusuchen. In meinem alten Kinderzimmer herrscht mittlerweile so ein Chaos, dass ich kaum mehr den Überblick behalten kann.

Etwas zu spät – Papa ist langsam wirklich angepisst – kommen wir schließlich zur Werkstatt, wo schon der erste Kunde des Tages auf uns wartet.

»Tut mir leid, William«, ruft mein Vater ihm zu. »Ich fahre das Rolltor hoch, dann kannst du den Wagen direkt reinfahren.«

Es ist Freitag und damit der dritte Tag, an dem ich in der Werkstatt mithelfe. Ich bin erstaunlich schnell wieder in die Arbeit reingekommen und muss zugeben, dass ich es sehr vermisst habe, mit meinen Händen zu arbeiten. Genauso wie die Anwesenheit meines Vaters, seine Ratschläge und die Diskussionen mit ihm. Das lenkt mich erfolgreich davon ab, zu viel nachzudenken.

So auch heute. Wir schrauben bis spät in die Abendstunden an einem BMW herum, dessen Motor bei niedriger Drehzahl zu stottern beginnt. Das liebe ich so an der Werkstatt: Wir sind nicht markenbezogen und haben allerhand Autos und Menschen da. Die Leute in der Stadt vertrauen meinem Vater und das zu Recht, denn er ist verdammt gut in dem, was er tut.

»Also gut«, seufzt Papa irgendwann. »Ich probiere morgen aus, ob das geklappt hat.«

Wir machen gemeinsam Feierabend und holen uns zum Start ins Wochenende Essen vom Schnellimbiss, welches wir noch im Auto auf dem Nachhauseweg verdrücken.

»Morgen besorge ich dir ein neues Bett«, sagt Papa überraschend, als wir die Wohnung betreten.

»Was?«, hake ich nach.

»William hat gemeint, er hat noch eins in seiner Garage stehen. Seine Tochter studiert ebenfalls und er braucht es nicht mehr. Wir tauschen die Matratze aus und schon ist es wie neu. Was hältst du davon?«

»Danke«, erwidere ich perplex. Klingt definitiv besser als die Luftmatratze. »Aber ich habe ohnehin ein schlechtes Gewissen, weil ich dir deinen Trainingsraum wegnehme. Wenn wir ein Bett reinstellen, musst du ein paar der Geräte entfernen.«

»Ach, das macht doch nichts. Du wirst sicher nicht zurück zu diesem Idioten ziehen und solange du nicht zur Uni musst, kannst du mir in der Werkstatt aushelfen.« Mein Vater lächelt. »Auch wenn die Umstände nicht ideal sind, bin ich froh, dich um mich zu haben.«

Mir wird ganz warm ums Herz. »Danke, Papa«, sage ich und ziehe ihn in eine halbe Umarmung.

»Schon gut.« Unbeholfen tätschelt er meine Schulter.

Ein Klopfen an der Tür erlöst uns vor der Frage, wie wir den intimen Moment beenden. »Ich mache auf«, sage ich und öffne die Haustür.

Daria steht davor, mit einem breiten Lächeln und einem freudigen »Hi!«. Sie habe ich die letzten Tage nur flüchtig im Treppenhaus gesehen, bei ihr stand eine große Klassenarbeit in der Berufsschule an, sodass sie nach der Arbeit mit Lernen beschäftigt war.

»Hi, Daria. Willst du reinkommen?«

»Nein, ich will dich mitnehmen. Ein Typ aus der Stadt veranstaltet eine kleine Party. Ist nicht weit, wir können laufen. Hast du Lust?«

Erst jetzt nehme ich mir Zeit, Darias Erscheinung genauer zu betrachten. Sie hat die Haare zu einem halben Zopf zusammengefasst und trägt ein ausgeschnittenes T-Shirt zu kurzen Shorts.

Zwar bin ich müde, aber die Vorstellung auf eine Party löst ein freudiges Kribbeln in mir aus.

»Eine Hausparty? Darf ich da einfach mit?«

»Natürlich! Finn ist immer dankbar über hübsche Mädchen in seinem Haus.«

Meine Mundwinkel kräuseln sich. »Okay, aber ich müsste noch unter die Dusche und mich fertig machen. Willst du so lange reinkommen?«

»Na klar. Hallo Herr Wagner!«

»Hallo Daria«, grüßt mein Vater von der Küche aus und späht zu uns in den Flur. Ein Lächeln erweicht seine Züge. »Geht ihr aus?«

»Jap. Komm mit in mein Zimmer, Daria, ich gehe schnell ins Badezimmer.«

»Ich war schon eine gefühlte Ewigkeit nicht mehr auf einer richtigen Party«, vertraue ich Daria an, als wir den Fußmarsch antreten.

»Ich dachte immer, dass Studenten nichts anderes tun«, meint sie keck.

Ich lache. »Nein, bei mir zumindest dreht sich alles ums Lernen und nebenbei Geld verdienen. Vielleicht sehe ich es auch zu eng, aber ich will das Studium schnell durchziehen, um bald endlich richtig arbeiten zu können.«

»Verstehe. Dagegen klingt meine Ausbildung ja ziemlich entspannt.«

»Wie lief der Test?«, hake ich nach.

»Keine Ahnung, kann ich nicht einschätzen. Aber das ist ein Problem für nächste Woche. Schau mal, wir sind fast da.«

Sie deutet auf ein Haus am anderen Ende der Straße. Es sticht durch die Lichterketten auf der Veranda hervor, auf der einige Leute stehen und rauchen. Viele von ihnen haben Pappbecher in den Händen, sie unterhalten sich lachend. Es ist inzwischen kurz nach elf und der Alkoholpegel scheint bei vielen bereits hoch zu liegen. Immerhin trägt das zu einer ausgelassenen, positiven Stimmung bei.

Ohne großes Aufheben werden wir hereingelassen, Daria grüßt gut gelaunt nach rechts und links.

»Trinkst du Alkohol?«, ruft sie mir über die rockige Musik hinweg zu, als wir uns Richtung Küche bewegen.

»Heute definitiv.«

Meine Nachbarin kichert und nickt zustimmend. Auf dem Küchentresen stehen allerhand alkoholische Getränke und Softdrinks bereit, viele davon sind schon zur

Hälfte leer. Daneben befindet sich ein Stapel Pappbecher.

»Irgendwelche bestimmten Wünsche?«, fragt Daria mich und greift nach zwei Bechern.

»Irgendetwas mit Rum wäre gut.« Hier ist die Musik nicht ganz so ohrenbetäubend laut und ich habe Gelegenheit, mir die Leute genauer anzugucken. Dafür, dass ich siebzehn Jahre meines Lebens in dieser Stadt verbracht habe, kenne ich ziemlich wenige. Laura, Enisa und ich waren eine eingeschweißte Truppe und wir alle haben davon geträumt, irgendwann aus der Kleinstadt herauszukommen – und so ist es im Endeffekt auch gekommen.

»Für dich.« Daria drückt mir einen randvollen Becher in die Hand und ich trinke schnell einen großen Schluck, um nichts zu verschütten.

»Wow, du bist eine großzügige Barkeeperin«, stelle ich fest, als ich meinen sehr alkoholhaltigen Cuba Libra probiert habe.

»Solange es kostenlos ist«, feixt sie im Gegenzug und stößt mit mir an. Ich zupfe mein Top unter der Lederjacke zurecht und folge ihr durch die Menge in die nächsten Räume.

Zu Anfang des Abends war das Haus sicher schön dekoriert, mittlerweile hängen die meisten Lichterketten jedoch schief, überall liegen leere Becher und auf dem Boden hat sich eine klebrige Schicht aus verschütteten Drinks gebildet. Dennoch würde ich im Moment nirgends lieber sein, da ich mich zum ersten Mal, seit ich Ben mit dieser anderen Frau erwischt habe, wieder leicht fühle. Mein Vater und die Arbeit konnten mich erfolgreich ablenken, aber nichts konnte mir das Gefühl eines echten, erleichterten Lächelns bringen.

Als wir das Wohnzimmer betreten und eines meiner Lieblingslieder ertönt, wird alles nochmal besser. Es hat länger gebraucht als gedacht, das Motoröl aus meinen Haaren zu waschen, Schminke aufzulegen und ein passendes Outfit aus meinem Koffer zu suchen, aber nun bin ich froh, mich hergerichtet zu haben. Es fühlt sich gut an, mitten in der Menge mit Daria zu tanzen.

Wir lassen uns eine Weile treiben, trinken und lachen viel. Schließlich deutet Daria mir, ihr zu folgen. Wir verlassen das Wohnzimmer und laufen durch die Küche zum anderen Teil des Hauses. Auch hier ist die Musik zu hören, doch der Fokus liegt auf dem großen Fernseher, auf dem sich vier Spieler gerade in einem virtuellen Autorennen messen. Daria ignoriert die Gamer und läuft stattdessen auf ein junges Mädchen zu, das etwas verloren in der Ecke steht.

»Hi, Tonia. Das ist Olivia. Die, von der ich dir erzählt habe.«

»Hey«, grüße ich mit einem Lächeln und schäle mich aus der Lederjacke, da mir langsam warm wird.

Tonia schiebt ihre Brille zurecht und mustert mich von oben bis unten. Sie wirkt unsicher, was mir auch ihre Hände verraten, die unruhig an ihrer Jacke nesteln.

»Hey Olivia«, grüßt sie zurück. »Ich finde es echt mutig von dir.«

»Was denn?«, hake ich nach. Als Daria mir einen vielsagenden Blick zuwirft, wird mir schlagartig klar, dass Tonia die Freundin sein muss, die von dem aufgeblasenen Polizisten belästigt wurde und ihre Anzeige wieder zurückgezogen hat. Verstehend nicke ich.

»Ja. Mal sehen, was dabei rauskommt«, sage ich unbestimmt. Tonia kaut auf ihrer Lippe.

»Sei nur vorsichtig.«

»Ich habe keine Angst vor ihm.«

»Vielleicht nicht vor ihm, aber .... oh mein Gott.«

Stirnrunzelnd suche ich ihren Blick. »Was?« Tonia sieht an mir vorbei und wird mit einem Schlag leichenblass. Ihre Augen sind auf etwas hinter mir fokussiert, weshalb ich herumfahre und mich ebenfalls umsehe.

Drei Männer haben gerade das Haus betreten. Von unserem Standpunkt aus haben wir den perfekten Blick auf den Eingangsbereich und den Flur, weshalb man sie gar nicht übersehen kann. Und auch, weil sie wie ein Magnet wirken. Die Musik rückt immer weiter in den Hintergrund, bis ich nur noch meinen pochenden Herzschlag höre.

Da ist etwas an ihnen, unübersehbar und doch nichts, was ich bestimmen könnte. Ist es die düstere Aura, ihre Größe, die breiten Schultern? Es ist vor allem ihr Blick. Sie alle drei starren quer durch die Wohnung direkt zu uns, so durchdringend, dass mir unwillkürlich heiß wird. Es fühlt sich an, als würde mein Blut in Wallungen geraten.

Fest kralle ich mich in das Leder meiner Jacke und schlucke trocken.

»Wer ist das?«, hake ich nach und wende mich wieder den Mädels zu. Tonia starrt immer noch mit schreckgeweiteten Augen zu den Neuankömmlingen, während Daria besorgt zwischen uns hin und her blickt.

»Das sind die Typen, die sie eingeschüchtert haben. Die *Free Wolves*«, flüstert sie mir zu und greift nach dem Arm ihrer Freundin. *Free Wolves*? Was soll das denn bedeuten? »Komm, gehen wir an die frische Luft«, sagt Daria lauter und wirft mir einen entschuldigenden Blick zu. Ich verstehe, dass sie für einen Moment mit ihrer Freundin allein sein will.

»Ich muss auf die Toilette«, verabschiede ich mich deshalb und wende mich bereits zum Gehen um. Die drei Männer sind verschwunden, aber ihre düstere Anwesenheit hängt noch überall in der stickigen Luft. Ich schüttele den Kopf und frage mich durch die Menge, bis ich das Badezimmer im ersten Stock finde.

In dem großen Spiegel betrachte ich mich kurz, streiche mir die dunklen Haare hinters Ohr und wische mir den verschmierten Eyeliner zurecht. Ob Tonia und Daria überhaupt noch Lust haben, weiterzufeiern? Vielleicht sollte ich vorschlagen, dass wir zu mir gehen oder einen Spaziergang draußen machen.

Ich verlasse das Badezimmer und dränge mich durch den engen Flur zurück nach unten. Die Musik hat sich verändert, ist nun langsamer und irgendwie verrucht, nicht mehr ganz so schnell und basslastig. Da ich Daria auf den ersten Blick nicht erkennen kann, laufe ich ins Fernsehzimmer und steuere auf die halb geöffnete Gartentür zu. Die Vorhänge wehen leicht in der kühlen Brise. Ich schiebe sie zur Seite und schlüpfe hinaus in den Garten. Draußen ist es so kalt, dass ich meine Jacke wieder anziehe und mich in den warmen Stoff kuschele.

Die weitläufige, eingezäunte Wiese wird mit LED-Gartenfackeln beleuchtet, aber dank des kalten Oktoberwindes ist, bis auf ein paar wagemutige Raucher, niemand hier. Wo sind Daria und Tonia? Ich habe nicht einmal Darias Nummer, um sie anzurufen.

»Hi, Olivia Wagner.«

Die rauchige Stimme hinter mir jagt mir eine Gänsehaut über den Rücken. Sie ist so nah, dass ich den warmen Atem auf meiner Haut spüren kann. Ruckartig fahre ich herum und stolpere einen Schritt zurück.

Einer der drei Männer, vor denen Tonia solche Angst hat, steht vor mir. Jetzt, wo er mir so nah ist, weiß ich auch, warum sein Blick vorhin so durchdringend war. Es liegt an seinen Augen. Sie sind von einem eisigen, kristallklaren Blau und stehen mit der hellen Farbe damit im Kontrast zu seinem gebräunten Teint. Dunkelblonde Haarsträhnen lugen unter seiner schwarzen Kapuze hervor. An seiner linken Wange prangt eine kleines, tätowiertes X, was ihn irgendwie verrucht wirken lässt.

»Ja, ganz genau«, erwidere ich mit fester Stimme. »Und du bist ...?«

»Jax.«

»Interessanter Name«, schnaube ich.

»Ein interessanter Name für einen interessanten Mann.« Seine Lippen verziehen sich zu einem Grinsen und sein ungewöhnlich heller Blick gleitet einmal demonstrativ über mich. Unter anderen Umständen hätte ich das als eine Aufforderung für einen Flirt gesehen, aber nicht jetzt. Nicht bei ihm.

Er ist einer der Männer, die Tonia eingeschüchtert haben, nur weil sie einen übergriffigen Polizisten angezeigt hat. Er ist nicht mehr als ein Arschloch und genauso schlimm wie Falk Richardson.

»Aha. Wenn du das sagst«, meine ich, ohne seinem durchbohrenden Blick nachzugeben. Vor solchen Männern darf man nicht zurückschrecken. Keine Angst zeigen, keine Schwäche zulassen.

»Suchst du deine Freundinnen? Sie sind schon abgehauen.« Jax schiebt die Hände in die Taschen seiner Lederjacke und hebt leicht das Kinn. »Mir ist zu Ohren gekommen, dass du Probleme mit einem Cop in der Stadt hast.«

Jetzt entkommt mir ein leises, humorloses Lachen. »Und mir ist zu Ohren gekommen, dass ich damit nicht allein bin.«

Jax macht einen Schritt auf mich zu, scheinbar beiläufig. In mir krampft sich alles zusammen, aber ich widerstehe dem Drang, weiter zurückzuweichen, bleibe stehen und sehe ihn weiterhin fest an.

»Wenn wirklich etwas an deinen Vorwürfen dran sein sollte, wollen meine Freunde und ich dem natürlich nachgehen«, erklärt er mir.

Ich schnaube. »Seid ihr die Aufsichtsbehörde für korrupte, widerliche Polizisten oder wie darf ich das verstehen?!«

Nun lacht der Typ leise. So rau und kehlig, dass es nicht amüsiert, sondern wie eine Warnung klingt. »So ähnlich, Olivia. So ähnlich.«

Jetzt schiebe auch ich meine Hände in die Jackentaschen und mache einen Schritt auf ihn zu, so wie er es eben bei mir getan hat. Wir sind uns so nah, dass uns keine Handbreit mehr trennt. »Dann solltet ihr dafür sorgen, dass Falk Richardson suspendiert wird, damit er aufhört, junge Frauen zu belästigen.« Ich lächele ihn falsch an. »Danke für eure Dienste, *Jax*.«

Ich will an ihm vorbeilaufen, aber seine Hand schießt vor und umfasst meinen Oberarm.

»Nicht so schnell.« Er neigt den Kopf. »Du solltest deine Anschuldigungen nochmal überdenken. Klingt nach einem großen Missverständnis. Wir wollen doch nicht, dass jemand zu Schaden kommt, oder?«

So wie er den letzten Satz betont, weiß ich, dass er damit nicht Falks Karriere, sondern *mich* meint.

»Keine Sorge, ich habe mir alles sehr gut überlegt«, sage ich und umfasse in meiner Jackentasche meine

Schlüssel. Ich ertaste den Dolch, der bisher nur Dekoration war, aber ich werde mich nicht scheuen, ihn auch zu benutzen, wenn es hart auf hart kommt. Adrenalin peitscht durch meinen Blutkreislauf und lässt meinen Körper automatisch in den Angriffsmodus schalten.

»Du solltest ...«

»Ihr könnt mich nicht einschüchtern, wie ihr es bei dem anderen Mädchen gemacht habt«, unterbreche ich ihn barsch. »Wie nennt ihr euch noch gleich? *Free Wolves* oder war es doch *Die Wilden Kerle*? Bitte, wir sind nicht mehr in der zweiten Klasse und wir sind auch nicht mehr im Mittelalter, wo Männer sich alles erlauben können.« Ich entreiße ihm meinen Arm. »Ihr macht mir keine Angst.« Mit einem letzten eisigen Blick drehe ich mich herum und verlasse die Party.

KAPITEL 5

Daria bekomme ich am Samstag nicht mehr zu Gesicht, ihre Mutter sagt, dass sie bei einer Freundin übernachtet. Vermutlich bei Tonia, dennoch mache ich mir irgendwie Sorgen. Da ist einfach ein ungutes Gefühl in mir, das ich nicht abstellen kann.

Papa nimmt mich nicht mit in die Werkstatt, obwohl ich ihn anflehe. Er behauptet, ich müsse ausspannen, dabei will ich nichts lieber, als mich abzulenken.

Um den Samstag wenigstens etwas zu genießen, packe ich meine Schwimmsachen und fahre zum Hallenbad in die Stadt. In einem Paralleluniversum könnte ich jetzt gemeinsam mit Enisa und Laura an einem Pool in Spanien entspannen, aber ich nehme, was ich kriegen kann.

Es ist kurz vor achtzehn Uhr, die Sonne geht bereits unter und unterstreicht die herbstliche Atmosphäre. Ich zahle den Eintritt für zwei Stunden und betrete die Umkleiden. Der Geruch nach Chlor und Wasser erinnert mich wahnsinnig an meine Kindheit. Es ist schon eine Ewigkeit her, dass ich hier schwimmen war, und zwischenzeitlich wurde die Halle offensichtlich renoviert, denn alles sieht neu und verändert aus.

Neben einem Kinderbecken gibt es ein Sportbecken mit Sprungbrettern und einen beheizten Außenbereich. Für einen Samstag sind erstaunlich wenig Leute da, nur etwa fünf Menschen schwimmen in dem großen Becken. Nachdem ich mich abgeduscht habe, zupfe ich meinen Bikini zurecht und steige ins Wasser. Chlor brennt in meiner Nase, aber es tut gut, in das kühle Nass zu gleiten.

Ich drehe ein paar Runden, bis meine Arme langsam schmerzen.

In der Schule war ich ein paar Monate im Schwimm-team, habe das jedoch nicht lange durchgehalten. Da wurden verdammt harte Anforderungen gestellt, es hat nicht ausgereicht, bloß ein paar Runden zu kraulen. Lächelnd denke ich an die Zeit zurück. Ist es nicht komisch? Die ganzen zwölf Jahre wünscht man sich, endlich mit der Schule fertig zu sein, und danach vermisst man es.

Ich verlasse die Bahn und steige in das Vorbecken zum beheizten Außenpool, tauche durch den Plastikvorhang und komme nach draußen. Es ist wahnsinnig kalt, vor allem jetzt, wo die Sonne weg ist, aber das macht den Kontrast zum heißen Wasser nur besser. Langsam schwimme ich bis zum Rand und stütze mich darauf ab, während ich die Füße treiben lasse. Niemand sonst traut sich raus, ich bin ganz allein. Die am Beckenrand eingelassenen Lichter erschaffen in dem immer dunkler werdenden Abend eine fast magische Atmosphäre.

Gedankenverloren lege ich den Kopf in den Nacken und schließe die Augen, genieße das warme Wasser, das meinen Körper umspült. Erst, als ich Schwimmbewegungen in meiner unmittelbaren Nähe höre, öffne ich die Lider wieder. Ein Mann kommt gerade in den Außenbereich und schwimmt direkt auf mich zu.

Fest sehe ihn an, blicke in seine stechend blauen Augen und weiß plötzlich, wer mir da gegenübersteht. Nicht Jax, aber einer seiner Kumpels.

»Hey«, sage ich, ohne zurückzuweichen.

»Hallo.« Er lehnt sich neben mich an den Beckenrand und dreht sich zu mir. Abschätzig mustere ich ihn ebenso unverhohlen. Obwohl sie dieselbe Augenfarbe habe, könnten die Männer nicht unterschiedlicher aussehen.Der Typ vor mir hat schwarze Haare und einen dunklen Bartschatten, der seine hohen Wangenknochen betont. Wenn ich schätzen müsste, würde ich sagen, dass er ein paar Jahre älter als Jax ist. »Wir konnten uns auf der Party gar nicht unterhalten. Du bist so schnell abgehauen.«

»Ich habe deinem Freund alles Nötige gesagt«, meine ich und betrachte meine Beine, die unter der dampfenden Wasseroberfläche schwimmen.

»Ich bin Ace.«

»Wie kreativ«, erwidere ich ironisch.

»Eigentlich Aaron, aber du kannst mich nennen, wie immer du willst.« Bei seinem flirtenden Unterton horche ich auf und drehe den Kopf zu ihm. Seine Augen funkeln. »Ich bin da nicht wählerisch. Aaron, Ace, deinen Gott ...«

Spöttisch lache ich auf und schüttele den Kopf. »Träum weiter. Ist das eure Masche? Jax ist der böse und du der gute Cop? Ihr macht mir keine Angst, ihr könnt mich mal.«

Seine Hand schießt so schnell vor, dass ich nicht rechtzeitig ausweichen kann. Er umfasst mein Gesicht und dreht es zu sich. Ein freudloses Lächeln liegt auf seinen Lippen.

»Du denkst, ich bin der Gute hier?«, hakt er nach. »Da hast du dich vertan, Rotkäppchen.« Er beugt sich ein Stück vor und obwohl ich versuche, meine kühle Fassade aufrecht zu halten, hat mein Körper einen anderen Plan. All meine Glieder fühlen sich an wie erstarrt und die plötzliche Angst kriecht durch meinen Blutkreislauf.

Ich brauche zwei flache Atemzüge, um mich wieder zu besinnen.

»Ihr seid genauso dämlich wie Falk Richardson«, sage ich und reiße meinen Kopf zurück. »Sorry, euch das

mitteilen zu müssen, aber die Zeit für dominante Arschlöcher ist vorbei.«

Ich stoße mich vom Rand ab und mache eine kräftige
Schwimmbewegung in Richtung des Plastikvorhangs,
um wieder ins Innere zu gelangen. Gerade, als ich mich
einen Meter von Aaron wegbewegt habe, spüre ich seinen
Griff an meinem Fußgelenk. Überrascht japse ich auf,
was sich als Fehler herausstellt, da ich im selben Moment heruntergedrückt werde. Ich schlucke Chlorwasser, strampele wild um mich, doch eine Hand auf meinem Rücken drängt mich tiefer.

Fuck! Ich will schreien, bleibe jedoch stumm und taste
blind nach dem fremden Arm, kralle meine Nägel hinein
und kratze über die Haut. Gerade als ich glaube, keine
Luft mehr zu bekommen, verschwindet die Hand, greift
stattdessen in mein Haar und zieht mich ruckartig hoch.

Hektisch japse ich nach Atem und blinzele gegen das
Chlorwasser, das in meinen Augen brennt, als ich an einen Körper gedrückt werde. Ein Arm schlingt sich um
meine Hüfte, der andere um meinen Hals. Feste, ange-
spannte Bauchmuskeln drücken sich an meinen Rücken, warmer Atem kitzelt mein Ohr. Mein Magen
krampft sich dumpf zusammen.

»Wenn du gegen Idioten wie Falk Richardson vorgehen
willst, solltest du uns besser bezahlen als er«, raunt
Aaron mir zu. »Vielleicht solltest du unsere Spenderin
sein, hm?«

»Fick dich«, keuche ich und kralle die Nägel in seinen
Arm, der um meine Taille geschlungen ist. »Lass mich
sofort los!«

»Warum das denn, Rotkäppchen?« Jetzt klingt seine
Stimme wieder amüsiert und ganz und gar nicht rau.

»Du brauchst keine Angst zu haben. Ich bin doch der Gute.«

Scheint ihn mächtig geärgert zu haben, dass ich ihn als den *guten Cop* bezeichnet habe. Da ich mich nicht gegen seinen Griff aufbäumen kann, tue ich das Einzige, was mir noch übrigbleibt: Ich schreie.

Aaron lässt sofort von meinem Hals ab und legt mir die Hand stattdessen auf den Mund. Ich beiße ihn, woraufhin er mich zischend loslässt.

»Du ungezogenes Mädchen«, höre ich ihn sagen, aber ich achte nicht mehr darauf, sondern schwimme um mein Leben. Keuchend und triefend nass steige ich aus dem beheizten Becken und laufe mit schnellen Schritten in Richtung der Umkleiden. Das Schwimmbad hat sich geleert, nur noch ein älteres Ehepaar schwimmt gemütlich seine Runden.

Kurz bevor ich die Damenumkleide erreiche, erkenne ich, dass Aaron ebenfalls aus dem Außenbecken kommt. Wie ein halbnackter, nasser Adonis steht er da und mustert mich über die Distanz hinweg. Scheiße. Im Wasser kam er mir gar nicht so groß, so muskulöse, *so gefährlich* vor.

Ich husche in die Umkleide, öffne meinen Spind und hole mein Handtuch heraus. Obwohl niemand hier ist, benutze ich die Einzelkabine und dusche mich schnell ab. Das heiße Wasser strömt auf mich herab und löst meine verkrampften Muskeln, weshalb ich mir einen Moment länger nehme.

Haben sie dasselbe auch mit Tonia abgezogen? Kein Wunder, dass sie so verängstigt war, sie zu sehen. Aber ein Detail geht mir nicht aus dem Kopf. Aaron hat behauptet, Falk würde sie bezahlen. Mit Geld, offensichtlich. *Oder?*

Die Lichter über mir flackern und ich zucke zusammen. Was war das? Ich stelle die Dusche ab und blicke zu den Neonstoffröhren an der Decke. Erst jetzt, wo das Rauschen verstummt ist, wird mir bewusst, wie still es hier ist. Nur noch mein eigener Atem ist zu hören und das Wasser, das aus meinen Haaren auf den Boden tropft. Ich schlucke, greife nach dem Handtuch und wickele mich darin ein.

Ist er mir hierher gefolgt?

Zögernd spähe ich aus der Kabine und mache einen Schritt hinaus, fröstele unwillkürlich bei dem kühlen Luftzug. Die Dusche mit Umkleide ist hell beleuchtet, wieder flackert die Lampe. Ich lecke mir die trockenen Lippen und verlasse die Duschräume. Meine Sachen liegen im Spind auf der anderen Seite. Niemand ist hier. Alles ist still. *Alles ist gut.*

Warum verspüre ich dann dennoch Angst? Warum krampft mein Herz sich so schmerzhaft zusammen, als wäre es von einer Faust umklammert?

Hat sich da ein Schatten bewegt?

Tief atme ich ein, umfasse den Knoten in meinem Handtuch und mache noch einen Schritt vor.

Sei mutig. Du bist kein verdammter Angsthase. Lauf einfach weiter ...

Eine Tür geht schwungvoll auf und ich zucke so heftig zusammen, dass ich auf dem nassen Boden beinahe ausgerutscht wäre.

Eine gut gelaunte, summende Frau betritt die Räumlichkeiten, grüßt mich freundlich und verschwindet unter die Dusche. Das ist die ältere Dame, die eben noch im Becken war.

Heilige Scheiße. Mit ihrer Anwesenheit hat der Schreck der Stille sofort abgenommen und ich ärgere mich über meine eigenen düsteren Gedanken. Schnell laufe ich zu meinem Spind und streife mir die Klamotten über den nassen Bikini. Ich will nur noch raus aus diesem Gebäude.

Draußen empfängt mich eisige, kühle Luft, weswegen ich den Reißverschluss der Lederjacke hochziehe. Der Parkplatz ist beinahe verlassen, neben meinem Wagen parkt nur ein dunkler BMW, in dem offenbar jemand sitzt. Unwillkürlich werde ich langsamer, greife nach dem kleinen Dolch an meinem Schlüssel und drehe ihn zwischen den Fingern. Ich öffne die Beifahrertür meines Autos und schmeiße meine Schwimmtasche auf den Sitz, ohne den Wagen aus den Augen zu lassen.

Gerade als ich zur Fahrertür laufen will, steigt eine Person aus eben diesem. Ein großer Mann, dessen Gesicht im Schatten liegt.

»Hi, Olivia.« Jax. Seinen neckenden Unterton erkenne ich sofort wieder. Tief durchatmend straffe ich die Schultern.

»Vergiss nicht, deinen Freund aus dem Planschbecken abzuholen«, sage ich trocken.

»Machst du dir etwa Sorgen um mich, Rotkäppchen?« Aarons rauchige Stimme ertönt im selben Moment hinter mir, als er nach meinen Oberarmen greift und meine Arme ruckartig zurückzieht. Der kurze Schmerzimpuls wird von einem heftigen Brennen in meinen Gelenken abgelöst. Scheiße.

»Na, du willst doch niemanden damit verletzen?«, fragt Aaron spöttisch. Er meint wohl meinen kleinen Dolch, den ich immer noch umklammert halte.

»Hilfe!«, schreie ich aus ganzer Kehle. »Hey, Hilfe!«

Jax macht einen Satz vor und kommt auf mich zu.

»Nein!« Ich versuche, mich zu wehren, werfe den Kopf hin und her, doch gegen zwei große, starke Männer habe ich keine Chance. Jax presst einen Knebel zwischen meine Lippen und stülpt einen Sack über meinen Kopf. Sie nehmen mir meine Bewegungsfreiheit, meine Stimme und meine Sicht, aber nicht meinen Kampfeswillen.

Ich trete und drehe mich um meine eigene Achse, spüre noch, wie ich gegen einen Wagen stoße. Der kleine Dolch schneidet mir selbst in die Haut, bis jemand ihn mir aus den Fingern reißt. Der Boden wird mir unter den Füßen entzogen und ich werde in einen dunklen Kofferraum verfrachtet.

KAPITEL 6

Ich bin in einem verdammten Kofferraum eingesperrt.

Fuck, ich werde gerade von diesen Männern *entführt*!

Angst, regelrechte Panik und das Gefühl, hinter dem Knebel ersticken zu müssen, brodeln in mir auf. Aber am stärksten ist die rasende Wut, die jeden Winkel meines Herzens erfüllt, mit jedem kräftigen, schnellen Schlag ein kleines Bisschen mehr.

Der Weg ist holprig, ich stoße mir den Kopf die ganze Zeit an, egal wie sehr ich versuche, meinen Körper anzuspannen. Wir sind eine gefühlte Ewigkeit unterwegs, bis der Wagen ruckartig anhält. Mir stockt der Atem, halb richte ich mich auf, soweit es mir möglich ist, und zähle die Sekunden. Da der Motor nicht mehr an ist, kann ich meinen rauschenden Puls überdeutlich hören.

Nach einer halben Minute öffnet sich der Kofferraum. Helligkeit dringt durch den Sack, scheinbar werde ich mit einer Taschenlampe angeleuchtet. Ein Lachen erklingt.

»Was für ein hübsch geschnürtes Paket«, sagt eine mir unbekannte, männliche Stimme.

»Sie wollte nicht hören, also mussten wir ihr das rebellische Getue austreiben.« Das kommt von Jax, diesem Arschloch.

»Hast du gar nichts dazu zu sagen, Rotkäppchen?« Aaron. Er lacht dreckig. »Angenehme Stille. Schau dir ihr hübsches Gesicht an, Dan, bevor sie ihre derbe Sprache wiederfindet.«

Der Sack wird von meinem Kopf gezerrt, ich schüttele mich und blinzele hektisch. Die drei Männer stehen im Halbkreis um den Kofferraum herum und mustern mich. Dieser Dan, der dritte im Bunde, sieht am jüngsten aus.

Jeder freie Fleck – bis auf sein Gesicht – ist mit Tattoos versehen.

»Wunderschön. Gefesselt und geknebelt, so habe ich es am liebsten«, spottet er und streckt die Hand nach mir aus. Ich zucke zurück, werfe ihm einen bitterbösen Blick zu, aber das hält ihn nicht davon ab, mir mit rauen Fingerkuppen über die Wange zu fahren. Er legt den Daumen unter mein Kinn und hebt meinen Kopf. »Das störrische Funkeln aus ihren Augen ist noch nicht ganz erloschen. Was meint ihr, Jungs, wollen wir loslegen?«

»Auf geht's«, feixt Jax.

Was werden sie mit mir tun? Mich vergewaltigen? Bei dem Gedanken krampft sich mein Magen zusammen. Oder wollen sie mich ... töten? Töten für einen korrupten Polizisten, damit dieser seine Zulassung nicht verliert? Das ist so absurd. *Fuck*. Ich bin so wütend!

Aaron schiebt seine Freunde zur Seite und hebt mich auf seine Arme.

»Für so ein kleines Mädchen bist du verdammt schwer«, sagt er mit einem ironischen Unterton, wobei er mich vor sich herträgt, als würde ich nichts wiegen.

Gerne würde ich auf diese Spitze eingehen und ihm mitteilen, dass er besser mal richtige Gewichte gestemmt hätte, statt nur Steroide zu nehmen, aber der dämliche Knebel hindert mich daran.

Zumindest habe ich den Sack nicht mehr auf dem Kopf und kann meine Umgebung erkennen. Wir sind offenbar in einem Wald und laufen über einen unebenen Weg eine Steigung hinauf. Aaron läuft voran, den Blick in die Dunkelheit gerichtet. Es wirkt fast so, als würden seine blauen Augen in der Schwärze leuchten. Liegt vermutlich daran, dass ich mit dem Sack und dem Knebel in dem Kofferraum zu wenig Luft bekommen habe.

Mein Kopf schwirrt zunehmend. Außerdem wird mir schlecht bei dem vielen Ruckeln.

»Jetzt, wo ich dich wie meine Braut über die Schwelle trage«, ergreift Aaron irgendwann das Wort, »sollten wir unsere Gelübde fassen. Versprichst du, mir alle Wünsche zu erfüllen und mir auf ewig hörig zu sein?«

Ich hoffe, meine Augen versprühen all den Hass, den ich im Moment empfinde.

»Das war ein Ja, oder?«

»Klar und deutlich«, meint Dan.

»Hey, wenn sie für mich tabu ist, dann für euch auch«, erwidert Jax. Als hätte ich da nicht noch ein Wörtchen mitzureden.

Wichser!, schreie ich hinter meinem Knebel, was sich als Fehler herausstellt, da mir im nächsten Moment erneut der Sack über den Kopf gezogen wird. Verdammt, jetzt sehe ich wieder überhaupt nichts. *So ein Mist.*

Wir laufen zum Glück nur noch wenige Meter, bis ich von Aaron auf die Füße gestellt werde. Meine Beine kribbeln und da meine Hände nach wie vor gefesselt sind, verliere ich das Gleichgewicht und schwanke. Jemand hält mich an der Schulter fest.

»Kümmere dich darum«, sagt Aaron, dann verklingen Schritte. Mein ganzer Körper zittert vor Angst, Kälte, von dem ohnmächtigen Gefühl von Hilflosigkeit.

»Pass auf, Olivia.« Dan. Es klingt, als würde seine Stimme an Wänden widerhallen. Wo genau befinden wir uns hier? In einem Haus? Nein, dafür ist es eindeutig zu kalt. Etwas Kühles drückt sich gegen meinen Nacken.

»Das ist eine Pistole und ich weiß, wie man damit umgeht. Verstehst du das?«

Ich unterdrücke ein Wimmern und nicke nur knapp. Scheiße, er hat eine Waffe. Sie wollen mich wirklich umbringen. *Fuck.*

»Gut. Ich werde jetzt deine Fesseln lösen, dann zählst du bis hundert. Erst danach drehst du dich um.« Dan zieht an meinen Händen, sodass ich den Rücken durchstrecken muss. »Nicht früher, okay? Ich habe keine Lust, heute Nacht eine Leiche zu entsorgen.«

Er sagt das so leicht dahin, aber ich glaube ihm jedes Wort, weshalb ich wieder nicke.

»Und dann, Olivia, wirst du rennen, kapiert? Renn vor deinem Jäger davon und erinnere dich bei jedem Schritt daran, dass es ein Fehler ist, dich mit uns anzulegen.« Er macht eine kurze Pause und mir wird bewusst, dass er gerade meine Fesseln durchtrennt. Meine Hände sind frei, aber ich rühre sie nicht von der Stelle und bewege mich nicht. »Viel Glück.«

Und ich beginne zu zählen.

Eins, zwei, drei ...

Neunundneunzig ... Hundert.

Ganz vorsichtig bewege ich die Arme, greife nach dem Sack und streife ihn ab. Blinzelnd bemühe ich mich zu realisieren, wo ich bin, während ich an dem Knebel herum nestele. Ich brauche ein paar Versuche, bis ich ihn endlich abnehmen kann und tief einatme. Gott, fühlt sich das gut an. Frische Luft.

»Wo zum Teufel bin ich?«, frage ich leise in die Stille hinein. Eine Art Holzhütte, jedoch hat sie keine verschließbaren Türen und Fenster, weshalb eisiger Wind hereinweht. Ich drehe mich einmal um meine eigene Achse und entdecke eine leere Feuerstelle.

»Oh-oh«, entfährt es mir. Ich weiß, wo ich bin!

Eilig verlasse ich die Hütte und trete auf die Lichtung. Der Himmel ist sternenklar, der Mond leuchtet hell und lässt mich die Holzbänke und Tische auf der Wiese schemenhaft erkennen. Wie erwartet: Das ist der alte Grillplatz, auf dem in meiner Jugend immer heftige Partys gefeiert wurden. Ich war schon eine gefühlte Ewigkeit nicht mehr hier und scheinbar wird dieser Ort auch nicht mehr gereinigt, denn Müll und zerbrochene Flaschen liegen überall herum.

Ich schlucke trocken und wage einen Schritt auf die Wiese. Wind lässt meinen Nacken kribbeln, er pfeift in den Baumwipfeln und erzeugt einen unheimlichen Soundtrack. Die Lichtung wird umrahmt von dichtem Wald. Es gibt einen Trampelpfad, der hierherführt, vermutlich sind wir diesen vorhin hochgelaufen.

Die Hände zu Fäusten geballt laufe ich einmal quer über die feuchte Wiese, um zu eben diesem Pfad zu kommen. Ich weiß, dass er mich zurück zur Hauptstraße bringt. Die Frage ist nur, ob ich es wirklich wagen soll. Dan hat mir unmissverständlich klar gemacht, dass sie mich jagen werden. Sie sind wahrscheinlich ganz in der Nähe und lauern nur darauf, dass ich losrenne und sie mir folgen können.

Tief atme ich durch und schließe einen Moment die Augen. Angst kribbelt immer noch in jedem Winkel meines Körpers und meine Glieder schmerzen von der ungemütlichen Position im Kofferraum. Dennoch, vielleicht gerade deswegen, fühlt sich jeder kalte, schneidende Atemzug unglaublich belebend an.

Ich lasse mich nicht unterkriegen, ich bin kein weiteres Opfer auf ihrer Liste.

Meine Lider öffnen sich wieder und ich blinzele mehrmals gegen die Dunkelheit.

Statt den Trampelpfad zu nehmen, der mich zurück in die Zivilisation führt, springe ich über einen kleinen Bachlauf und laufe tiefer in den Wald hinein.

Es ist dieses Gefühl von klarer Orientierung, das mich umtreibt. Wie damals, als ich erst mit Ben zusammengezogen bin und mich immer wieder in der Großstadt verlaufen habe. Ich habe mich von meinen Instinkten leiten lassen, im festen Glauben, ganz genau zu wissen, wo ich bin. Jedes Haus, jede verwinkelte Straße kam mir bekannt vor. Ich habe gespürt, dass ich richtig bin und bald an meinem gewünschten Ziel ankomme.

Meistens lag ich daneben und Google Maps musste mir aushelfen, dennoch vertraue ich auch jetzt diesem Drang in meinem Inneren. Ich *weiß* einfach, wo ich hinmuss.

Ich passiere riesige Bäume, Laub raschelt unter meinen Schuhen und Äste schlagen mir immer wieder entgegen, aber ich kämpfe mich weiter, mache große Schritte und dränge mich zwischen Gebüsch und Sträucher.

Mir ist so kalt, dass meine Finger inzwischen taub sind und mein Atem kleine Rauchwolken hinterlässt. Mitten im Wald ist es viel dunkler als auf der Lichtung, ich erkenne nur das, was unmittelbar vor mir ist. Es sollte beängstigend sein, ich müsste wahnsinnige, panische Todesangst haben, aber stattdessen spüre ich nur Ruhe. Ruhe und die Gewissheit, dass ich auf dem richtigen Weg bin. Nur noch einmal an einem Baum vorbei schlängeln, ein letztes Mal den Weg nach rechts einschlagen, dann wird der Wald sich lichten und ich werde auf einer Straße landen.

Aus einem Impuls heraus bleibe ich stehen, stemme die Hände in die Hüften und lege den Kopf in den Nacken.

Ich blicke durch das knorrige Geäst der Bäume, die wie ein Dach über mir zusammengewachsen sind, in den Himmel. Dunkelblaue, fast schwarze Wolken bedecken den Mond. Der Wind wirbelt weitere bunte Blätter von den Bäumen, die daraufhin gen Boden segeln. Eins streift meine Wange, nass und kalt, sodass ich unwillkürlich erschauere.

Eine Gänsehaut kriecht meinen Nacken entlang und das irre Gefühl eines Déjà-vus kribbelt in meinem ganzen Körper. Genau diese Szene habe ich schon einmal durchlebt. In einem anderen Leben, einer anderen Dimension, vielleicht …

Nein, Moment. *In meinem Traum.* Es ist der Traum, der mich seit mehreren Nächten heimsucht und nun wie eine Fata Morgana immer realer wird. Ich schlucke und schmecke die kühle Luft, den Wald und etwas anderes, das bitter in meiner Kehle prickelt.

Ich konzentriere mich wieder auf die Umgebung vor mir und mache vorsichtig einen Schritt vorwärts, und dann noch einen. In jeder Zelle meines Körpers spüre ich, dass ich bald am Ziel ankomme. Meine Schulter streift den dicken Stamm eines Baumes, ich schlage den Weg nach rechts ein und …

Angekommen.

Keine Straße, kein bekannter Trampelpfad, nein, ich stehe vor einer Hütte. Sie ragt in der Schwärze der Nacht wie ein düsteres Ungetüm auf und dank des vielen Efeus, der an den Hauswänden emporrankt, wirkt es, als wäre sie mit dem Wald verwachsen.

»Was zur Hölle«, sage ich leise und erschrecke fast selbst von dem Klang meiner Stimme. Ich sollte nicht hier sein. Ich muss schleunigst raus aus diesem Wald und sollte definitiv keinen Blick in diese Hütte werfen. Das ist verrückt und die vermutlich schlechteste Idee aller Zeiten, aber alles drängt mich dazu, näherzukommen und hineinzugehen. Wie ein stetiges Flüstern in meinem Ohr, das mich mit schmeichelnder Stimme anlocken will.

Gerade als ich einen Schritt vormache, höre ich überdeutlich ein Rascheln. Schritte auf Laub, leises Gelächter.

»Bist du uns in die Falle getappt, Olivia?«, dringt Jax' amüsierte Stimme zu mir herüber.

All meine Nackenhaare stellen sich auf. Ich sehe die Männer nicht, aber sie dürften nicht weit entfernt sein.

Die Hütte ist mit einem Schlag vergessen, ich mache auf dem Absatz kehrt und tue das, wozu Dan mir geraten hat: Ich renne.

KAPITEL 7

Als ich hilflos und getrieben durch den Wald stürme, fühle ich mich wie ein Reh, das vor den großen, bösen Wölfen davoneilt.

Äste bleiben an meiner Lederjacke hängen, verfangen sich in meinen Haaren, aber ich konzentriere mich nur darauf, nicht zu stolpern. Mein einziges Ziel ist, so viel Raum wie möglich zwischen mich und die Männer zu bringen. Der Wald führt mich eine leichte Steigung hinab, was mir zugutekommt. Meine Füße schlittern über das aufgeweichte Laub und wie durch ein Wunder rutsche ich nur einmal aus, rappele mich aber sogleich wieder auf.

Die Luft zerbirst in meinen Lungen wie ein eisiges Feuer und gerade als ich glaube, nicht mehr weiterrennen zu können, passiert endlich das, was ich mir die ganze Zeit erhofft habe: Der Wald lichtet sich und in mein Blickfeld kommt eine Lichtquelle.

In einem Moment bin ich noch im dichten Wald gefangen, im nächsten springe ich über den Bachlauf und befinde mich auf einem Parkplatz.

»Oh, Scheiße, Gott sei Dank«, stoße ich aus und lege die Hand flach auf mein pochendes Herz. Eine Laterne beleuchtet die Umgebung, dahinter erkenne ich die Hauptstraße, die mich zurück zu meinem Zuhause bringt. Der Wagen, mit dem ich hierher verschleppt wurde, steht einsam auf dem geschotterten Parkplatz vor mir.

Vorsichtig trete ich näher und spähe hinein. Er ist leer. Probeweise ziehe ich an der Tür und lache leise auf, als sie sich tatsächlich öffnen lässt.

»Sieh mal an«, flüstere ich und beuge mich in den Innenraum. Der Schlüssel steckt leider nicht, wäre auch zu schön gewesen. Ich spähe ins Handschuhfach und bin erleichtert, als ich dort zumindest meinen Schlüsselbund wiederfinde. Wenigstens etwas. Fest umfasse ich ihn und schlage die Tür des BMW wieder zu, überlege es mir dann jedoch anders.

Wenn ich schon den ganzen Weg zurück zu Fuß gehen muss, sollen sie das gefälligst auch tun. Ich laufe zur Fahrerseite und öffne von innen die Motorhaube. Dank des hereinfallenden Lichts und meiner Erfahrung ist es nicht schwer, die Kraftstoffleitung zu finden.

Sicherheitshalber blicke ich nochmal auf und sehe mich um. Keine Menschenseele weit und breit, doch die Männer könnten jeden Moment aus dem Wald kommen. Ich sollte mich besser beeilen.

Mit der einen Hand halte ich die Kraftstoffleitung fest, mit der anderen setze ich meinen Dolch an und ziehe. Ich brauche drei Ansätze, aber schließlich schaffe ich es, das Gummi zu durchtrennen. Der beißende Geruch von Benzin fühlt sich an wie ein Triumph.

»Viel Spaß beim Nachhause laufen«, murmele ich und schließe die Motorhaube wieder, bevor ich mich selbst auf den Heimweg mache.

Ich brauche über eine halbe Stunde, um endlich an der Schwimmhalle anzukommen. Noch nie war ich so erleichtert, in mein Auto zu schlüpfen und die Heizung aufzudrehen.

Die warme Heizungsluft wärmt nicht nur meine Haut, sondern lässt auch die Schockstarre langsam abklingen. Heilige Scheiße, was ist da gerade passiert?

Meine Gedanken wirbeln den ganzen Weg über wild durcheinander.

Als ich an meinem Zuhause ankomme, bemerke ich sofort, dass das Auto meines Vaters nicht auf dem Parkplatz steht. Ist er unterwegs? Er hat nicht erwähnt, dass er nochmal weggeht, aber es wäre auch nicht ungewöhnlich.

Zuhause bist du sicher.

Oder?

Mit einem mulmigen Gefühl laufe ich in den dritten Stock und mir fällt sofort auf, dass unsere Haustür nur angelehnt ist.

Scheiße. Von wegen sicher.

Fest umfasse ich den Dolch an meinem Schlüsselbund, atme tief durch und drücke die Tür auf. Dunkelheit und Heizungsluft empfangen mich. Leise trete ich in den Flur und streife meine matschigen Schuhe ab. Ich ziehe mein Handy aus der Sporttasche und halte es an meine Brust gedrückt wie ein Schutzschild.

»Papa?«, frage ich, nachdem ich hereingetreten bin, bekomme jedoch keine Antwort. Er ist nicht da. Aber irgendjemand *ist* hier, dessen bin ich mir hundertprozentig sicher.

Auf leisen Sohlen streife ich durch die Wohnung, passiere die Küche, das Wohnzimmer und lausche kurz an dem Zimmer meines Vaters. Dort erwartet mich nur Stille, weshalb ich weiter zu meinem Raum gehe. Mein Herz klopft so schnell und laut, dass allein dieses Geräusch mich verraten muss.

Meine Fingerspitzen kribbeln, als ich nach der Türklinke greife und sie langsam herunterdrücke. Zwei Dinge realisiere ich, als ich in mein Zimmer blicke.

Die Trainingsgeräte sind verschwunden, inmitten des Raumes steht ein großes Bett.

Und auf diesem sitzt ein Mann.

»Du bist schneller zurück als gedacht«, sagt Dan mit ruhiger Stimme. Die Lampe auf meinem – ebenfalls neuen – Nachttisch ist angeknipst und wirft tiefe Schatten auf sein Gesicht, die ihn noch gefährlicher aussehen lassen.

»Ich rufe die Polizei«, warne ich und halte demonstrativ mein Handy in die Höhe.

»Lass das mal.« Er klopft mit einer Hand auf die Bettdecke neben sich. »Ich habe dein Bett aufgebaut, solange du unterwegs warst. Komm, setz dich zu mir.«

Verwirrt schüttele ich den Kopf. »Wo ist mein Vater? Wie bist du überhaupt hier reingekommen?!«

»Dein Papa hat mich reingelassen. Ich habe ihm gesagt, dass ich ein Freund von dir bin, und er hat mich zum Aufbauen beordert. Er ist vor etwa einer Stunde gegangen und hat gesagt, ich könne hier auf dich warten.«

Fuck, Papa, weißt du denn nicht, dass ich außer Laura und Enisa keine Freunde habe?! Er kennt mich wirklich schlecht, aber das, was Dan mir erzählt, klingt auch nicht nach ihm. Er würde doch niemals einen ihm völlig Fremden in unserer Wohnung allein lassen. Wahrscheinlicher ist, dass Dan eingebrochen ist.

»Schön«, gebe ich bissig zurück. »Vielen Dank fürs Helfen, für die Entführung und die Erkältung, die ich mir vermutlich eingefangen habe. Und jetzt verpiss dich aus meinem Zuhause.«

»Okay, ich gehe.« Dan erhebt sich und ich schlucke, weil ich nicht glaube, dass er es mir so leicht macht. »Aber vorher will ich dir noch etwas zeigen.« Na, wusste ich es doch.

Dan greift nach dem Saum seines Pullovers und zieht ihn lässig aus. Mein Blick gleitet über seinen nackten, muskulösen Oberkörper und bleibt kurz an dem Nippelpiercing hängen, bevor er über die vielen Tattoos schweift. Kaum ein freier Fleck ist mehr zu sehen und die Motive sind dabei so willkürlich platziert, dass sie als Gesamtwerk keinen Sinn ergeben.

Dan dreht mir den Rücken zu, der ebenfalls übersät ist mit Bildern in schwarz-weiß. »Hier ist noch Platz.« Er deutet auf seine linke Schulter und tatsächlich ist zwischen dem Totenkopf und einer römischen Zahl ein Fleck untätowierter, gebräunter Haut. »Lass nicht zu, dass ich deinen Todestag hier vermerken muss.«

Seine Worte rieseln kalt auf meinen Nacken und verursachen eine Gänsehaut. Ich muss die Finger in den Türrahmen drücken, um mich davon abzuhalten, zurückzuweichen.

Dan dreht sich herum und zieht den Pullover wieder an. »Lass die Sache mit Falk Richardson auf sich beruhen. Du kannst in diesem Spiel nicht gewinnen.«

»Du würdest mich umbringen, nur weil ich einen korrupten Polizisten angezeigt habe, der mich und andere Frauen belästigt hat?«, frage ich, bemüht darum, das Zittern in meiner Stimme zu unterdrücken.

»Ja.« Seine hellblauen Augen ruhen ruhig auf mir. »Du hast keine Ahnung, welche Kreise deine Taten ziehen. Tu dir selbst den Gefallen und halte dich von Richardson fern. Und von uns.«

Ich hasse es, mir von Männern etwas sagen zu lassen. Solche Arschlöcher wie Richardson sollten nicht mit allem davonkommen, nur weil sie mächtige oder gefährliche Freunde haben. Aber im Moment halte ich es nicht für klug, weiter mit Dan zu diskutieren.

»Ist gut«, gebe ich gepresst zurück und trete zur Seite, damit Dan an mir vorbeilaufen kann. Er setzt sich in Bewegung, bleibt auf meiner Höhe stehen und senkt den Kopf, um mich mit einem unergründlichen Blick zu mustern.

»Ach ja«, sagt er. »Hab' gehört, dass du dich von deinem Freund getrennt hast.« *Woher?* »Ich habe dir ein kleines Geschenk im Nachttisch hinterlassen. Viel Spaß damit. Denk an mich, wenn du es benutzt.« Kurz huscht ein winziges Lächeln über seine Lippen, das ihn jünger und weniger gefährlich wirken lässt. Aber seine vorherigen Worte sind noch präsent in meinem Kopf.

Mein Nacken kribbelt und ein ungutes Gefühl sucht mich heim, als Dan die Wohnung verlässt und die Tür hinter sich zuzieht. Ich warte einen Moment länger, dann gebe ich mir einen Ruck und laufe zu meinem neuen Bett. Dans herber Duft liegt überall in der Luft. Zögerlich ziehe ich die Schubladen meines Nachttisches auf und entdecke schließlich sein *Geschenk*. Mit hochgezogener Augenbraue nehme ich es in die Hand. Fühlt sich samtig und hart zugleich an.

Denk an mich, wenn du es benutzt.

»Oh, fuck, nein«, stoße ich mit einem humorlosen Lachen hervor und pfeffere den Vibrator zurück in die Schublade.

KAPITEL 8

Den ganzen Sonntag male ich mir aus, wie ich am Montagmorgen zur Polizeiwache fahre und meine Anzeige zurückziehe. In meinen Gedanken tue ich es bei den Polizistinnen, die meine Worte so rücksichtsvoll und geduldig aufgenommen haben, und habe bereits ihre enttäuschten Gesichter vor Augen. Ich denke auch an Daria und Tonia, die ich beide seit der Party nicht mehr gesehen habe.

Es fühlt sich an, als würde ich die ganze Welt hängen lassen, was lächerlich ist, wenn man bedenkt, dass meine Anzeige vermutlich sowieso ins Leere führt. An diesen Gedanken sollte ich mich klammern, aber es gelingt mir nicht. Stattdessen habe ich das irrationale Gefühl, etwas Großem auf der Spur zu sein.

Genau das ist der Grund, aus dem ich am Montag meine Pläne verwerfe, Papa und mir Drinks bei dem Café neben der Polizeistation besorge und dann zur Arbeit fahre.

»Kaffee, wirklich?«, fragt er empört, nimmt seinen Becher dennoch entgegen. »Dafür haben wir zwei Autos genommen?«

»Die Maschine in der Werkstatt spuckt nur heißes Wasser aus«, halte ich dagegen und binde mir einen Pferdeschwanz. »Wie lief es mit dem BMW am Wochenende?«

Er streckt mir den ausgestreckten Daumen hin. »Läuft wieder, wird gleich abgeholt. Kümmere dich bitte zuerst um die Reifenwechsel, die heute anstehen.«

Stöhnend rolle ich mit den Augen. »Ich bin kein Azubi, weißt du das?«

»Höre ich da Beschwerden?«, fragt er gespielt streng und zieht eine Augenbraue hoch.

»Wie könnte ich mich bei diesem Stundenlohn nur beschweren?«, gebe ich zuckersüß zurück, zupfe meinen Zopf nochmal zurecht, bevor ich mich ans Werk mache. Natürlich, die kleinen Sachen müssen auch erledigt werden, aber ich habe das Gefühl, Papa schiebt sie absichtlich zu mir rüber. Als würde er mir nichts zutrauen.

Vermutlich will er meine Arbeitskraft nur sinnvoll einsetzen. Das zumindest rede ich mir ein, während ich mich ans Werk mache.

Bis zum späten Nachmittag bin ich gut beschäftigt, bis mein Vater nach mir ruft.

»Komme gleich!«, gebe ich zurück und wische mir die dreckigen Hände an dem Blaumann ab. Da das nur mäßig hilft, sprinte ich zu dem Waschbecken und halte sie kurz unter heißes Wasser.

»Livi?«, ruft Papa erneut, als ich mich schon auf den Weg zu ihm mache. Er steht im Hof der Werkstatt, hat die Ärmel hochgekrempelt und unterhält sich mit einem Kunden.

»Da bin ich«, sage ich leicht außer Atem und trete zu ihm. Mein Blick fällt auf den Mann uns gegenüber und jegliches Blut strömt in mein Herz, um es immer schneller zum Rasen zu bringen. Heilige Scheiße. Das ist Jax.

»Olivia, das ist Julian Radner«, sagt mein Vater und macht eine einladende Handbewegung.

»Hi, *Livi*«, grüßt Jax mit einem breiten Grinsen, dabei bringt er meinen Namen so lasziv über die Lippen, dass mir heiß und kalt zugleich wird.

»Wir kennen uns«, erwidere ich und sehe ihm fest in die Augen. »Habe ich dir nicht von ihm erzählt, Papa?«

Jax' selbstzufriedener Ausdruck wankt kurz, was mir die Genugtuung gibt, die ich gebraucht habe.

Mit einem ebenso falschen Lächeln drehe ich mich zu meinem Vater. »Wir sind uns auf der Party am Freitag begegnet.«

»Ah, genau«, stimmt Jax mir zu. »In dem Blaumann hätte ich dich fast nicht erkannt, Olivia.«

»Na ja, hübsche Frauen können alles tragen«, erwidere ich salopp und verschränke die Arme vor der Brust.

Was zur Hölle tut er hier und warum unterhält er sich mit meinem Vater? Der offensichtlichste Grund fällt mir erst ein, als ich mich von seinen eisblauen Augen losreiße und zu dem weißen Abschlepper auf dem Hof sehe.

»Das freche Mundwerk hat sie von ihrer Mutter«, erklärt mein Vater mit einem Lachen. »Julians Auto braucht eine neue Kraftstoffleitung.«

Der letzte Teil ist an mich gerichtet, weshalb ich mich wieder ihm zuwende. »Was ist passiert?«, frage ich unschuldig nach.

Wenn Jax meint, an meinem Arbeitsplatz auftauchen und mir Angst einjagen zu können, liegt er gewaltig falsch. Hier ist mein sicheres Terrain.

»Die Leitung wurde zerschnitten«, erklärt er.

»Oh, wow, da musst du eine Frau aber sehr wütend gemacht haben«, gebe ich zurück, halte meine ernste Miene drei Sekunden, dann lache ich auf. »Kleiner Scherz. Ich muss nachsehen, ob wir das Ersatzteil vorrätig haben, ansonsten dauert es ein paar Tage.«

»Kein Problem«, erwidert Jax gelassen und zieht einen Schlüssel aus der Hosentasche. »Kannst du den Schlepper fahren oder ist er eine Nummer zu groß für dich?«

Der Typ treibt es ganz schön auf die Spitze. Dieses Grinsen und der siegessichere Ausdruck in seinen unnatürlich blauen Augen treiben mich beinahe zur Weißglut.

»Ich übernehme das«, schlägt mein Vater vor, ehe ich eine Erwiderung darauf habe. Er nimmt die Schlüssel entgegen und gemeinsam mit Jax läuft er zu dem Abschleppfahrzeug, auf dem der BMW steht. Ich schlucke trocken und sehe dabei zu, wie mein Vater Jax auf den Rücken klopft, als wären sie alte Freunde.

Ich wende mich ebenfalls ab und laufe in die Büroküche, um mir ein Wasser zu schnappen. Nach dem heutigen Tag und Jax' plötzlichem Auftauchen brauche ich eine kurze Pause.

Gedankenverloren lehne ich mich gegen die Küchenzeile und esse einen Proteinriegel, während in meinem Kopf dieses verrückte Wochenende wie ein schlechter Film durchspielt. Vor allem dieser Moment im Wald ... ich habe die Hütte immer noch überdeutlich vor meinem inneren Auge. Dieser Drang, hineinzugehen, überfällt mich erneut, was absurd ist, da ich am helllichten Tag in der Küche einer Werkstatt stehe und nicht nachts im Wald.

»Livi.« Die Stimme meines Vaters lässt mich zusammenzucken. Ich war tiefer in Gedanken versunken als gedacht, weswegen ich eilig den Kopf schüttele, um mich zu besinnen.

»Radners BMW steht auf Platz 10.« Papa lächelt schief. »Du wolltest doch wieder etwas anderes als Reifenwechsel machen.«

»Danke«, schmunzele ich. »Eine Kraftstoffleitung habe ich tatsächlich schon lange nicht mehr ausgetauscht.« Habe in letzter Zeit nur eine durchtrennt.

»Gut.« Papa will sich abwenden, aber ich halte ihn auf. »Kennst du diesen Julian?«

Mein Vater runzelt die Stirn und sieht mich misstrauisch an. »Ja, Jax war schon mit verschiedenen Autos bei

mir. Ein netter Typ, bezahlt immer pünktlich. Aber ...
nun ja, er ist nicht gerade ein Mann, den ich gerne an
der Seite meiner Tochter sehen will.«

Ein Lachen entfährt mir, weil diese Vorstellung so absurd ist. »Keine Sorge, Papa. Das wirst du nicht.«

Er lächelt ebenfalls, aber bei ihm wirkt es nicht so
amüsiert. »Er entspricht deinem Beuteschema. Von früher, vor Ben.«

»Kann schon sein.« Ich hatte ein Faible für Bad Boys.
Leider habe ich zu spät gemerkt, dass meine damaligen
Freunde weniger *Bad* und vielmehr arbeitslos und dau-
erbekifft waren. »Aber definitiv nicht Jax.«

»Gut.« Verlegen streicht mein Vater sich durchs Haar.
Wir reden nicht oft über Jungs und Gefühle und von mir
aus könnten wir das Gespräch an dieser Stelle auch wieder beenden. Das sieht mein Vater genauso, denn er
räuspert sich und strafft die Schultern. »Geh und sieh
nach, ob wir noch eine passende Kraftstoffleitung im La-
ger haben.«

»Ja, Chef.«

Der BMW steht am letzten Platz, halb hinter einem Pfos-
ten verborgen. Mein Vater weiß, dass ich hier am liebsten
arbeite, weg vom üblichen Trubel der Werkstatt. Im La-
ger habe ich tatsächlich das passende Ersatzteil gefunden und irgendwie bin ich erleichtert darüber, dass ich
den BMW gleich erledigen kann. Es würde mir mächtig
auf die Nerven gehen, wenn Jax' Wagen mehrere Tage an
meinem Arbeitsplatz herumsteht und mich ständig an
ihn erinnert.

Ich öffne die Motorhaube und beuge mich darüber. Der
Geruch nach Benzin kitzelt meine Nase, als ich mit den
Fingern nach dem durchgeschnittenen Teil greife.

Hände legen sich plötzlich an meine Hüften, ich erschrecke mich so sehr, dass die Luft in meinen Lungen stockt. Ruckartig fahre ich hoch und stoße gegen eine harte Brust.

»Du hast deine Anzeige nicht zurückgezogen«, schnurrt Jax mir ins Ohr. Heilige Scheiße. Was tut er noch in der Werkstatt und wie kann sich ein Mann seiner Größe so leise wie eine Katze bewegen?

»Geh sofort weg von mir oder du bist der nächste, den ich anzeige«, gebe ich atemlos zurück. Ich will ungern herumschreien und die ganze Aufmerksamkeit meiner Kollegen auf mich ziehen, doch ich werde es tun, wenn es nötig ist.

Jax wirbelt mich herum und drückt mich im nächsten Atemzug gegen seinen Wagen, uns trennt jetzt nur noch eine Handbreite. Mit stockendem Atem sehe ich in seine helle Iris und dann gleitet mein Blick ein paar Zentimeter tiefer zu seinen Lippen. Verdammt verführerisch geschwungene Lippen, wie mir nun auffällt.

Scheiße, was tue ich da?! Sofort blinzele ich wieder in seine Augen, aber seinem Grinsen nach zu urteilen weiß er genau, dass ich für eine Sekunde darüber nachgedacht habe, ihn zu küssen. Oder daran, wie er mich küsst.

Das ist ... überhaupt nicht meine Schuld. Er ist doch derjenige, der meine Hüften umfasst und mich so nah bei sich hält. Jetzt beugt er sich auch noch zu mir herunter, sodass sein Duft mir überdeutlich in die Nase sticht. Er riecht wie der Wald, mit dem ich vorletzte Nacht Bekanntschaft gemacht habe.

»Wenn du deine Nase weiter in unsere Angelegenheiten steckst, müssen wir uns etwas für dich überlegen.

Wäre schade, wenn in der geliebten Werkstatt deines Vaters ein Feuer ausbricht, hm?«

Seine Worte sind wie eine Eisdusche für meine erhitzten Sinne. Er kann mir drohen, kann mich entführen und in einem Wald aussetzen, aber erst bei diesem Satz verspüre ich echte, richtige Panik. Vor meinem inneren Auge sehe ich alles um mich herum in Flammen stehen und meine Kehle schnürt sich zu.

»Die Sache mit meinem Wagen lasse ich dir durchgehen. Gern geschehen. Hoffentlich müssen wir uns nicht mehr wiedersehen, Olivia«, sagt er, beugt sich noch ein Stück vor und sieht mich fest an. Unsere Blicke sind ineinander verhakt, aber dieses Mal liegt es nicht daran, dass ich ihm standhalte, um mich nicht einschüchtern zu lassen. Nein, ich fühle mich unfähig, den Kopf abzuwenden, bin wie hypnotisiert von dem Blau, das nicht mehr klar und schneidend kalt, sondern stürmisch und tief ist.

Jax lässt mich so abrupt los, wie er mich berührt hat, und macht einen Schritt rückwärts. Jetzt, wo er mir nicht mehr so nah ist, kann ich wieder klar denken und straffe die Schultern.

»Wie viel zur Hölle bezahlt Richardson euch?«, frage ich ihn geradeheraus angriffslustig.

»Ein paar Liter«, lautet seine schlichte Antwort. Fragend ziehe ich eine Augenbraue hoch.

»Ein paar Liter *was*? Literweise Kohle?«

Seine Mundwinkel verziehen sich wieder zu einem Lächeln, aber es ist keines der amüsierten Sorte. Es ist so kalt wie das Zähneblecken eines hungrigen Wolfes.

»Dir das zu erklären würde länger dauern. Ich glaube kaum, dass du bereit bist für die Wahrheit.«

Wovon zum Teufel redet er? Dass wir in einer verkorksten Welt leben, in der gefährliche Männer anderen Arschlöchern aus der Klemme helfen, weiß ich bereits.

»Lass gut sein«, unterbricht Jax, als ich zu einer Antwort ansetze. »Du hast es nicht in dir.« Er tritt zurück und ich merke, dass er jetzt endgültig gehen wird. Ich sollte erleichtert sein, doch stattdessen spüre ich nur einen merkwürdigen Knoten in meiner Brust. Jax leckt sich über die Lippen und sieht einmal an mir hoch und wieder herunter. »Du bist zu schwach, Olivia.«

KAPITEL 9

Ich fühle mich tatsächlich schwach, als ich meine Anzeige bei der Polizei zurückziehe. Die Beamtin schenkt mir einen enttäuschten Blick, als ich stammelnd erkläre, dass ich mir nicht mehr sicher bin, wie alles wirklich abgelaufen ist, sie wirkt aber nicht überrascht. Immerhin bin ich nicht die erste, die ihre Anzeige gegen Falk fallenlässt, und vermutlich werde ich auch nicht die letzte sein. Was für ein deprimierender Gedanke.

Mit einem tonlosen Seufzen auf den Lippen lasse ich mich in meinen Sitz fallen und starre durch die Windschutzscheibe. Die Sonne geht gerade unter und taucht den Himmel vor mir in ein sanftes, mattes Rosa. Heute könnte ein schöner Tag sein, die Arbeit in der Werkstatt war erfolgreich, ich habe sogar Jax' BMW fertigbekommen und mein Vater hat den Wagen an seinen Besitzer zurückgegeben.

Aber dieser Abschluss macht all die positiven Momente zunichte. Ich fühle mich leer und gleichzeitig wütend und verzweifelt.

Tief atme ich durch, presse die Schultern in den Sitz und umfasse mein Lenkrad. *Schon gut.* Es wird andere Möglichkeiten geben, andere Chancen, Falk Richardson auf seinen Platz zu weisen.

Oder er wird mit allem durchkommen, seine Machtposition ausnutzen und Schwächere runtermachen, weil Karma nur eine Illusion und unsere Welt verdammt beschissen ist.

Wie in Trance starte ich den Motor und fahre los. Ich weiß selbst nicht, wohin genau, ich bin immer noch so in der Enttäuschung und der Ungerechtigkeit gefangen, dass ich nicht darauf achte. Ich will nur herumfahren und die Gefühle in meinem Inneren zur Ruhe bringen.

Aber als ich den Wagen anhalte und den Motor abstelle, merke ich jedoch, dass mein Unterbewusstsein sehr wohl ein Ziel hatte. Ich stehe auf dem Parkplatz, der hoch zum Grillplatz führt. Es war wie ein Sog, der mich hierhin geführt hat.

Ich lasse die Schlüssel stecken, steige aus und laufe los. Meine Füße tragen mich wie von selbst. Mir ist es egal, dass kaum mehr Tageslicht herrscht und die knorrigen Äste der Bäume mich umfangen wie die Tore zur Hölle. Ganz egal. Der innere Drang ist zu groß.

All die aufgestauten Gefühle, die Wut, die Panik, Hilflosigkeit und mein Ärger stauen sich zusammen wie eine Gewitterwolke, die sich endlich entladen will. Ich muss etwas tun, muss laufen, der inneren Stimme in mir gehorchen, die mich weiter vorantreibt.

Der Wald empfängt mich kühl und dunkel, als ich über den Bachlauf springe, den Pfad damit verlasse und mich durch das dichte Geäst schlage. Eigentlich sollte ich frieren in meiner dünnen Lederjacke, aber ich spüre es kaum. Das Feuer in mir treibt mich weiter an.

Alles ist so surreal, als wäre ich wieder in meinem Traum gefangen, der mich Nacht für Nacht heimsucht. Das Gefühl von Kälte in meinen Knochen. Die Dunkelheit um mich herum. Das Laub unter meinen Stiefeln, die sanfte Brise, die meine Haare nach hinten weht. Alles fühlt sich an wie ein Déjà-vu.

Ich laufe weiter, mal nach links, dann nach rechts, ducke mich unter einem dicken Stamm und bleibe schlussendlich stehen, starre auf die Hütte, die dunkel und gefährlich zwischen den Bäumen steht wie ein Mahnmal.

Tief inhaliere ich die frische Luft. »Was tue ich hier überhaupt?«, flüstere ich leise, kann jedoch das Kribbeln in meinem ganzen Körper nicht unterdrücken. Schon vorletzte Nacht habe ich diesen unbändigen Drang verspürt, einen Blick hineinzuwerfen, doch die Angst vor den Free Wolves war damals zu groß. Aber jetzt bin ich allein, nur ich und die einladende Tür vor mir.

So müssen sich Hänsel und Gretel gefühlt haben, als sie vor dem Haus der Hexe standen. Nur dass in ihrem Fall Süßigkeiten auf sie gewartet haben, kein nasses morsches Holz und alte Vorhänge vor den schmalen Fenstern.

Wieder atme ich tief durch, ehe ich einen Schritt vor mache, und dann noch einen. Wie von selbst strecke ich die Hand aus und zerre an der Tür, die sich nach etwas Rütteln öffnen lässt. Mein erneutes Einatmen stellt sich als schwerwiegender Fehler heraus, da mir im gleichen Moment ein bestialischer Gestank in die Nase sticht.

Mit einem Ruck ziehe ich die Tür endgültig auf und starre in die leblosen Augen eines Mädchens.

Eine Leiche. Daher der Gestank. Ach du heilige Scheiße ...

Ein Schrei entfährt mir, so laut und schrill, dass alle Vögel zwitschernd und flatternd die Baumkronen verlassen.

KAPITEL 10

Der Tee aus der Thermoskanne wärmt meine eiskalten Finger nur mühsam auf.

»Lasst mich durch! Das ist meine Tochter!«

Die aufgeregte Stimme meines Vaters lässt mich aufsehen. Er kämpft sich zwischen zwei Polizisten hindurch, drängt einen weiteren grob zur Seite, ehe er mit tiefer Sorgenfalte auf der Stirn endlich bei mir ankommt.

»Livi, Gott, Kleines.« Sein besorgter Blick scannt mich einmal von oben bis unten ab.

»Mir geht es gut«, krächze ich, aber meine dünne Stimme straft meiner Aussage Lüge.

»Haben Sie sie schon untersucht?«, fragt mein Vater an die nette Sanitäterin gewandt, die mir ihre Thermoskanne überlassen hat.

»Sie steht unter Schock, ist aber größtenteils unversehrt«, erklärt sie zurück und setzt sich neben mich auf die Transportfläche des RTW. »Sieh mich mal an.«

Ich drehe den Kopf zu ihr und sie leuchtet mir abwechselnd in die Augen. Die Taschenlampe klickt, als sie sie ausschaltet. »Halb so wild. Du musst dich nur aufwärmen und eine Runde schlafen.«

»Was tust du überhaupt hier im Wald?«, hakt mein Vater nach und schält sich bereits aus seiner Jacke. Bevor ich protestieren kann, hat er sie mir schon über die Schultern gelegt.

»Ich ... wollte spazieren. Den Kopf freibekommen«, lüge ich. Zumindest fühlt es sich an wie eine Lüge, obwohl ich das nicht möchte. Aber ich kann meinem Vater schlecht sagen, dass ein *innerer Drang* mich hierhergetrieben hat, ausgerechnet zu dieser Mörderhütte.

Bei dem Gedanken an den Gestank und den leeren Blick bekomme ich wieder eine Gänsehaut.

»Na, du hast uns einen ganz schönen Schock eingejagt.« Ein Polizist kommt auf mich zu, er ist in Begleitung einer Kollegin. Sofort drücke ich die Schultern durch.

»Haben Sie die Leiche gefunden?«, hake ich nach.

»Leiche?!«, echot mein Vater ungläubig, doch ich konzentriere mich nur auf die Cops vor mir, die für meinen Geschmack etwas zu entspannt aussehen.

»Haben wir, aber das ist eher eine Aufgabe für den örtlichen Förster.« Mein verwirrter Blick lässt den Polizisten schmunzeln. »Es war ein Reh. Es war offensichtlich verwundet, hat sich in die alte Jagdhütte geschleppt und ist dort gestorben.«

Ein ... Reh?! Es war so gut wie dunkel, ich war abgelenkt von dem stechenden Geruch, aber ich weiß mit ziemlicher Sicherheit, dass ich ein Reh von einem Menschen unterscheiden kann.

»Oh Gott«, flüstert mein Vater und die Sanitäterin reibt beruhigend meine Schulter.

»Schon gut.« Der Polizist lächelt mir zu und tippt gegen seinen Hut. »Der Gestank war wirklich fürchterlich, kein Wunder, dass du erschrocken bist.«

»J-ja«, stottere ich. »Tut mir leid für den falschen Alarm.«

»Besser einmal zu oft die Polizei gerufen statt einmal zu wenig«, antwortet er leichthin und blickt zu meinem Vater. Offenbar verständigen sie sich stumm, denn der Polizist verabschiedet sich und die ganze Kavallerie zieht sich zurück.

»Na komm.« Papa hält mir eine Hand hin und hilft mir auf die Füße. »Fahren wir nach Hause.«

»Was hattest du denn im Wald zu suchen, Livi?«, fragt mein Vater. Seine Stimme hat diesen strengen Unterton, den ich schon seit meinem siebzehnten Lebensjahr nicht mehr bei ihm gehört habe.

»Ich wollte nur spazieren und habe unterschätzt, wie schnell es dunkel wird«, gebe ich matt zurück. Schuldbewusst beiße ich mir auf die Lippe. »Sorry, wenn du dir Sorgen gemacht hast.«

Er sieht mich ungläubig an. »Oh nein, Livi, ich habe mir Sorgen gemacht, als du nach der Arbeit nicht zu Hause erschienen bist. Über diesen Punkt war ich weit hinaus, als die Polizei bei mir angerufen und gesagt hat, es gehe um meine Tochter.«

Ungewollt steigen mir Tränen in die Augen. Papa seufzt und zieht mich in eine Umarmung. Es tut gut, seinen vertrauten Geruch nach Motoröl einzusaugen. Ich wollte doch nicht, dass er sich meinetwegen Gedanken macht. Ich weiß ja selbst nicht, was mich dazu veranlasst hat, diesen verdammten Wald zu betreten.

»Na komm«, schlägt er vor. »Ich lasse dir ein Bad ein.«

Das hat mein Vater nicht mehr getan, seit ich fünf Jahre alt war, aber meinen Protest lässt er nicht gelten. Ich gebe mich geschlagen, als er mich bereits Richtung Badezimmer schiebt.

Ein Reh, denke ich, als ich in das rote Badewasser sinke. Offenbar hat Papa irgendeinen roten Badezusatz reingetan, weswegen es sich jetzt auf makabre Art so anfühlt, als würde ich in einer Wanne voll Blut sitzen. Ganz toll.

Kann es sein ... ich traue mich kaum, diesen Gedanken zu formulieren, weil er so absurd klingt. Aber *kann es sein*, dass in der Zeit, als ich panisch zurück zu meinem Auto gestürmt bin und die Polizei gerufen habe, jemand die menschliche Leiche mit der eines Rehs ausgetauscht hat?

Ich lehne den Kopf gegen den Badewannenrand und starre nach oben an die Decke.

Das ist verrückt.

Genauso verrückt wie die Tatsache, dass ich glaube, heute Abend in das Gesicht der vermissten Josie Müller geblickt zu haben. In ihr *totes* Gesicht.

Den nächsten Tag nimmt Papa mich nicht mit in die Werkstatt, er verpasst mir Zwangsurlaub, den ich damit verbringe, unnötig im Netz zu surfen und Süßkram zu essen. Erst am Nachmittag bekomme ich Besuch von einer besorgten Daria.

»Oh mein Gott, mein Vater hat dir alles erzählt«, rate ich. Sie setzt zum Sprechen an, aber ich unterbreche sie mit einer wegwerfenden Handbewegung. »Komm rein, dann gebe ich dir was von meinem *Ben&Jerrys* ab.«

»Dazu sage ich nicht Nein«, erwidert sie mit einem Lächeln.

Ich hole einen zweiten großen Löffel und stelle das Eis in die Mitte des Tisches. Daria macht es sich auf dem Platz mir gegenüber gemütlich und probiert von dem Eis.

»Wie nah stehen Papa und du euch eigentlich, dass er dir gleich den neusten Klatsch berichtet?«, frage ich und scheffele etwas Eiscreme vom Rand auf meinen Löffel. Als Daria prompt rot anläuft, halte ich unwillkürlich in meiner Bewegung inne.

»Daria Maria Nikolev, du vögelst du doch nicht etwa meinen Vater?!«

»Quatsch.« Energisch schüttelt sie den Kopf. »Wir sind Nachbarn und kennen uns eben. Michael hat mich heute

Morgen gebeten, bei dir vorbeizusehen. Ich hatte Berufs-schule und daher früher aus.«

»Ich weiß jetzt nicht, ob ich dir das glauben soll«, sage ich und schiebe mir den Löffel in den Mund. »Warum sonst wirst du rot?«

Daria rollt mit den Augen und seufzt übertrieben. »Du weißt doch selbst, dass dein Vater ein DILF ist. Sorry, da kann man schon mal fantasieren.«

»DILF?«, hake ich ungläubig nach. »Bitte sag mir nicht, dass es das bedeutet, was ich denke, dass es bedeutet.«

Sie grinst frech. »Daddy i like to fuck«, übersetzt sie und ich verziehe sofort das Gesicht.

»Du Bitch.«

Spielerisch streckt sie mir die Zunge raus. »Irgendwo-her musst du deine Gene ja haben, meine wunderschöne Freundin.«

Ich zeige ihr den Mittelfinger. »Hör auf, dich einzu-schmeicheln, ich werde das Bild von dir und meinem Papa nie wieder aus dem Kopf bekommen.«

Daria legt den Löffel beiseite und stützt das Kinn auf den Handflächen ab. »Also. Tote Rehe, hm?«

Sofort verdüstert sich meine Stimmung. Ich schlucke gegen den Kloß in meinem Hals an und spiele mit dem Löffel zwischen meinen Fingern. »Genau gesagt war es nur *ein* totes Reh. Aber ...«

»Aber?«, hakt sie nach.

»Halte mich für verrückt, doch ich bin mir sicher, dass ich kein Reh gesehen habe. Es war ein Mensch. Tot. Eine Leiche, kein Tierkadaver.«

Daria atmet einmal tief durch, in ihren großen brau-nen Augen glitzert die Angst. Es tut gut, darin kein Un-glauben oder Spott zu lesen. Sie glaubt mir.

»Meinst du, das waren die *Free Wolves*? Solche Psychospielchen sind genau ihr Ding«, merkt sie an.

Gott, an die Männer habe ich gar nicht mehr gedacht. Dabei ist es doch ihr Wald, sie haben mich dort ausgesetzt und mich durch diesen gejagt. Ist es ihre Hütte? Haben sie mich auf irgendeine kranke Weise absichtlich dorthin geführt?

»Psychospielchen hatte ich schon genug«, gebe ich leise zurück, während ich noch in meinen Gedanken versunken bin. Wenn es tatsächlich ihre Hütte ist ... haben sie dann Josie Müller ermordet?

Keine Ahnung, ob es wirklich sie war. Verdammt, so langsam bin ich mir nicht mehr sicher, was ich gesehen habe und was nicht.

Mit einer energischen Bewegung schiebt Daria den Ben&Jerrys-Becher zur Seite und beugt sich verschwörerisch vor. »Was ist passiert?«, will sie wissen. »Ich war in den letzten Tagen so auf Tonia fokussiert, dass ich gar nicht daran gedacht habe, dass sie dich womöglich ansprechen.«

Ich berichte ihr von allem, angefangen mit dem Gespräch mit Jax auf der Party über den Überfall am Schwimmbad, der nächtlichen Entführung bis hin zu Jax' Auftritt in der Werkstatt. Ihre Augen werden mit jeder Aktion größer, sie kommentiert meine Geschichte nur mit Japsen und immer wieder »Oh, fuck«.

»Und was willst du jetzt tun?«, fragt sie besorgt. »Sagst du es deinem Vater? Oder der Polizei?«

»Was soll ich den Cops sagen? Dass sie mich mitgenommen und im Wald ausgesetzt haben?« Ich schneide eine Grimasse. »Ich habe ja nicht einmal Beweise. Und meinen Vater halte ich da lieber raus. Wie du sagtest: Sind nur Psychospielchen.«

Resigniert lasse ich die Schultern sinken. »Und sie haben gewonnen. Tja. Wieder einmal siegt das Patriarchat. Jetzt verstehe ich auch, warum Tonia solche Angst vor ihnen hatte.«

Daria schüttelt den Kopf. »Ne, bei Tonia haben sie so eine kranke Scheiße nicht abgezogen. Sie sind einmal in ihr Haus eingebrochen und haben ihr gedroht, das wars.«

Ich zucke mit den Schultern und ziehe das Eis wieder näher zu mir. »Ich hoffe, ich muss diese Arschlöcher nie wiedersehen. Aber Falk Richardson würde ich gerne nochmal gegenüberstehen. Einfach, um ihm einmal in die Eier zu treten.«

Daria schmunzelt kurz bei meinen Worten. Dann blinzelt sie zweimal und beginnt zu grinsen. »Hey, ich weiß schon, wie wir das anstellen können.«

Den Mund voll Eis ziehe ich eine Augenbraue hoch. »Und wie?«, nuschele ich.

Sie zwinkert mir zu. »Wir gehen auf eine Party, Süße.«

KAPITEL 11

Darias Plan muss auf Freitagabend vertagt werden, aber als es soweit ist, freue ich mich richtig darauf.

»Als was geht ihr denn?«, fragt mein Vater skeptisch, als wir im Hausflur das letzte Mal unser Make-up checken. Er hält sein Handy in der Hand, als hätte er vor, Bilder von uns zu schießen, doch angesichts seiner schockierten Miene überlegt er es sich gerade anders. »Ich dachte, Halloween ist erst in zwei Wochen.«

»Ja, Herr Wagner, ich bin zwar blond, aber ich kann noch einen Kalender lesen.« Daria grinst meinen Vater frech an und ich schlage ihr vorwurfsvoll gegen den Arm.

»Flynn Richardson veranstaltet jedes Jahr um die Zeit seine legendäre Halloween-Party«, erklärt sie im weniger flirtenden Tonfall und streicht ihre Haare glatt.

»Ah.« Papa sieht immer noch skeptisch aus. »Und wie darf ich eure Kostüme deuten?«

Schwungvoll drehe ich mich vom Spiegel weg und breite die Arme aus. »Ich bin ein Cop«, teile ich ihm mit und ziehe meine Spielzeug-Pistole, die an meiner Hüfte in einem Holster steckt. »Peng, Peng.«

»Hast du das Kostüm aus der Kinderabteilung, Livi?«

Ich verdrehe die Augen, aber ich muss zugeben, dass die Shorts und das blaue Hemd ziemlich knapp und ziemlich eng sitzen. Es gab nur den sexy Cop, genauso wie eine sexy Katze oder ein Schulmädchen.

»Na gut, wir haben eine leicht bekleidete Polizistin und ...? Als was gehst du, Daria?«

Meine Freundin stellt sich neben mich und schlingt einen Arm um meine Schultern. »Wollen sie mich beleidigen, Herr Wagner? Ich gehe natürlich als Prostituierte.«

Ich muss loslachen bei der Ernsthaftigkeit in ihren Worten. Daria hat sich kurzerhand aus meiner Netzstrumpfhose, Top und Lederjacke ein Outfit zusammengestellt.

»Oh mein Gott«, flüstert mein Vater und reibt sich überfordert die Stirn. Vermutlich fragt er sich gerade, wie viel leichter es wäre, wenn er einen Sohn statt einer Tochter hätte.

»Na los, schießen Sie schon ein Foto von uns, dann gehen wir los.«

»Ich bin nicht sicher, ob ich so ein Foto von euch auf dem Handy haben will«, murmelt er, hält sein Handy aber hoch und wir lächeln wie Fünfjährige in die Kamera.

»Soll ich euch fahren? Bis zum Haus der Richardsons ist es ein Stück.«

»Kein Stress, ich spiele die Chauffeurin«, meint Daria und klimpert mit ihren Schlüsseln. Ich winke meinem Papa zum Abschied.

»Kannst du noch offensichtlicher mit meinem Vater flirten?«, frage ich amüsiert, als wir gemeinsam in ihren kleinen Twingo steigen.

Daria grinst, setzt zu einer Erwiderung an, aber dann entgleiten ihr die Gesichtszüge.

»Oh mein Gott!«, entfährt es ihr.

»Was?« Panisch sehe ich mich um, da ich befürchte, hinter mir in der Dunkelheit ist jemand aufgetaucht, doch da ist niemand.

»Mir ist gerade die Idee gekommen«, meint Daria. »Warte kurz, ich hole schnell mein Kunstblut von oben.«

Moment mal – Kunstblut?!

Ich fühle mich wie eine Königin, als ich mit Daria an meiner Seite die Party betrete.

Passend zu unserem Eintritt spielt gerade *Castle* von *Halsey* durch die Lautsprecher.

Das Haus ist bereits prachtvoll dekoriert, wir werden am Eingang von geschnitzten Kürbissen und einem großen Spinnennetz empfangen. Als wir die Haustür öffnen, ertönt das schrille Lachen einer Hexe.

»*Let the witches burn*«, höre ich Daria murmeln, dann stößt sie mich grinsend in die Seite. »Trinken wir erstmal was.«

Anders als bei der letzten Hausparty scheint hier alles Regel und Ordnung zu haben. Hinter der Bar stehen Barkeeper bereit, die laut der Tafel Bier für zwei und Cocktails für vier Euro herausgeben. Auf den platzierten Stehtischen gibt es kleine Jelly-Wodka-Shots in grün und rot zur freien Verfügung.

Eine Rauchmaschine und flackernde Partylichter verwandeln das geräumige Wohnzimmer in eine echte Tanzfläche. Kein Wunder, dass Falk so ein verwöhnter Bastard ist, wenn er in diesem Palast mit einem Goldlöffel im Mund aufgewachsen ist.

»Nehmen wir das, was kostenlos ist«, schlägt Daria vor und drückt mir zwei der Shots in die Hand. Ich fackle nicht lange und kippe sie herunter.

»Hey, wen haben wir denn da?«

Ich lecke mir den letzten Rest Jelly von meinen Fingern und sehe zu dem grinsenden blonden Typen, der plötzlich neben uns steht. Er trägt nur eine Jeans und rosa Hasenohren. Sein durchtrainierter Sixpack ist eingeölt und glänzt verführerisch in den flackernden Lichtern.

»Hi, Flynn«, sagt Daria und umarmt ihn. Ach, das ist der Gastgeber. Falks kleiner Bruder, der ihm ein bisschen ähnlich sieht. »Das ist meine Freundin, Olivia.«

»Hey Olivia.« Mit einem Strahlen streckt er mir die Hand hin, ich schüttele sie, während er mein Outfit von oben bis unten betrachtet. »Wow, hübsches Mädchen, was bist du denn?«

»Ich bin ein toter Cop«, erwidere ich.

Darias spontaner Einfall entpuppte sich tatsächlich als geniale Idee. Um meinen Hals hat sie eine rote Linie gezeichnet, die so aussieht, als wäre ich erdrosselt worden. An meinem Dekolleté und Mundwinkel klebt Kunstblut.

Flynn lacht laut auf und zieht mich in eine Umarmung. »Ich mag dich, Olivia, wir werden viel Spaß zusammen haben.«

Er hält mich eine Spur zu lange und zu fest an sich gedrückt, weshalb ich ihn demonstrativ fortschiebe. Flynn zieht einen Schmollmund.

»Olivia hat noch eine Rechnung mit deinem Bruder offen«, erklärt Daria, woraufhin er seufzend die Augen verdreht.

»Der Idiot ist oben. Wartet mal.« Ich sehe dabei zu, wie Flynn zur Bar hechtet, sich zwei Bier geben lässt und damit wieder zu uns zurückläuft. »Hier, geht aufs Haus, Mädels. Viel Spaß.«

Stirnrunzelnd blicke ich Flynn nach, der sich jubelnd und tanzend zurück in die Menge kämpft.

»Er wirkte ... nett«, stelle ich ungläubig fest.

»Ja, Flynn ist in Ordnung.« Daria hält mir ihr Bier hin, weswegen ich es entgegennehme und erst ihrs, dann meins an der Kante eines Stehtisches öffne. »Er ist nicht so gestört wie sein Bruder.«

Ich nehme einen Schluck von dem Bier und lasse mir den herben Geschmack auf der Zunge zergehen. Fragend blicke ich zu meiner Freundin. »Gehen wir hoch?«

Sie nickt entschlossen. »Definitiv, ja.«

Es freut mich, mit Daria eine mutige Freundin an meiner Seite zu haben, die Konfrontation ebenso wenig wie ich scheut. Wir kämpfen uns durch die Menge und erklimmen die Treppen in den ersten Stock. Es geht noch ein Stockwerk höher, doch dort ist alles dunkel, weshalb wir uns erstmal in dieser Etage umsehen. Die Räumlichkeiten riechen penetrant nach Gras.

»Oh-oh«, mache ich und rümpfe die Nase. »Und das im Haus eines Cops.«

»Tja, ich dürfte das nicht laut vor einer Polizistin sagen, aber ich ziehe mir auch gerne mal einen durch.«

Gespielt fassungslos greife ich nach Darias Arm. »Du böses Mädchen.«

»Erzähl das bloß nicht deinem Vater«, feixt sie, was mich noch einmal empört Aufatmen lässt.

Ich kann wirklich nicht sagen, ob Daria mich mit den Anspielungen nur aufzieht oder ob da etwas dran ist. Ich meine, sie ist eine junge hübsche Frau und mein Vater schon seit Jahren alleinstehend, sie wohnen im selben Haus ...

Meine Gedanken enden jäh, als wir in den nächsten Raum laufen und ich quer über den Platz in Falks Gesicht blicke. Er sitzt in einer Sitzecke mit ein paar Leuten zusammen, ein Joint in der Hand und ein Bier in der anderen. Sein Anblick jagt mir einen kalten Schauer über den Rücken. Einen der unangenehmen Sorte, der mich die Zähne zusammenbeißen lässt.

Stocksteif bleibe ich stehen und frage mich einen Moment lang, ob ich wirklich bereit bin, ihm gegenüberzutreten.

Als er mich mitten auf der Landstraße abgefangen hat, war ich emotional aufgewühlt und hatte wahnsinnige

Angst. All diese Gefühle kochen jetzt wieder in mir hoch und ich muss an meine Hilflosigkeit damals im Wald und an die leblosen Augen der Frau in der Hütte denken. Falk war der Auslöser für all das, was ich mit den Free Wolves durchlebt habe.

»Alles gut?«, fragt Daria besorgt. Ihre Stimme bringt mich zurück ins Hier und Jetzt und ich schüttele über mich selbst den Kopf.

»Ja.« Energisch straffe ich die Schultern, nehme einen großen Schluck von meinem Bier und stelle es auf dem nächsten Stehtisch ab. Bevor ich es mir anders überlegen kann, stolziere ich an den Sitzecken und rauchenden Leuten vorbei bis ganz hinten zu Falk.

Er hebt den Kopf und sieht mir entgegen. Mit in die Hüften gestemmten Hände bleibe ich stehen. »Hi.«

Falk grinst und zieht an seinem Joint. »Was bist du denn? Eine Nutten-Polizistin?«, fragt er mit flirtendem Unterton.

»Ein toter Cop«, erwidere ich mit fester Stimme und mache eine Kopfbewegung nach hinten. »Komm mit.«

Seine Freunde lachen und stoßen anzügliche Pfiffe aus, aber ich lasse es an mir abprallen. Falk schnaubt amüsiert, erhebt sich und folgt mir, als ich mich schwungvoll herumdrehe und loslaufe.

Daria sieht mich fragend an, aber ich werfe ihr nur einen kurzen Blick zu, ehe ich Falk weiterziehe, raus aus dem Raum voller Menschen ins Treppenhaus, wo wir ungestörter sind. Dort fahre ich zu ihm herum.

»Erkennst du mich wieder?«, frage ich ihn geradeheraus provozierend. Er runzelt die Stirn und mustert mich von oben bis unten.

»Hör mal, Kleines, ich habe kein Interesse an dir. Du hast zwar einen hübschen Arsch, aber diese Attitüde«, er zeigt auf mein Gesicht, »törnt mich echt ab.«

»Oh, mich wundert es nicht, dass du dich nicht an mich erinnerst, wo du doch immer deine Schoßhunde vorgeschickt hast.«

Plötzlich verändert sich sein Ausdruck, er verzieht verächtlich die Lippen. »Olivia Wagner«, rät er.

»Genau.« Zuckersüß lächele ich ihn an. »Olivia fucking Wagner.«

»Nimm dich nicht zu wichtig. Du kannst mir nichts anhaben.«

Er will sich wegdrehen, aber ich packe seine Jacke und mobilisiere all meine Kräfte, um ihn herumzuwirbeln. Bevor er weiter reagieren kann, habe ich ihm schon mein Knie in die Weichteile gerammt. Er keucht erstickt auf und beugt sich mit einem schmerzerfüllten Wimmern nach vorne.

»Ach, tut mir leid, habe ich dich ohne deine Erlaubnis an deinen intimsten Stellen berührt?«, flüstere ich ihm scheinheilig zu. »Daran solltest du das nächste Mal denken, wenn du Frauen gegen ihren Willen anfasst.«

Ich gebe ihm einen Stoß gegen die Schulter und werfe meine Haare nach hinten, als ich an ihm vorbeilaufe und die Treppe ansteuere.

»Du dreckige Schlampe!«, ruft er mir nach, aber ich lasse es mit einem Lächeln an mir abprallen.

»Wow, Livi, das war filmreif«, japst Daria mir zu, die mir sofort hinterherhechtet.

»Hat sich nur halb so befriedigend angefühlt wie gedacht«, gestehe ich, als wir zurück nach unten kommen. Daria tätschelt meine Schulter und dirigiert mich Richtung Bar. »Ich spendiere dir einen Cocktail, Süße.«

KAPITEL 12

Ich brauche tatsächlich drei Cocktails, um wieder in Partylaune zu kommen. Flynn hat Daria auf die Tanzfläche gezogen und ich beobachte die beiden von meinem Platz an der Bar aus lächelnd. Im Gegensatz zu seinem Bruder hat Flynn kein Problem damit, sich selbst nicht so ernst zu nehmen. Er umgarnt meine Freundin und legt sogar einen Striptease für sie mitten auf der Tanzfläche hin. Der Stripper und die Prostituierte. Perfektes Paar, würde ich sagen.

»Schenkst du mir einen Tanz, Rotkäppchen?«

Für einen Moment glaube ich, die Stimme nur in meinem Kopf gehört zu haben, aber dann sehe ich nach links und mir bleibt fast der Atem stehen. Aaron steht vor mir, die Hände hinter dem Rücken verschränkt, den Kopf schief gelegt. Abschätzig lasse ich den Blick über ihn gleiten.

»Heute bin ich nicht Rotkäppchen«, gebe ich zurück. »Heute bin ich der große böse Wolf.«

Seine Lippen verformen sich zu einem Grinsen. »Komm her.« Er streckt mir die Hand hin und aus einem Impuls heraus greife ich danach. Ruckartig zieht er mich von meinem Hocker und ich stolpere prompt gegen seine Brust. Gott, die Cocktails verfehlen ihre Wirkung nicht.

Bevor ich protestieren kann, dirigiert Aaron mich hinein in die Menschenmenge, schlingt einen Arm um meine Taille und nimmt meine rechte Hand in seine. Shaeds *Trampoline* dröhnt durch die Boxen und er schafft es, uns im Takt des sinnlichen Liedes zu bewegen.

»Als was gehst du?«, frage ich und betrachte sein Gesicht, in dem goldener Glitzer klebt. Ansonsten trägt er nur einen enganliegenden schwarzen Pullover, der, bei näherer Begutachtung, jeden seiner Muskeln definiert. Ziemlich ... puh, wird es gerade heißer hier drin?

»Ich bin ein Gott«, erwidert Aaron mit so viel Selbstbewusstsein, dass ich spöttisch lachen muss.

»Sieht eher so aus, als hättest du dein Gesicht an den Busen einer Stripperin gedrückt.«

»Nun ja, mein Outfit sendet zumindest eine weniger aggressive Botschaft als deins.« Er lässt mich los, um mich einmal um meine Achse drehen zu lassen, ehe er mich wieder an sich zieht. Es fühlt sich an, als würde ich gegen seine harte Brust prallen, weswegen ich unwillkürlich meine Hände an eben diese lege. Seine Finger liegen inzwischen an meinem Kreuz.

»Gut, dass die Botschaft zumindest bei dir angekommen ist.«

Aaron drückt mich ein Stück fester an sich und ich schließe kurz die Augen, weil sein intensiver, männlicher Duft mir in die Nase steigt. Er riecht wie Jax, schießt es mir durch den Kopf. Nach Wald, feuchter Erde, frischer Luft, die durch die Baumkronen weht.

»Du bist wie ein Pinscher, der sich in sein Lieblingsspielzeug verbissen hat«, flüstert er, seine Lippen so dicht an meinem Ohr, dass ich einen Schauer kriege. »Lass es sein, Olivia.«

Der Schauer verstärkt sich, als er meinen Namen ausspricht. Scheiße, ich muss die Kontrolle über diese Situation wiedererlangen. Ich reiße mich zusammen, drücke mich ein Stück weg und neige den Kopf, um ihn anzusehen.

»Ich habe nichts getan«, sage ich unschuldig, nehme meine Hände von seiner Brust. Sie schweben kurz unbeholfen zwischen uns, dann legen sich die Finger an seinen Nacken, auch wenn ich mich dafür auf die

Zehenspitzen stellen muss. Aaron beugt sich automatisch ein Stück zu mir herunter, seine blauen Augen ... glühen auf. Angestrengt runzele ich die Stirn, blinzele zweimal und das Leuchten ist verschwunden. Okay, das war ziemlich verrückt. Bestimmt haben die flackernden Lichter sich nur merkwürdig in der Iris gespiegelt.

»Du bist vieles, aber sicher nicht unschuldig, Rotkäppchen«, erwidert er mit plötzlich rauer Stimme.

Wenn das vor mir nicht derselbe Mann wäre, der mich geknebelt über die Schulter geworfen und in den Wald verschleppt hätte, würde ich sein Flirten erwidern. Würde ihn heute vielleicht mit nach Hause nehmen, um Ben endgültig aus meinem Organismus zu vertreiben.

Aber nicht dieser Mann. Nicht mit ihm.

»Gut, dass du es gemerkt hast«, gebe ich zurück und löse mich von ihm. Er lässt es zu, hält mich nicht auf, als ich mich durch die Menge in Richtung Ausgang kämpfe. Ich brauche frische Luft, will das benebelte Gefühl loswerden und wieder einen klaren Kopf kriegen. Schon als ich draußen den ersten tiefen Atemzug nehme, fühle ich mich besser.

»Du hast deine Anzeige zurückgezogen.«

»Heilige Scheiße«, entfährt es mir und ich zucke ertappt zusammen. Mein Kopf schießt nach links und ich entdecke dort Dan, der am Treppengeländer lehnt und zu mir aufschaut. Die flackernden Kerzen in den Kürbissen werfen Schatten auf sein Gesicht. Natürlich muss er ebenfalls hier sein, wie auch sonst.

»Habe ich«, erwidere ich schließlich, zupfe an meiner blauen Polizeijacke und mache einen Schritt rückwärts, um Abstand zwischen uns zu bringen. Hier draußen sind es nur wir beide und Dan ist mir noch unheimlicher als Jax und Aaron.

»Braves Mädchen.«

Ich kann nicht anders, als die Augen zu verdrehen.
»Sag das nicht zu früh. Ich habe euren Schützling zeugungsunfähig gemacht.«

Dan bleibt ganz gelassen. »Ich bleibe dabei: braves Mädchen.«

»Warum beschützt ihr ihn überhaupt, wenn ihr ihn gar nicht leiden könnt?!«, frage ich aufgebracht, schüttele aber sogleich den Kopf. »Weißt du was, es ist mir egal.«

Energisch schreite ich voran, will die Stufen an ihm vorbeilaufen und weg von hier, doch Dan greift nach meinem Arm, als wir auf einer Höhe sind.

»Du warst an meiner Hütte.« Sein Tonfall ist neutral, aber ich bekomme eine eiskalte Gänsehaut.

»Du hast das Mädchen umgebracht?«, entfährt es mir, ehe ich genauer darüber nachdenken kann. Er hat es mir vor wenigen Tagen erst selbst gesagt: Er ist ein Killer. Und ich bin gerade allein mit ihm draußen in der Dunkelheit.

»Mädchen?« Seine blauen Augen scannen mein Gesicht. »Es war ein totes Reh.«

Bitter schlucke ich. »Ach ja. Richtig.«

Er neigt interessiert den Kopf. »Warum warst du da?«

»Ich war spazieren.«

»Nein, ich habe Josie Müller nicht umgebracht«, sagt er abrupt. »Jetzt du«, verlangt Dan. Ich verstehe, was er meint. Er hat mir meine Frage ehrlich beantwortet – zumindest hoffe ich das – und nun will er eine ehrliche Antwort von mir.

»Da war so ein ... Drang.«

Dan runzelt die Stirn und ich bereue sofort, es ihm gesagt zu haben. Ruckartig entreiße ich ihm meinen Arm und laufe die Treppe nach unten, den gepflasterten Weg entlang zu Darias Twingo, der am Straßenrand parkt. Als ich einen Blick zurückwerfe, geht Dan gerade ins Haus hinein und Daria kommt heraus. Sie stockt und mustert ihn, aber Dan schenkt ihr keine Beachtung, sondern läuft stur weiter.

»Da bist du ja«, sagt meine Freundin zu mir und joggt zu mir rüber. »Verschwinden wir von hier?«

»Definitiv, ja.«

Darias und meine Wege trennen sich an unserem Haus. Sie setzt mich ab und fährt weiter zu Tonia, während ich in die Wohnung laufe. Mein Vater ist auf der Couch vor dem Fernseher eingeschlafen, weshalb ich die Wolldecke nehme und sie über ihm ausbreite.

Mit einer Packung Skittles verziehe ich mich in mein Zimmer, doch an der Türschwelle halte ich unwillkürlich inne und starre auf den kleinen Gegenstand, der auf meiner Matratze ruht. Was zur Hölle ist das?

Vorsichtig pirsche ich mich näher heran, als wäre es eine Bombe, die jeden Moment hochgeht. Ich knipse die Stehlampe an und lasse mich auf mein Bett sinken. Der Gegenstand ist in Zeitungspapier gewickelt.

Ich ziehe daran und spüre selbst, wie schnell mein Herz schlägt. Ist das ein Geschenk von meinem Vater? Das kann ich mir irgendwie nicht vorstellen, aber genauso wenig, dass jemand Fremdes in unserer Wohnung war.

Mit zitternden Fingern falte ich das Papier endgültig auseinander. Zum Vorschein kommt eine Tasse aus Edelstahl. Stirnrunzelnd nehme ich sie entgegen und halte sie hoch. Mir entfährt ein Lachen, als ich den Spruch darauf lese.

Ich bin eine Mechanikerin und was ist deine Super-kraft?

Die ist definitiv nicht von meinem Vater, er hat für solche Dinge nichts übrig. Jetzt fällt mir auch der kleine Zettel in der Tasse auf. Eine markante, geschwungene Handschrift sticht mir ins Auge.

Welches meiner Geschenke wird wohl häufiger benutzt? Es bleibt spannend. Dan.

»Dan«, lese ich das letzte Wort laut und beiße mir auf die Unterlippe.

Das ist schon sein zweites Geschenk an mich. Die Frage ist nur: Was will er damit bezwecken?

KAPITEL 13

Zwei Tage später, am Sonntagabend, erwartet mich die nächste böse Überraschung. Es klingelt zum zweiten Mal an unserer Haustür, weswegen ich seufzend das Handy beiseitelege und aus meinem Zimmer laufe.

Papa ist gerade an der Sprechanlage, knallt die Gabel zurück auf den Hörer und sieht mir grimmig entgegen. In meinem Magen zieht sich eine schlimme Vorahnung zusammen.

»Es ist Ben.«

Verdammte Scheiße. Ich mache automatisch einen Schritt rückwärts, zurück in den sicheren Kokon meines Zimmers, während mein Magen sich schmerzhaft zusammenzieht. Ich habe Ben seit dem Fiasko in unserer Wohnung nicht gesehen. Es kommt mir vor, als wäre das alles in einem anderen Leben passiert, dabei ist es erst wenige Wochen her. Nicht einmal einen ganzen Monat.

»Bleib hier«, rät mein Vater. »Ich werde runtergehen, ihm eine runterhauen und dann werden wir niemals wieder darüber reden. Deal?«

Seufzend verdrehe ich die Augen. »Papa, nein.« Ich weiß, dass er seine Worte hundertprozentig ernst meint. Aber ich bin keine fünf Jahre mehr, ich kann nicht zulassen, dass mein Daddy meine Probleme für mich löst. Scheiße, ich bin allein mit den Free Wolves klargekommen, da werde ich Ben gegenübertreten können. »Ich gehe runter. Schon gut.«

»Verpass ihm einen ordentlichen Roundhouse-Kick. So wie man es dir beigebracht hat, ja?«

Wieder rolle ich mit den Augen. »Bis gleich.«

»Du hast zehn Minuten, dann komme ich runter.«

Ich ziehe mir meine Lederjacke über und schlüpfe in meine Schuhe, ehe ich die Treppen herunterlaufe. Keine Ahnung, wie ich mich fühle. Wütend, traurig, verletzt? In den letzten Tagen habe ich all das verdrängt und nicht darüber nachgedacht. Und jetzt steht er hier, vor der Wohnung meines Vaters.

Steif schiebe ich meine Hände in die Jackentaschen und drücke die Tür mit der Schulter auf. Da wartet er, auf dem Gehweg neben meinem Auto, die Hände zitternd aneinanderreibend. Als er mich erblickt, hält er automatisch inne.

»Olivia.«

»Ben«, gebe ich zurück, mache noch ein paar Schritte, bleibe aber ein paar Meter vor ihm stehen. »Was tust du hier?«

»Können wir reden?«

»Ich wüsste nicht, worüber. Das letzte Mal habe ich alles gesagt.«

Er fährt sich durchs Haar. »Es tut mir leid. Ich wollte nicht, dass du es so erfährst.«

»Ist es was Ernstes?«, frage ich und presse sogleich die Lippen aufeinander. »Bist du in sie verliebt?«

»In Annika? Scheiße, nein. Ich liebe dich, Olivia. *Dich*.«

Ich verschränke die Arme vor der Brust. »War sie die Einzige?«

Schweigen.

»War sie die Einzige?!«, frage ich, diesmal lauter.

»Nein«, gesteht er kleinlaut. »Es tut mir leid, ehrlich. Das erste Mal ist es auf einer Party passiert, ich war total betrunken und es war einfach ... aufregend. Danach konnte ich nicht mehr damit aufhören.«

Unwirsch wische ich mir die Tränen von den Wangen und mache einen Schritt rückwärts. »Verpiss dich, du Arschloch.«

»Ich wollte ehrlich zu dir sein.«

»Und ich bin ehrlich zu dir: Ich will dich nie wieder sehen! Verschwinde aus meinem Leben!«

»Warte, Olivia. Da ist noch eine Sache. Das Auto.«

»Was?!«, entfährt es mir, weil ich nicht glauben kann, dass er nur wegen des verdammten Autos wiedergekommen ist.

»Es gehört uns beiden und ich bin darauf angewiesen.«

»Du bist jetzt auch irgendwie hergekommen«, falle ich ihm ins Wort.

»Den Wagen habe ich von Annika geliehen.« Na, das wird ja immer besser. »Dein Vater hat eine ganze Werkstatt voll, du brauchst es doch gar nicht.«

»Lass mich in Ruhe, Ben. Ich behalte das verdammte Auto!« Allein schon aus Prinzip, aber auch weil er auf mich zugelassen ist und die Versicherung über meinen Namen läuft.

»Was ist mit deinen Klamotten?«, fragt er unvermittelt, als ich mich abwenden will. »Und deine restlichen Sachen aus der Wohnung? Die willst du sicher zurück.«

Daran habe ich die letzten Wochen kaum einen Gedanken verschwendet, aber er hat recht. Mein ganzes Zeug liegt noch in meinem alten Zuhause. »Ich habe ja einen Schlüssel. Sobald ich bereit bin, hole ich alles ab, was mir gehört«, informiere ich ihn, bemüht um einen neutralen Tonfall.

»Ich lasse die Schlösser austauschen«, droht Ben.

Die mühsam aufgebaute Ruhe wird mit einem Schlag zunichtegemacht. Erneut schießen mir Tränen in die

Augen, aber dieses Mal eindeutig vor Wut. »Ist das dein *verdammter* Ernst?!«

Seine Stimme wird wieder sanfter. »Oder wir schließen einen Kompromiss und du gibst mir den Wagen.«

Wow, okay, das ist eindeutig zu viel. Auf diesem Level werde ich nicht mehr mit ihm sprechen.

»Hey, Kumpel.«

Die Stimme lässt uns beide zusammenzucken. Aaron taucht wie aus dem Nichts aus der Dunkelheit auf. Gott, hat er wie ein Stalker vor meinem Haus im Gebüsch gelauert? Ich will nicht, dass er hier ist und mich in dieser Situation sieht. Heulend und im gefühlt schlimmsten Streit meines Lebens.

»Hey, ich bin Ace«, stellt er sich mit aller Leichtigkeit vor und streckt ihm die Hand hin.

»Äh, Ben«, gibt mein Ex unbeholfen zurück und schüttelt seine Hand.

Was für eine kranke Scheiße. Da steht Ben, mein Exfreund, der mich gerade zum Heulen gebracht hat, und ihm gegenüber Aaron, der einen halben Kopf größer ist und auf ihn herabblickt. Sie halten immer noch die Hand des jeweils anderen, wobei Ben so aussieht, als ob er Schmerzen hätte.

»Du kannst jetzt loslassen«, presst er hervor. Aaron rührt sich keinen Millimeter.

»Was hast du gerade zu Olivia gesagt?« Er dreht langsam den Kopf zu mir. »Sind das da Tränen auf ihren Wangen? Hast du sie etwa zum Weinen gebracht?«

Das Licht des Hausflurs liegt in meinem Rücken, er kann unmöglich die verräterischen Spuren sehen. Erneut fahre mit den Fingern über mein Gesicht.

»Das geht dich gar nichts an«, sagt Ben und versucht nun, seine Hand wegzuziehen. »Wer auch immer du bist.«

Irgendwie habe ich das Gefühl, jetzt einschreiten zu müssen. Aaron ist doppelt so breit wie Ben und hundertmal so gefährlich.

»Lass gut sein, Aaron«, greife ich ein und mache zwei Schritte auf die Männer zu. »Ich kann meine Probleme allein lösen.«

Wie auf Kommando lässt Aaron Bens Hand los, der daraufhin erleichtert seinen Arm ausschüttelt.

»Olivia ...« Ben macht einen Schritt auf mich zu, ich weiche zurück, aber er kommt gar nicht so weit. Denn Aaron packt Ben, wirbelt ihn herum und schlägt seinen Kopf mit voller Wucht gegen das Dach meines Autos.

»Scheiße!«, entfährt es mir, während Ben aufschreit und dann erstickt stöhnt.

»Lass Olivia in Zukunft in Ruhe, kleiner Junge«, höre ich Aaron sagen, während Ben zurückruft: »Du hast mir die Nase gebrochen!«

Könnte gut sein. Er hält sich beide Hände ans Gesicht, Blut tropft unaufhörlich zwischen seinen Fingern hervor. Ach du Heilige ...

Aaron packt seinen Kragen und zieht ihn näher zu sich. »Du wirst jetzt in deinen Wagen steigen, in die Notaufnahme fahren und sagen, dass du gestolpert bist. Und wenn Olivia ihre Sachen aus der Wohnung holen will, dann wirst du ihr den verdammten roten Teppich ausfahren. Glaub mir, ich erfahre, wenn du ihr deswegen Probleme machst. Haben wir uns verstanden?«

Ben nickt steif, seine Augen sind vor Schreck geweitet. Sobald Aaron ihn loslässt, stolpert er zurück und läuft zu dem Toyota, mit dem er offenbar hergekommen ist.

Fassungslos sehe ich dabei zu, wie er mit aufheulendem Motor und quietschenden Reifen davonfährt.

»Gern geschehen, Rotkäppchen«, sagt Aaron leichthin und kommt auf mich zu geschlendert. Er zwinkert mir allen Ernstes zu.

»Du hast ... ihm die Nase gebrochen.«

»Dein Ex ist ein Arsch.«

»Ja, aber ... Scheiße, Gewalt ist doch keine Lösung!«

Aaron zieht eine Augenbraue in die Höhe. »Sagt die Frau, die Falk Richardson in die Eier getreten hat.«

Abwehrend hebe ich beide Hände. »Ich habe der Menschheit einen Gefallen getan.«

»Und ich habe *dir* einen Gefallen getan«, hält er dagegen.

Empört schüttele ich den Kopf. »Denkst du, ich kann mich nicht gegen meinen Ex-Freund behaupten und bräuchte dafür deine Hilfe?!«

»Entspann dich, Rotkäppchen. Meine Dienste waren sogar umsonst.« Aaron macht noch einen Schritt auf mich zu. »Zumindest fast.«

Ich neige den Kopf weiter in den Nacken, die Augenbrauen zusammengezogen, die Lippen zu einem Protest geöffnet. Und genau auf diese Stelle trifft sein Blick, bevor er sich nimmt, was er will: Er küsst mich.

Mein Protest wird mit seinen Lippen erstickt, mit seiner Zunge, die meinen Mund in Sekundenschnelle erobert. Ich keuche, aber auch das wird von ihm geschluckt. Scheiße, er schmeckt gut und das ist leider der heißeste Kuss, den ich in letzter Zeit bekommen habe. Er ist nicht besonders elegant, dafür voller animalischer, roher Leidenschaft. Aaron lässt von mir ab und leckt nochmal über meine Unterlippe.

»Bis bald, Rotkäppchen.«

Mein Herz schlägt wie wild in meiner Brust, als ich zurück in meine Wohnung komme und mich atemlos gegen die Haustür lehne.

»Alles in Ordnung?«, fragt Papa misstrauisch. Ich lecke mir über die Lippen und schmecke Aaron.

»Ja«, gebe ich krächzend zurück. Ich muss mich fokussieren, um nicht mehr an Aaron und diesen Kuss zu denken. »Ben wollte das Auto, aber ich habe ihn zur Hölle geschickt.«

Grimmig nickt mein Vater. »Gut so.«

Ich wünsche ihm eine gute Nacht und ziehe mich zurück in mein Zimmer. Scheiße, mein ganzer Körper glüht regelrecht. Das ist doch nicht normal! Ich fasse mir an die heiße Stirn und seufze gequält.

Was mache ich mir vor? Dieser einzige Kuss hat mich heiß gemacht. Und ja, verdammt, es hat mich auch angemacht, dass Aaron wie ein großer Beschützer aufgetaucht ist.

»Dämliche Libido«, murmele ich, beuge mich aber vor und ziehe die Nachttischschublade auf. Dans Geschenk rollt mir entgegen. Nein, nicht die Tasse.

Ich nehme den Vibrator in die Hand und drücke auf den Knopf, um die verschiedenen Stufen auszuprobieren.

»Na dann wollen wir mal sehen, was du so draufhast.«

Das Schlimmste ist, dass ich gar nicht weiß, an wen ich denken soll. An Dan und seinen elektrisierenden Blick gestern Abend? An Jax, wie er mich in der Werkstatt gegen seinen Wagen gedrückt hat? Oder doch an Aaron und seinen stürmischen Kuss eben?

KAPITEL 14

Die nächste Woche beginnt genauso entrückt, wie sie begonnen hat.

»Josie Müller wurde gefunden.« Mit diesen Worten begrüßt Papa mich am Montagmorgen am Frühstückstisch.

»Lebend?«, ist das Erste, was ich frage. Sein Kopfschütteln ist wie ein Schlag in den Magen. Entsetzt lasse ich mich auf den Stuhl sinken. Meine Finger zittern. »Was ... weiß man schon, was passiert ist?«

»Ihre Leiche wurde am Flussufer treibend aufgefunden«, erzählt er ruhig, aber ich kann seinem Gesicht ablesen, wie sehr ihn die ganze Sache schockiert. »Sie ist wohl ertrunken. Es ist noch nicht klar, wie es dazu gekommen ist.«

Ich reibe mir über die Arme, auf denen sich eine Gänsehaut gebildet hat. »Wie genau ist sie eigentlich verschwunden?«

»Von einen auf den anderen Tag. Zuerst hat die Polizei gar nicht reagiert, sie war immerhin schon achtzehn und hatte ständig Streit mit ihren Eltern. Furchtbar, das Ganze.« Mein Vater seufzt laut. »Ich werde heute nicht in die Werkstatt fahren, sondern ihre Eltern besuchen. Kriegst du das allein hin?«

»Natürlich«, versichere ich ihm.

Ich bekomme Josie nicht aus dem Kopf. Den ganzen Vormittag lese ich mir die hereinkommenden Berichte durch, die nach und nach hereinflattern.

Tragischer Unfall oder Mord?, lautet die reißerische Überschrift eines der Artikel. Je mehr Bilder von dem jungen Mädchen aufploppen, desto sicherer bin ich mir, dass es ihre Leiche war, die ich letzten Montagabend in der Hütte gesehen habe.

Papa überlässt mir auch am Dienstag die Werkstatt und ich bin richtig erstaunt darüber, dass seine Mitarbeiter ohne Murren das tun, was ich ihnen auftrage. Ich könnte mich daran gewöhnen, die Chefin raushängen zu lassen, wenn es nicht so einen tragischen Hintergrund hätte.

Erst am Mittwoch nimmt Papa seine Arbeit wieder auf und gibt mir den Nachmittag frei. Ich statte den örtlichen Läden einen Besuch ab und fülle unseren Kühlschrank auf. Gerade als ich dabei bin, Mittagessen zu kochen, klopft es stürmisch an der Haustür. Stirnrunzelnd werfe ich mir das Handtuch über die Schulter und laufe zur Tür, als es erneut schellt.

»Olivia, bist du da?«

Eine völlig aufgelöste Daria steht im Treppenhaus. Kurzerhand dirigiere ich sie in die Küche und schenke ihr ein Glas Wasser ein.

»Was ist los?«, frage ich besorgt.

»Tonia ist verschwunden.«

»Was?« Ich lasse mich ihr gegenüber sinken. »Was ist passiert?«

»Ich weiß es nicht, sie hat nicht mehr auf meine Nachrichten reagiert und als ich heute Morgen bei ihr vorbeigefahren bin, war sie nicht da.« Überfordert rauft sie sich die Haare. »Ihre Mutter hat gesagt, sie wäre gestern Abend losgezogen und hätte behauptet, bei mir übernachten zu wollen. Aber das war gar nicht vereinbart und sie ist nicht bei mir aufgetaucht.«

»Okay, ganz ruhig.« Tröstend greife ich nach ihrem Arm. »Warst du schon bei der Polizei?«

»Ja, gemeinsam mit ihrer Mutter. Aber die haben mir gesagt, sie können nichts machen, da Tonia volljährig ist und keine Bedrohungslage vorliegt. Das ist doch Bullshit. Tonia würde niemals einfach so abhauen. Und wo sollte sie überhaupt hin?«, redet Daria sich in Rage und beginnt wieder, wild mit den Händen herumzufuchteln.

»Hast du schon mal ihre Lieblingsorte abgesucht?«, hake ich nach.

»Nein, das nicht. Oh man, Olivia, ich mache mir so Sorgen. Erst war Josie Müller wochenlang verschwunden und jetzt, wo ihre Leiche auftaucht, ist Tonia weg? Das kann doch kein Zufall sein!«

»Fahren wir los und suchen nach ihr«, schlage ich vor. »Und währenddessen versuchst du nochmal, sie zu erreichen.«

Daria sieht nicht besonders überzeugt davon aus, nickt aber. Ich stelle die gerade in den Ofen geschobene Lasagne zurück in den Kühlschrank, schnappe mir meine Schlüssel und Jacke, ehe es losgeht.

Wir fahren ans Schwimmbad, was mit schlechten Erinnerungen verbunden ist, in die Bücherei, Tonias Turnhalle und klappern alle ihre liebsten Cafés und Restaurants ab. Da wir nicht fündig werden, nehmen wir den Weg von über einer Stunde auf uns, um bei ihrem Ex-Freund vorbeizuschauen. Aber auch der kann uns nicht weiterhelfen.

Es ist bereits dunkel, als wir zurück nach Hause kommen. Daria ist inzwischen mit den Nerven am Ende und meine Zuversicht, sie bestimmt irgendwo zu finden, schwindet immer mehr.

»Es gab keinen Streit, nichts«, erzählt Daria mit trauriger Miene. »Tonia würde nicht einfach abtauchen. Niemals.«

Wir sitzen nach wie vor in meinem Wagen, da niemand von uns Anstalten macht, auszusteigen und hineinzugehen. Das würde sich viel zu sehr nach Aufgeben anfühlen. Fieberhaft überlege ich, was wir noch tun, wo wir noch suchen können.

»Ich glaube, die Free Wolves haben etwas damit zu tun«, flüstert Daria so leise, als wäre es schon gefährlich, ihren Namen zu oft auszusprechen.

»Mit Tonias Verschwinden? Aber sie hat ihre Anzeige doch zurückgezogen und getan, was sie verlangt haben.«

Daria sieht mich mit sorgenvollem Blick an. »Mit Josies Tod, mit Tonias Verschwinden. Mit allem, was schief läuft in dieser Stadt.«

Eine Gänsehaut bildet sich in meinem Nacken.

Meine Freundin seufzt. »Ich fahre am besten zu Tonias Mom und übernachte heute dort, damit sie nicht ganz allein ist.«

»Gute Idee«, befinde ich. »Vielleicht meldet sie sich und alles klärt sich auf.«

Nicht mal mich selbst kann ich mit den Worten überzeugen.

Fünfzehn Minuten, nachdem sich Darias und meine Wege getrennt haben, sitze ich wieder im Auto und fahre sinnlos durch die Straßen. Ein sternenklarer Himmel scheint auf mich herab, der Mond steht voll und silbrig leuchtend am Horizont. Er ist so grell, dass ich die Sonnenblende herunterklappe.

Die innere Unruhe macht mich so wahnsinnig, dass ich unmöglich allein im Haus sitzen und Nichtstun kann.

Ich glaube, die Free Wolves haben etwas damit zu tun.

Diese Angst in Darias Stimme, die Panik in Tonias Augen, als sie die drei Männer auf der Party gesehen hat. Jax' Drohung, die Werkstatt niederzubrennen, Dans lockere Art, mit der er mit mitteilt, dass er sich meinen Todestag auf den Rücken tätowieren würde, Aaron, wie er mich packt und unter Wasser drückt ...

Ruckartig reiße ich das Lenkrad herum und wende. Ich weiß plötzlich genau, wohin ich will. Ich brauche nur zehn Minuten bis zur Werkstatt. Der Schlüssel baumelt an meinem Bund, weshalb ich problemlos eintreten kann.

In Dunkelheit und vollkommener Stille wirkt mein vertrauter und geliebter Arbeitsplatz richtig gruselig. Ich mache das Licht nicht an, benutze stattdessen die Taschenlampe an meinem Handy, um mir den Weg zu Papas Büro zu erleuchten. Hier bin ich so gut wie nie drin, weshalb ich ein paar Schränke und Schubladen durchsuchen muss, bis ich den Rechnungsordner herausziehe.

Bingo.

Ich blättere durch und finde schließlich die gesuchte Rechnung von letztem Montag. *Julian Radner* hat bar bezahlt, dennoch wurde für die Buchhaltung eine Rechnung ausgestellt. Mit seinem Namen und der Adresse.

Mit zittrigen Fingern tippe ich die Anschrift in mein Handy ein und warte, bis es lädt. Das kleine Rädchen dreht und dreht sich.

Ein Poltern lässt mich zusammenzucken. Scheiße, was war das denn? Mit klopfenden Herzen stelle ich den

Ordner zurück und taste sofort nach meinem Dolch. Auf leisen Sohlen schleiche ich mich aus dem Büro und spähe in die Werkstatt.

Dunkel und still.

»Hallo?«, rufe ich sicherheitshalber. Wieder ein Poltern, als wäre etwas heruntergefallen. Ich sammele meinen Mut und laufe langsam voraus. »Wer ist da?«, frage ich, als ich den Stellplätzen näherkomme. Ich kann den Impuls nicht zurückhalten, auch wenn mir bewusst ist, dass es das Dümmste ist, was ich tun kann. Da ist ein Teil in mir, der inständig darauf hofft, dass mir jemand antwortet und damit den Schreck aus der Situation herausnimmt.

Aber es kommt keine Antwort und das macht mich nervös. Die herumstehenden Autos bilden das perfekte Versteck, sie werfen im Licht meiner Taschenlampe tiefe Schatten.

Sei kein Feigling, rede ich mir selbst ein und mache noch ein paar Schritte vor.

»Miau.«

Ein erleichtertes Ausatmen entfährt mir, als der Lichtkegel auf eine grau getigerte Katze fällt, die ihr Köpfchen an einem Regal reibt.

»Du hast mir aber einen Schreck eingejagt«, murmele ich und locke sie an. In diesem ländlichen Teil der Stadt gibt es viele Freigängerkatzen und ab und zu verirren sich ein paar zu uns.

Mit der Katze auf dem Arm verlasse ich die Werkstatt, schließe ab und lasse sie gehen. Erst, als ich wieder in meinem Auto sitze, blicke ich erneut auf mein Handy. Jax' Adresse hat inzwischen geladen und mein Navi zeigt mir an, dass es mit dem Auto nur fünf Minuten sind.

Ganz in meiner Nähe.

»Bis gleich, Jax«, flüstere ich, schnalle mich an und fahre los.

KAPITEL 15

Es wundert mich nicht wirklich, dass Jax im Nobelviertel wohnt. Erpressung und Bedrohung scheinen ein gut laufendes Geschäft zu sein.

Ich lasse meinen Wagen an der Straße stehen, nehme nur Handy und Schlüssel an mich und laufe entschlossenen Schrittes zum Eingang. An den vielen Klingelschildern suche ich nach *Radner*, werde fündig und klingele gleich zweimal. Mein Blick fällt auf die Kamera an der Eingangstür, deren rotes Licht stetig blinkt.

Während ich mit klopfendem Herzen darauf warte, hereingelassen zu werden, frage ich mich zum ersten Mal, was ich ihm eigentlich sagen will. Das rauschende Gefühl in meinem Inneren war so stark, dass ich mir darüber noch gar keine Gedanken gemacht habe.

Unwillkürlich mache ich einen Schritt zurück und schiebe die Fäuste in meine Jackentaschen. Es tut sich ohnehin nichts, entweder er ist nicht zuhause oder will mich nicht reinlassen. Doch gerade, als ich mich abwenden will, summt die Tür und ich kann eintreten.

Selbst die Eingangshalle sieht modern und luxuriös aus, es gibt einen Aufzug sowie Treppen, die nach oben führen. Ich entscheide mich für letztere und jogge in den ersten Stock. Hier gibt es zwei gegenüberliegende Türen, aber keine davon steht offen. Also noch einen Stock höher. Und noch eins.

Auf der dritten Etage erkenne ich Jax, der lässig gegen den Türrahmen lehnt und mich bereits erwartet.

»Was für eine nette Überraschung«, sagt er lockend.

Er trägt nur graue Jogginghosen, weswegen mein Blick kurz über seine definierten Brustmuskeln und den flachen, muskulösen Bauch gleitet. Im Gegensatz zu Dan und Aaron hat er keine Tattoos – abgesehen dem auf seiner Wange –, zumindest kann ich sie auf den ersten Blick nicht erkennen. Seine dunkelblonden Haare sind unfrisiert und liegen in einem wilden Durcheinander auf seinem Kopf.

Warum fällt mir zum ersten Mal auf, wie groß und stark er ist? Nein, natürlich habe ich das vorher schon bemerkt, aber damals hat es mir nicht solch eine Angst gemacht. Vielleicht liegt es daran, dass ich hier in seinem Terrain, seinem Zuhause, bin. Irgendwie strahlt seine ganze Präsenz *Gefahr* aus.

»Wir müssen reden«, sage ich geradeheraus, bleibe zwei Meter vor ihm stehen und schlucke trocken. Er betrachtet mich mit so verschlossener Miene, dass ich absolut nicht sagen kann, was er gerade denkt. Ist er sauer, dass ich einfach bei ihm auftauche oder amüsiert deswegen? Keine verdammte Ahnung. Zumindest erkenne ich, dass er zögert, auch wenn es nur für einen winzigen Moment ist.

»Dann komm rein«, sagt er schließlich, stößt sich vom Rahmen ab und kehrt mir den Rücken zu. Jax verschwindet aus meinem Blickfeld und ich folge ihm sogleich, bleibe im Türrahmen stehen und blicke in das Penthouse, das vor mir liegt.

Wow. Ich habe gewusst, dass die Wohnungen hier teuer, modern und stilvoll sind. Aber *das* hätte ich wirklich nicht erwartet.

Es gibt große Fenster, die einen Blick auf die Stadt und den dahinter liegenden Wald preisgeben. Küche, Esszimmer und Wohnbereich gehen fließend ineinander über, nur offene Regel trennen diese Bereiche. In den verwinkelten Wandregalen stehen Grünpflanzen und Bilderrahmen.

»Trau dich, Olivia.«

Jax' Worte lenken meine Aufmerksamkeit zurück zu ihm. Er steht mitten im Raum, mir direkt gegenüber, das Kinn gesenkt, den Blick funkelnd. Für einen Moment erinnert er mich an ein Raubtier, das gerade zum Sprung ansetzt, um seine Beute zu reißen.

Langsam mache ich einen Schritt hinein, übertrete die Schwelle zu seiner Wohnung und nehme seinen herben, männlichen Geruch jetzt überdeutlich wahr. Wald und kalte Luft. Wieder zögere ich, hadere mit mir.

Er macht mir keine Angst. Er ist auch nur ein Mann, nur ein Mensch und er wird mir nichts tun.

Diese Worte sage ich mir wie ein Mantra, als ich die Tür hinter mir schließe und das Kinn recke.

»Was ist mit Tonia passiert?«, stelle ich ihm die Frage, wegen der ich gekommen bin.

Jax neigt den Kopf. »Wer?«

»Du weißt genau, wen ich meine.«

Mein Gegenüber grinst. »Du scheinst ein bisschen verwirrt, Olivia. Ist dir heiß? Du wirkst erhitzt.«

Scheiße, ja, es fühlt sich an, als wäre mein Blut in Wallungen geraten. Hitze kriecht über jeden Zentimeter meiner Haut und lässt meine Wangen glühen. Ich schlucke trocken. »Du ...«, setze ich an, muss aber erneut schlucken.

»Setz dich ins Wohnzimmer. Ich besorge uns etwas zum Trinken.«

Jax wendet sich bereits ab und läuft Richtung Küche, ich schäle mich aus der Lederjacke und laufe in den anderen Raum. Dort stehen eine schwarze, riesige Sofagarnitur, ein großer Fernseher und mehrere Spielkonsolen, doch meine Aufmerksamkeit wird von dem Wandbild dahinter abgelenkt.

Es zeigt einen Wolf, der inmitten eines Waldes steht. Sein eisblauer Blick erinnert mich automatisch an Jax und ironischerweise sieht der Wolf an der Wand mich ebenso lauernd an, wie der Hausbesitzer vor wenigen Sekunden.

Weil mir immer noch wahnsinnig warm ist, schäle ich mich auch aus dem Nike-Hoodie, schmeiße ihn gemeinsam mit meiner Lederjacke über die Lehne der Couch, ehe ich mich in das weiche Polster fallen lasse. Unwohl zupfe ich mein Shirt zurecht und blicke mich um. Irgendetwas ... stimmt hier nicht. Ich kann es nicht genau benennen, aber das Gefühl schleicht lauernd und unheilvoll in meinem Inneren umher. Am liebsten würde ich mich ganz klein machen und mich vor dem Sturm verstecken, der unaufhörlich auf mich zu rauscht.

Mein Blick gleitet zu einem der großen Fenster, gegen das wie auf Kommando der Regen zu prasseln beginnt. Eine Gänsehaut kribbelt auf meinen Armen.

Jax' näherkommende Schritte lassen mich zusammenzucken und ich fahre automatisch zu ihm herum. Er kommt mit zwei Weingläsern zurück und stellt eines davon auf den niedrigen Couchtisch vor meine Nase.

»Hier, bitte«, sagt er lässig und setzt sich neben mich. Seine Gegenwart löst einen erneuten Hitzeschub in mir aus.

»Sag mal, wie viel Grad haben wir hier?«, frage ich und greife nach dem Glas. Ich will sofort einen Schluck trinken, weil meine Kehle immer noch staubtrocken ist, aber als ich das Glas an meine Lippen halte, zögere ich.

Mein Blick fällt auf Jax, der den – nackten – Oberkörper in meine Richtung gedreht hat und mich seinerseits mustert. Er trinkt einen Schluck von seinem Weinglas und leckt sich danach über die Lippen.

»Ich denke, die Hitze geht von mir aus, Olivia«, sagt er salopp. Ja, von wegen. Gut, er ist vielleicht heiß, vielleicht sogar sehr heiß, aber ...

Puh, ich muss endlich etwas trinken.

»Wir tauschen«, sage ich prompt, halte ihm mein Glas hin und greife nach seinem. Jax lacht mit hochgezogener Augenbraue, protestiert jedoch nicht. Zwar glaube ich nicht wirklich, dass er mir etwas in den Wein gemischt hat, aber sicher ist sicher. Immerhin weiß ich, dass ich ihm nicht vertrauen kann.

Wieso sitzt zu dann mit ihm auf seiner Couch und trinkst mit ihm zusammen?

Scheiße, ich muss mich wieder fokussieren. Ich nehme einen Schluck, es hilft eindeutig gegen meine trockene Kehle, nicht aber gegen diese Hitze.

Jax, der mich die ganze Zeit über wachsam beobachtet, streckt den Arm nach mir aus und streicht mir eine lose Haarsträhne hinters Ohr. Dabei streifen seine Fingerknöchel meine Wange und eine erneute Gänsehaut kribbelt in meinem Nacken.

»Du bist wirklich schön, Olivia«, flüstert er.

Seine Worte lassen mich stocken und unwillkürlich den Kopf zurücknehmen. Was soll das denn? Jax ist gefährlich, unhöflich, wild, doch ganz sicher nicht *charmant*.

»Kommen wir auf meine Frage zurück«, erwidere ich kopfschüttelnd. »Wo ist Tonia?«

»Keine Ahnung, wen du meinst, aber ich denke gerade an keine andere Frau.« Jax' Stimme klingt nicht amüsiert oder spöttisch, nur heiser und verheißungsvoll. Er rückt ein großes Stück näher an mich, jetzt berühren wir uns fast. Irritiert drehe ich den Kopf zu ihm.

»Hör auf damit. Ich meine es ernst. Ihr habt Tonia eingeschüchtert, weil sie Falk Richardson angezeigt hat. Und jetzt ist sie weg.«

»Ah. Diese Tonia.« Jax reibt sich über eine glattrasierte Wange und runzelt die Stirn. »Was meinst du mit *weg*?«

»Na, verschwunden«, erkläre ich. Keine Ahnung, ob seine Verwirrung echt oder nur gespielt ist. »Tu nicht so, als wüsstest du nicht, wovon ich rede!«

»Was denkst du denn, habe ich damit zu tun?«, hakt er nach, den Kopf schief gelegt.

»Ich weiß, dass ihr Josie Müllers Leiche in Dans Hütte gelagert habt. Jetzt wurde sie in einem See gefunden und kurz darauf ist Tonia weg! Das ist doch kein Zufall.«

»Hmh, du hast recht, wirkt alles sehr verdächtig«, murmelt Jax. Er neigt den Kopf noch weiter, rückt näher zu mir und im nächsten Moment sind seine Lippen an meinem Hals.

Überrascht hole ich tief Luft, ein Kribbeln der Extraklasse schießt durch meine Glieder und für einen Moment flattern meine Lider. Etwas in mir möchte sich in dieses Gefühl fallenlassen, einfach die Augen schließen und genießen, aber natürlich tue ich das nicht.

Das ist sicher nicht der Grund, warum ich hergekommen bin!

Etwas verspätet rutsche ich von ihm ab und springe auf die Füße. Mir ist egal, dass mir dabei das Glas aus der Hand rutscht und auf dem Parkettboden mitsamt seines Inhalts in seine Einzelteile zersplittert.

Auch Jax nimmt es nicht wahr, er bleibt ruhig sitzen und sieht völlig tiefenentspannt zu mir auf.

»Was zur Hölle tust du?!«, frage ich aufgebracht.

»Du bist an Vollmond in die Höhle des Wolfes gekrochen«, sagt er gelassen. »Was denkst du denn, was hier passiert?«

Wut kribbelt in meinem Magen hoch, aber gleichzeitig ist da auch ein anderes Gefühl. Ein Besseres. Ein viel Intensiveres, das nicht nur mein Blut in Wallungen bringt, sondern meine ganze Haut in Flammen setzt.

»Nicht das«, gebe ich atemlos zurück. Warum fühle ich mich so außer Atem, ich habe doch überhaupt nichts gemacht. Scheiße, es liegt an Jax, dieser hitzigen Atmosphäre in seiner Wohnung und dieser ganzen verqueren Situation. »Ihr könnt mich meinetwegen davon abhalten, dieses Arschloch von Polizisten anzuzeigen, aber junge Frauen zu entführen und zu ermorden ... Scheiße, ihr seid doch krank! Ihr alle!«

Schwungvoll fahre ich herum, mache auf dem Absatz kehrt und flüchte. Ganz egal, dass meine Jacke und der Pulli noch über seiner Couch liegen, ich will nur weg, raus aus seiner Wohnung.

Ich glaube, dass ich es schaffe, das Penthouse zu verlassen, und im Moment ist mir auch gleichgültig, dass ich gar nichts erreicht habe und mein Besuch hier absolut unnötig war.

Aber ich habe vergessen, wie leise Jax sich bewegen kann.

Kurz bevor ich die Haustür erreiche, packt er meine Hüften und wirbelt mich herum. Ich japse auf, im nächsten Moment wird mir die Luft aus den Lungen gepresst, als ich grob gegen die Wand gedrückt werde. Jax hebt mich leichthin hoch und aus einem Reflex schlinge ich die Beine um seine Mitte, was nur zur Folge hat, dass sein Körper sich enger an meinen drängt.

Mein Herz rast, mein Puls tuckert unaufhörlich gegen meinen Hals und schwarze Punkte tanzen vor meinen Augen.

»Jax ...«, keuche ich.

Er dreht den Kopf, seine Nase fährt über meine Wange, er inhaliert meinen Duft.

»Fuck, du riechst gut«, raunt er.

Wieder so ein unerwarteter Spruch seinerseits.

»Lass mich los«, krächze ich und muss mich zusammenreißen, um nicht die Hände in seinem Nacken zu verschränken und mit den Fingern seine Haare zu zerwühlen. Meine Fingerspitzen kribbeln geradezu erwartungsvoll.

Was ist nur los mit mir? Ich bin doch sonst nicht so irrational und lasse mich selten von meinen Emotionen überwältigen. Aber Jax ist so ...

»Ich will dich nicht loslassen«, erwidert er, sein heißer Atem schlägt gegen meine Haut und lässt mich schauern. »Ich will dich ficken, Olivia.«

Empört japse ich auf, dabei ist offensichtlich, was er von mir will. Immerhin drückt sein Schritt gegen meine Mitte und ich kann seine Erektion überdeutlich spüren.

»Du hast dir die falsche Nacht ausgesucht.«

»Lass mich runter!«, wiederhole ich, mache aber den Fehler, meine Hände auf seine Schultern zu legen. Auf seine nackten, muskulösen Schultern. Die Muskeln bewegen sich unter meinen Fingern und Gott, er glüht regelrecht. Vielleicht war es doch kein Scherz, als er behauptet hat, die Hitze würde von ihm ausgehen.

Wir sehen uns in die Augen und halten gleichzeitig inne. Seine Iriden leuchten. Kein Scherz, keine Metapher, das Blau leuchtet tatsächlich von innen heraus, als

hätte man eine Glühbirne hinter seinen Pupillen angeknipst.

»Erzähl das bloß nicht Ace oder Dan«, murmelt Jax, im
nächsten Moment liegen seine Lippen auf meinen.

KAPITEL 16

Heiß, fordernd und überraschend weich küsst Jax mich. Und heiß. Habe ich heiß schon erwähnt? Meine Lippen öffnen sich wie von selbst und meine Zunge empfängt seine. Seine Finger graben sich fester in meine Schenkel und ich liebe diesen Druck, diesen leichten Schmerzimpuls, der sich verstärkt, als er mich fester an die Wand drückt.

Unsere Zungen fechten einen hitzigen Kampf aus, der ebenso berauschend und überfordernd ist wie all unsere Debatten. Nur, dass dieser hier nicht mit Worten, sondern mit unseren Körpern geführt wird. Meine Nägel krallen sich in seine Schultern und schließlich gebe ich dem unbändigen Drang nach, meine Finger in sein kurzes Haar zu schieben.

Der Kuss endet und ich muss mich regelrecht dazu zwingen, nicht sofort wieder nach seinen Lippen zu lechzen. Meine Lider öffnen sich, aber Jax hält seine Augen geschlossen. Seine Zunge fährt über seine Unterlippe, als wolle er meinen Geschmack aufnehmen.

»Willst du immer noch gehen, Olivia?«

»Nein«, wispere ich. Das Wort hat schneller meinen Mund verlassen, als der Nebel sich in meinen Gedanken lichten kann, aber einen Atemzug später wird mir klar, dass ich meine Antwort nicht revidieren will.

Jax öffnet die Augen und ein siegessicheres Lächeln zeichnet sich ab.

»Gut«, erwidert er rau. »Denn ich will dich nicht gehen lassen.«

Sein Griff verstärkt sich und der Druck in meinem Rücken verschwindet, als er einen Schritt zurück macht und mich durch die Wohnung zurück zur Couch trägt.

Vorsichtig legt er mich auf das Polster ab, beugt sich über mich und sieht einen Moment lang auf mich herab.

Ich lasse die Fingerkuppen über seine Wangen gleiten, streiche sacht über das kleine Tattoo.

»Warum ein x?«, frage ich leise.

Jax lacht rau. »Jugendsünde. Damals kam es mir unheimlich cool vor.«

Ungewollt muss ich lachen, streiche noch einmal darüber, ehe ich mit dem Daumen über seine Lippen fahre.

Schon lange nicht mehr hatte ich dieses intensive, kribbelnde Bedürfnis nach Sex. Mit Ben habe ich immer gerne geschlafen, aber niemals dieselbe unbändige Leidenschaft verspürt wie jetzt gerade. Niemals habe ich geglaubt, verglühen zu müssen, wenn er mich nicht endlich berührt.

»Jax«, hauche ich und drücke die Schulterblätter in das Polster.

»Was, Olivia?« Er leckt über meinen Daumen und löst damit ein wohliges Ziehen in meinem Unterleib aus.

»Du wolltest mich ficken. Dann tu es auch.«

Er lacht kehlig. »Nicht so schnell.« Seine Finger streichen unter mein Shirt, fahren über meine nackte Haut. Automatisch hebe ich den Oberkörper an und er zieht es mir aus. Das Stück Stoff landet achtlos auf dem Fußboden. Jax öffnet meinen BH und lässt die Träger über meine Schultern gleiten.

Seine Lippen hauchen federleichte Küsse auf meinen Bauch, über meinen Rippenbogen, meine Brust. Mir entkommt ein Keuchen, als seine Zungenspitze über meinen Nippel kreist. Ich strecke den Rücken ins Hohlkreuz, um mich ihm entgegen zu drücken, mehr zu spüren.

Seine Finger graben sich in meine Schenkel, er schiebt sie auseinander und positioniert sich zwischen ihnen.

Während seine Lippen und Zunge weiterhin meinen Oberkörper erkunden, gleitet seine Hand in meine Jeans. Seine Finger reiben sanft über mein Höschen und wieder erschauere ich.

Ich denke an nichts mehr, habe selbst vergessen, warum ich überhaupt hergekommen bin, alles rückt in den Hintergrund. Präsent ist nur Jax über mir, seine Finger, seine Zunge, die Hitze, die er ausstrahlt.

Ich werfe den Kopf in den Nacken, schließe die Augen und konzentriere mich auf die Empfindungen, die er in mir auslöst. Jax küsst gerade meinen Hals, meinen Kiefer, meine Wange, bis er schließlich wieder an meinen Lippen ankommt.

»Warst du schon feucht, als du bei mir angekommen bist?«, fragt er schnurrend. »Ich weiß, dass du an mich denkst, seit ich dich in der Werkstatt gegen das Auto gedrückt habe.«

Stimmt nicht, würde ich gerne sagen, und das wäre nur teilweise eine Lüge. Aber da seine Finger gerade in meine feuchte Mitte tauchen, erscheint es mir sinnlos, dem zu widersprechen.

»Willst du das?«, flüstert er mir zu. »Willst du mal von mir auf der Motorhaube eines Autos gefickt werden, kleine Mechanikerin?«

Die Vorstellung ist tatsächlich verdammt verlockend und was seine Finger da machen noch viel mehr. Sein Daumen kreist über meine Klit und meine Beine beginnen zu zittern.

Ich öffne die Lider, hebe den Kopf ruckartig und stoße fast gegen seine Stirn. Ein leises Lachen entkommt mir und auch er grinst.

»So stürmisch?«

Ich schlinge die Arme um ihn und drücke mich gegen ihn. Jax versteht, nimmt seine Hand aus meiner Jeans und lässt zu, dass ich die Positionen wechsele. Jetzt liegt er auf seiner Couch und ich sitze rittlings auf ihm. Ich beuge mich herunter und lecke über seinen Hals, inhaliere seinen Duft nach Wald und Mann.

»Du bist eine richtige Wildkatze, hm?«, fragt Jax und fährt mit einer Hand in mein Haar, hält mich fest. Zur Bestätigung beiße ich ihn in den Hals und spüre sein Lachen in jedem Winkel meines Körpers vibrieren. Seine Finger gleiten durch meine Strähnen, als ich mich über seinen Oberkörper küsse. Gott, diese Muskeln sind verdammt verführerisch. Fest und warm, aber gleichzeitig seidig weich.

Meine Finger haken sich im Bund seiner Jogginghose ein und ich schiebe sie ihm herunter. Er trägt keine Unterwäsche, sodass seine Härte mir direkt entgegenspringt. Ich umfasse den Schaft, käme meine Haare schnell zur Seite und beuge mich dann vor. Mit der Zunge lecke ich über die Spitze, nehme seinen männlichen Geschmack in mir auf und stöhne leise.

»Fuck, Olivia.« Jax zieht scharf die Luft ein. »Komm schon, nimm mich in den Mund. Ich will in deine enge Kehle stoßen.«

Ich tue ihm den Gefallen, nehme ihn auf und sauge, während ich den Kopf vor und zurückbewege. Sein Geruch, der Geschmack, die Hitze. All das vernebelt meine Sinne so sehr, dass ich nichts lieber will, als ihn endlich richtig zu spüren.

Also lasse ich von ihm ab, rutsche wieder hoch und setze mich auf seine Hüften. Jax packt mich und dirigiert mich unter sich, bis er in meine warme, nasse Mitte dringt.

»Oh Gott«, stöhne ich und werfe den Kopf zurück. Jax hält mich fest, während er unaufhörlich in mich stößt. Seine Lippen senken sich auf meine und wir tauschen einen heißen Kuss, der alles in mir zum Erbeben bringt. Jeder Stoß füllt mich mehr aus, seine Finger graben sich in meine Hüften und seine Zähne fangen meine Unterlippe ein.

Er stöhnt, ich stöhne und wir vereinigen uns immer wieder aufs Neue. Mein Innerstes krampft sich zusammen, ich steuere auf die Klippe zu und fliege im freien Fall ohne Sicherheitsschirm.

Ich zerberste, meine Welt vergeht und ich wimmere, als mein ganzer Körper zittert. Jax hält mich, stößt weiter in mich, unsere Körper prallen gegeneinander und ich kann nicht anders, als die Arme um seinen Hals zu schlingen und ihn fester an mich zu pressen.

KAPITEL 17

Jax liegt noch halb über mir, wir sehen uns einen Moment an, dann rollt er sich neben mich und lässt mich frei. Einen Atemzug lang schließe ich die Augen, spüre mein Herz nachschlagen, und realisiere erst richtig, was gerade passiert ist.

Ich hatte Sex mit Jax.

Verdammte Scheiße.

Ich will von der Couch aufstehen, als ein stechender Schmerz an meiner Seite mich aufzischen lässt. Was war das?

»Halt still«, sagt Jax, packt meinen Arm und beugt sich über mich. Er greift um mich herum und zieht eine Glasscherbe hervor, auf die ich gerade gerollt bin. Ah, Mist. Das tat wirklich weh und wie ich nun bemerke, blute ich auch ein wenig. Ich entziehe ihm meinen Arm und stelle mich auf die Füße, wobei ich darauf achte, nicht in noch mehr Scherben zu treten. Jax setzt sich auf und rutscht bis zum Ende der Couch.

»Warte.« Er umfasst meine Hüften und sieht zu mir auf. Sein eisblauer Blick ist nicht mehr lauernd, nicht mehr voller Angriffslust, ganz im Gegenteil. Er wirkt besänftigt, geradezu ruhig.

Jax beugt sich vor und leckt einmal über die Blutspur, die sich auf meiner rechten Seite gebildet hat. Mich überkommt ein Schauer, ein Prickeln breitet sich von der Stelle aus. Meine Haut ist wieder sauber, von dem kleinen Schnitt fließt kein Blut mehr. Jax sieht zu mir auf, sein Lächeln verblasst. Er runzelt die Stirn und wirkt so verwirrt, wie ich mich fühle.

Ich reiße mich von ihm los und klaube meine Klamotten zusammen, um mich anzuziehen. Nachdem ich mir die Lederjacke übergestreift habe, halte ich nochmal inne und setze mich zurück auf die Couch. Zwischen Jax und mir herrscht nun einen Meter Abstand, die Hitze ist verschwunden und ich kann klare Gedanken fassen.

»Was habt ihr mit Tonia gemacht?«

Jax lacht leise, lehnt sich entspannt zurück und verschränkt die Arme hinter dem Kopf. »Du lässt nicht locker, hm?«

»Sag es mir«, verlange ich und streiche mir die Haare hinters Ohr. »Ihr habt sie doch nicht umgebracht?«

»Du weißt viel zu wenig. Und das ist auch besser so.«

Verärgert kneife ich die Augenbrauen zusammen. »Wenn du mir meine Frage beantworten würdest, wüsste ich mehr.«

Seufzend rollt er mit den Augen. »Nein, wir haben Tonia nicht entführt, wir haben sie nicht umgebracht, keine Ahnung, wo sie ist.«

Sagt er die Wahrheit? Schwer zu sagen. Aber natürlich würde er mir nicht auf dem Silbertablett servieren, wo Tonia ist und was die Free Wolves mit ihr angestellt haben.

»Und wenn ich gleich zu eurer Hütte fahre, hättest du damit kein Problem?«, frage ich angriffslustig.

Jax kneift die Augen zusammen. »Es ist Dans Hütte und du solltest sie lieber in Ruhe lassen. Vor allem heute Nacht.«

Ich schnaube. »Machs gut, Julian.«

Draußen regnet und stürmt es regelrecht, weshalb ich mich zu meinem Auto flüchte und mich seufzend ins Polster sinken lasse. Ich umfasse das Lenkrad und lehne die Stirn dagegen. Was war das für eine kranke Scheiße.

Ich hatte nie, *niemals* vor, mit Jax zu schlafen. Vor allem nicht heute Nacht. Und jetzt spüre ich ihn noch in mir, spüre seinen Griff um meine Hüfte und seine Zunge auf meiner Haut. Es ist kein unangenehmes Gefühl, ganz im Gegenteil. Aber das macht es gerade so schlimm.

Ich befinde mich nach wie vor im Zwiespalt, als ich zuhause unter meiner Dusche stehe und das Wasser betrachte, das den Abfluss herunterläuft. Ich lege eine Hand auf die Fliesen und schließe die Augen.

Was tue ich jetzt?

Tonia ist immer noch weg, ich habe absolut keinen Anhaltspunkt und keine Ahnung, ob er mir die Wahrheit erzählt hat oder nicht. Wieder einmal zerbreche ich mir den Kopf über die Free Wolves und komme einfach nicht zu einem sinnvollen Schluss.

Am nächsten Tag stehe ich wieder in der Werkstatt und lenke mich mit Arbeit ab. Den ganzen Vormittag schreibe ich mit Daria hin und her. Es gibt noch nichts Neues von Tonia, sodass sie inzwischen eine Suchanzeige bei der lokalen Zeitung und Instagram eingestellt hat. Ich habe die entsprechende Story an Enisa weitergeleitet. Sie hat ein paar tausend Follower, weshalb ich mir erhoffe, über sie eine größere Reichweite zu generieren.

Es klappt, bis zum Nachmittag wurde die Info schon hundertmal verbreitet und in Darias DMs tauchen immer mehr Hinweise auf. Ob sie letztendlich etwas bringen, muss noch geprüft werden.

Nach Feierabend treffe ich mich persönlich mit Daria in einem Restaurant und wir gehen die aufgekommenen Nachrichten zusammen durch. Teilweise wurden uns auch Bilder geschickt, aber bei den meisten kann Daria sofort ausschließen, dass es sich um Tonia handelt.

Wir kommen nicht weiter und den ganzen Samstag höre ich nichts von Daria, da sie bei Tonias Mutter zu Besuch ist. Ich fühle mich hilf- und machtlos und ich hasse es, nur rumzusitzen und nichts zu tun.

Papa ist an diesem Abend mit Freunden ausgegangen und ich nutze die freie Zeit, um aufzuräumen und mich abzulenken. Ich stecke mir die Airpods in die Ohren, lasse *Linkin Park* auf voller Lautstärke laufen und schrubbe jede Ecke gründlichst sauber. Ohne viel darüber nachzudenken betrete ich das Zimmer meines Vaters und sauge auch dort. Erst, als ich mir einen Moment Zeit nehme, wird mir bewusst, dass ich so gut wie nie hier drin bin.

Alles an diesem Zimmer ist unauffällig und schlicht, weswegen das Regal mit dem Bilderrahmen mir umso deutlicher ins Auge sticht. Ich schalte den Staubsauger aus und trete näher, nehme den Rahmen in die Hand und betrachte das Bild.

Es zeigt meine Mutter und meinen Vater an ihrem Hochzeitstag, sie beide strahlen um die Wette. Wow, Papa war so jung. Und Mama ist mir wie aus dem Gesicht geschnitten. An diesem Tag war ich ebenfalls anwesend, als Fötus in Mamas rundem Bauch. Damals waren sie so glücklich. Nur zwei Jahre nach meiner Geburt ist sie abgehauen, hat ihre Koffer gepackt und sich ins nächste Abenteuer gestürzt.

Ich frage mich zum ersten Mal, ob Papa sie vermisst, ob er sie immer noch liebt. Warum sonst sollte er das Bild all die Jahre in seinem Schlafzimmer aufbewahren?

Vorsichtig stelle ich es zurück und bemerke die Kette, die hinter dem Rahmen liegt. Sie ist wunderschön und filigran, an ihr hängt ein Goldring mit einem kleinen Diamanten. Vermutlich Mamas Ehering, den sie ihm zurückgegeben hat, bevor sie abgehauen ist.

Mit einem wehmütigen Gefühl wende ich mich ab, verlasse das Zimmer und versuche, die trüben Gedanken mit noch lauterer Musik zu vertreiben.

Entschlossen packe ich die vollen Müllsäcke, ziehe Jacke und Schuhe an und jogge nach unten. Es ist stockdunkel draußen, allein die Laternen am Eingang erhellen mir den kurzen Weg bis an die Straße. Sie erlischt jedoch, als ich mich daran mache, die Säcke in die überfüllten Mülltonnen zu stopfen.

Gerade als ich den Deckel schließe, überkommt mich eine unangenehme Gänsehaut, als würde mich jemand beobachten. Ich drehe den Kopf, ziehe gerade einen Airpod heraus, als sich Arme von hinten um meine Taille schlingen.

Ach du heilige Scheiße!

Mein Schrei wird durch eine Handfläche gedämpft, bevor ich grob nach hinten gezerrt werde.

KAPITEL 18

Ich werde grob vorangezerrt, pralle gegen einen Körper, die große Hand immer noch auf meinem Mund. Panik und berechtigte Wut mischen sich zu einem heftigen Cocktail in meinen Venen zusammen. Ich trete um mich, kratze über das fremde Handgelenk, schreie unterdrückt.

Scheiße, ich kann doch nicht mitten in meiner eigenen Straße vor meinem Haus entführt werden!

Noch bevor die Angst in mir ihren Höhepunkt erreicht, werde ich losgelassen und falle, ich strecke die Hände aus und ... Moment mal, ist das ein Polster? Ein ... Autositz. Hektisch blinzele ich die bunten Sterne vor meinem inneren Auge weg und ja, ich werde gerade in das Innere eines Autos verfrachtet. Mit einem Ruck werde ich herumgedreht, mein Rücken landet auf der Rückbank und der Atem stockt in meinen Lungen.

»Hey.« Dan beugt über mir und grinst breit. »Lust auf eine Spritztour?«

»Scheiße, spinnst du?!«, fahre ich ihn an und trommele mit den Fäusten gegen seine Schultern.

»Autsch.« Er verzieht gespielt schmerzhaft das Gesicht, dabei glaube ich, dass er meine Schläge gar nicht richtig spürt. »Begrüßt du alle deine Verehrer so?«

»Wenn sie mich in Todesangst versetzen und entführen, dann ja!«, gebe ich atemlos zurück. »Was soll das denn?«

»Ich wollte dich überraschen«, sagt er scheinheilig und verschwindet endlich von mir. Das gibt mir genug Gelegenheit, aus dem Wagen zu springen und ein paar Schritte zurückzustolpern. Wir befinden uns nur zwei Meter von meinem Haus entfernt, aber mir kam es für ein paar schrecklich lange Sekunden so vor, als würde ich gleich nach Übersee verschifft werden. So eine kranke Scheiße.

»Ich habe gehört, dass du nach Tonia suchst.«

Bei diesen Worten verwerfe ich meinen Fluchtplan, der eigentlich nur daraus bestand, so schnell wie möglich loszulaufen und zu hoffen, vor Dan zur Haustür zu gelangen.

»Weißt du was über ihr Verschwinden?«, frage ich stattdessen.

»Nein, aber du«, sagt er gelassen.

»Wie bitte?«

Er deutet mit einem Kopfnicken auf sein Auto. Ein schicker Mustang, wie ich nun feststelle. Tiefergelegt und mit mattschwarzem Lack. »Komm mit, ich zeige es dir.«

Ich runzele die Stirn. »Warum sollte ich dir vertrauen, nach allem, was ihr abgezogen habt?« Wenn meine Theorie stimmt, dann ist Dan Josie Müllers Mörder und damit auch Tonias Entführer. Mit ihm mitzufahren ist also eine denkbar schlechte Idee.

Dan hebt entwaffnend beide Hände und zuckt mit den Schultern. »Du musst nicht, Livi. War nur ein Vorschlag.«

Richtig, als er mich gepackt und in seinen Wagen verfrachtet hat, hat es sich genau danach angefühlt.

»Nein? Na gut«, sagt Dan weiter, als ich nichts erwidere und ihn nur argwöhnisch anstarre. Er umrundet das Auto und schwingt sich lässig auf den Fahrersitz. Ich stopfe die zu Fäusten geballten Hände in die Jackentaschen und beiße mir fest auf die Innenseite meiner Wange.

Ach, scheiße, wenn ich das nicht bereuen werde ...

Ehe ich es mir anders überlegen kann, reiße ich die Tür zum Beifahrersitz auf und steige ein. Dans siegessicheres Lächeln kotzt mich jetzt schon an.

»Dann los«, sagt er.

»Dann los«, erwidere ich und hoffe inständig, diesen dummen Fehler zu überleben.

Wir fahren zehn Minuten schweigend durch die Stadt, bis ich erkenne, worauf ich zusteuere.

»Scheiße, nein«, entfährt es mir und ich kralle mich in meinen Polstersitz. Wir rollen soeben auf den Parkplatz, der zum Wald führt. Zu *dem* Wald, in dem sie mich vor nicht allzu langer Zeit abgesetzt haben und in dem Dans Mörderhütte steht.

»Was?« Dan lacht. »Bekommst du etwa Angst?«

»Nein«, lüge ich. »Ich bin ja kein Reh.«

»Was für ein Glück für dich, hm?«, erwidert er murmelnd. Wir halten an, der Motor erlischt, die Lichter schalten sich aus. »Machen wir einen kleinen Spaziergang.«

Unsicher sehe ich ihn an. Seine Züge sind gelassen, Ruhe liegt in seinen blauen Augen. Eine Sekunde lang muss ich an Jax denken, der denselben Blick draufhatte, nachdem wir miteinander geschlafen haben.

»Was tun wir hier?«, hake ich nach.

»In dieser Nacht, als du das tote Reh gefunden hast, bist du einer Intuition gefolgt, richtig?« Als ich zögerlich zustimme, nickt Dan zufrieden. »Und genau so kannst du Tonia ebenfalls finden.«

Eine kalte Gänsehaut kriecht meinen Nacken entlang. »Keine Ahnung, was du mir damit sagen willst.«

»Ist nicht schlimm, du wirst es fühlen. Komm mit.« Er steigt bereits aus und ich zögere eine Sekunde länger, dabei ist mir schon bewusst, dass ich ihm folgen werde. Mit seinen kryptischen Bemerkungen hat er eindeutig meine Neugier geweckt.

Ich verlasse den Wagen und mache einen Schritt in Richtung des Waldweges.

»Laufen wir los«, schlägt Dan vor. »Vertrau deinem Gefühl. Denk nicht zu viel darüber nach.«

»Das ist ein schlechter Ratschlag, wenn man bedenkt, wie viele Fragen ich habe«, erwidere ich trocken.

Er legt mir eine Hand auf die Schulter und schiebt mich mit sanftem Druck voran. »Blende das für eine Weile aus.«

Wirklich, keine Ahnung, was da bringen soll. Wer sagt überhaupt, dass Tonia ausgerechnet in diesem Wald ist?

Niemand von uns spricht ein Wort, wir laufen still nebeneinander den Trampelpfad entlang, der mir inzwischen erschreckend vertraut vorkommt. In mir ist kein innerer Drang, keine Vorahnung, nichts, das mich in irgendeine Richtung drängt, so wie es damals der Fall war.

Vor meinem inneren Auge ist nur Tonia, die panische Angst vor den Free Wolves hatte. Wie ironisch, dass ausgerechnet einer von ihnen mir jetzt helfen will, sie zu finden. Das ist doch ein schlechter Scherz. Ich hätte niemals in dieses Auto zu Dan steigen sollen, verdammt.

Ich werfe dem Mann neben mir einen Seitenblick zu. Er wirkt immer noch ruhig, die Augen auf den Weg vor uns gerichtet, die Hände in den Jackentaschen vergraben. Ein Teil von mir möchte sich auf diese Sache einlassen, aber ein anderer fragt sich, ob ich verrückt geworden bin.

Als wir auf dem alten Grillplatz ankommen, stocke ich unwillkürlich. Gott, bilde ich mir das ein oder ist am Ende der Lichtung ein Mensch?

In der Dunkelheit kann ich nur die Schemen erkennen, aber allein die Vorstellung lässt mich Schauern.

»Siehst du das auch?«, frage ich flüsternd, als der Schemen sich bewegt und auf uns zusteuert. Eine kalte Gänsehaut kriecht meine Arme entlang und ich stolpere einen Schritt zurück.

Dan neben mir lacht leise. »Hast du etwa Angst vor Jax?«, stichelt er.

Das ist ... *Jax*. Ja, jetzt, wo er näherkommt, erkenne ich ihn, vor allem durch die leuchtenden blauen Augen. Seufzend entweicht mir der Atem. Kein Wunder, dass er auch hier ist. Würde mich nicht überraschen, wenn Aaron jeden Moment aus irgendeinem Gebüsch springt.

»Hey«, ruft Jax über die Distanz hinweg. Er bleibt stehen und deutet mit einer Handbewegung, dass ich ihm folgen soll. Kurz blicke ich zu Dan, der mir zunickt und zu seinem Freund schlendert.

Ich nehme mir noch einen kurzen Moment, atme tief durch und straffe die Schultern, bevor ich den Männern folge. Wir laufen einmal quer über die Lichtung bis zum Ende. Hier, hinter einem Blätterdach verborgen, befindet sich der Galgen. Ein etwa fünf Meter große Steinsäule, die in einem anderen Jahrhundert errichtet wurde.

»Was wollt ihr hier?«, frage ich und umschließe meinen Oberkörper.

»Weißt du, was hier passiert ist?«, fragt Jax im Gegenzug. Unsere Blicke kreuzen sich und ich weiß wirklich nicht, was ich erwartet habe, aber nicht, dass er sich mir gegenüber völlig gleichgültig verhält. Nicht mal einen dummen Spruch hat er bisher gebracht.

Mein Blick huscht kurz zu Dan, der mich interessiert mustert.

»Na klar, hier wurden Hexen verbrannt«, antworte ich auf Jax' Frage. Da ich hier aufgewachsen bin und früher selbst oft diesen Grillplatz aufgesucht habe, ist mir die Geschichte des Galgens bekannt. Anfang des 16. Jahrhunderts wurden etwa fünfzig Menschen der Hexerei beschuldigt, hingerichtet und hier verbrannt. Diese Steinsäule hat bis zum heutigen Tag überstanden, Moos bedeckt den Sockel, aber ansonsten ist sie noch gut in Schuss und erinnert an die schrecklichen Taten, die genau an diesem Ort begangen wurden.

»Glaubst du an Hexerei?«, fragt Dan lässig, als wäre das hier ein völlig normales Gespräch.

»Natürlich, ich glaube auch an Werwölfe, Vampire und die große Liebe«, erwidere ich trocken und umschließe mit den Fingern fest meine eigene Jacke. Jetzt, wo ich die alten Geschichten über die Hexenverfolgung im Kopf habe, fühle ich regelrecht all das Leid, das vor Jahrzehnten genau an diesem Platz gewütet hat. Beklemmung macht sich in mir breit.

Jax und Dan tauschen einen Blick, mit dem sie sich stumm zu verständigen scheinen. Als Dan daraufhin einen Schritt auf mich zu tritt, löse ich die verschränkten Arme und mache mich bereit zur Flucht, aber zu spät. Er hat mich schon gepackt und die Arme um meine Hüften geschlungen.

»Lass mich los!«, schreie ich auf, wehre mich gegen ihn, als mich eine Welle der Panik überkommt.

»Sorry, Livi, das tut jetzt ein bisschen weh«, sagt er, immer noch vollkommen ruhig. Aus Reflex halte ich die Luft an, spüre, wie er mich hochhebt und meinen Körper gegen die Säule drückt. Fest kneife ich die Augen zusammen, fühle den kühlen Stein an meiner Wange. Es dauert zwei Sekunden, bis mir bewusstwird, dass ich keinen

Schmerz spüre, wie Dan es angekündigt hat. Dafür unglaubliche Wut.

»Lass mich runter!«, verlange ich erneut und hämmere die Fäuste gegen den Stein, um mich davon wegzudrücken. Dan stellt mich tatsächlich wieder auf die Füße und ich mache keuchend einen Satz zurück. Wütend funkele ich die Männer an, die mich beide ratlos mustern.

»Du bist keine Hexe«, stellt Jax stirnrunzelnd fest.

Oh mein Gott, was haben sie erwartet? Dass ich in Flammen aufgehe, sobald ich den Galgen berühre?

»Aber dein Blut ist besonders«, fährt Jax fort und hebt leicht das Kinn. Er mustert mich, als wolle er mich ergründen.

»Das glaubt ihr, ja?«, frage ich trocken. »Dass ich eine *Hexe* bin? Tut mir leid, ich habe meinen Besen und das Zauberbuch bei meinem dämlichen Ex-Freund gelassen.«

»Gegenfrage, Livi«, meint Dan. »Denkst du, wir sind verrückt, wenn wir dir sagen, dass wir an Hexen und andere übernatürliche Geschöpfe glauben?«

Äh, ja, definitiv. Bevor ich ihm das aber an den Kopf werfen kann, redet Dan schon weiter. »Oder sind nicht all die Menschen verrückt, die glauben, dass damals im 16. Jahrhundert tatsächlich unschuldige Menschen verbrannt wurden, die nichts mit der Hexerei zu tun hatten? Wir haben ein ganzes Kapitel in unserer Geschichte, das davon handelt, dass Hexen angeklagt und auf dem Scheiterhaufen verbrannt wurden. Genau an diesem Platz ist das geschehen. Und alle gehen einfach davon aus, dass das ein riesiges Missverständnis war, hm? Wow. *Das* ist verrückt.«

Ich muss zugeben, seine Worte haben eine durchschlagende Wirkung auf mich. Fest presse ich die Lippen aufeinander und mustere erst Dan, dann Jax. Hätte ich fundiertes Fachwissen darüber, was damals bei der angeblichen Hexenverfolgung wirklich geschehen ist, könnte ich sicher dagegen argumentieren, aber im Moment fällt mir nichts Sinnvolles ein. Stattdessen kocht in mir immer stärker der Wunsch auf, von hier zu verschwinden.

»Das ist mir zu blöd«, sage ich abwertend. »Offensichtlich könnt ihr mir nicht helfen, Tonia zu finden, also verschwendet nicht meine Zeit.«

»Tonia war eine«, sagt Jax unvermittelt. Jetzt bin ich diejenige, die die Stirn runzelt.

»Eine Hexe?«, frage ich ungläubig.

»Ja. Genauso wie Josie Müller.«

Wieder bekomme ich eine kalte Gänsehaut. Das ist doch absurd. Richtig verrückt. In der Nähe der Free Wolves habe ich schon immer eine gewisse Angst, einen Nervenkitzel verspürt. Und jetzt weiß ich auch, warum – weil sie völlig *bekloppt* sind und in ihrer eigenen Welt leben. Was bedeutet, dass ich dringend von hier weg muss.

»Machts gut« sage ich und entferne mich von ihnen, ohne sie aus den Augen zu lassen. Mir egal, wenn ich den ganzen Weg nach Hause laufen muss, ich will nur weg. Dan mustert mich mit einem unergründlichen Blick.

»Ich fahre dich«, schlägt er vor, schüttelt dann aber den Kopf. »Weißt du was? Fahr selbst.« Aus der Jackentasche zieht er seine Schlüssel heraus und hält sie mir mit ausgestrecktem Arm entgegen. Argwöhnisch kneife ich die Augen zusammen, trete näher und greife danach. Dan lässt sie nicht los, sieht mich nur fest an.

»Du bist leider nicht so besonders, wie ich gedacht habe«, sagt er nüchtern. »Schade.«

Das hat gesessen. Auch wenn ich es hasse, das zuzugeben, merke ich doch, wie sehr seine Bemerkung mich kränkt. Wer hört sowas schon gerne?

»Und du bist nicht annähernd so heiß, wie ich zu Anfang gedacht habe«, sage ich zynisch und ziehe fester an den Schlüsseln, um sie ihm aus der Hand zu reißen. Es klappt. »Schade«, füge ich ironisch hinzu, bevor ich herumwirbele und mich schnellen Schrittes davonmache.

Kurz bevor ich den Trampelpfad erreiche, spüre ich eine Hand an meinem Oberarm, die mich herumwirbelt. Es ist Jax, was mich nicht sonderlich überrascht, auch wenn ich ihn nicht habe kommen hören. Wie kann er sich nur so leise bewegen?

»Egal, was du tust«, flüstert er. »Erzähl Ace nichts von uns.«

Was soll das schon wieder für eine dämliche Bemerkung sein? Ich kann schlafen, mit wem ich will und wenn Aaron ein Problem damit hat, ist es nicht meine Sache.

»Ich meine es ernst, Olivia.« Es sind nicht Jax' Worte, sondern die Eindringlichkeit darin, die mich stutzen lässt. »Es hat einen Grund, warum er heute nicht da ist. Er ist der gefährlichste von uns allen, das muss dir zu jeder Zeit bewusst sein, okay?«

Bilder tauchen vor meinem inneren Auge auf. Aaron, der Ben eine runterhaut und mit mir auf der Halloween-Party tanzt, aber auch Aaron, der mich im Schwimmbad gewaltsam unter Wasser drückt, der mich über seine Schulter wirft und in den Wald verschleppt.

All die Erinnerungen vermischen sich und begleiten mich bis in meine Träume.

KAPITEL 19

Am Sonntag komme ich kaum zur Ruhe. Dans und Jax'
Worte schweben über mir wie eine düstere Wolke und
lösen jedes Mal ein unangenehmes Ziehen in meinem
Magen aus.

Und der *Drang* ist wieder da.

Ebenso wie an dem Abend, als ich wie ferngesteuert zu
Dans Mörderhütte spaziert bin, fühle ich auch jetzt das
unbändige Verlangen, aus dem Haus raus zu kommen
und irgendetwas zu tun.

Mein Blick klebt regelrecht an dem Fenster, auf das
stetig dicke Regentropfen fallen. Es ist schon seit gestern
Abend regnerisch und trüb, der Himmel eine nicht enden
wollende graue Wolkendecke.

»Worüber denkst du so angestrengt nach, Livi?«

Papas Stimme reißt mich aus Gedanken. Ich blinzele
zweimal und sehe ihn direkt an. »Über Tonia«, antworte
ich, was nur die halbe Wahrheit ist. Eigentlich denke ich
immer noch an den gestrigen Abend und die beiden Männer.

»Gibt es Neuigkeiten?«, fragt mein Vater. Mein Kopfschütteln lässt ihn betrübt den Blick senken.

Ich greife nach der Bierflasche auf dem Tisch und
nehme einen Schluck. Wir haben uns gemeinsam an den
Küchentisch gesetzt, mit einem kalten Bier und unserem
liebsten Kartenspiel, doch niemand macht sich daran,
auszuteilen.

»Glaubst du an Hexen, Papa?«, frage ich unvermittelt.
Er hebt schmunzelnd eine Augenbraue.

»Ja, aber ich glaube auch an die wahre Liebe, also ist
auf mein Urteilsvermögen nicht besonders Verlass.«

Bei seiner Antwort muss ich unwillkürlich auflachen, selbst wenn mir gar nicht danach ist.

Der lächelnde Blick meines Vaters wird wehmütig. »Warte, ich muss dir etwas zeigen.« Fragend sehe ich ihm nach, als er sich erhebt und aus dem Raum verschwindet. Ich erwarte, dass er sein Handy holt und mir wieder das Video zeigt, in dem der Waschbär sich mit dem Hund anfreundet, aber als er mit einem kleinen Schmuckstück zurückkommt, bin ich überrascht.

Es ist der Ring mit der Goldkette, der hinter dem Hochzeitsfoto meiner Eltern lag.

»Du warst in meinem Zimmer, hm?«, sagt er und legt die Kette zwischen uns auf den Tisch. Ich schlucke hart.

»Ich habe aufgeräumt«, sage ich leise. »Tut mir leid, wenn ...«

»Ist schon gut, ist nicht schlimm«, winkt er ab. »Aber diese Kette hätte ich dir vermutlich früher geben sollen.«

Vorsichtig berühre ich mit den Fingerspitzen den kleinen Diamanten. Mir wird sofort heiß, als würden die Erinnerungen an meine Mutter mich durchströmen, dabei habe ich sie kaum gekannt. »Ist das ihr Ehering?«, hake ich nach.

»Ehering?« Papa lacht leise. »Nein, den hat sie verscherbelt, um sich ein Flugticket nach Südamerika zu besorgen. Diesen Ring hat sie schon immer um den Hals getragen, ich glaube, sie hat ihn sich von ihrem ersten Gehalt gekauft, als sie fünfzehn war.«

»Warum hast du ihn?«, frage ich und ziehe die Finger wieder zurück.

Papa atmet tief durch und verschränkt sachlich die Hände. Ich weiß, dass jetzt irgendein Geständnis kommt, dafür kenne ich meinen Vater zu gut.

»Er war in ihrem Abschiedsbrief enthalten. Sie hat mich darum gebeten, dir den Ring an deinem 18. Geburtstag zu überreichen.«

»Oh, da bist du fünf Jahre zu spät dran«, gebe ich trocken zurück. Mein Vater lacht verlegen auf.

»Zugegeben, ich habe es nicht vergessen, ich wollte ihn dir einfach nicht geben. Deine Mutter hat uns beide verlassen und es hat mich geärgert, dass sie noch Forderungen gestellt hat. Dein 18. Geburtstag war etwas besonders für dich und mich, Talia hat damit nichts mehr zu tun gehabt.«

Es fühlt sich komisch an, ihren Namen aus seinem Mund zu hören.

»Ich verstehe das, Papa«, sage ich sanft. »Sie war nie Teil meines Lebens. Du warst mein Vater, meine Mutter, mein Babysitter und mein bester Freund. Und mein Retter. Das bist du heute noch.«

Er seufzt und reibt sich über die Stirn. »Bring mich nicht zum Heulen, Olivia. In den Vierzigern ist das nicht mehr hinnehmbar.«

Ich lache auf, muss mir aber selbst eine Träne aus dem Augenwinkel wischen. Über den Tisch hinweg greife ich nach der Kette und hebe sie auf, bis der kleine Ring direkt vor meinen Augen baumelt.

»Vielleicht sollte ich sie verscherbeln und dir davon eine Mitgliedschaft im Fitnessstudio besorgen, nachdem ich dir deinen Trainingsraum weggenommen habe.«

Jetzt lacht auch mein Vater. »Dir scheint es an Geld nicht zu mangeln. Ich habe gesehen, dass du gestern mit einem Mustang vorgefahren bist.«

Ich pruste los. »Der gehört nicht mir, ist nur geliehen.«

»Welchem Mann hast du dafür den Kopf verdreht?« Er schmunzelt, es wirkt gleichzeitig wehmütig als auch amüsiert. »Wie ihre Mutter«, murmelt er.

Ich weiß ehrlich nicht, was ich mit dieser Kette anfangen soll, weshalb ich es meinem Vater gleichtue: Ich deponiere sie auf mein Regal und verdränge, dass sie dort liegt.

Gerade lege ich mich in mein Bett, will nur noch eine Serie anmachen und versuche einzuschlafen, als ich eine Nachricht von Daria bekomme.

Alter Sportplatz. Jetzt!

Sofort bin ich wieder hellwach, stehe auf und reiße meinen Kleiderschrank auf, um mir einen Hoodie herauszuziehen.

Was ist los?, tippe ich zurück. Als sie nicht antwortet, werde ich nur nervöser.

»Ich fahre nochmal los, Daria braucht meine Hilfe!«, rufe ich ins Wohnzimmer. Papa, der auf der Couch ein Fußballspiel anschaut, schaltet den Fernseher auf stumm und dreht sich zu mir herum.

»Du solltest nicht mehr fahren, du hast getrunken«, ermahnt er mich.

»Nur ein Bier, kein Ding.« Ich greife nach meiner Lederjacke und dem Regenschirm. Bevor mein Vater weiter protestieren kann, bin ich bereits auf halben Weg nach unten.

Daria hat mir immer noch nicht geantwortet, weshalb ich aufs Gaspedal drücke, um zum Turnplatz zu gelangen. Was zur Hölle hat sie ausgerechnet dorthin verschlagen? Früher hat unsere Gymnasiumklasse dort trainiert, bis wir einen neuen bekommen haben und der alte Sportplatz zum Treffpunkt für betrunkene Jugendliche wurde.

Mit dem Auto brauche ich zehn Minuten, bis ich endlich ankomme. Ich stelle den Wagen auf der matschigen Wiese ab und steige aus. Die Sneaker waren eine denkbar schlechte Wahl, ich versinke förmlich in dem Schlamm. Immer noch fallen dicke Tropfen vom Himmel, weswegen ich die Kapuze meines Hoodies aufsetze und mich beeile, weg von diesem provisorischen Parkplatz zu kommen.

Der Sportplatz wird umzäunt durch einen Maschendrahtzaun, aber das Tor steht offen, weshalb ich problemlos hineingehen kann. Das große Fußballfeld mit den zwei alten Toren wirkt richtig schaurig in der Dunkelheit. Auf den ersten Blick erkenne ich eine Gruppe Menschen im hinteren Teil der Tribüne.

Ich zögere, sehe nochmal auf mein Handy, aber Daria hat mir immer noch nicht geantwortet. Tief durchatmend straffe ich die Schultern und mache mich auf den Weg zu der Tribüne. Schon als ich näherkomme, höre ich Darias aufgeregte Stimme, weshalb ich meinen Schritt beschleunige und mich beeile.

Ein männliches Lachen ertönt. »Sieh mal an, Rotkäppchen.«

Seine Stimme jagt mir einen Schauer über den Rücken. Aaron, eindeutig. Als ich noch näherkomme, erkenne ich ihn auch. Jax und Dan sind ebenfalls da, sie hocken auf der oberen Sitzbank.

»Hey«, sage ich gedehnt und schiele an Aaron vorbei zu Daria. Ihre Augen sind feucht, ihr Gesicht wutverzogen. »Was habt ihr mit meiner Freundin gemacht?«

»Die Frage ist eher, was deine Freundin mit uns gemacht hat.« Aaron grinst so überheblich, dass ich mir ein

Augenrollen verkneifen muss. Stattdessen runzele ich die Stirn und verschränke die Arme vor der Brust. Irgendetwas ist hier passiert und es macht mich nervös, dass Daria nichts sagt, sondern nur schweigend dasteht.

»Gehen wir, Daria«, schlage ich vor. »Ich nehme dich mit nach Hause.«

»Nicht so schnell, Mädels«, klinkt Jax sich ein. Als mein Blick seine eisblauen Augen findet, lächelt er lasziv. »Ihr geht erstmal nirgends hin.«

Ein unangenehmes Kribbeln zieht in meinem Magen. Alles in mir schreit mich an, von hier zu verschwinden, während mein Verstand mir vorgaukeln möchte, dass ich nichts zu befürchten habe. Aber es wäre töricht, zu glauben, dass diese Männer weniger gefährlich für mich sind, nur weil ich irgendeine kranke, komplizierte Bindung zu ihnen aufgebaut habe.

Wieder blicke ich an Aarons Schulter vorbei zu Daria, in deren Augen sich Wut und Hilflosigkeit spiegeln.

»Komm schon, Süße, sag Livi doch, was du uns gesagt hast«, meint Jax mit schmeichelnder Stimme.

Meine Freundin schluckt merklich. »Sie haben Tonia umgebracht«, sagt sie dann mit dünner Stimme. »Ich habe Beweise dafür.«

»Beweise?«, echoe ich. »Was genau meinst du?«

Daria schließt kurz die Augen und atmet tief durch, ihre Brust hebt und senkt sich auffällig. Was ist mit ihr? Es wirkt, als hätte sie panische Todesangst.

»Sie haben eine Waffe, Olivia«, flüstert sie dann, die Worte fast tonlos.

Sofort schießt mein Kopf zu Dan, der bisher schweigend und ganz ruhig dasaß. Und ja, er ist es, der die Waffe hält. Ich sehe sie nicht, aber ich bin mir dessen zu hundert Prozent sicher.

»Was soll die Scheiße?«, presse ich hervor. »Lasst sie in Ruhe, ihr seid doch irre.« Ich strecke die Hand nach Daria aus, aber Aaron steht immer noch zwischen uns und umfasst meinen Arm. Er fängt meinen Blick auf und hält ihn fest.

»Nicht so schnell, Rotkäppchen. Wenn mir jemand einen Mord vorwirft und angebliche Beweise hat, werde ich doch hellhörig.« Er leckt sich über die Unterlippe und neigt den Kopf. Sein Blick ist so intensiv, dass mir ganz heiß wird.

»Wenn ihr es nicht getan habt, braucht ihr keine Angst haben«, gebe ich schnippisch zurück und entreiße ihm meinen Arm. Zumindest versuche ich es, aber er lässt es nicht zu.

Er schnalzt mit der Zunge. »Angst ist relativ.«

»Was sind das für Beweise, Daria?«, frage ich und sehe sie eindringlich an.

»Ich ...« Sie stockt, weshalb ich ihr aufmunternd zunicke. »Er«, sie deutet mit dem Kinn auf Aaron, »wurde zuletzt mit Tonia an einer Tankstelle gesehen. Das war das letzte Mal, danach ist Tonia verschwunden. Sie haben sich unterhalten. Offenbar ... gestritten.«

Nun sehe ich Aaron wieder in die Augen. Er wirkt nicht schuldbewusst, nicht reuevoll oder ertappt, nur abwartend. Irgendwie emotionslos.

Jax' Worte schießen mir unwillkürlich in den Sinn und schwemmen eine Ladung Adrenalin durch meinen Blutkreislauf.

Er ist der gefährlichste von uns allen, das muss dir zu jeder Zeit bewusst sein.

»Aaron hat Tonia nicht umgebracht«, sage ich, ohne meinen Blick von ihm zu nehmen.

»Ist sie das? Tot?«, fragt Aaron im Gegenzug. Die Ränder meines Blickfeldes verschwimmen, vor mir ist nur noch er. Sein intensiver, leuchtender Blick, die markanten Gesichtszüge, der drei Tage-Bart, der ihn rauer aussehen lässt als sonst. Ich atme tief durch, schmecke Rauch und Kälte in meinen Lungen.

»Ja«, gebe ich zurück. Das weiß ich einfach. Ich spüre es mit jeder Faser meines Körpers.

»Und wer hat sie umgebracht?«, fragt Aaron weiter. Mir wird bewusst, dass er noch meinen Arm umklammert hält. Es ist die Berührung, die ich zuerst spüre, dann den leichten Wind und den Nieselregen, der mein Gesicht trifft. So werde ich Stück für Stück zurück in die Realität katapultiert, blinzele mehrmals.

»Das weiß ich noch nicht«, antworte ich. »Aber ich werde es herausfinden.«

»Und wie willst du das anstellen, Rotkäppchen? Spielst du auch Detektivin wie deine kleine Freundin?« Er macht eine Kopfbewegung in Darias Richtung.

»Ich weiß nicht, Ace, vielleicht habe ich Glück und stoße auf ein Reh«, gebe ich ironisch zurück. »Jetzt lasst uns gehen.«

Aaron protestiert nicht weiter, als Daria sich an ihm vorbei drängt. Auch ich mache mehrere Schritte rückwärts, greife blind nach Darias Hand und spüre ihre kalten Finger in meinen. Der erste Anflug von Erleichterung macht sich in mir breit, doch zu früh gefreut.

Jax erhebt sich von seinem Platz und springt von der Tribüne eine Stufe herunter, sodass er genau vor uns steht.

»Nicht so schnell«, sagt er und sieht auf uns herab. »Deine Freundin sollte uns sagen, wer dieser angebliche

Zeuge ist und wo die Videoaufzeichnungen von der Tankstelle sind.«

»Lass gut sein, Jax«, meint Aaron lässig. »Olivia regelt das schon, habe ich recht, Rotkäppchen?«

Ich mache mir nicht die Mühe, nochmal zu ihm zu blicken, beiße nur die Zähne zusammen und fixiere Jax.

»So einfach geht das nicht«, erwidert dieser stoisch.

»Was geht dich das überhaupt an?«, frage ich genervt. »Du bist nicht derjenige, der beschuldigt wird.«

»Wölfe halten zusammen«, gibt er zurück und leckt sich über die Lippen. »Und Wölfe jagen immer im Rudel. Hat dir das noch keiner beigebracht?«

»Ach ja, ihr haltet zusammen?«, hake ich provokant nach und neige gespielt interessiert den Kopf. »Wie rührend. Einer für alle, alle für einen.«

Jax' überlegener Ausdruck vergeht, er kneift die Augen zusammen. »Was willst du damit sagen?«, fragt er knurrend. Sein Blick ist warnend, aber ich treibe es dennoch auf die Spitze.

»Ich weiß nicht, Jax. Weiß Aaron denn, dass Dan und du mich gestern Nacht zum Galgen geführt habt?«

Fragend werfe ich einen Blick über die Schulter zu Aaron, der die Stirn gerunzelt hat und verwirrt zwischen seinen Freunden hin- und hersieht. *Offensichtlich nicht.*

Mit einem kalten Lächeln drehe ich mich wieder zu Jax.

»Hör auf«, presst er hervor, aber ich bin noch nicht fertig.

»Wissen deine Freunde, dass wir vor ein paar Nächten miteinander geschlafen haben?«

»Fuck, was?!«, entfährt es Aaron.

»Alter, wir hatten einen Pakt«, knurrt Dan.

Jax fährt sich mit beiden Händen durch die dunkelblonden Haare. »Es war Vollmond und sie kam zu mir. Es war nicht geplant.«

»Scheiße, Jax!« Aarons wütende Stimme hallt wie ein Echo über den leeren Platz. Ich wäre fast zusammengezuckt, kann mich aber gerade noch zusammenreißen.

»Bleib ruhig, ich kann es dir erklären.« Jax, die Zähne zusammengebissen, wirft mir einen verärgerten Blick zu, bevor er uns endlich vorbeilässt, damit er selbst zu Aaron kommt.

Eilig packe ich Darias Arm und ziehe sie weg von den streitenden Männern. Das ist unsere Chance, abzuhauen, und ich will keine Minute länger hierbleiben.

KAPITEL 20

»Ich habe keine Ahnung, wie du das schaffst.« Daria zittert immer noch, als wir vor unserem Zuhause ankommen.

»Was meinst du?«, frage ich sanft und nehme ihre Finger zwischen meine, um sie irgendwie zu beruhigen. Ihr schimmernder Blick findet meinen.

»Ich verstehe jetzt, warum Tonia solche Angst vor ihnen hatte. Aber du hast viel Schlimmeres durchgemacht und stehst trotzdem mit erhobenem Kinn vor ihnen und gibst ihnen Kontra.«

»Das ist nicht mutig, sondern leichtsinnig«, gebe ich leise zurück und lache dann humorlos auf. »Ich habe wohl einen kranken Todeswunsch oder so.«

Daria entzieht mir ihre Hände, um sich die Tränen von den Wangen zu wischen. »Ich dachte, sie damit zu konfrontieren, sei schlau. Sie würden einen Fehler machen, sich verplappern und ich hätte alles auf Band. Wie in einem Film.« Auch sie lacht und klingt dabei genauso bitter wie ich. »Ich bin so dämlich.«

»Lass uns reingehen«, schlage ich vor.

»Warte noch kurz. Ich kann in diesem Zustand nicht bei meinen Eltern aufkreuzen«, bittet sie und klappt die Sonnenblende herunter, um sich in dem kleinen Spiegel zu betrachten.

»Du kannst auch mit zu mir.«

Daria schüttelt den Kopf. »Geht schon. Noch eine Minute.« Tief atmet sie durch. »So eine Scheiße.«

Ich habe ein schlechtes Gefühl, als sich unsere Wege im Treppenhaus trennen. Papa fragt mich, ob es Daria gut geht und ich bejahe, weiß jedoch nicht, ob das wirklich stimmt.

Diese Nacht habe ich einen furchtbaren Alptraum, aber als ich schweißgebadet aufwache, verschwimmen die Bilder bereits. Ich weiß nur noch eins: Es ging um Tonia.

Am Montag treffe ich mich in meiner Mittagspause mit Daria. Sie holt mich an der Werkstatt mit belegten Brötchen und heißem Kaffee ab. Sie sieht schon viel besser aus als gestern Abend.

»Für Sie habe ich auch etwas, Herr Wagner«, sagt sie mit einem übertriebenen Wimpernklimpern und überreicht meinem Vater eine Tüte vom hiesigen Bäcker.

Papa greift danach und wirft einen argwöhnischen Blick hinein, dann nickt er zufrieden. »Okay, du darfst meine Mitarbeiterin für eine Stunde entführen.«

»Dein Preis für mich ist also ein Brötchen vom Bäcker?«, frage ich gespielt schockiert.

»Mit einer Nussschnecke«, verteidigt er sich, als würde es das besser machen.

Daria kichert und hakt sich bei mir unter, um mich mitzuziehen. Wir verlassen gemeinsam die Werkstatt und schlendern den Fahrradweg entlang, der direkt vor unserer Tür entlangführt. Es ist kalt, aber sonnig.

»Geht es dir besser?«, frage ich vorsichtig.

Daria seufzt. »Ja, ich weiß echt nicht, was das gestern war.«

Wir setzen uns auf die nächste Bank, die unseren Weg passiert, und ich hole eines der Brötchen heraus. Nach der kurzen Nacht hatte ich heute Morgen keinen großen Hunger, dafür ist er jetzt mit aller Heftigkeit zurück.

»Du hattest Angst, zurecht«, sage ich und nehme einen Bissen.

»Irgendwie kommt mir diese Panik heute total irrational vor. Keine Ahnung, klingt bescheuert.«

Ich schüttele den Kopf. »Nein, ich verstehe schon. Ein Horrorfilm hat schließlich auch eine ganz andere Wirkung, wenn du ihn am helllichten Tag guckst. Die schlimmsten Ängste der Nacht verblassen tagsüber.«

»Ja, du hast recht.«

Eine Weile ist es still, während ich esse und Daria nachdenklich die vorbeiziehenden Passanten beobachtet.

»Glaubst du wirklich, dass sie Tonia nicht umgebracht haben?«, fragt sie mich schließlich leise.

Ja, tue ich tatsächlich, aber ich kann das mit keinem logischen Gedanken erklären. Es ist nur so ein ... Gefühl.

»Keine Ahnung«, antworte ich ausweichend und trinke den letzten Schluck von meinem Kaffee. »Ich denke, dass da mehr dahintersteckt, und ich weiß nicht, inwieweit die Free Wolves mit drinhängen.«

Sie atmet frustriert aus. »Ich wünschte nur, ich könnte irgendetwas tun. Das macht mich verrückt.«

Ich beiße mir auf die Unterlippe und werfe Daria einen Seitenblick zu. Sie erwidert ihn.

»Was?«, hakt sie nach.

»Ist dir an Tonia irgendetwas ... Merkwürdiges aufgefallen?«

Zwischen Darias Augenbrauen bildet sich eine Furche. »Inwiefern?«

»Sie hat doch nicht an irgendwelchen magischen Ritualen teilgenommen oder hat mit Voodoo-Kram experimentiert, oder?«

Es überrascht mich nicht sonderlich, dass Daria bei den Worten laut auflacht. »Äh, nein, nicht, dass ich wüsste. Was tut das denn zur Sache?«

Eilig schüttle ich den Kopf. »Gar nichts, schätze ich.« Das ist doch dämlich. Natürlich war Tonia keine *Hexe*, aber … Dans Worte vor ein paar Tagen am Galgen gehen mir einfach nicht aus dem Kopf.

Als ich zurück zur Werkstatt komme, erwartet mich dort eine Überraschung.

»Daniel wartet an deinem Arbeitsplatz auf dich«, ruft Papa mir zu, als wir uns auf dem Vorplatz begegnen. Er ist gerade dabei, zwei Reifen auf einmal zu dem SUV zu tragen.

»Daniel?«, hake ich misstrauisch nach.

»Na, dein Kindheitsfreund.«

Was? Wovon zur Hölle redet er? »Keine Ahnung, wen du meinst.«

Jetzt ist es mein Vater, der mir einen verwirrten Blick zuwirft. »Der große tätowierte Kerl, den ich letztens schon mal in dein Zimmer gelassen habe?«

Oh Gott. Mir wird warm und kalt zugleich. »Ach, du meinst Dan.« Hätte ich mir auch denken können, dass Dan nur ein Spitzname von *Daniel* ist. Aber eine Sache macht mich immer noch stutzig. »Er ist doch kein Kindheitsfreund.«

»Bist du auf den Kopf gefallen, Kind?« Papa legt die Reifen ächzend neben dem SUV ab, wischt sich mit dem Handrücken über die Stirn und dreht sich mit einem Grinsen zu mir herum. »Sag mir nicht, du erinnerst dich nicht mehr an Danny. Ihr habt im Kindergarten geheiratet und du hast ganz stolz einen Zucker-Diamanten-Ring mitgebracht.«

Mir klappt der Kinnladen herunter. »Oh mein Gott, Danny! Natürlich erinnere ich mich!« Er war immerhin mein erster Schwarm. »Aber Dan ist doch nicht *Danny*.«

Amüsiert hebt Papa eine Augenbraue. »Na, er ist ein gutes Stück gewachsen und hat ein paar Tattoos bekommen.«

Das kann nicht sein. Immer noch ungläubig schüttele ich den Kopf, mache mich aber nun endgültig auf den Weg in die Werkstatt. Total verrückt. Da erfährt man, dass der Killer von nebenan ein Kindergarten-Schwarm war. Mein *Ehemann*, strenggenommen.

Ich muss kichern und presse mir schnell eine Hand auf den Mund. Nein, völlig falsche Reaktion. Aber zumindest erklärt das, warum Papa diesen unhöflichen Kerl an jenem Abend in mein Zimmer gelassen hat.

Tatsächlich steht Dan auf einem Platz ganz hinten, an dem der alte Fiat auf meine Aufmerksamkeit wartet. Die Bremsen müssten getauscht werden, außerdem braucht er einen Ölwechsel und neue Scheibenwischer, aber im Moment sehe ich nur diesen großen, attraktiven Kerl vor mir. Irgendwie macht er mir nach dem, was ich gerade erfahren habe, nur noch halb so viel Angst.

»Hi«, sage ich. »Was willst du hier?«

»Du siehst heiß aus im Blaumann«, kommentiert er und lässt den Blick einmal über meine Gestalt gleiten.

»Ja, deswegen habe ich den Job gewählt«, erwidere ich salopp und verschränke die Arme vor der Brust. Irgendwie makaber, dass diese Situation mich an Jax erinnert. Auch er stand vor nicht allzu langer Zeit an genau dieser Stelle.

»Ace und Jax sind nur noch am Streiten«, erklärt Dan. »Du hast keine Ahnung, was du angerichtet hast.«

»Ich kann Sex haben, mit wem ich will. Dafür muss ich nicht um eure Erlaubnis bitten.« Zum Ende hin senke ich meine Stimme und sehe kurz zu Timo, der an uns vorbeiläuft und mir einen fragenden Blick zuwirft. Vermutlich will er nur sichergehen, dass ich klarkomme, weshalb ich ihm knapp zunicke.

»Bei uns laufen die Regeln etwas anders«, erwidert Dan ruhig. Er schiebt die Hände in seine Jackentaschen und senkt das Kinn. »Wir haben uns noch nie wegen einer Frau gestritten.«

Tief seufze ich auf und verdrehe die Augen. »Ihr sollt doch auch gar nicht wegen mir streiten, Danny. Ich wollte nur Daria aus der Situation gestern herausbekommen, keine Beziehungskrise auslösen.«

Ein unerwartetes Lächeln schleicht sich auf seine Züge. »Danny, hm? Du erinnerst dich also.«

»Mein Vater hat mich aufgeklärt. Ich hätte dich niemals von allein wiedererkannt.« Abschätzig lasse ich den Blick über seine breiten Schultern, die muskulösen Arme und die Tattoos an seinem Hals gleiten. Nein, definitiv nicht. »Was ist aus dem schlaksigen, süßen Jungen geworden?«

»Er wurde zum Wolf.« Dan mustert mich so intensiv und ernst, dass ich nicht weiß, ob er nur Scherze macht, eine Metapher benutzt oder … oh Gott, es wirklich ernst meint.

Fuck, ich drehe langsam durch. Zuerst glaube ich fast daran, dass Tonia eine Hexe ist, und nun bin ich auch der Meinung, dass er sich in einen Wolf verwandeln kann.

»Ich hole mein Auto heute Abend an deiner Wohnung ab. Wir machen eine kleine Spritztour«, sagt Dan unvermittelt, während ich noch am Grübeln bin.

»Und wohin bringst du mich?«, frage ich misstrauisch.

»Das wirst du dann sehen. Vertrau mir.«

Natürlich. Ist ja nicht so, als hätte er mir tausend Gründe gegeben, das nicht zu tun.

KAPITEL 21

Ich kann nicht anders. Auch wenn meine innere Stimme mir sagt, dass das eine furchtbar schlechte Idee ist, steige ich am Abend trotzdem in Dans Mustang. Keine Ahnung, aber die Tatsache, dass er mein früherer Kindheitsfreund ist, löst alle Zweifel in Luft auf.

»Hey«, grüßt er mich.

Er sieht genauso gut aus wie heute in der Werkstatt. Statt der abgewetzten Lederjacke trägt er jetzt einen engen schwarzen Pullover, der sich wie eine zweite Haut um seine Muskeln schmiegt.

Wir verlassen meine Wohngegend und nun macht sich doch so etwas wie Nervosität in meinem Bauch breit.

»Worüber hat Aaron mit Tonia an seinem letzten Abend gestritten?«, hake ich nach, als die Stille langsam unerträglich wird. Nicht einmal Musik läuft, es gibt nur unser beider Atmen und meinen Herzschlag.

»Das musst du ihn schon selbst fragen.«

»Willst du es mir nicht sagen oder weißt du es nicht?«

Dan schnaubt amüsiert. »Ist das wichtig?«

»Na ja, wenn ihr euch sonst alles erzählt ...«

»Tu das nicht, Olivia.« Er wirft mir einen scharfen Blick zu. »Du hast schon einen Keil zwischen uns getrieben.«

»Dann kannst du mir mit Sicherheit sagen, dass Aaron Tonia nicht umgebracht hat?«, bohre ich weiter nach. Dan lacht auf.

»Habe ich das jemals behauptet?«

Ich stocke, runzele die Stirn und denke kurz darüber nach. Nein, hat er tatsächlich nicht.

»Aber lass dir eins gesagt sein.« Der Wagen wird langsamer und Dan neigt den Kopf, um mich anzusehen.

»Weder Ace noch Jax machen sich die Hände schmutzig. Ich bin der Killer von uns.«

»Dann erledigst du die Drecksarbeit für deine Freunde?« Meine Stimme ist leise geworden.

Dan mustert mich intensiv, beugt sich vor und flüstert: »Das bedeutet nicht, dass ich es nicht gerne tue.«

Hart schlucke ich, blinzele zweimal, bevor ich den Kopf endgültig abwende. Meine Gedanken schwirren, weshalb ich mich zurück auf meine Umgebung fokussiere.

Wir haben die Stadt verlassen, sind auf der Landstraße abgebogen und stehen nun auf einem Parkplatz mitten im Nirgendwo. Vor uns glitzert ein düsterer See und, *heilige Scheiße*, er kommt mir bekannt vor. Diesen Platz habe ich in letzter Zeit auf Dutzenden Fotografien zu Zeitungsartikeln gesehen.

»Hier wurde Josie Müllers Leiche gefunden«, stelle ich fest.

»Exakt.« Dan schaltet den Motor endgültig aus und schwingt sich aus dem Wagen.

Ganz toll, Olivia. Wirklich. Meine Instinkte müssen unbedingt mal zur Wartung, denn wenn ich weiterhin auf sie vertraue, bringe ich mich in solche verqueren Situationen: Mit einem selbsternannten Killer, der im Besitz einer scharfen Waffe ist, an einem verlassen See, in dem schon einmal eine Leiche aufgefunden wurde, die – womöglich – auf seine Kappe geht.

Ich steige aus dem Wagen, halte die Tür noch umklammert und starre zu Dan, der ein paar Schritte in Richtung See macht, den Blick nachdenklich auf das Wasser gerichtet. Es ist nicht ganz dunkel, in der Nähe leuchtet eine Laterne, die verzerrte Schatten seiner Gestalt wirft.

»Kommst du?«, ruft er mir über die Schulter zu. »Oder muss ich dich holen?«

»Was genau tun wir hier?«, frage ich zurück, rühre mich aber nicht vom Fleck. Irgendwie fühle ich mich sicherer, wenn ich in der Nähe des Mustangs bleibe. Als wäre das Auto mein Beschützer.

»Na los, Livi, du bist doch sonst nicht so feige.«

Feige. Oh, nein, bestimmt nicht. Tief atme ich durch, schlage die Tür endgültig zu und stapfe zu ihm. Als ich näherkomme, erkenne ich sein selbstzufriedenes Lächeln.

»Du bist leicht zu manipulieren.«

»Halt die Klappe.«

Dan dreht sich wieder dem Wasser zu. »Sieh hin, Livi. Spürst du die Energie dieses Ortes?«

Aus Reflex will ich ihn fragen, ob er was geraucht hat, aber stattdessen bleibe ich stumm und folge seinem Blick. Von hier aus kann man bis zum anderen Ende des Ufers sehen, dennoch kommt mir der See unendlich tief und geheimnisvoll vor.

Hier ist der Mord nicht passiert, doch hier wurde die Leiche entdeckt. Hier hat Josie Müller ihr Ende gefunden. Ein trauriges, einsames Ende voller Leid. Für sie, ihre Familien, für all die Menschen, die mitgefiebert und getrauert haben.

Eine Gänsehaut überkommt mich, so heftig wie ich es noch nie gespürt habe. Als ich mir über die Lippen lecke, schmecke ich feuchte Erde. Bilder von Josie Müllers toten Augen schießen in meinen Kopf und setzen sich darin fest.

Dan macht mehrere Schritte rückwärts und entfernt sich von mir, aber ich beachte es gar nicht, starre nur weiter wie hypnotisiert auf das dunkle Blau, das ausgelöst durch den Wind leichte Wellen schlägt.

Er kommt zurück, so still und leise wie er gekommen ist. »Hier, trink was«, sagt er und hält mir eine Thermosflasche hin. Blinzelnd werde ich aus meiner Trance gerissen und wende den Kopf zu ihm.

»Kaffee mit Schuss?«, hake ich nach und greife danach.

»So ähnlich.«

Ich öffne den Verschluss und trinke einen Schluck. Ein metallischer Geschmack breitet sich auf meiner Zunge aus und kribbelt in meiner Kehle.

Fuck!

Reflexartig schleudere ich die Flasche von mir, beuge mich vor und spucke das Blut aus. Es klebt zähflüssig auf meiner Zunge, ich atme hektisch, würge, lege mir die Hand auf den Bauch und krümme mich zusammen. Was zur Hölle ...

»Pscht, Olivia.« Dan kniet hinter mir, schlingt einen Arm um meine Hüfte und legt mir die andere Hand auf den Mund. »Ich weiß, es ist das erste Mal eklig, aber bleib ganz ruhig.«

Verdammte Scheiße, er hat mir Blut zu trinken gegeben! Dreht er jetzt völlig durch?

Ich will mich wehren, um mich treten, ihm die Augen auskratzen, aber am liebsten will ich mich übergeben. Doch mein Körper ist wie gelähmt, mein Magen krampft sich immer noch zusammen und ich bin unfähig, mich zu rühren.

Durch die Nase atme ich tief die frische, kühle Abendluft ein, meine Sicht verschwimmt. Hektisch blinzele ich, starre ein letztes Mal auf den See, bis sich vor meinen Augen ein anderes Bild zeichnet. Für einen Moment denke ich, ohnmächtig zu werden. Aber nein, mein

Körper bleibt bei Bewusstsein, während mein Kopf sich in eine Art Traum flüchtet.

Ich blicke in eine Turnhalle. Der Geruch von alten Matten und verschwitzten Jugendlichen steigt mir in die Nase, meine Füße quietschen auf dem Hallenboden. Immer schneller laufe ich, durchquere die lichtdurchflutete Halle und stehe im nächsten Moment im düsteren Geräteschuppen. Meine Finger streichen über die vertrauten blauen Matten, als ich mich tiefer in den vollgestellten Raum hineinwage.

Blut. Überall Blut. Und dann blicke ich in Tonias lebloses Gesicht.

Katapultartig werde ich zurück in die Realität geschleudert und bäume mich auf. Dan lässt mich los und ich atme tief und hektisch ein und aus.

»Fuck, fuck, fuck«, fluche ich.

»Was hast du gesehen?«, will Dan mit ruhiger Stimme wissen.

»Tonia. In einer Turnhalle, im Geräteschuppen. Fuck.« Ich schließe die Augen und presse die Handballen dagegen, bis ich nur noch schwarze Punkte sehe. Das ist ... das ...

»Olivia, ganz ruhig.« Wieder ist Dans Hand auf meinem Rücken und tatsächlich hilft die warme Berührung, klarzukommen.

»Danny was war das?«, frage ich erstickt. »Warum ...« Ich hebe den Kopf und drehe mich zu ihm, um ihn anzusehen. Er umschließt meine Wange und fährt mit dem Daumen federleicht meinen Wangenknochen entlang.

»Du bist wie wir«, flüstert er fasziniert. »Und doch nicht. Ich habe keine Ahnung, was du bist.«

»Jedenfalls keine Hexe, hm?«, gebe ich ironisch zurück, meine Stimme klingt immer noch kratzig.

»Keine Hexe, nein«, sagt er ernst. Dann beugt er sich vor und küsst mich.

Das kommt unerwartet.

So unerwartet, dass ich mich erstmal nicht rühre, nur seine warmen Lippen und seine forschende Zunge spüre. Als sie in meinen Mund eindringt und über meine streicht, kommt endlich Bewegung in mich. Ich schlinge die Arme um seinen Nacken und erwidere den Kuss hitzig. Sein Geschmack vertreibt den des Blutes und das ist alles, was ich wissen muss.

Dan legt mir beide Hände auf die Hüften und ich bewege mich auf ihn zu, klettere auf seinen Schoß und knabbere an seiner Unterlippe. Sein Geruch nach Wald und Deo vermischt sich zu einem berauschenden Aphrodisiakum und ich versinke darin.

Grob knetet er meinen Hintern, drängt mich enger gegen sich und ich reibe meine Hüften gegen seine. Das fühlt sich so gut an. Da ist so viel Hitze in mir und ich will nichts lieber, als sie zu entladen.

»Dan«, keuche ich, als er eine Hand in mein Haar schiebt und meinen Kopf zurückzieht. Unsere Lippen schweben unmittelbar übereinander und alles in mir lechzt danach, ihn wieder zu küssen. Stattdessen sehe ich in seine unnatürlich leuchtenden, blauen Augen und atme seinen Geruch ein.

»Der Blutrausch kickt, hm?«, raunt er mir zu.

Das erinnert mich daran, dass ich tatsächlich Blut getrunken habe. Blut, das er mir angeboten hat. Scheiße!

Es kostet mich all meine Willenskraft, mich von ihm zu lösen und aufzustehen. Meine Knie zittern, aber ich straffe die Schultern.

»Was sollte das? Warum gibst du mir ... Blut zu trinken?«

Dan erhebt sich ebenfalls wieder und blickt auf mich herab. »Blut hilft uns, uns mit unseren Urinstinkten, unserem inneren Tier, zu verbinden.«

»Seid ihr Vampire?!«, platzt es aus mir heraus.

Er lacht. »Wir heißen *Free Wolves*, nicht *Free Vampires*.«

»Also Werwölfe.« Abwehrend verschränke ich die Arme vor der Brust. »Ganz toll. Superrealistisch.«

»Livi, du hast Josies Leiche gefunden und gerade eine Vision über Tonias leblosen Körper gehabt. Ist das realistisch genug für dich?«

Bei seinen Worten zucke ich zusammen. »Ich muss hier weg«, murmele ich, fahre herum und stapfe in Richtung des Wagens. Kurz überlege ich, einzusteigen und wie ein bockiges Kind darauf zu warten, dass er mich nach Hause fährt. Allein der Gedanke daran lässt mich den Kopf schütteln. Ganz sicher nicht. Auch wenn es ebenfalls nicht besonders klug ist, laufe ich einfach weiter und stapfe den Trampelpfad entlang, der mich zurück zur Hauptstraße bringt.

Dan holt mich ein, passt sich an mein Tempo an und läuft schweigend neben mir her. Allein seine Anwesenheit macht mich wütend, weshalb ich dreimal tief durchatme. Nein, es ist weniger Wut und mehr Verwirrung und Angst.

»Sprich mit mir«, verlangt Dan. »Was denkst du?«

»Was soll ich denken, Dan?« Abrupt halte ich inne und drehe mich zu ihm. »Ihr sagt mir, es gibt Hexen, Werwölfe und sonst was und treibt Spielchen, bis ich bereit bin, diesen Schwachsinn zu glauben. Ich verliere meinen gottverdammten Verstand!«

»Ganz ruhig, Livi. Ich werde mich nicht in einen Wolf verwandeln und keine Hexe wird auf ihrem Besen durch die Lüfte gleiten.« Er lächelt aufmunternd, aber ich kann es nicht erwidern. »Unter uns gibt es viele Nachfahren, die besonderes Blut in sich tragen. Einige erkennen das und nutzen ihre Fähigkeiten, legen Karten oder arbeiten als Hellseherinnen.«

Jetzt lache ich trotz allem trocken auf. »Na klar, also alle Esoterik-Tanten sind Hexen?«

»Natürlich nicht. Aber einige davon können dir tatsächlich deine Zukunft voraussagen.« Er seufzt. »Was ich dir damit sagen will, ist, dass deine Welt sich nicht groß verändert hat. Alles ist wie vorher.«

Ich schlinge die Arme um meinen Oberkörper. »Gar nichts ist wie vorher«, erwidere ich und weiche seinem Blick aus. »Kannst du mich jetzt bitte nach Hause fahren?«

Dan nickt und ich folge ihm zurück zu dem Mustang. Keiner sagt ein Wort, ich starre nur aus dem Fenster und versuche krampfhaft, das Gedankenkarussell zu stoppen. Es gelingt mir nicht.

Als wir vor meinem Haus ankommen, drehe ich mich doch noch einmal zu ihm herum. »Lasst Daria in Zukunft in Ruhe«, bitte ich ihn. »Ihr habt ihr genug Angst eingejagt.«

Sein raues Lachen bringt mich auf die Palme. »Wenn du das sagst«, meint er mit einem ironischen Unterton.

Ich habe den Türgriff schon in der Hand, halte nun aber nochmal inne. »Was meinst du damit?«

Er lehnt den Kopf gegen den Sitz und sieht mich einmal von oben bis unten an. »Olivia. Ich bitte dich. Du kennst Daria, sie ist deine Freundin. Glaubst du wirklich, sie sucht uns mitten in der Nacht auf, um uns Tonias Tod vorzuwerfen, und hat dann panische Todesangst vor einer *Pistole*?«

Ich stocke, lasse den Türgriff endgültig los und wende mich ihm vollends zu. »Vor was hatte sie dann Angst?«

»Frag sie selbst, Livi. Aber *Angst* ist sicher nicht der richtige Ausdruck.«

Fuck, ich wünschte, er würde aufhören, in Rätseln zu sprechen, und gleichzeitig will ich heute Abend nicht noch mehr Verrücktes erfahren.

Ohne weiter nachzuhaken, steige ich aus und jogge die Stufen hinauf zur Eingangstür. Ein letztes Mal werfe ich einen Blick zu dem Mustang, der mit laufendem Motor an Ort und Stelle steht.

Das kann nicht sein. Daria ist die einzige Person, der ich in den letzten Wochen vertraut habe. Allein der Gedanke daran, dass sie mich angelogen haben könnte, macht mich krank.

Sie ist meine Freundin. Ich vertraue ihr.

Aber sollte ich das auch?

KAPITEL 22

Am nächsten Tag verschlafe ich und komme viel zu spät zur Arbeit.

»Das kommt davon, wenn man sich nachts herumtreibt, statt im Bett zu liegen«, wirft mein Vater mir vor, hat dabei jedoch ein Grinsen im Gesicht.

»Sorry«, murmele ich und schließe den Reißverschluss meines Blaumanns, ehe ich meine Haare zu einem Zopf binde.

»Na los, an die Arbeit«, befiehlt er und ich nicke eilig.

Ich bin immer noch müde, verunsichert und am Zweifeln. Selbst die Arbeit hilft mir nicht, mich abzulenken. Einerseits sehne ich mich nach Ruhe, andererseits nach Antworten. Leider bekomme ich nichts von beidem.

Zwar habe ich ständig das irrationale Gefühl, beobachtet und verfolgt zu werden, doch keiner der Männer taucht in den nächsten Tagen auf und auch Daria kriege ich nicht zu Gesicht. Mehrmals klopfe ich an ihrer Tür, aber ihre Eltern teilen mir jedes Mal mit, dass sie nicht da ist. Auf meine Frage, ob wir uns treffen können, reagiert sie nur mit einer knappen Nachricht, dass sie bei Tonias Mutter ist.

Also gehe ich meiner Arbeit nach und verbringe meine Freizeit damit, Disneyfilme anzuschauen und die Vision von Tonia zu verdrängen. Ein Teil von mir drängt darauf, die Turnhallen in der Umgebung abzuklappern, aber ich wüsste nicht einmal, wie ich da reinkommen sollte.

Als ich gegen Ende der Woche Instagram öffne, passiert endlich etwas. Flynn Richardson ist mir nicht nur gefolgt, sondern hat mich auch in einem seiner Posts getaggt. Morgen, am Samstag, findet eine Party in der Turnhalle des Gymnasiums statt.

Offenbar wird sie von ihm organisiert, der Eintritt macht fünf Euro. Es soll einen DJ und eine offene Bar geben, außerdem deutet der Post auf einen Kostümwettbewerb hin.

Stimmt, in zwei Tagen ist Halloween. Dieses Mal richtig.

Mein Atem geht schneller, als ich daran denke, in die Turnhalle meiner Vision einzutauchen. Ich bezweifele stark, dass ich tatsächlich im Geräteschuppen auf Tonias Leiche treffe, aber ich muss wissen, ob ich dieses seltsame Gefühl wieder spüre. Wenn ich die Turnhalle mit eigenen Augen sehe, kann ich es vielleicht einordnen.

Es wird Zeit, mir ein neues Kostüm zu besorgen.

Passend zu der Location gehe ich als Schulmädchen. Ich trage hohe schwarze Strümpfe, einen kurzen Rock und ein weißes Hemd, das sich eng um meine Brüste spannt. Mit einem Lächeln betrachte ich mich selbst im Spiegel und zupfe Papas Krawatte zurecht, die ich mir für dieses Outfit geliehen habe.

Mit dem Wagen erreiche ich die Turnhalle in weniger als zehn Minuten, ich brauche dann aber eine weitere Viertelstunde, bis ich endlich hereingelassen werde. Scheinbar ist jeder Mittzwanziger in dieser Stadt heute hier, etliche Leute drängeln sich im Eingangsbereich, es ist so viel los, dass bereits jetzt die Luft stickig und parfümgetränkt ist. Tolle Voraussetzungen für den restlichen Abend. In Turnhallen herrscht ohnehin schon eine schlechte Luftzirkulation.

Ich zahle fünf Euro für den Eintritt, schlängele mich durch die Menschen und mache einen Schritt hinein. Die Halle ist abgedunkelt, bunte Lichter flackern, die Rauchmaschine taucht alles in eine mystische Atmosphäre. Die

Decken wurden mit dunklen Vorhängen geschmückt, an denen weiß leuchtende Fledermäuse und Spinnennetze kleben.

Mit einem Kloß im Hals mache ich noch einen Schritt hinein. Bilder flackern gemeinsam mit den Lichtern vor meinem inneren Auge. Im einen Moment stehe ich in der dekorierten Halle, im nächsten sind alle Leute verschwunden und ich befinde mich in der lichtdurchfluteten Turnhalle aus meiner Vision. Ich habe den Geräteschuppen fest im Blick. Er ist durch ein Rolltor verschlossen, aber ich weiß, was sich dahinter verbirgt. Ein Schlachtfeld voller Blut ...

Arme schlingen sich um meine Hüften, ein Lachen vibriert an meinem Hals und ich werde zurück in die Realität katapultiert. Ein starker, muskulöser Körper drängt sich gegen meinen Rücken und bewegt mich im Takt der Musik.

»Hey, schön, dass du es zu meiner Party geschafft hast!«

Flynn. Ich atme tief durch und drehe mich zu ihm herum. Bei seinem Kostüm muss ich automatisch lächeln und verdränge, was gerade passiert ist. Er geht als Feuerwehrmann, allerdings ohne Hemd, nur mit einer engen Jeans, Hosenträgern und einem roten Helm.

»Hey Feuerwehrmann Sam«, grüße ich und zupfe an seinen Hosenträgern. »Willst du deinen eigenen Kostümwettbewerb gewinnen?«

»Nein, ich suche ein Mädchen, das an meinen Bauchmuskeln leckt.« Er grinst schief. »Interesse?«

Ich stelle mich auf die Zehenspitzen und neige den Kopf. »Ich würde an etwas anderem lecken, Flynn«, raune ich.

»Oho.« Er legt beide Hände an meinen Hintern und drängt mich näher an sich. Mit hochgezogenen Augenbrauen sieht er auf mich herab. »An was denn zum Beispiel?«

»An dem Hals einer Bierflasche?« Unschuldig klimpere ich mit den Wimpern. »Besorgst du mir eins?«

Flynn lacht ertappt und lässt mich los. »Na schön«, gibt er sich geschlagen.

Mein Lächeln erstirbt, als er sich entfernt. Noch einmal sehe ich mich in der Halle um, blicke in die Gesichter der Leute, um mir selbst zu bestätigen, dass ich mich im Hier und Jetzt befinde.

Alles ist gut.

»Wenn er dich noch einmal berührt, bringe ich ihn um«, säuselt eine bekannte Stimme mir ins Ohr und ich schließe für einen Moment die Augen, als ein Schauer mich überkommt.

»Hi, Aaron«, gebe ich zurück, ohne mich zu ihm umzudrehen. Seine Fingerknöchel streichen federleicht über meinen Nacken, als er meine Haare zurückstreicht.

»Als braves Schulmädchen gehst du aber nicht mehr durch«, flüstert er. Er ist mir jetzt so nah, dass ich seinen Atem spüre.

»Vermutlich nicht«, gestehe ich und drehe endlich den Kopf, um ihn auch anzusehen.

Gott, er ist heiß, dafür muss er kein Kostüm tragen. Was er nicht tut, abgesehen von dem Heiligenschein auf seinem Kopf.

»Und du gehst sicher nicht als Engel durch«, gebe ich trocken zurück.

»Ah, Rotkäppchen, du vergisst, dass auch der Teufel mal ein Engel war, bevor er in die Hölle gewandert ist.«

Er lächelt verrucht und stellt sich neben mich. »Heute ganz ohne deine Freundin da?«

»Sieht so aus.« Ich verschränke die Arme vor der Brust und sehe zu Flynn, der gerade mit zwei Flaschen Bier auf uns zusteuert.

»Ist schlimm, wenn man nicht mehr weiß, wem man vertrauen kann, hm?«, fragt Aaron. Genervt verziehe ich das Gesicht. Offenbar hat Dan ihm von unserem Treffen erzählt.

»Hier, Süße.« Flynn reicht mir das Bier und mustert Aaron argwöhnisch. »Wer hat dich denn reingelassen, Foster?«

Aaron schnappt sich das zweite Bier aus Flynns Händen. »Verpiss dich und lass in Zukunft mein Mädchen in Ruhe, kapiert?«

Sein Mädchen? Der spinnt ja wohl.

Gekonnt ignoriere ich, wie warm mein Magen bei diesen Worten wird, und werfe ihm einen säuerlichen Blick zu.

»Belästigt dieser Idiot dich, Olivia?«, fragt Flynn an mich gewandt.

»Hast du mich nicht gehört? Du sollst dich verpissen.«

Ruckartig schnellt meine Hand vor und ich halte Aaron auf, bevor er auf Flynn losgehen kann.

»Schon gut, Flynn. Danke«, sage ich versöhnlich. Er wirkt nicht sehr begeistert, nickt aber und rauscht ab.

»Hast du auch mit ihm geschlafen?«, knurrt Aaron. Mit einem Augenrollen wende ich mich von ihm ab und nippe an meiner Flasche. Als ich mich von ihm entfernen will, greift er nach meinem Unterarm und zieht mich zurück.

»Bleib«, raunt er mir zu. »Wir sind noch nicht fertig miteinander.«

Seufzend wende ich mich ihm zu. »Dann bist du nicht nur gekommen, um dich wie ein Macho zu benehmen?«

Er lächelt kalt. »Komm mit, die richtige Party findet woanders statt.«

»Nein, ich ...« Keine Ahnung, was ich sagen will. Eigentlich will ich im Geräteschuppen nachsehen, weil ... was weiß ich. Da ist einfach dieses *Gefühl.*

Aaron scheint meine Gedanken zu lesen, denn er beugt sich vor und flüstert: »Tonias Leiche ist nicht mehr hier.«

Nicht mehr. Das heiß, dass es tatsächlich diese Turnhalle war. Eine Gänsehaut überkommt mich und mir wird schlecht. Forschend blicke ich in seine blauen Augen.

»Komm mit, dann erzähle ich dir mehr«, lockt er mich und entfernt sich rückwärts laufend von mir. Verärgert kneife ich die Zähne zusammen, hadere kurz mit mir, aber schließlich gebe ich nach und folge ihm.

Verdammte *Free Wolves.*

KAPITEL 23

Wir fahren weniger als zehn Minuten. Das Haus, zu dem Aaron mich bringt, liegt am Ende einer ruhigen Straße. Dahinter liegen nur beackerte Felder und in weiter Ferne ein Reiterhof.

»Wow«, kommentiere ich, als wir den Eingangsbereich betreten. Ich fand schon Jax' Wohnung beeindruckend, aber das sprengt das Ganze nochmal. Ein großer Spiegel bedeckt eine Wand im Flur und lässt ihn länger und luxuriöser aussehen. Tief atme ich durch und betrachte Aaron und mich, wie wir nebeneinanderstehen. Das Schulmädchen-Kostüm lässt wenig Spielraum für Fantasie, aber neben dem muskulösen Gott neben mir wirke ich klein, fast unscheinbar.

Langsame, sinnliche Musik spielt laut durch das ganze Haus, die mich dazu bringen will, meine Hüften zu wiegen. Die Lichter über uns sind gedimmt, alles deutet auf eine Party hin, aber ich höre kein Gelächter, keine Schritte, keine Rufe.

Durch den Spiegel hinweg betrachte ich Aaron misstrauisch. »Sind wir allein?«, hake ich nach.

»Nein.« Er schließt die Tür und legt mir eine Hand an die Hüfte. Seine Lippen senken sich, sodass ich seinen Atem nun an meinem Hals spüre. »Willst du, dass wir allein sind?«

Ich schüttele den Kopf, weiß jedoch nicht, ob das die Wahrheit ist. Aaron grinst, als könnte er meine Gedanken lesen. »Geh durch ins Wohnzimmer.«

Eigentlich bin ich mir nicht sicher, ob ich den Rest des Hauses sehen will, aber schließlich siegt meine Neugier. Mich immer noch im Spiegel betrachtend laufe ich weiter, spähe um die Ecke und entdecke eine Wendeltreppe, die nach oben führt. Sie besteht aus schwarzem Stein, genauso wie die offene Küche. Auf der Theke stehen mehrere Säfte bereit, aber nichts davon scheint angerührt worden zu sein.

»Hier gehts lang«, weist Aaron mich an, als ich stehenbleibe und die moderne Einrichtung auf mich wirken lasse. Er legt mir eine Hand auf die Schulter und dirigiert mich nach links. Wir passieren einen breiten Türbogen und kommen in den Wohnbereich. Hier kommt die Musik her, sie spielt aus der großen Anlage, ist aber viel leiser als auf den Hauspartys, auf denen ich bisher war. Liegt sicher auch daran, dass keine Leute hier sind.

Neben einer riesigen Sofalandschaft gibt es in einer Ecke eine eigene Bar. Die Wände in diesem Bereich bestehen aus Sandstein und verleihen der Bar einen modern-rustikalen Flair. Hinter dem Tresen stehen mehrere Flaschen Hochprozentiges, Gläser und Cocktail-Shaker bereit. In dem elektrischen Kamin, der unterhalb des Flachbildscreens liegt, knistert ein Feuer.

»Wem gehört das Haus?«, frage ich und drehe mich zu Aaron herum. Ich zucke zusammen, als ich erkenne, dass er nicht mehr allein ist. Jax und Dan haben sich zu uns gesellt, jetzt stehen alle drei Free Wolves auf einer Höhe und mustern mich. Wie hungrige Wölfe ein Rehkitz.

»Es ist mein Zuhause«, erklärt Aaron und verschränkt die Hände hinter dem Rücken. »Gefällt es dir?«

Kurz huscht mein Blick zu Dan, dann zu Jax. Dan trägt nur einen schlichten North-Face-Pullover, während Jax sich in ein Polizisten-Outfit geschmissen hat. Ich muss zugeben, er gibt einen heißen Cop ab. »Ja«, antworte ich und kneife irritiert die Augen zusammen. »Kommen noch mehr Leute oder was soll das hier sein?«

»Eine Privatparty«, erklärt Aaron schlicht und macht einen Schritt auf mich zu. Sein brennender Blick gleitet meinen Hals entlang zu meinen Brüsten.

»Ihr habt euch also vertragen«, stelle ich fest und verschränke die Arme.

Ace lächelt. »Nun, wir haben eine Lösung für unser Problem gefunden.«

Mit einem Mal wird mir heiß. So, wie er das sagt ...

»Und die wäre?«, hake ich nach und schlucke gegen die plötzliche Trockenheit in meiner Kehle an.

»Jax hat mit dir geschlafen, obwohl er es nicht durfte.« Aaron lächelt nach wie vor, doch es wirkt jetzt viel gefährlicher. Er macht noch einen Schritt auf mich zu und meine Handinnenflächen werden feucht. Ich fühle mich tatsächlich wie die Beute, die von ihrem Jäger anvisiert wird. Aber ich zwinge mich, nicht zurückzuweichen, seinen Blick zu erwidern. Bisher bin ich nicht vor den Free Wolves zurückgeschreckt, damit werde ich jetzt sicher nicht anfangen.

»Und nun? Wollt ihr die Zeit zurückdrehen? Jax den Schwanz abhacken?«, rate ich.

Jax lacht empört auf. »Entschuldige, ich hänge an meinem Schwanz und dir hat er ebenfalls gefallen, wenn ich mich recht erinnere.«

Ich verdrehe die Augen, sehe weiterhin jedoch nur Ace an. Er hat so ein Funkeln in den Iriden, das mir gleichzeitig Angst macht und mich beflügelt.

»Nicht ganz«, antwortet er auf meine Frage. »Wir werden auch mit dir schlafen. Dann sind wir quitt.«

Mir entfährt ein lautes, überraschtes Lachen. »Nein, danke, ich habe kein Interesse an einem Vierer.«

Bloß nicht darüber nachdenken. Ich will ganz sicher nicht von Aaron ... oder mit Dan ... fuck, ich muss sofort aufhören, mir das vorzustellen.

»Ein Dreier«, korrigiert Aaron mich schlicht. »Jax darf nur zusehen, nicht mitmachen.«

»Ihr seid verrückt. Wirklich. Ich weiß nicht, was das Schrägste an euch ist. Als Jax mich gegen einen verdammten Stein gedrückt und erwartet hat, dass ich in Flammen aufgehe, als Dan mir Blut zu trinken gegeben hat, oder *das* hier.« Ich schüttele den Kopf. »Ich gehe.«

Aaron sagt nichts, er macht mich sogar Platz, als ich energisch einen Schritt vormache. Es ist schließlich Dan, der mich aufhält. Er legt mir sacht eine Hand auf die Schulter und ich sehe ihm in die blauen Augen.

»Was hält dich davon ab?«, fragt er. »Du hast mich geküsst und es genossen. Du hast auch Ace geküsst und es hat dir genauso gefallen, oder?«

»Ich ...« Komme ins Stocken, weil ich nicht mit dieser Art von Frage gerechnet habe.

Dan kommt mir näher und streicht mit zwei Fingern eine lose Strähne hinter mein Ohr. Seine tätowierten Fingerknöchel berühren dabei federleicht meine Wange. »Wir sind fast fertig miteinander, Olivia. Wir haben keinen Grund mehr, dich auf der Arbeit aufzusuchen, dich mitzunehmen oder dir Fragen zu stellen. Nach dem heutigen Abend musst du uns nie wiedersehen.«

Warum fühlt sich der Gedanke jetzt so schmerzhaft an?

»Du kannst meinetwegen gehen, dich von deinem Papa abholen lassen und uns vergessen. Oder du bleibst diese Nacht bei uns und verlierst dich. Ich verspreche, wir werden dich auffangen.«

Seine ruhige, bestimmte Stimme drängt das Knistern des Kamins und selbst die Musik in den Hintergrund. Alles, was ich wahrnehme, ist das dunkle, verführerische Timbre.

Tief atme ich durch, schlucke und neige die Wange instinktiv in seine warme Hand, was seine Mundwinkel zu einem Lächeln verzieht.

»Was sagst du?«, fragt er mit plötzlich rauer Stimme.

Ich sage gar nichts.

Aber ich bleibe.

KAPITEL 24

Schritt für Schritt laufe ich wieder ins Wohnzimmer hinein, bis ich die Männer alle ansehen kann.

»Eine letzte Nacht, bevor ihr aus meinem Leben verschwindet?« Ich widerstehe dem Drang, die Arme zu verschränken, bleibe stattdessen ruhig stehen und sehe jeden Einzelnen von ihnen an. »Dann will ich aber auch Antworten auf all die Fragen, die noch in meinem Kopf herumschwirren.«

Jax und Dan verziehen zeitgleich das Gesicht, als wäre Reden das Letzte, worüber sie gerade nachdenken. Doch Aaron grinst süffisant. »Vorschlag: Pro Antwort wirst du ein Kleidungsstück los.«

Überrascht lache ich auf und auch die anderen Jungs grinsen. »Klingt nach einem fairen Deal«, befindet Dan.

»Ja, Olivia, lass die Hüllen für uns fallen«, schnurrt Jax.

Ich verdrehe lächelnd die Augen, bevor ich wieder ernst werde und mich räuspere. »Habt ihr Tonia gefunden?«

»Haben wir«, beantwortet Aaron wie aus der Pistole geschossen.

»In der Turnhalle, in der wir vorhin waren?«

Er sieht mich vielsagend an und ich seufze leise, ehe ich mir einen Turnschuh ausziehe und ihn wegschiebe. »Also, war sie in der Turnhalle des Gymnasiums?«, wiederhole ich.

»Nein.« Aaron lacht und deutet mit dem Kinn auf mich. Na super, ich sollte mir meine nächsten Fragen besser überlegen. Ich ziehe auch den zweiten Turnschuh aus und schiebe ihn zur Seite.

»Was hast du mit Tonia besprochen, als du sie an der Tankstelle abgefangen hast?«, fragt ich an Aaron gewandt.

Dieser verengt die Augen. »Ich wollte sie warnen und habe ihr angeboten, sich bei uns zu verstecken. Aber sie ist völlig ausgeflippt.«

Ich weiß nicht, ob ich ihm das glauben kann. Die Free Wolves wollten sie beschützen, nachdem sie ihr Angst eingejagt haben? Kein Wunder, dass Tonia dieses Angebot nicht angenomen hat. Ich ziehe eine Socke aus und setze meine nackte Fußsohle auf den beheizten Boden.

»Was ist mit ihr passiert?«, will ich wissen.

»Sie wurde verbrannt und in einer Turnhalle zwei Orte weiter versteckt«, beantwortet mir Dan. Er hat die Arme vor der Brust verschränkt und mustert mich so intensiv, dass mir ganz heiß wird. Es scheint, als wäre er mit den Gedanken wieder bei dem Abend am See, als ich praktisch über ihn hergefallen bin. Vorfreude kribbelt auf meiner Haut, aber ich reiße mich zusammen und wende den Kopf ab.

Die andere Socke folgt.

»Komm schon, mach es ein bisschen spannender«, lockt mich Jax, woraufhin ich ihm den Mittelfinger entgegenstrecke.

Konzentration ist angesagt. Ich habe nicht mehr viele Klamotten und Ziel ist es, so viel wie möglich herauszufinden.

»Ihr sagtet, Tonia war eine Hexe. Woher wusstet ihr das?«

Aaron antwortet: »Wir erkennen Hexen anhand ihres Blutes oder anhand ihrer Abstammung. Bei Tonia war es Letzteres.«

»Oder ihr drückt sie gegen einen Balken und erwartet, dass sie in Flammen aufgeht«, murmele ich mehr zu mir selbst und löse den Knoten der Krawatte. Sie fliegt im hohen Bogen auf den Boden.

»Nächste Frage«, befiehlt Aaron.

»Wusste Tonia es?«, frage ich weiter.

Dan neigt abwägend den Kopf hin und her. »Vermutlich nicht, zumindest hat sie das nie durchscheinen lassen. Wie gesagt, die meisten Nachkommen merken gar nichts von ihrem besonderen Blut.«

Der letzte Teil seines Satzes bringt mich auf eine andere Frage. Ich nehme meinen Armreif ab und werfe ihn zur Krawatte: »Wessen Blut war es, das ich da getrunken habe?«

»Willst du das wirklich wissen?«, fragt Dan im Gegenzug.

»Ja.« Jetzt bin ich es, die frech grinst. »Das war eine Frage, Danny. Zieh ein Kleidungsstück aus.«

Die Jungs lachen auf, Dan zieht eine Augenbraue hoch, ein amüsiertes Funkeln liegt in seinen Augen. Er greift nach dem Saum seines Shirts und streift es über den Kopf. Mein Blick gleitet sofort über die vielen Tattoos und die Muskeln, die darunter liegen.

»Es war Falks Blut.« Seine Worte veranlassen mich dazu, wieder hoch in sein Gesicht zu sehen. Automatisch verziehen sich meine Mundwinkel. Blut zu trinken ist die eine Sache. Aber ausgerechnet von diesem Mistkerl …

In meinem Kopf verbinden sich einige lose Informationen, während ich den Modeschmuck-Ring von meinen Fingern ziehe und zu den Klamotten werfe.

»Oh mein Gott«, entfährt es mir. »Damit bezahlt Falk euch. Ein paar Liter Blut.« Ungläubig sehe ich zwischen ihnen hin und her, aber niemand bestreitet es. Wie verrückt. Aaron hat mir die Frage damals ehrlich beantwortet, nur hat er nie erwähnt, dass Falk tatsächlich mit seinem *Blut* zahlt.

»Warum er?«, hake ich nach.

»Weil er keine unnötigen Fragen stellt.« Irgendwie hat Dan jetzt die Sprecherrolle übernommen, was mir gelegen kommt, denn so kann ich ungeniert auf seine Brustmuskeln starren, ohne, dass es peinlich wird. Er sieht aber auch so verführerisch aus, dass mir das Wasser im Mund zusammenläuft.

Langsam knöpfe ich das Hemd auf, lege Stück für Stück meiner Haut frei und spüre die Blicke der Männer auf meinen Bewegungen brennen. Insgeheim genieße ich es sogar, so ihre Aufmerksamkeit zu bannen. Ich fühle mich unglaublich machtvoll.

Das Kleidungsstück fällt auf den Boden zu meiner Krawatte und ich atme tief durch. Ich habe so viele Fragen, doch zu wenig Kleidung am Körper. Ich verstehe nicht ganz, warum sie überhaupt von dem Blut trinken, ob das irgendein krankes Ritual ist oder wieso sie glauben, tatsächlich Werwölfe zu sein. Aber noch mehr interessiert mich eine andere Sache.

»Was habt ihr mit Tonias Leiche gemacht?«

»Wir sorgen dafür, dass sie ihre letzte Ruhe findet«, erklärt Dan ruhig. »Hexen haben ewige Seelen, so lautet die Legende. Damit eine Seele nicht für immer gefangen bleibt, muss man sie entlassen.«

Seine Worte machen mich nachdenklich und gleichzeitig wecken sie Erinnerungen, die ich nicht richtig greifen kann. Wie ein Märchen, das ich vor langer Zeit einmal gehört habe.

Ich streiche mir einen BH-Träger von der Schulter, hake ihn auf und lasse ihn von meinen Armen gleiten.

Jetzt bin ich fast nackt. Nur noch ein knapper Rock und ein hauchdünnes Höschen. Ein Schauer durchfährt mich, als ich die Arme sinken lasse und den Rücken durchstrecke.

Aaron leckt sich über die Unterlippe und lächelt so verheißungsvoll, dass allein dadurch meine Nippel sich ein wenig mehr aufrichten. Scheiße, wenn jetzt auch noch mein Atem schneller geht ...

Er setzt sich in Bewegung und fast wäre ich zurückgezuckt.

»Keine Angst, Rotkäppchen«, schnurrt er, zieht seinen Heiligenschein aus und wirft ihn zu dem Klamottenhaufen. »Der große böse Wolf will nur spielen.«

Trocken lache ich auf und schließe kurz die Augen, als er sich direkt hinter mich stellt. Er ist einen Kopf größer als ich und jede Faser seines Körpers strahlt pure Kraft aus. Er berührt mich nicht, aber ich fühle seine Wärme, spüre das elektrisierende Kribbeln zwischen uns.

»Keine Fragen mehr?«, fragt Jax neckend.

»Ich ... überlege noch«, japse ich. »Und das war eine Frage von dir, Julian.«

Er grinst schief. »Oh, wie ungeschickt von mir.« Und zieht ungeniert das Polizisten-Hemd aus.

»Die Uniform passt sowieso nicht zu dir«, sage ich. »Ein oranger Overall wäre passender.«

Aaron hinter mir senkt den Kopf. »Im echten Gefängnis trägt man sowas nicht.« Er leckt über meinen Hals, bis zur Stelle hinter meinem Ohr und ich keuche leise auf. Verdammt, direkt meinem empfindlichsten Fleck. Am liebsten würde ich mich komplett an ihn drücken, aber ich bleibe standhaft. Sogar, als er sanft an meinem Ohrläppchen knabbert.

»Du scheinst aus Erfahrung zu sprechen.«

»Ich saß drei Jahre«, raunt er mir zu. »Drogenhandel. War halb so wild.« Seine Fingerspitzen fahren über meine Seite und verursachen eine Gänsehaut der Extraklasse. An der Rundung meiner Brüste hält er inne, verteilt weitere Küsse auf meinem Hals.

Ich blinzele zu Jax und Dan, die uns genaustens beobachten. Im gleichen Moment schlingt Aaron einen Arm um mich und legt seine große Hand zwischen meine Brüste. Er drückt mich gegen sich, bis ich seine Muskeln an meinem Rücken spüre. Und auch seinen Schwanz.

»Magst du das, Olivia?«, fragt Jax, dessen Blick von Aaron zu mir schellt.

»Ja«, keuche ich. Und befehle dann: »Zieh die Hose aus.«

Er tut es und mein Atem beschleunigt sich.

»Der Anblick scheint ihr zu gefallen, Kumpel«, feixt Ace und flüstert mir dann zu: »Sieh hin. Sieh genau hin, Olivia. Für diese wachsende Beule bist nur du verantwortlich.«

Hitze schießt in meine Wangen und lässt sie erröten, während ich seinem Befehl Folge leiste und Jax mustere. Vor allem diese gut ausgefüllte Boxershorts.

»Fuck, Olivia«, stößt er hervor. »Hör auf, mich so anzusehen.«

»Wie sehe ich dich denn an?«, frage ich rau.

»Als würdest du auf die Knie gehen und mir den verdammt nochmal besten Blowjob meines Lebens geben wollen«, gibt er zurück. Ich schlucke und lecke mir über die Lippen. Er hat recht. Das würde ich gerade tatsächlich gerne tun. Er lächelt wissend.

»Das war deine vorletzte Frage, Prinzessin.«

Scheiße, das war ungeschickt. Aber ehrlich gesagt, will ich gar keine ernsten Fragen mehr stellen, ich will nur dringend gevögelt werden. Unglaublich, dass mir sogar egal ist, wer der Männer es übernimmt.

Bei meinen unanständigen Gedanken beiße ich mir auf die Unterlippe und schließe die Augen. Ich weiß, dass ich jetzt den Rock ausziehen müsste, aber meine Finger zittern zu sehr.

»Ich glaube, sie braucht deine Hilfe, Dan«, schnurrt Aaron und küsst überraschend sanft meinen Hals, ehe er in meine Schulter beißt. Beides lässt mich erschauern und automatisch öffne ich die Lider wieder.

Dan tritt mit einem verschmitzten Lächeln näher zu mir. Er hakt die Finger unter den Bund des Rocks und ich neige den Kopf, um ihm in die blauen Augen zu sehen.

Aaron hinter mir, Dan vor mir, beide berühren mich, ich spüre ihren Atem, ihre intensive Nähe und das allein lässt mich so feucht werden wie schon lange nicht mehr. Die Male davor mit Ben ... das ist absolut kein Vergleich.

»Woran denkst du?«, fragt Dan, als er den Rock von meinen Hüften streicht. Er geht vor mir auf die Knie und ich hebe erst den einen, dann den anderen Fuß. Jetzt stehe ich nur noch im Slip vor ihnen.

»An meinen Ex-Freund«, erwidere ich wahrheitsgemäß, woraufhin Dan unzufrieden die Mundwinkel verzieht.

»Das müssen wir ändern, oder Ace?«

»Oh, definitiv, Kumpel.« Aaron umfasst mit der freien Hand meinen Oberschenkel von hinten und dirigiert mein Bein nach oben, bis es auf Dans Schulter liegt. Wieder beiße ich fest auf meine Unterlippe, um ein Stöhnen zu unterdrücken.

Dan küss die Innenseite meines Oberschenkels, immer tiefer, bis er bei meinem Slip ankommt. »Hmh, Livi, du bist so feucht, du tropfst ja richtig«, schnurrt er.

Aaron umkreist meinen linken Nippel mit dem Zeige-
finger und ich bin froh, dass ich mich an ihn lehnen
kann. Unmöglich könnte ich jetzt selbstständig auf den
Beinen stehen.

»Na los, stell deine letzte Frage«, fordert Dan mich auf,
wobei sein warmer Atem meine Mitte trifft und meine inneren Muskeln sehnsuchtsvoll zusammenziehen lässt.

Es gibt tausend Fragen, aber im Moment interessiert
mich nur eines: »Warum ich?«

»Wir waren alle fasziniert von dir«, flüstert Aaron mir
ins Ohr und knetet weiter meine Brüste. »Vom ersten
Moment an. Und weil wir unsere Freundschaft nicht ru-
inieren wollten, haben wir dich zur verbotenen Zone erklärt.«

»Da wussten wir aber noch nicht, dass du auf Orgien
stehst«, grinst Jax. Er macht ein paar Schritte näher und
sieht einmal an mir auf und ab.

»Halt sie fest«, weist Dan an, als er mir das Höschen
auszieht. Dann legt er wieder mein Bein über seine
Schulter, öffnet mich für sich. Er leckt über meine empfindsamste Stelle und jetzt kann ich nicht anders, als
laut zu stöhnen. Als er mit der Zungenspitze meine Klitoris umspielt, glaube ich, allein davon schon zu kommen.

Ein Gefühlscocktail aus Lust, hitzigem Verlangen und
brennender Leidenschaft lässt jede Stelle meines Körpers
heiß werden.

Dan saugt an meiner empfindlichen Klit, während Ace
mit beiden Händen meine Brüste bedeckt und sich in
seiner vollen Länge an mich schmiegt.

»Finger sie«, weist er mit rauer Stimme an und Dan tut
es, reizt meine Schamlippen, bis ich ihm den Körper entgegen wölbe und er endlich in mich stößt. Aaron drängt

seine Hüften gegen mich und stößt mich Dans Fingern entgegen, der mich immer noch leckt.

»Ahh«, stöhne ich abgehackt, fasse in Dans Haare und klammere mich gleichzeitig in Aarons Unterarm, während meine Lust sich wie ein Tornado in mir aufbaut.

Immer höher und höher, bis das intensive Gefühl in mir in Millionen Teile explodiert und ich auf den Wellen reite. Ich kneife die Augen fest zusammen, genieße das Post-Orgasmus-Hoch und lasse mich von den beiden starken Männern halten. Einer von ihnen hebt mich hoch und trägt mich durchs Wohnzimmer.

Erst, als ich eine kalte Unterfläche an meinem Hintern spüre, reiße ich die Augen wieder auf. Aaron hat mich auf der Bar abgesetzt und zieht mich jetzt zurück an die Kante. Er drängt sich gegen meine Beine und umfasst mein Gesicht mit einer Hand.

Seine blauen Augen glühen wortwörtlich auf, ehe er meinen Mund verschlingt. Seine Zunge drängt sich fiebrig in meinen Mund.

Stöhnend kralle ich mich an seinem Hinterkopf fest und spüre im nächsten Moment, wie sein Schwanz sich zwischen meine Beine schiebt. Ganz langsam, fast neckend, reibt er die Spitze an meinen Eingang.

Ich werfe den Kopf zurück und schreie auf. »Ja!«

Seine Lippen finden meine Kehle und er leckt darüber, als er sich ruckartig in mich schiebt. Ein leichter Schmerz zuckt durch meinen Unterleib, aber er geht in purer Lust unter, als er meine Hüften packt und anfängt, mich richtig zu vögeln.

Meine Finger sind immer noch in seinem Haar verflochten und ich halte mich an ihm fest, währen der mich erbarmungslos gegen die Bar fickt.

Nach einigen Stößen wird er langsamer, in mir pocht und pulsiert alles, als er sich aus mir herauszieht. »Nein«, wimmere ich, lasse ihn aber los, als er zurücktritt und Platz für Dan macht.

»Halt die Beine gespreizt«, weist er mich mit dunkler Stimme an und ich tue es. Meine Mitte ist so nass und geschwollen, dass der Lufthauch mich erschauern lässt.

»Stütz die Hände an der Bar ab«, befiehlt Dan weiter. Ich tue wie geheißen, merke aber selbst, dass meine Arme viel zu sehr zittern.

Es ist Jax, der auf die andere Seite der Bar tritt, direkt hinter mich. Er legt eine Hand auf meinen unteren Rücken. »Ich hab dich, Olivia«, flüstert er mir zu und streicht mir die Haare zurück.

Dan steht jetzt unmittelbar vor mir, sein steifer Schwanz ragt steil und verführerisch glänzend auf. Er beugt sich vor und leckt von meinem Bauch bis zu meinen Brüsten.

»Fick mich«, stoße ich flehend hervor. Seine Zunge umspielt erst den einen, dann den anderen Nippel.

»Dich betteln zu hören ist süßer als Honig«, flüstert Jax mir zu und haucht einen Kuss auf meine Ohrmuschel. »Fuck, wie ich meine Brüder gerade beneide.«

Dan küsst weiter über meinen Hals, meinen Kiefer, bis sein Mund meinen findet. Er knabbert an meiner Unterlippe und sucht nach meiner Zunge, während er sich gleichzeitig sacht in mich schiebt.

Er hat einen ganz anderen Rhythmus als Aaron, langsamer, irgendwie bedächtiger. Wieder zieht sich alles in mir zusammen und ich bin froh, dass Jax mich festhält.

»Danny«, stöhne ich und wölbe mich ihm entgegen. Endlich wird er schneller, seine Hand verschwindet zwischen uns und umkreist meine Klitoris. »Ahh, Dan, ja, genau so.«

Er küsst mich, fickt mich härter und reibt mich dabei so gut, dass sich schon wieder ein Orgasmus in mir aufbaut. Ich wimmere und kratze ihm den Rücken auf, als ich ein zweites Mal heute komme. Dan stößt weiter in mich, bis er in meinen Hals beißt und sich in mir ergießt.

Sanft umfasst er mein Gesicht und küsst mich zärtlich und ausgiebig, bis er den Platz für Aaron wieder frei macht. Er war vorhin noch nicht fertig mit mir.

»Willkommen zurück«, grinse ich, was ihm ein düsteres Lächeln entlockt. Er packt mich und trägt mich von der Bar aus zur Couch, wo er mich absetzt und sich neben mich hockt.

Ich brauch erstmal ein paar Atemzüge lang, um mich zu sammeln, dann sehe ich ihn wieder an. Er sieht mich an und massiert seinen Schwanz, der immer noch benetzt ist von meiner Feuchtigkeit. Kurz schießt mein Blick zu Dan und Jax, die langsam auf uns zukommen.

»Reite mich«, verlangt Aaron mit einem sehnsuchtsvollen Blick. »Komm schon, Rotkäppchen, ich will dir dabei zusehen, wie du dir das nimmst, was du möchtest.«

Ich antworte nicht, steige nur auf seinen Schoß und lasse mich auf seinen Schwanz gleiten.

»Oh Gott«, keuche ich, als ich erneut von ihm ausgefüllt werde.

»Perfekt«, raunt er und umfasst meine Hüften, dirigiert mich aber nicht. Er überlässt es mir, das Tempo zu bestimmen. Ich verschränke die Hände in seinem Nacken und sehe ihm fest in die Augen, bewege mich auf ihm, genauso, wie es mir guttut. Langsam und geschmeidig locke ich ihn, bis das Animalische in seinem Blick mit jedem Stoß greifbarer wird.

»Olivia«, knurrt er, jetzt bohren sich seine Finger fast schmerzhaft in meine Haut. Ich lächle, wohlwissend, dass er die Kontrolle übernehmen wird.

Bereits im nächsten Moment wirft er mich auf die Couch, ist wieder über mir und winkelt meine Beine an, um mich ein drittes Mal an diesem Abend in den Himmel zu befördern.

KAPITEL 25

Blinzelnd werde ich wach und brauche fünf Sekunden, um zu realisieren, wo ich bin. Wessen Arm um meine Mitte geschlungen ist. Automatisch stockt mein Atem, ich drehe langsam den Kopf und blicke in Aarons schlafendes Gesicht.

Er wirkt so friedlich, fast schon unschuldig. Aber *unschuldig* war an dem, was wir gestern getan haben, rein gar nichts.

Meine Wangen werden heiß, als ich daran denke. Vorsichtig schlüpfe ich unter seinem Arm hervor und rolle mich von der Couch, wobei ich dabei beinahe gegen Dan stoße, der ebenfalls auf dem länglichen Teil des Sofas schläft. Sein Mund ist leicht geöffnet, sein muskulöser, tätowierter Arm baumelt über die Lehne hinweg.

Gott, die beiden sehen so süß aus, dass ich am liebsten ein Bild machen würde. Wo sind überhaupt meine Sachen? Ich blicke mich um und entdecke meinen Klamottenhaufen dort, wo ich ihn habe liegen lassen. Mein Handy liegt noch auf der Kommode. Ein Blick darauf verrät mir, dass es bereits sieben Uhr morgens ist. Ich bin nach dem Sex-Marathon einfach eingeschlafen und scheinbar haben die Männer sich zu mir gelegt.

Ich ziehe mir den Slip und den Rock wieder an, aber statt dem Hemd schnappe ich mir ein fremdes T-Shirt, das ebenfalls auf dem Boden herumliegt. Es riecht nach Wald, genauso wie die Jungs.

Geistesabwesend vergrabe ich die Nase in dem Stoff, als ich auf leisen Sohlen aus dem Wohnzimmer trete. Eigentlich bin ich auf der Suche nach einer Toilette, aber ein Geräusch aus der Küche lockt mich dorthin.

»Guten Morgen«, begrüßt Jax mich mit gedämpfter Stimme. »Willst du abhauen?«

»Erstmal brauche ich einen Kaffee«, erwidere ich und setze mich auf einen der Barhocker. Jetzt trennt uns nur noch die schwarz glänzende Theke. Jax brät offenbar Omelett für eine ganze Fußballmannschaft und der herrliche Duft lässt mir das Wasser im Mund zusammenlaufen.

»Die Maschine steht da.« Er deutet mit dem Daumen unbestimmt hinter sich.

Unschuldig klimpere ich mit den Wimpern. »Wärst du so nett?«

Jax schnaubt, dreht aber seine Herdplatten herunter und wendet sich der Kaffeemaschine zu. Wenige Minuten später stellt er mir eine dampfende Tasse hin und ich inhaliere den herrlichen Geruch.

»Danke.« Über den Rand meiner Tasse hinweg betrachte ich ihn. Sein Gesicht wirkt entspannt, seine Mimik gelassen. Schweigen kehrt zwischen uns ein, während ich ihn beim Hantieren mit Tellern und Besteck beobachte.

»Iss was.« Jax lädt mir ein Omelett auf den Teller und schiebt ihn mir rüber. »Bis die Wölfe aufwachen und dir nichts mehr übriglassen.«

Mein Lächeln vergeht, als ich daran denke, was für absurde Dinge ich gestern Abend erfahren habe. Und das ist erst die Spitze des Eisbergs.

»Ich sollte gehen«, sage ich im Gegenzug und rutsche bereits vom Hocker. »Leihst du mir deinen Wagen?«

»Sicher nicht. Du kannst Dans Mustang nehmen. Den lässt er jeden fahren.«

Dankbar nicke ich ihm zu und laufe in Richtung Flur. Jax folgt mir und holt mir die passenden Schlüssel aus dem Fach. Er hält sie mir hin, ich greife danach, aber er lässt sie nicht los. Stattdessen mustert er mich, als wolle er ergründen, warum meine Stimmung umgeschlagen ist.

»Eine Frage musst du mir noch beantworten«, bitte ich ihn leise. Er sagt nichts, nickt mir auffordernd zu. Ich umfasse die Schlüssel ein wenig fester und schlucke gegen den trockenen Kloß in meinem Hals an. »Wie lief die Sache mit Daria wirklich?«

»Willst du sie das nicht selbst fragen?« Jax' Stimme klingt so neutral, dass ich am liebsten geschrien hätte. Stattdessen beiße ich nur die Zähne zusammen.

»Ich brauche Gewissheit«, beharre ich. Natürlich wäre es besser, das alles mit Daria zu bereden, aber ich muss wissen, ob ich zumindest ihr vertrauen kann. Und das geht nur, wenn ich die Wahrheit kenne.

»Daria weiß alles von mir«, erklärt Jax. »Ich habe es ihr erzählt, als ich vor fünf Jahren mit ihr zusammen war.«

Heilige Scheiße, was?! Jax und Daria ... Warum hat sie das nie erwähnt?

»Aber wieso hat sie Tonia dann nicht beschützt?« Ich habe das Mädchen nur ein einziges Mal gesehen und sie hatte panische Angst vor den Free Wolves. Warum hat Daria nie etwas unternommen?

Jax lächelt, doch es wirkt nicht im Geringsten amüsiert. »Warum sollte sie? Sie hat sich erst an Tonia gehängt, *nachdem* sie von Falk Richardson belästigt wurde. Sie hat Tonia dazu gebracht, Anzeige zu erstatten, obwohl sie wusste, dass wir es niemals zulassen würden. Also, Olivia, mach dir dein eigenes Bild von deiner neuen besten Freundin.«

Scheiße.

Die neuen Informationen fluten meine Gedanken und verpesten alles Gute, was darin geherrscht hat.

Ich ertrage diese Stadt nicht mehr, ich muss dringend hier raus.

Nach einer schnellen Dusche – zum Glück war Papa nicht da und hat meinem Walk-of-Shame verpasst – fahre ich los in meine Universitätsstadt. Dort treffe ich mich mit Enisa und Laura in einem Café zu einem späten Frühstück. Meine beiden Freundinnen wieder zu sehen, fühlt sich so surreal und schön an, dass mir prompt die Tränen kommen.

»Oh nicht doch, Süße.« Enisa tätschelt mir den Rücken. »Laura sollte doch diejenige sein, die ihre Hormone nicht unter Kontrolle kriegt.«

»Hey, ich komme super zurecht«, verteidigt diese sich und legt eine Hand auf ihre noch nicht vorhandene Kugel. »Bis auf die morgendliche Übelkeit. Und die Heulattacken.«

Zum Glück sind meine Freunde Quasselstrippen und haben so viel zu erzählen, dass ich mich nicht groß zu Wort melden will. Ein Teil von mir würde ihnen gerne von den heißen drei Männern erzählen, aber ich verkneife es mir. Ich müsste zu weit ausholen und ehrlich gesagt habe ich Sorge, dass sie mich einweisen, wenn ich ihnen alles berichte. Wäre es anders herum, würde ich es definitiv tun.

Nach dem Brunch fühle ich mich noch nicht bereit, zurückzufahren. Wir schlendern durch die Stadt, besuchen den Campus unserer Universität und gehen anschließend zum Abendessen in unsere Lieblingspizzeria.

»Du kannst mich jederzeit anrufen, Süße«, flüstert Enisa mir bei der Umarmung zur Verabschiedung zu. »Ich merke, dass dich etwas bedrückt.«

Fest drücke ich sie an mich und hauche ihr einen Kuss auf die Wange. Schließlich umarme ich auch Laura, bevor ich mich in meinen Wagen setze und die Stadt verlasse.

Es wird Zeit, nach Hause zu fahren.

»Hey, Livi.« Papa lächelt, als ich die Küche betrete. Er wirkt irgendwie erleichtert.

»Was ist los?«, frage ich alarmiert. Er lacht leise und legt das Buch zur Seite, in dem er gerade geblättert hat. Ich setze mich neben ihn und neige den Kopf, um den Titel lesen zu können. Irgendein alter Western.

»Ich habe mich Sorgen gemacht. Zurzeit verschwinden scheinbar junge Frauen.«

»Ich war mit Enisa und Laura unterwegs«, erzähle ich und unterdrücke ein Gähnen. Der Tag hat mich ausgelaugt und ich freue mich, gleich ins Bett zu fallen. »Ihnen gehts gut. Enisa genießt ihre Freiheit und Laura ihr Babyglück. Ich werde Patentante.«

Überrascht hebt er eine Augenbraue, dann zeichnet ein warmes Lächeln seine Züge. »Wirklich schön zu hören. Wird es denn auch eine Hochzeit geben?«

»Vermutlich nicht. Laura wollte nie heiraten. Aber Enisa und ich werden eine Gender Reveal Party veranstalten, darauf freue ich mich schon.«

Papa runzelt die Stirn. »Eine Gender *was*?«

Ich schmunzele. »*Gender Reveal.* Da wird das Geschlecht des Babys enthüllt.«

»Früher haben wir uns dafür ein Ultraschallbild angeschaut.«

Bevor mein Vater sich weiter darüber auslassen kann, dröhnt ein Klingeln durch unsere Wohnung. Es kommt so überraschend, dass ich unwillkürlich zusammenzucke. Papa lacht.

»So schreckhaft?«, zieht er mich auf und erhebt sich, um zur Tür zu laufen. Neugierig strecke ich den Kopf, zwinge mich aber, sitzen zu bleiben und ihm nicht nachzulaufen. Dumpf höre ich, wie mein Vater sich mit einem Mann unterhält. Elektrisierende Spannung kribbelt in meiner Wirbelsäule.

Schritte ertönen, kurz darauf kommt Papa zurück, die Augenbrauen kritisch zusammengezogen. Hinter ihm taucht Aaron auf. »Du hast Besuch, Livi.«

»Hi«, sage ich überrascht.

»Hey. Ich hatte schon Sorge, dass du abgehauen bist«, erwidert Aaron mit seiner unverkennbaren kratzigen Stimme. Allein dieses Timbre bringt mein Innerstes zum Glühen. Und meine Wangen auch.

»Was tust du hier?«, frage ich und schiele zu meinem Vater. Er steht mit verschränkten Armen an die Küchenzeile gelehnt da und betrachtet Aaron misstrauisch. Interessant. Mit Jax und Dan schien er kein Problem zu haben, aber bei Ace schrillen seine Alarmglocken.

»Dich besuchen.« Aaron schiebt die Hände in die Hosentaschen und lächelt charmant. »Ich störe doch nicht, oder?«

»Gehen wir in mein Zimmer«, schlage ich vor und erhebe mich von meinem Platz. Diese dominante, männliche Energie zwischen meinem Vater und dem Mann, der mich gestern noch in den Himmel gevögelt hat, macht mich sonst wahnsinnig. Mir kommt es vor, als könnte Papa all die schmutzigen Dinge zwischen den Zeilen lesen.

»Gerne doch«, erwidert Aaron und am liebsten würde ich ihn dafür boxen, da das ziemlich anzüglich klingt.

Ich laufe voraus und öffne ihm meine Zimmertür. Er tritt ein und sieht sich erst einmal um, als wären wir in einem Museum. Leise schließe ich die Tür und laufe zu meinem Bett, um die Nachttischlampe anzuknipsen. Draußen ist es schon lange dunkel, Regen prasselt gegen das Fenster, aber ich kippe es dennoch, um frische Luft hereinzulassen.

»Ziemlich unspektakulär«, lautet Aarons Fazit.

»Das Zimmer habe ich nur provisorisch bezogen«, erkläre ich. Wobei er von meiner Wohnung mit Ben sicher auch nicht begeistert wäre. Alle Deko habe ich aus einem Ikea, nichts davon hatte einen persönlichen Touch.

»Hast du etwa vor, wieder abzureisen?«

Diese Frage überrascht mich und lässt mich gleichzeitig stocken. Ehrlich gesagt habe ich mir darüber keine großen Gedanken gemacht, aber früher oder später muss ich zurück zur Uni.

Ich zucke nur unbestimmt mit einer Schulter und lasse mich dann auf mein Bett fallen. »Irgendwann muss ich mein Studium wieder aufnehmen. Und da Ben mir meine Sachen nicht aushändigen will, muss ich mit dem klarkommen, was ich habe.«

Sein Blick wird düster. »Soll ich diesem Dreckskerl mal einen Besuch abstatten?«

Ich rolle mit den Augen. Dass ein Mann sich um meine Probleme kümmert, kann ich gerade am allerwenigsten gebrauchen. »Warum bist du wirklich hier?«, frage ich ihn im Gegenzug. »Ich dachte, unsere Wege trennen sich jetzt.«

Statt mir zu antworten, zieht er etwas aus seiner Jackentasche und wirft es mir zu. »Von Dan«, erklärt er.

Es ist ein kleines Geschenk, sieht aus wie das Etui eines Rings.

»Schickt er jetzt dich, um mir einen Heiratsantrag zu machen?«, frage ich ironisch. Ace lacht leise.

»Mach es auf, dann erfahren wir es.«

Vorsichtig entferne ich die Schleife und das Geschenkpapier. Tatsächlich verbirgt sich darunter ein Ringetui. Stirnrunzelnd öffne ich es, dann lache ich herzhaft auf.

»Oh mein Gott, das ist so süß«, flüstere ich. Aaron macht ein paar Schritt auf mich zu und späht neugierig in das Kästchen. Darin steckt ein Ring mit einem riesigen Diamanten aus rosa Zuckerguss. Er ist in einer Plastikfolie eingewickelt und auch wenn ich ihn sofort probieren will, stelle ich die Box lieber auf meinem Nachttisch ab.

»Warum macht er das? All die Geschenke?«, hake ich nach.

Ace zuckt mit den Schultern. »Ist seine Art, seine Wertschätzung zu zeigen. Er bringt Jax und mir auch ständig etwas mit.«

»Ach, echt?« Irgendwie finde ich die Vorstellung sehr liebenswert.

Aaron schält sich aus der Lederjacke, wirft sie über die Lehne meines Schreibtischstuhls und setzt sich neben mich. Die Matratze senkt sich und auch wenn wir uns nicht berühren, ist er mir so nah, dass ich seine Hitze spüre. Und sein Geruch mir in die Nase steigt.

»Ihr seid wirklich gut befreundet, hm?«, hake ich nach. Unnötig, das zu fragen, da es aus jeder ihrer Handlungen deutlich hervorgeht, aber ich will mehr darüber erfahren. Über sie.

»Jax und Dan kennen sich schon seit der Grundschule und sind beste Freunde seit der Mittelstufe. Sie sind beide hier aufgewachsen.« Aaron seufzt leise und lehnt sich auf die Hände gestützt zurück. Ich neige den Kopf und auch er sieht mich an.

»Und du?«, hake ich nach. »Wie bist du zu ihnen gekommen?«

»Ich habe sie kennengelernt, als ich siebzehn war. Wir haben einen Job zusammen erledigt und gleich gemerkt, dass uns etwas verbindet. Aber dann ... nun, sagen wir mal so: Meine Vergangenheit hat mich eingeholt. Ich bin in den Knast gewandert, als ich achtzehn war.«

So jung. Für einen Moment frage ich mich, was er in seiner Kindheit durchmachen musste, um in seiner Jugend auf die schiefe Bahn zu geraten. Aber ich beiße mir auf die Lippe und höre nur weiter zu.

»Die Jungs und ich haben den Kontakt gehalten und sobald ich draußen war, hatten sie wieder Arbeit für mich. All die Jobs haben uns zusammengeschweißt. Seitdem machen wir nichts mehr ohne einander.« Er grinst dreckig. »Wie du gemerkt hast.«

Ich merke, wie meine Wangen heiß werden. »Ihr erledigt also *Jobs*«, wiederhole ich seine Worte. »Das klingt illegal.«

»Ist es auch.«

Okay, mit so viel Ehrlichkeit habe ich nicht gerechnet. »Dann bist du aus dem Knast gekommen und hast dich direkt wieder strafbar gemacht?«

Aaron zuckt unbekümmert mit den Schultern. »Ich kannte es nicht anders und der Knast hat mich nur noch krimineller gemacht. Das nächste Mal war ich älter, schlauer und besser.« Er legt den Kopf schief. »Hast du dich nicht gefragt, wie wir unseren Lebensstil finanzieren?«

»Ich dachte ehrlich gesagt, einer von euch hätte reiche Eltern oder so.« Zumindest war das die schöngewaschene Illusion, die ich mir selbst eingeredet habe.

»Nein, keiner von uns ist mit Geld aufgewachsen. Aber Murphy bezahlt gut und wir sind gewillt, so einiges zu tun.«

Ein Schauer fährt mir über den Rücken. Wie er das sagt ... sind sie etwa Auftragskiller? Dan hat keinen Hehl daraus gemacht, dass er schon Menschen umgebracht hat, das sollte mich nicht wundern, dennoch ... Irgendwie wird alles so real.

»Hast du jetzt Angst?«, fragt Aaron neckend. *Scheiße, ja.*

»Furchtbare Angst«, antworte ich gespielt übertrieben und lehne mich ebenfalls zurück. Jetzt sind wir wieder auf einer Augenhöhe. »Und warum seid ihr zurück in dieser Stadt? Habt ihr das Verbrecherleben aufgegeben?«

»Wer sagt das? Teure Häuser, mit denen man hübsche Frauen verführen kann, finanzieren sich nicht von selbst.«

Dieser Satz bringt mich so aus dem Konzept, dass ich ein Stück zurückweiche. »Was genau tut ihr hier?«, hake ich nach.

Aaron lässt den Blick wachsam über mein Gesicht schweifen. »Das geht dich nichts an. Hoffentlich.«

Hoffentlich? Damit verwirrt er mich noch mehr.

»Wie auch immer.« Aaron scheint mein Schweigen so zu verstehen, dass das Gespräch beendet ist. Er steht auf und ich richte mich ebenfalls wieder auf. Ich will nicht, dass er geht. Dieses Gefühl flammt in meinem Inneren auf und bringt mich fast dazu, dumme Dinge zu sagen. Dinge wie *»Bitte bleib«*.

Eilig beiße ich mir auf die Zunge. Zum Glück muss ich mich nicht dazu zwingen, denn Aaron hat gar nicht vor, zu gehen. Stattdessen streift er sich den Pullover über den Kopf und öffnet den Knopf seiner Jeans.

»Was soll das werden?«

»Darf ich in deinem Bett schlafen?«, fragt er, als er schon halbnackt ist.

»Du willst mit mir schlafen?«, hake ich ungläubig nach.

»Nicht *mit* dir, das petzt du doch wieder an meine Brüder.« Er grinst frech. »Nur in deinem Bett. *Neben* dir.«

Ein Teil von mir möchte protestieren, aber ich halte mich zurück. Ich will ja auch nicht, dass er geht.

»Mach es dir bequem«, biete ich ihm an und erhebe mich. »Bin gleich wieder da.« Ich schnappe mir mein Beautycase vom Nachttisch, um mich im Bad bettfertig zu machen.

Auf dem Weg dorthin stoße ich fast mit meinem Vater zusammen. Er hat wohl nur darauf gewartet, dass ich aus meinem Zimmer komme.

»Bleibt dein Besuch über Nacht?«, will er wissen.

»Ja. Ist das ein Problem?«

Papa sieht sehr unglücklich über meine Antwort aus. »Bist du sicher? Über Aaron erzählt man sich gewisse Dinge und nichts davon gefällt mir.«

»Seit wann gibst du denn etwas auf Gerüchte?« Wobei einiges bestimmt wahr ist. »Mit Jax und Danny kommst du doch auch klar und sie sind alle drei befreundet.«

»Keinen der Männer sehe ich gerne in der Nähe meiner Tochter«, erwidert Papa düster. »Ich will nur, dass du weißt, worauf du dich einlässt.«

»Alle sind besser als Ben, oder?«, gluckse ich und mache einen Schritt Richtung Badezimmer.

Mit meinem Vater über Jungs und Beziehungen zu reden, war mir schon immer unangenehm. Ihm sicher auch, aber dennoch haben wir diese Gespräche geführt. Ich erinnere mich bildlich an das Aufklärungsgespräch mit vierzehn, als Papa mir alles über Sex, Orgasmen und Diversität erzählt hat. Ich liebe ihn wirklich dafür, aber das ändert nichts an der Tatsache, dass er immer noch mein Vater ist.

»Das ist ein unfaires Argument«, gibt er trocken zurück.

»Ich weiß«, lächele ich und verziehe mich ins Bad.

Frischgemacht, mit Jogginghose und einem alten Shirt bekleidet, komme ich schließlich zurück ins Zimmer. Aaron steht vor meiner Kommode und sieht zu mir auf, als ich eintrete. Deutliche Enttäuschung zeichnet sich in seinem Gesicht ab.

»Das sind ja noch mehr Klamotten als vorher.«

Ich rolle mit den Augen. »Ich friere schnell. Brauchst du ein eigenes Kissen?«

»Ich teile mit dir.« Er streckt die Hand aus und zieht etwas von meiner Kommode. Meine Wirbelsäule scheint unter Strom zu sehen, als ich es erkenne. Die Kette samt Ring meiner Mutter.

»Was ist das?«, fragt er. Ich stapfe zu ihm und reiße ihm die Kette aus der Hand.

»Sie gehörte meine Mutter. Sie ... mein Vater hat sie mir gegeben.«

Forschend lässt Aaron den Blick über mich schweifen. »Was weißt du über sie?«

»Gar nichts. Wir haben keinen Kontakt.«

Aaron streckt die Hand aus und nimmt mir die Kette wieder ab. Er betrachtet den Ring. »Hübsch. Du solltest sie anziehen.«

Unsicher sehe ich von seinen blauen Augen zu der Kette. »Ich lege sie dir um«, schlägt er vor.

Zögerlich kehre ich ihm den Rücken zu und streife die Haare zur Seite. Er tritt näher zu mir, sein heißer Atem trifft meinen Nacken. Er schließt den Verschluss und das kühle Gold des Rings landet auf meinem Schlüsselbein. Ich erschauere.

Aaron streicht noch einmal über die feingliedrige Kette in meinem Nacken, räuspert sich und läuft zu meinem Bett. Wie selbstverständlich legt er sich hinein und rutscht an die Wandseite. Auffordernd hält er mir die Decke auf und ich verkneife mir ein Lächeln auf den Anblick. Warum schlägt mein Herz nur so schnell? Ich knipse das Licht aus, schlüpfe neben ihn und schiebe den Arm unter das Kissen, um den Kopf darauf zu betten, ihm den Rücken zugewandt. Er legt mir eine Hand auf die Hüfte und küsst meinen Hals.

»Ich dachte, Sex ist vom Tisch«, sage ich in die Dunkelheit. Seine Hand kreist sacht über meinem Shirt.

»Wir kuscheln doch nur«, raunt er mir zu. Wie schafft er es nur, diese harmlosen Worte zu anzüglich klingen zu lassen? Sein heißer Atem streift meine Ohrmuschel. »Du könntest dich auch selbstbefriedigen und ich gucke dir zu.«

Hitze schießt in meinen Unterleib.

»Schaffst du das?«, necke ich ihn. »Nur zusehen, wie ich mich fingere und reibe, ohne mich zu packen und zu ficken?«

Ein paar Sekunden lang schweigt er nur. »Vielleicht doch keine so gute Idee«, gesteht er. Er schlingt den Arm um meine Taille und drückt mich an sich. »Also nur kuscheln.«

»Wieso klingst du so enttäuscht?« Ich fahre mit den Fingern seine Venen am Unterarm nach. »War doch deine Idee.«

»Wir können Dan und Jax über Facetime anrufen. Dann wären sie ja quasi live dabei.«

»Du bist ein Idiot«, schnaube ich und drehe mich in seiner Umarmung zu ihm herum. Meine Müdigkeit von vorhin ist verflogen. Ich strecke die Hand aus und fahre mit den Fingern seine Gesichtszüge nach. »Warum willst du heute nicht allein schlafen?«

In der Dunkelheit ist sein Ausdruck schwer zu deuten, aber ich glaube, dass er überrascht wirkt. »Ich kann nie allein einschlafen«, gesteht er mir leise. »Wenn nicht Jax, Dan oder irgendeine beliebige Frau bei mir ist, schlafe ich gar nicht.«

Irgendeine beliebige Frau. Das saß.

Damit er es mir nicht ansieht, drehe ich mich wieder weg und drücke die Wange fest an das Kissen. Scheiße, ich werde doch jetzt nicht heulen. Das ist das Letzte, was ich will.

»Du bist damit nicht gemeint«, flüstert er mir zu.

Ich erwidere nichts mehr darauf und irgendwann schlafe ich mit diesen Worten im Ohr ein.

KAPITEL 26

Aaron verschwindet vor dem Frühstück. Genauer gesagt ist er schon weg, als ich wach werde. Das überrascht mich nicht sonderlich, dennoch verspüre ich einen Stich in meiner Brust, als ich es realisiere.

Es ist bereits nach zehn, als ich mich zum Aufstehen zwinge. Heute ist Feiertag, die Werkstatt hat geschlossen und eigentlich will ich das Bett gar nicht verlassen. Mein Laken riecht nur viel zu sehr nach frischem Wald und kalter Luft, weshalb ich mich aufraffe und das Bettzeug in die Waschmaschine werfe.

»Morgen, Paps«, sage ich, als ich in die Küche trete, bleibe an der Türschwelle aber ruckartig stehen. Das ist nicht mein Vater, der am Herd Eier anbrät.

»Hey mein Kind«, sagt Daria mit einem Grinsen. »Dein Vater hat mich reingelassen, er ist zum Sport gegangen. Ich wollte dich mit dem köstlichen Duft nach Frühstück wecken. Hat es geklappt?«

»Ich habe dich lange nicht mehr gesehen«, sage ich irritiert. Eine kalte Gänsehaut kriecht meinen Nacken entlang, aber ich zwinge mich, mehrere Schritte auf sie zu zumachen. Verdamm, das ist mein Zuhause und ich habe keine Angst vor ihr.

»Ja, tut mir leid. Die Arbeit und die Suche nach Tonia hat mich fertig gemacht.« Sie dreht den Herd ab und verteilt die Eier auf zwei Teller. »Kaffee dazu?«

»Ich mache schon«, erwidere ich und hole zwei Becher heraus. Ein paar Minuten arbeiten wir schweigend. Als wir uns gegenüber am Frühstückstisch sitzen, sieht Daria mich verunsichert an.

»Bist du sauer auf mich, Liv?«, fragt sie zögerlich. Bei ihren großen Augen und der Art, wie sie auf ihrer

Unterlippe kaut, bekomme ich ein schlechtes Gewissen. Ich sollte ehrlich zu ihr sein, denn immerhin möchte ich das auch von ihr.

»Du warst mal mit Jax zusammen.«

Sie runzelt die Stirn. »Das ist schon ewig her.«

»Er war mal dein Freund. Warum hast du dann Angst vor ihm?«

»Julian und ich waren zwei Jahre lang ein Paar, als wir beide achtzehn waren. Dann hat er mich verlassen und ist aus der Stadt verschwunden. Als er zurückkam, war er ein krimineller Straftäter. Ich habe keine Angst vor Julian, aber dieser Junge ist er schon lange nicht mehr. Er ist jetzt *Jax* und ja, verdammt, ich habe Angst vor ihm.« Sie schüttelt verwirrt den Kopf. »Was hat er dir denn erzählt?«

Das deckt sich zumindest mit dem, was Aaron mir gestern berichtet hat, dennoch bin ich misstrauisch.

»Er hat mir erzählt, dass du dich erst mit Tonia angefreundet hast, um sie dazu zu bewegen, Falk Richardson anzuzeigen.«

»Wow«, sagt sie trocken und rückt mit dem Stuhl vom Tisch weg. »Als ich erfahren habe, was Tonia passiert ist, wollte ich für sie da sein, weil sie sonst niemanden hatte. Ja, ich hatte zu Anfang nur Mitleid mit ihr, aber sie wurde zu meiner besten Freundin, weil sie ein toller Mensch ist.« Tränen schimmern in ihren Augen, was sich für mich anfühlt wie ein Schlag in den Magen. »Auf wessen Seite bist du überhaupt?«

»Daria, ich ...«

Sie schüttelt abrupt den Kopf und erhebt sich. »Lass gut sein, Olivia. Ich bin zu dir gekommen, weil ich eine Freundin gebraucht habe. Aber scheinbar sind wir das nicht.«

Mit diesen Worten stürmt sie aus der Wohnung und ich bleibe mit einem dumpfen Gefühl der Schuld zurück.

Gegen Nachmittag wird das schlechte Gewissen so übermächtig, dass ich nach unten gehe und bei Daria klopfe. Ihr Vater macht mir auf und erklärt, dass sie zu Tonias Mutter gefahren ist.

Resigniert verziehe ich mich wieder in mein Zimmer und versuche, sie zu erreichen. Ohne Erfolg. Scheiße, ich hätte sie ganz normal fragen können, ohne Vorwurf und ohne vorgefertigte Meinung.

Was hat Jax mir schon groß erzählt? Nur, dass sie mal ein Paar waren und sie offenbar einen anderen Grund als nackte Panik hatte, mich damals zum Sportplatz zu leiten. Ich habe zu viel in alles hineininterpretiert, oder? Ich habe mich von ihr verraten gefühlt, dabei war ich diejenige, die mit den Free Wolves verkehrt und mehr über den Tod ihrer besten Freundin weiß.

Ich muss ihr alles sagen. Wir sollten in Ruhe reden und dann wird sich alles aufklären, dessen bin ich mir sicher. Dieser Entschluss brennt so grell und feurig in meiner Brust, dass ich mein Vorhaben unmöglich verschieben kann.

»Die Hofmanns wohnen neben der alten Grundschule, oben in der Kurve«, erklärt mein Vater auf meine Nachfrage hin und mustert mich unergründlich. »Was hast du vor?«

»Ich muss mit Daria reden.«

»Und das hat nicht Zeit bis morgen?« Er wirft einen überdeutlichen Blick auf seine Armbanduhr. Ich weiß, es ist kurz nach acht, aber ich kann nicht anders.

»Ich muss mich entschuldigen«, erkläre ich zerknirscht. »Das kann nicht bis morgen warten.«

Seine Züge glätten sich und er nickt. »Dann geh. Gute Freunde sollte man sich bewahren.«

Zum Glück ist es nicht schwer, das genannte Haus zu finden. Ich drücke auf das Klingelschild der Hofmanns und werde direkt ins Treppenhaus gelassen. An der Tür im zweiten Stück erwartet mich eine ältere Frau. Sie trägt einen Bademantel, ihre Haare sind zerzaust und ihr Blick getrübt.

»Tut mir leid für die Störung«, sage ich mit gedämpfter Stimme. »Ist Daria da?«

»Wer bist du?«, fragt sie misstrauisch und krallt die Nägel in den Türrahmen.

»Ich bin Olivia Wagner. Eine Freundin von Daria.«

Mein Name – zumindest mein Nachname – scheint ihr etwas zu sagen, denn ihre Züge werden weicher. »Daria ist nicht hier.«

»Oh«, entfährt es mir sehr klug. Darias Auto stand nach wie vor nicht auf dem Parkplatz und ich bin davon ausgegangen, dass sie immer noch hier ist.

»Wie kommst du darauf, dass du sie hier findest?«, fragt mich Frau Hofmann ehrlich verwirrt.

»Ich dachte, sie wäre öfter hier, seit ...« Ich bringe den Satz nicht zu Ende, schlucke nur hart, als ich an Tonia denke. An die Vision ihres toten Körpers ...

»Daria war nicht mehr hier, seit Tonia abgehauen ist«, informiert Frau Hofmann mich. *Abgehauen* klingt so, als wäre Tonia freiwillig weg, aber viel mehr stört mich der erste Teil des Satzes.

»Sie war die letzten Tage nicht bei Ihnen?«, vergewissere ich mich. Als sie den Kopf schüttelt, weiche ich mehrere Schritte zurück.

»Dann bin ich falsch informiert. Tut mir wirklich leid.«

Als ich die Treppen nach unten stürme und in den Fahrersitz meines Wagens falle, drehen sich meine Gedanken wild.

Jedes Mal, als Daria behauptet hat, bei Tonias Mutter zu sein, hat sie gelogen. Aber wo war sie dann?

Ich fühle mich wie Joe Goldberg, als ich mit einer Kappe, deren Schatten tief in mein Gesicht fällt, in einem Auto sitze und durch das Seitenfenster den Minimarkt betrachte.

Es ist Mittwochabend und ich hocke in einem unauffälligen silbernen Toyota, den ich mir von der Arbeit *geliehen* habe. Mir ist bewusst, dass ich mächtig Ärger bekomme, wenn Papa das erfährt. Er gehört Eileen, einer alten Schulkollegin, und ich sollte einen Ölwechsel durchführen. Habe ich auch gemacht, nur, dass ich den Wagen einen Tag länger in der Werkstatt behalten habe, um noch eine ... nennen wir es *Testfahrt* durchzuführen.

Mein Vater würde mir jetzt einen Vortrag darüber halten, dass ich das Auto für private Zwecke benutze, was absolut nicht gestattet ist, und nicht nur mich, sondern den Ruf der Werkstatt in Gefahr bringe. Ich habe seine tadelnde Stimme schon im Ohr und sinke unbewusst tiefer in den Sitz. Ja, okay, wenn Eileen mich zufällig in ihrem Auto am späten Abend herumfahren sieht, wäre das nicht so gut, aber ich hoffe einfach, damit durchzukommen.

Ich brauche den Wagen auch nur für ein paar Stunden, um Daria zu folgen. In meinem eigenen Fahrzeug wäre es unmöglich, in Papas genauso, also musste der Toyota herhalten. Die letzten zwei Tage habe ich sie beobachtet, wie sie jeden Abend nach ihrer Schicht davonfährt. Sicherheitshalber habe ich gestern nochmal bei ihren Eltern geklopft und dieselbe Antwort bekommen – sie ist bei Tonias Mutter. Nur weiß ich, dass das definitiv nicht stimmt.

Oh, Mist sie kommt raus. Automatisch halte ich den Atem an. Daria verlässt gerade den Minimarkt und steuert auf ihren Wagen zu. Eine Papiertüte baumelt um ihr Handgelenk. Ich frage mich unwillkürlich, was sie gekauft hat. Hatte sie nur Lust auf einen Snack und fährt gleich wieder nach Hause? Fast wünschte ich mir, dass es so wäre. Dann könnte ich über mich selbst lachen und meine nagenden Gedanken abstellen.

Ich starte den Motor und warte, bis ihr Auto um die nächste Ecke verschwunden ist, bevor ich losfahre und mich an ihren Fersen hefte.

Dafür bin ich definitiv nicht gemacht. Mein Herz klopft wie wild und ich schwitze. Sie muss mich bemerken, ich komme mir so unglaublich auffällig vor. Wie machen andere Stalker das nur?

Noch deutet nichts darauf hin, dass Daria Verdacht schöpft. Sie lenkt ihr Auto zwar schwungvoll, jedoch nicht übermäßig schnell durch die Straßen. Es kommt mir gelegen, dass heute mehr Verkehr als üblich herrscht. Vielleicht komme ich ja doch damit durch.

Meine Zähne bearbeiten meine Unterlippe mit voller Intensität, als Darias Wagen langsamer wird. Sie setzt den Blinker und biegt auf einen leeren Parkplatz ein. Ich fahre weiter um die nächste Ecke, erst dann bleibe auch ich stehen. Ich weiß, wo Daria gehalten hat: auf dem Lehrerparkplatz des Gymnasiums. Aber was zur Hölle will sie hier?

»Das werden wir wohl herausfinden«, murmele ich zu mir selbst und sehe mir im Rückspiegel in die Augen. In einer nervösen Geste wische ich an meinem Eyeliner herum.

Quälende zwei Minuten warte ich noch in dem Toyota, dann steige ich aus und schleiche mich langsam um die Schule herum. Bingo, Darias Auto steht auf dem Parkplatz. Ich hatte auch die Befürchtung, dass sie meine Verfolgung bemerkt hat und abgehauen ist, als ich außer Sichtweite war. Scheinbar bin ich eine bessere Stalkerin, als ich gedacht habe.

Die Hände in den Jackentaschen vergraben laufe ich um das große Blockgebäude herum, kann aber nichts Auffälliges entdecken. Keine Menschenseele ist zu sehen, nur vorbeidüsende Autos an der Hauptstraße. Der Hof ist mit einem großen Eisentor abgeschlossen, alles ist umzäunt, nichts deutet darauf hin, dass jemand eingedrungen ist.

Wo bist du, Daria?

Unruhig drehe ich den Ring zwischen meinen Fingern. Eine mittlerweile vertraute, nervöse Geste, für die ich mich selbst verfluche. Seit Aaron mir die Kette angelegt hat, habe ich sie nicht mehr abgenommen. Es hat sich falsch angefühlt.

Ich zwinge mich, die Kette wieder loszulassen, und sehe mich um. Ein Gedanke schießt in meinen Kopf und mein Blick fällt zeitgleich auf das Gebäude mir gegenüber. *Die Turnhalle.*

Ich lege einen kurzen Sprint hin und spähe zu der verschlossenen Eingangstür. Solche Hallen haben meist noch einen Hintereingang, das weiß ich aus meiner Schulzeit. Auf gut Glück schleiche ich mich einmal den Gebäudeblock herum, zwänge mich an einem Gebüsch hindurch und komme in den Hinterhof. Von hier aus kann man den alten Sportplatz erkennen, der

Erinnerungen wachruft, aber vielmehr interessiert mich die unscheinbare Seitentür, die mir sofort ins Auge sticht.

Bingo. Ich hatte Recht. Elektrisches Adrenalin kribbelt in meinen Fingerspitzen, als ich darauf zulaufe und die Klinke herunterdrücke. Shit, sie geht tatsächlich auf. Ich habe es gehofft, aber nicht wirklich damit gerechnet.

Mit angehaltenem Atem werfe ich einen Blick herein. Es ist dunkel, nur das grüne Licht der Notausgang-Schilder beleuchtet die Umgebung. Hier sieht es ganz anders aus als letzten Freitag auf der Halloween-Party. Keine Girlanden, keine Deko an den Wänden und vor allem keine Leute. Aber Daria ist hier. Da bin ich mir sicher.

Ich schlüpfe in das Innere, lasse die Tür angelehnt und drücke mich flach gegen die Wand. Mein Herz schlägt mir bis zum Hals. Im Ernst, das Pochen dröhnt so laut, dass ich Probleme habe, zu schlucken.

Das ist aufregend. Mein Körper kann sich nur nicht entscheiden, ob auf eine gute oder schlechte Weise. Ich kneife die Augen zusammen und scanne noch einmal meine Umgebung ab. Der Geräteschuppen ... er steht offen. Ich erinnere mich aber daran, dass er am Abend der Party durch ein Rolltor verschlossen war.

Auf Zehenspitzen und dicht an die Turnhallenwand gepresst nähere ich mich dem offenen Raum. Als ich direkt danebenstehe, höre ich Stimmen. Vielmehr ein Stöhnen.

»Oh, scheiße, ja, genau so«, wimmert Daria.

Oh Gott, sie wird gerade gevögelt. Haut klatscht auf Haut, ein männliches Knurren ist zu hören. Ich presse mir die Hand auf den Mund, um jedes Geräusch meinerseits zu unterdrücken. Warum hat sie mir nicht einfach gesagt, dass sie einen Mann trifft, wieso diese Geheimnisse?

Mir wird schlecht, als mich die Erkenntnis mit voller Wucht trifft. Es ist Jax. Sie fickt mit Jax. Die beiden haben die ganze Zeit ein falsches Spiel mit mir gespielt. Sie haben mich hinters Licht gefühlt und die restlichen Free Wolves wussten vermutlich Bescheid. Ich bin so dämlich.

Meine Knie werden weich und ich habe große Lust, mich gegen die Wand sinken zu lassen und zu heulen. Jetzt. Auf der Stelle.

»Ah, ja!«, höre ich Daria.

»Deine nasse, heiße Pussy macht mich so an«, raunt der Mann, Daria japst auf und meine Augen weiten sich schockiert.

Das Gefühl des Verrats ist sofort vergessen, als ich die Stimme erkenne. Es ist keiner meiner Jungs. Nicht Jax, nicht Dan, nicht Aaron.

Jetzt wird mir aus einem ganz anderen Grund schlecht.

Daria treibt es gerade mit Falk Richardson.

KAPITEL 27

Als ich realisiere, was in dem Geräteschuppen gerade passiert, wird mir so einiges klar. Kein Wunder, dass Daria mich angelogen hat. Die Tatsache, dass sie sich hier mit Falk trifft und ihn gleich ranlässt, deutet darauf hin, dass sie das öfter machen.

Jedes Mal, als sie behauptet hat, bei Tonias Mutter zu sein, war sie bei ihm. Die Chancen stehen zumindest relativ hoch. Von wegen Tonias beste Freundin. Sie hat sich mit dem Feind verbündet!

Sobald ich das begreife, weiß ich auch, dass ich schleunigst hier raus muss. Ich nehme die Beine in die Hand und schleiche mich zurück in Richtung Seitentür. Ein erleichtertes Aufatmen erfährt mir, als ich an die frische Luft trete und die Tür leise hinter mir zuziehe.

Jetzt bin zumindest schlauer als vorher, auch wenn ich keine Ahnung habe, was ich mit diesem Wissen anfangen soll. Aber darüber kann ich mir Gedanken machen, wenn ich zu Hause angekommen bin. Vorher muss ich das geliehene Auto zurück zur Werkstatt bringen und ...

Ich drehe mich in Richtung der Hecke, durch die ich mich quetschen muss, als ich bemerke, dass ich nicht länger allein bin. Heilige Scheiße! Ich mache einen Satz zurück. Vor mir steht ein Mann, ich kann sein Gesicht nicht sehen, da er eine dieser Masken trägt, in denen die Augen und ein hämisches Grinsen durch LED-Lichter aufblitzen. Sehr wohl erkenne ich jedoch das lange Messer, das er in der Hand hält.

Ich mache auf dem Absatz kehrt und renne los, ducke mich unter den Metallstangen, die um den Sportplatz angebracht sind, und laufe in Richtung der Tribüne.

Zumindest habe ich das vor, aber fünf Männer versperren mir den Weg. Sie alle tragen dieselbe Maske und umzingeln mich förmlich.

Scheiße, scheiße, scheiße! Was passiert hier, zur Hölle?!

»Hallo, Olivia *fucking* Wagner.«

Ich fahre zur Turnhalle herum. Aus der Hintertür tritt Falk Richardson, er schließt gerade seine Hose und hat ein ekelhaftes Lächeln aufgesetzt. Ich weiß nicht, was ich widerlicher finde.

»Richardson«, bringe ich hervor. »Was soll das hier?«

»Sag du es mir.« Er hebt das Kinn. »Warum bist du Daria gefolgt? Wolltest du uns beim Vögeln zusehen, du dreckige, kleine Spannerin?«

Joe Goldberg am Arsch. Ich bin als Stalkerin definitiv durchgefallen. Fest balle ich die Hände zu Fäusten und versuche, mir meine aufkommende Panik nicht anmerken zu lassen.

»Was spielst du für ein krankes Spiel?«, bringe ich hervor.

»Ich?« Er tut so, als wäre er wirklich getroffen von meinen Worten. »Oh, Süße, ich sorge in meiner Stadt nur für Recht und Ordnung.« Er macht zwei Schritte auf mich zu. In mir wächst der Drang, zurückzuweichen, aber ein Blick über die Schulter verrät, dass die Maskenmänner mich umzingelt haben. Und der kranke Bastard mit dem Messer steht unmittelbar hinter Falk. Ich sitze in der Falle wie ein dummes Kaninchen.

»Du bist geliefert, Olivia Wagner«, sagt Falk leichthin. »Hat dir dein Daddy nicht beigebracht, sich nicht mit den großen Männern anzulegen, kleines Mädchen?«

Diese Worte lassen etwas in mir explodieren. Nicht nur Wut, auch wenn sie ebenfalls da ist. Die Wut auf Falk

Richardson und das ganze Patriarchat, das uns Frauen vormachen will, wir müssten uns den Männern unterordnen, fließt feurig wie Benzin durch meine Adern. Doch das, was jetzt in mir freigesetzt wird, ist anders. Es ist dunkel und kalt. Es fühlt sich an wie der Ursprung, wie das Leid Tausender, gebündelt in einem alles verzerrenden schwarzen Strudel aus Macht.

Funken sprühen um mich herum. Ich sehe sie – goldgelb und flammend hell, aber in diesem Moment wundere ich mich nicht darüber. Ich nehme sie kaum wahr.

Blitzschnell wirbele ich herum zu den Männern und schreie. So grell und laut, dass es über den ganzen Sportplatz schallt. Die maskierten Männer fliegen wie durch eine Schallwelle getroffen durch die Luft und machen mir damit endlich den Weg frei. Ich renne los, ich renne so schnell wie noch nie in meinem Leben.

Meine Füße schweben förmlich über den Boden, ich habe den Sportplatz längst überquert, als ich das erste Mal richtig Luft hole. Meine Beine wissen genau, wo sie mich hintragen, und auf halber Strecke erkennt auch mein Kopf das. Der Weg zurück zu meinem Auto wurde mir abgeschnitten, mein Zuhause ist zu weit weg, aber ich kenne jemanden, der ganz in der Nähe wohnt.

Atemlos komme ich an Aarons Haus an und klingele Sturm. Immer wieder werfe ich einen Blick über die Schulter, aus Angst, verfolgt worden zu sein. Aber hinter mir liegt nur Dunkelheit.

Okay, ganz ruhig. Alles gut. Ich bin ihnen entkommen.

Zitternd streiche ich mir die Haare aus dem Gesicht und nehme noch einen tiefen Atemzug, der vollständig meine Lungen füllt. Er gibt mir das Gefühl, wieder ich selbst zu sein. Und, heilige Scheiße, meine Knie beginnen so stark zu schlottern, dass ich Mühe habe zu stehen.

Endlich wird die Tür geöffnet. Nicht Ace, sondern Jax steht vor mir. Er hebt überrascht eine Augenbraue und lächelt.

»Was tust du denn hier?«, fragt er, tritt aber bereits einen Schritt zur Seite, um mich hereinzulassen. »Ratet mal, wer uns besuchen kommt!«, ruft er über die Schulter.

»Schick deine Nutten wieder weg, Jax«, dröhnt Dans Stimme aus dem angrenzenden Zimmer.

Ich laufe an Jax vorbei in die Küche, wo ich Aaron und Dan vorfinde.

»Diese Nutte tritt dir gleich in den Arsch«, gebe ich zurück.

Dan dreht sich zu mir herum. »Livi«, entfährt es ihm, aber sein Lächeln fällt in sich zusammen, als er mich ansieht. Sofort springt er auf die Beine und ist im nächsten Moment bei mir. »Was ist los?«

»Ich ...« Scheiße, wie soll ich das denn erklären? Ich schlucke hart. Unglaublich, dass ich das ausspreche. »Ich glaube, ich bin doch eine Hexe.«

Aaron umrundet die Theke und macht ein paar Schritte auf mich zu. »Was ist passiert?«, fragt er alarmiert.

»Daria vögelt mit Falk Richardson.«

Alle drei Männer sehen mich verwirrt an. Okay, ich muss Luft holen und die Story von vorne erzählen, wenn ich will, dass sie mich verstehen.

»Ich brauche ein Glas Wein«, bitte ich und setze mich neben Dan an die Theke.

»Willst du auch eine Fußmassage dazu?«, fragt er amüsiert.

Ich rolle mit den Augen, kommentiere das aber nicht weiter. Aaron holt glücklicherweise wortlos eine Flasche Weißwein aus dem Vorratsschrank und schenkt mir ein Glas ein. Er nimmt mir gegenüber Platz, während Jax sich neben mich setzt.

»Es begann damit, dass ich Daria am letzten Sonntag konfrontiert habe«, fange ich an und erzähle die Geschichte bis zu dem heutigen Abend.

»Fuck«, kommentiert Dan. »Haben wir so etwas schon einmal erlebt?«

Aaron mustert mich mit unverkennbarem Misstrauen und Jax sieht mich an, als würde er an meinem Verstand zweifeln.

»Du bist keine Hexe«, sagt Aaron schließlich. »Du bist nur verrückt.«

Seine Worte treffen mich härter als alles andere an dem heutigen Abend. Selbst in dem Moment, als ich geglaubt habe, Jax würde Daria vögeln, habe ich mich nicht so verletzt gefühlt wie jetzt gerade.

Verrückt. Aaron hält mich für verrückt. Der Mann, der mir erzählt hat, dass er ein verdammter Wolf ist. Ich habe ihm geglaubt. Nicht sofort, aber Stück für Stück immer mehr.

»Wieso sagst du das?«, frage ich mit leiser Stimme und umklammere die Theke mit beiden Händen.

»Du bist nur ein Mädchen, das wir gefickt haben. Hör auf, dich aufzuspielen. Du bist nichts Besonderes«, gibt er zurück und sieht mir fest in die Augen.

»Ace«, sagt Dan vorwurfsvoll, aber ich höre ihn kaum. Ich sehe nur Aaron an und alles andere um mich herum verschwimmt.

»Du bist ein Arschloch«, bringe ich hervor. Ich hasse es, dass sich Tränen in meinen Augen bilden.

Ich hasse alles an dieser Situation. »Ich bin zu euch gekommen, weil ich Angst hatte. Nicht, um mich aufzuspielen.« Das zuzugeben fühlt sich sogar noch schlimmer an als Aarons Worte.

Ruckartig springe ich vom Barhocker und taumele zurück. Ace umrundet die Bar und kommt auf mich zu, den Blick fest auf mich gerichtet. »Was willst du von uns, Olivia? Willst du, dass wir dich beschützen? Mach dich nicht lächerlich. Das bist du nicht wert und bezahlen kannst du uns auch nicht.«

Ja, ich bin hergekommen, weil ich dachte, sie könnten mich beschützen. Jetzt komme ich mir nur noch dämlich vor. »Nein, verdammt, *ihr* seid *meine* Zeit nicht wert«, gebe ich zurück und wende mich zum Gehen.

»Olivia«, sagt Aaron. Er folgt mir und fasst an meinen Arm. Das macht mich so wütend, das erneut Dunkelheit in mir explodiert.

»Nein!«, schreie ich und wirbele im selben Moment zu ihm herum. Eine Druckwelle jagt über den Raum. Aaron hebt schützend einen Arm vor sein Gesicht. Mein Weinglas fegt von der Theke, die Becher und Tassen in den offenen Regalen krachen gegen die Wände. Wieder sprühen Funken um mich, meine Kehle brennt, als würde ich Feuer einatmen.

Das Gefühl in mir verebbt genauso schnell, wie es gekommen ist. Meine Knie geben unter mir nach und ich sinke auf den Boden. Starke Arme schließen sich um mich und streicheln beruhigend über meinen Rücken. Aaron.

»Lass mich«, krächze ich und schlage kraftlos gegen seine Schultern.

»Tut mir leid«, flüstert er mir zu.

Er hebt mich leichthin auf die Arme und trägt mich von der Küche ins Wohnzimmer. Auf der Couch lässt er mich sinken und ich rolle mich zusammen, das Gesicht in den Händen vergraben. Ich spüre, dass er sich neben mich setzt. Zum Glück berührt er mich nicht mehr, das würde ich nicht ertragen.

Als sich schließlich auch Jax und Dan zu mir gesellen, hören meine Glieder auf zu zittern und ich schaffe es, die Hände sinken zu lassen.

»Besser?«, fragt Dan und legt mir zwei Finger an die Wange. Mit dem Daumen hebt er mein Kinn und sieht mir in die Augen. »Ace ist ein dummer Wichser.«

»Ich bin einer spontanen Eingebung gefolgt«, verteidigt sich dieser mit leiser Stimme. »Du hattest es noch in dir. Ich wollte sehen, was es ist. Wie es sich zeigt.«

»Es liegt nicht an Aarons Worten«, wehre ich ab, auch wenn das eine Lüge ist. Ich lege mir eine Hand auf meine Lungen. »Ich brauche kurz ein paar Momente. Geht gleich wieder.«

Ace streichelt über meine Hüfte, ich schlage seine Finger weg. Er schnalzt mit der Zunge. »Ich dachte, du bist nicht sauer auf mich.«

»Fick dich«, antworte ich trocken.

Meine Knie zittern noch immer, als ich mich von der Couch erhebe, aber ich will nur weg.

»Wo willst du hin?«, fragt Ace und streckt die Hand nach mir aus. »Bleib heute Nacht hier.«

»Ich muss zu meinem Auto.« Genauer gesagt muss ich den fremden Toyota holen und zurückbringen, bevor ich Ärger bekomme.

»Du willst allein zurückgehen? Falk und seine Jünger könnten noch dort sein«, bemerkt Dan mit einem unergründlichen, scannenden Blick.

Vor zehn Minuten hätte ich mir nichts Schlimmeres vorstellen können, aber jetzt ist mein Stolz zu groß. Nach Aarons Worten werde ich sicher keinen von den Jungs bitten, mich zu begleiten.

KAPITEL 28

Ich komme heil zurück nach Hause und bin wieder in meinem Bett, bevor die Uhr Mitternacht schlägt. In meiner Brust hat sich ein harter Klumpen gebildet, der mich am Atmen hindert.

Ganz ruhig. Das ist nur Einbildung. *Alles ist gut.*

Ich schließe die Augen, in meine Gedanken schieben sich die Bilder des heutigen Abends. Wäre ich nicht so stur, hätte ich bei den Jungs bleiben können. Vielleicht hätte ich gemeinsam mit ihnen herausfinden können, was bei mir schiefläuft.

Aber dafür ist es jetzt zu spät. Morgen muss ich wieder zur Arbeit und ... keine Ahnung, was ich mit Daria tun soll. Ich weiß ja noch nicht einmal, wie ich mich verhalten soll, wenn ich ihr im Flur begegne.

Am nächsten Morgen fühle ich mich wie gerädert, selbst eine Dusche und ein starker Kaffee helfen mir nicht, meine Lebensgeister zu wecken. Papa hat kein Erbarmen, er gibt mir tausend kleine Aufträge und ich gebe mein Bestes, um alles zu erledigen.

»Wer feiern kann, kann auch arbeiten«, sagt er mit einem Schmunzeln. Zumindest besorgt er mir ein Mittagessen und erlaubt mir, eine lange Pause zu machen. Ich gehe auf dem Feldweg im Sonnenschein spazieren und komme nicht umhin, die ganze Zeit an Daria zu denken. Vor kurzem noch bin ich mit ihr hier gewesen und habe gedacht, sie wäre die einzige Person, der ich vertrauen kann. Wie man sich doch täuschen kann.

»Ich habe heute eine Pokernacht bei Freunden«, informiert Papa mich am Abend.

Ich habe mich auf der Couch zusammengerollt und mich in eine Decke gewickelt. Der besorgte Blick meines Vaters schweift über mich. »Kann ich dich allein lassen?«

»Natürlich.« Ich schmunzele, dabei mache ich mir selbst Sorgen. Ich habe keine Ahnung, warum ich mich so geschwächt fühle. Liegt es an dem, was ich getan habe? »Viel Spaß, Paps. Gewinn ein Batzen Geld für uns, okay?«

Er lacht rau auf. »Der Höchsteinsatz ist zwanzig Euro, ich fürchte, das reicht im besten Fall nur für einen neuen Pullover, Livi.«

»Na, besser als nichts.«

Er verabschiedet sich mit einem Lächeln und ich lausche, bis die Tür ins Schloss gefallen ist. Dann landet mein Kopf kraftlos auf dem flauschigen Kissen und ich versuche, mich auf mein Fernsehprogramm zu konzentrieren. Nach fünf Minuten Trash-TV greife ich nach meinem Handy und entsperre es. Keine neuen Nachrichten.

Enttäuschung kribbelt in meinem Bauch, für die ich mich sofort ohrfeigen könnte. Natürlich wird keiner der Jungs mir schreiben. Warum auch? Ich schließe die Augen und denke automatisch an Aaron. Vor ein paar Tagen erst lag er in meinem Bett.

Ich kann nie allein einschlafen. Wenn nicht Jax, Dan oder irgendeine beliebige Frau bei mir ist, schlafe ich gar nicht.

Wer ihm wohl heute das Bett wärmt?

Das Klingeln an der Haustür lässt mich meine trüben Gedanken vergessen. Ich stelle den Fernseher ab und laufe zur Tür, an der es inzwischen auch lautstark klopft.

»Ja!«, rufe ich und reiße sie im nächsten Moment auf. Daria steht vor mir, die Hand erhoben, als wollte sie gerade noch einmal klopfen. Nun beißt sie sich auf die Unterlippe.

»Hi«, sagt sie mit dünner Stimme. »Können wir reden?«

Mir fällt nichts ein, was ich darauf sagen soll, weshalb ich sie nur ungläubig anstarre. Sie zieht die Schultern ein. »Bitte?«

Langsam öffne ich die Tür weiter und lasse sie eintreten. Sie bleibt im Flur stehen und macht keine Anstalten, Jacke oder Schuhe auszuziehen, aber ich drücke die Haustür dennoch zu.

»Du hast Falk und mich gesehen«, sagt sie. In ihrer Stimme schwingt keine Regung mit, es ist die schlichte Feststellung einer Tatsache. Wachsam sehe in ihre dunklen Augen.

»Es war falsch, dir zu folgen«, gestehe ich. »Aber du hast mich angelogen, du warst seit Tonias Verschwinden nicht einmal bei ihrer Mutter.«

Wieder beißt sie sich auf die Lippe, doch es wirkt nicht nur schuldbewusst, sondern auch ... verachtend.

»Und du hast dich mit den Free Wolves eingelassen«, wirft sie mir vor. »Weißt du überhaupt, was das für Typen sind? Es sind Mörder und Monster!«

Meine Wut entfacht mit so einer Heftigkeit, dass es mich selbst erschreckt. Fest balle ich die Hände zu Fäusten.

»Ich weiß, wer sie sind, aber nicht dank dir. Du hast mich die ganze Zeit im Dunkeln tappen lassen. Wieso? Wieso hast du mir nicht einfach die ganze Wahrheit gesagt? Bedeutet Tonia dir überhaupt etwas?!«, sprudeln die Worte aus mir heraus. Daria wirft die blonden Haare zurück und hebt das Kinn. Ihre Kiefer sind fest aufeinandergepresst.

»Es tut mir leid«, stößt sie hervor. Ich will sie fragen, was sie meint, doch dann geht alles ganz schnell. Sie zieht die Hände aus den Jackentaschen, ein Messer blitzt auf. Als Nächstes spüre ich einen explodierenden Schmerz in meinem Bauch. Ich will schreien, aber bevor ich dazu komme, presst sie mir ein Tuch auf den Mund und Sekunden später verliere ich das Bewusstsein.

Als ich wieder wach werde, spüre ich zuerst die allumfassende Dunkelheit um mich herum. Dann, Stück für Stück, fühle ich meinen Körper. Am Anfang ist da nur ein Kribbeln in meinen Fingerspitzen, dann Schmerz in meinem Bauch, ein hohles, dumpfes Gefühl in meiner Brust.

Mein Kopf wippt auf und ab und nur träge wird mir bewusst, was das zu bedeuten hat: Irgendjemand hat mich über die Schulter geworfen und trägt mich wie einen Sack Kartoffel. Wir befinden uns im Freien, ich höre das Pfeifen des Windes, ein Rascheln unter Schuhsohlen.

Ich will mich wehren, um mich treten und schlagen, aber meine Glieder gehorchen nicht meinen Gedanken. Es fühlt sich an, als wäre ich gefangen.

Irgendwann halten wir an, ich rutsche herunter und falle auf weichen Waldboden, spüre die Erschütterung in jedem Winkel meines Körpers. Hände greifen nach mir, unverständliches Gemurmel. Schnüre werden um meine Gelenke und meine Hüfte gezogen, ich spüre, dass mein Körper irgendwo festgebunden wird.

»Nehmt ihr den Sack ab.« Die Worte nehme ich ganz klar wahr und realisiere auch zeitgleich, zu wem sie gehören.

Falk.

Die stickige Dunkelheit verschwindet, sie sorgt aber nicht für die nötige Erlösung. Ich will tief einatmen, doch es geht nicht. Die frische Luft erreicht meine Lungen nicht.

Zumindest kann ich wieder etwas sehen. Wie erwartet sind wir draußen, es ist düster, aber durch die Taschenlampen meiner Entführer erkenne ich sofort, wo wir uns befinden. Der alte Grillplatz liegt vor mir, ich kann bis hinter den Wald blicken. Hektisch sehe ich mich um, kann den Kopf jedoch nicht weit bewegen. Meine Füße berühren nicht mehr den Boden, mein Rücken drückt gegen etwas Hartes, Kühles. Ich brauche ein paar lange Sekunden, bis ich begreife, dass ich um den Galgen gekettet bin. Meine Hände sind vor meinem Körper verbunden und ein dickes Seil liegt um meinen Bauch.

Angst und Panik schießen gleichzeitig durch meinen Blutkreislauf und helfen mir, die Lethargie endgültig abzuschütteln.

Ich schreie, aber nur ein gedämpftes Wimmern entkommt mir. Jetzt erst realisiere ich, was mich am freien Atmen hindert: Etwas Metallisches liegt über meinem Mund und der Nase, wie eine Maske, nur, dass diese hier schwer und bleiern ist. Sie dämpft meine Schreie und jedes Wort.

»Sie ist wach.« Darias Stimme. Sie hat mir das Messer in den Bauch gestochen und mich betäubt. »Du hast gesagt, sie würde ausgeknockt sein.« Irre ich mich oder klingt sie ... unsicher?

Ich wittere meine Chance und drehe den Kopf in ihre Richtung. Da, tatsächlich. Die Männer um sie herum tragen Masken, sie jedoch nicht. Hilfesuchend starre ich sie an und versuche erneut, zu schreien.

»Beruhig dich, es macht keinen Unterschied«, erwidert Falk und tritt neben sie. Auch er trägt keine Maske, von seinem Anblick wird mich sogleich schlecht. Und ich werde wütend. So wütend, dass sich Dunkelheit wie ein Virus von meinem Herzen aus in meinem ganzen Körper ausbreitet.

»Warum hast du ihr diese Maske angezogen?«, fragt Daria.

»Sie ist anders als die anderen.« Als Darias Blick zweifelnd zu Falk wandert, legt ihr dieser beruhigend eine Hand auf den Rücken. »Anders, aber genauso eine Hexe.«

Hexe.

Als würde dieses Wort all die Menschen, die auf diesem Platz getötet wurden, heraufbeschwören, spüre ich die plötzliche Präsenz wie eine kühle Brise auf meiner Haut. Pure, ungezügelte Macht durchläuft mich, Funken sprühen um mich herum. Ich schreie, so laut, bis meine Kehle schmerzt, aber durch die Maske ist nur ein unterdrücktes Wimmern zu hören. Wind kommt auf und bläst Darias Haare nach hinten, selbst die Baumkronen am anderen Ende der Lichtung beginnen zu wackeln.

»Heilige Scheiße, was war das denn?!«, zischt Daria und starrt mit geweiteten Augen zu mir. Meine angespannten Muskeln erschlaffen und ich spüre die Stärke aus mir herauslaufen wie aus einer frischen Blutwunde. Es ist zumindest genauso schmerzhaft.

»Sie ist stark«, erklärt Falk. »Genau deswegen müssen wir sie beseitigen. Du weißt, was unsere Aufgabe ist, Daria. Wir sind die Säuberung.«

Gott, er ist verrückt! Sie wird doch nicht glauben, was er ihr erzählt, oder?

Daria nickt zu meinem Entsetzen entschlossen und greift nach etwas, das einer der Maskenmänner ihr reicht.

»*Daria, nein!*«, will ich rufen, aber wieder nur unverständliches Wimmern.

Sie tritt vor und jetzt erkenne ich, dass sie einen Kanister festhält. Mit zitternden Fingern schraubt sie den Deckel auf, kommt noch näher und kippt etwas von dem Inhalt auf mich. Der beißende Geruch von Benzin kribbelt in meiner Nase.

Der Galgen, an den ich gefesselt bin. Das Benzin, das sich augenblicklich in meine Klamotten saugt.

Let the witches burn.

Wie ironisch, dass Darias scherzhafte Aussage an Halloween nun real wird. Sie wollen mich tatsächlich brennen lassen.

Mein Sichtfeld flackert und verzerrt sich. Automatisch muss ich an Tonia denken und frage mich schlagartig, ob sie dasselbe durchgemacht hat wie ich gerade. Sie war eine Hexe. Musste sie deswegen sterben?

»Du musst richtig viel nehmen. Wir haben genug Benzin mitgebracht«, höre ich Falks Anweisung, aber seine Worte gehen in dem Rausch meines Blutes unter. Die Lichtung vor mir verändert sich, wird heller und weniger schauderhaft. Sterne leuchten auf uns hinab.

Ich stehe plötzlich am anderen Ende der Lichtung und blicke auf den Galgen, blicke auf das Mädchen, das dort gefesselt ist und um Hilfe schreit. Nicht ich. *Tonia.*

»*Bitte, nein!*« Sie schmeckt Benzin, verschluckt sich und hustet.

»*Halt die Klappe, du Ausgeburt der Hölle!*«, giftet Falk sie an.

Sie hat Angst. Sie hat so panische Todesangst, dass alles in ihr zittert und schmerzt. Mit einem Schlag hebt sie den Kopf und starrt mich an. Ihr Mund öffnet sich zu einem letzten Hilfeschrei, als ihre Klamotten in Flammen aufgehen.

Bernstein. Ihre Augen sind wie flüssiger Bernstein, wie ein lauer Herbsttag, als in ihnen Stück für Stück das Leben erlischt.

Ihr Leid und die unermesslichen Qualen gehen auf mich über, ich spüre sie, spüre alles und werde schlagartig zurück in die Realität katapultiert. Jetzt bin ich es, die am Galgen festgebunden ist. Ich bin diejenige, in deren Haaren und Wimpern Benzin klebt.

Wieder ein unterdrückter Schrei. Der Wind bringt Daria aus dem Gleichgewicht und auch Falk und sein Gefolge müssen sich dagegenstemmen, um nicht mitgerissen zu werden. Erneut flackern Bilder vor meinem Auge auf.

Grüne Augen wie Smaragde, blaue wie der tiefe, unendliche Ozean. Braun wie das Holz einer Baumrinde, grau-blau mit einem Gelbstich, ein moosiges Grün. Ich kenne die Menschen nicht, kann ihre Gesichter nicht zuordnen, aber ich sehe zu, wie sie sterben.

Mit einem Ruck reiße ich meine Hände auseinander, sprenge die Ketten der Handschellen und fasse mir an das Metall in meinem Gesicht.

»Schnell, tötet sie!«, höre ich Falk hektisch rufen. »Das Feuerzeug! Daria, beeil dich!«

Zu spät. Ich habe die Maske bereits gewaltsam entfernt und schleudere sie im hohen Bogen davon. Mein Atem geht schwer und kalte, goldene Funken sprühen um mich herum.

Die Männer rufen sich etwas zu, aber ich kann sie nicht verstehen, zu präsent sind noch all die Toten in meinem Kopf. All die Augen, so viele Nuancen, wunderschön und einzigartig, und doch jedes Mal dumpf und glanzlos, sobald das Leben aus ihnen dringt.

Ein Schuss löst sich und ein Teil von mir weiß, dass die Kugel auf mich gerichtet ist, aber ich spüre weder Schmerz noch Angst. Ich umfasse die Seile, die um meinen Bauch geschlungen sind, und reiße sie mit einem Ruck entzwei, bin endlich frei und lande auf den Füßen.

Blinzelnd sehe ich auf die Lichtung. Falk hält die Waffe und feuert wieder auf mich ab. Eine Kugel geht haarscharf und sausend an meinem Ohr vorbei.

Daria und die Maskenmänner weichen schockiert zurück, rückwärtslaufend, als könnten sie den Blick nicht von mir abwenden. Ich will schreien. Laut und ungehemmt. Ich will Falk und seine Leute büßen lassen und ich weiß, ich *weiß* einfach, dass ich in der Lage bin, sie alle zu töten.

Noch mehr tote Augen. Noch mehr Glanzlosigkeit. Aber ich will es.

Und wenn ich es nicht allein schaffe, dann mit Hilfe der anderen.

Mit Hilfe von Tonia, Josie und jeder anderen Person, die auf diesem Platz ihr Leben lassen musste. Sie alle vereinen sich in mir in einem Strudel aus Rache und Dunkelheit.

Aber bevor ich den Schrei herauslassen kann, entdecke ich etwas, *jemanden*, am Rand der Lichtung.

Ein schwarzer Wolf, der direkt auf uns zusteuert.

KAPITEL 29

Mühsam kämpfe ich den Schrei herunter, presse die Lippen aufeinander und zwinge mich dazu, runterzukommen. Alle wollen Falk und seine Hexenjäger tot sehen, aber ich kann nicht zulassen, dass Aaron verletzt wird. Ich weiß einfach, dass er es ist. Ich spüre es in jeder Faser meines Körpers.

Der schwarze Wolf rennt auf Falks Gruppe zu, sein Knurren scheint durch den Boden in meinem Körper zu vibrieren. Unter Falk und seinem Gefolge bricht hektischer Trubel aus, alle rennen wild durcheinander und schreien sich etwas zu. Wieder feuert Falk seine Pistole ab, aber der Wolf schlägt einen flinken Haken und weicht aus. Er braucht nur noch ein paar große Sätze, um die Gruppe zu erreichen.

»Falk!«, rufe ich laut. Dieser wirft mir über die Schulter hinweg einen hasserfüllten Blick zu. »Das wirst du bereuen.«

»Weg hier!«, ruft er nur laut und die Maskenmänner stoben auseinander. Einer davon greift nach Darias Unterarm und zieht sie mit sich.

Der Wolf hat die Gruppe inzwischen erreicht und schnappt nach einem der Typen, wieder dröhnt sein warnendes Knurren wie ein Echo und lässt die Luft um mich herum vibrieren. Falk richtet die Pistole auf ihn.

Ich laufe los, spüre die Erde und jeden Stein unter meinen nackten Fußsohlen, aber ich werde nicht langsamer. Falk ist so darauf konzentriert, die Waffe auf den flinken Wolf zu richten, dass er mich zu spät bemerkt. Meine Finger verkrallen sich in seiner Jacke, ich reiße ihn herum und ein Schuss löst sich, verfehlt jedoch sein Ziel.

»Du verdammte Schlampe!« Er schwenkt die Hand mit der Waffe und trifft mich mit dem Metall am Kiefer. Mein Kopf fliegt zurück, Schmerz explodiert an der Stelle. Aaron macht einen Sprung und begräbt Falk unter sich. Die beiden rangeln kurz miteinander, Erde spritzt mir entgegen. Mit einem wilden Heulen gewinnt der Wolf die Oberhand, seine weißen Zähne blitzen auf.

Ein Schuss gellt durch die Luft und zerfetzt mir beinahe das Trommelfell. Der Wolfskörper erschlafft und Falk schiebt ihn hektisch von sich herunter.

In mir passiert etwas. Es ist anders als vorhin, als ich an den Steinpfosten gebunden war. Jetzt, wo ich sehe, wie dunkles Blut das Fell meines Wolfes verklebt, ist die Wut ganz anders. Sie rührt nicht mehr aus einem hilflosen letzten Ausweg her, nein, sie kommt tief aus meinem Bauch, steigt empor in meine Lungen und explodiert laut.

Falk richtet die Waffe auf den Wolf, um ihm den Gnadenschuss zu geben, als ich schreie. Er, Daria und die anderen werden wie durch einen Tornado von der Lichtung gefegt. Sie landen mehrere Meter von uns entfernt, werden gegeneinandergestoßen, fallen und rappeln sich schnell auf, um das Weite zu suchen.

Vielleicht holen sie Verstärkung, aber ich verspüre keine Angst bei dem Gedanken. Mein Fokus ruht nur noch auf dem Wolf vor mir. Er liegt ruhig im Gras neben mir, sein Brustkorb hebt und senkt sich auffällig. Ich falle auf die Knie, blinzele hektisch gegen den Nebel in meinem Kopf und lege meine Hände vorsichtig auf seinem Fell ab. Meine Finger vibrieren, als er ein Brummen ausstößt.

»Hey«, sage ich heiser und scanne seinen Körper. Atemzüge heben und senken seine Brust, Blut sickert unaufhörlich aus seiner Flanke. Dort wurde er getroffen.

Eilig springe ich auf die Beine und greife nach einer Taschenlampe, die Falks Leute haben fallen lassen. Mit dem Lichtkegel habe ich einen besseren Blick auf die Wunde. Dunkelrotes Blut tränkt sein Fell.

»Scheiße«, fluche ich. Verzweifelt sehe ich mich um, ziehe mir schließlich kurzerhand das T-Shirt über den Kopf und presse den Stoff vorsichtig gegen die Blutwunde. Der Wolf zuckt.

»Es tut mir leid, Ace«, flüstere ich heiser. »Wir müssen die Blutung stoppen.« Keine Ahnung, ob er mich versteht. Ich blicke in das blaue Auge, mit dem er mich wachsam mustert. Seine Schnauze liegt seitlich im Gras, sein Atem geht schwer.

Die Ernsthaftigkeit der Situation trifft mich mit voller Wucht. Dieser Wolf, in dessen Fell ich meine Finger kralle, ist Aaron. Er wurde tatsächlich angeschossen und schwebt in Lebensgefahr. Ich sitze hier halbnackt und zitternd, gerade einem Mordversuch entkommen, und habe absolut keine Ahnung, was ich tun soll.

Die Verzweiflung treibt mir die Tränen in die Augen.

»Fuck, was soll ich nur tun?«, stoße ich hervor.

Der Wolf dreht seine Schnauze ein Stück nach oben, als wolle er mir signalisieren, dass ich zum Waldweg blicken soll. Sofort hebe ich den Kopf und blinzele die Tränen weg.

Ein Heulen ertönt, nicht das eines Wolfes, sondern die Art von Laut, die ein Mensch ausstößt, wenn er einen Wolf imitieren will. Kurz darauf tauchen zwei große Gestalten auf dem Waldweg auf und rennen über die

Lichtung auf uns zu. Bereits auf halber Strecke erkenne ich, um wen es sich handelt – Dan und Jax.

Erleichterung rast durch meine Adern und lässt die Tränen nur heftiger über meine Wangen strömen.

»Was ist passiert?«, fragt Dan ernst, als beide Jungs sich zu uns knien.

»Falk hat ihn angeschossen. Seine Leute und er sind gerade abgehauen.«

Jax sieht kurz hoch in mein Gesicht. Eilig wische ich die Tränen weg und reiße mich zusammen.

»Wir müssen ihn ins Krankenhaus bringen.«

Jax lach hohl auf. »Wir sollen einen Wolf in der Notaufnahme abliefern?«

»Dann soll er sich eben zurückverwandeln!«

»Das kann er nicht«, erklärt Dan ruhig. Er lässt seine Hände sacht immer wieder über den Wolfskörper fahren, ohne ihn dabei wirklich zu berühren. Was macht er da? »Ace braucht Stunden, um die Verwandlung zu überstehen. Bei den Schmerzen, die von der Schusswunde ausgelöst werden, wird er es nicht schaffen. Nicht rechtzeitig.«

»Was können wir tun?«, frage ich leise. Ich habe das Gefühl, Dan, bei was auch immer er tut, in seiner Konzentration zu stören, aber ich muss es wissen. Er runzelt die Stirn, seine Hände schweben jetzt unmittelbar über meinen. Trotzdem antwortet er mir:

»Du? Du solltest gehen. Das kann dauern und ich will nicht, dass du da bist, wenn ...«

Wenn es schiefgeht. Er spricht es nicht aus, aber ich weiß genau, was er meint.

Tief atme ich durch und raffe die Schultern. »Ihr braucht mich, falls Falk und die anderen zurückkommen. Ich werde euch beschützen.«

Jetzt hebt Dan doch ruckartig den Kopf und starrt mir in die Augen. Prüfend, als hätte er sich verhört. Ich nicke bekräftigend. »Weis mich an, wenn ich helfen kann.« Mein Blick gleitet kurz zu Jax, der ein kleines Lächeln auf den Lippen hat.

»Okay, Olivia, wir können einen Schutzengel gebrauchen.« Er schält sich aus seiner Lederjacke und reicht sie mir. »Halt die mal für mich.«

Zögerlich greife ich danach und lege sie mir über den Schoss. Es ist ausgerechnet der schwarze Wolf – Aaron – der ein lautes Schnauben ausstößt. Es klingt fast spöttisch.

»Ich vermute, er will dir sagen, dass du sie auch anziehen sollst, *Rotkäppchen*«, meint Jax trocken, wobei er Aarons Spitznamen für mich besonders betont.

Ich schlüpfe in die Jacke, die meine steifen Glieder sofort aufwärmt.

Dan entfernt das Shirt, welches ich gegen die Schusswunde gedrückt habe, und legt es beiseite. Es ist inzwischen voller Blut.

»Ich habe die Kugel lokalisiert«, sagt er an Jax gewandt. »Wir müssen sie rausholen.«

»Mit bloßen Händen?«, frage ich schockiert.

»Halt die Taschenlampe auf die Schusswunde«, weist Jax mich an und als ich es tue, schiebt er seine Finger hinein.

Oh Gott. Ich glaube, ich muss mich übergeben.

»Sieh mir in die Augen«, bittet Dan. Ich hebe den Kopf und sehe in das helle Blau, das alle Jungs verbindet. »Genau so. Halt die Hand still und sieh mich an.« Seine Hand bewegt sich und ich weiß, dass er im Moment seine Finger in Aarons Schusswunde drückt, um die Kugel rauszuholen. Er scheint sie irgendwie zu spüren.

»Tut mir leid, Kumpel«, sagt er beruhigend. Aaron gibt keinen Ton von sich, sein Körper bleibt ruhig, nur sein Atem geht schneller.

Quälende Minuten vergehen. Meine Hand liegt so fest um die Taschenlampe, dass meine Finger sich verkrampfen, aber ich lasse nicht los und höre nicht auf, Dan anzusehen.

Als er endlich ein erleichtertes Seufzen von sich gibt, weiß ich, dass er es geschafft hat. Er hebt die Hand, zwischen seinen blutigen Fingern glänzt die Kugel.

»Ich bringe Falk sowas von um«, knurrt Jax. Blinzelnd wage ich einen Blick zu der Schusswunde. Noch mehr Blut klebt an dem dunklen Fell.

»Wir werden Ace mithilfe unserer Verbindung den Schmerz abnehmen, damit er sich schneller zurückverwandeln kann. Nur so hat er eine Chance, das zu überleben«, erklärt Dan mir. Er bettet beide Hände auf die Wunde, auch Jax legt seine auf Aarons Fell.

»Wir werden nicht viel reden und ein bisschen abwesend sein«, meint er.

Dan neigt den Kopf und schenkt mir ein kleines Lächeln. »Du passt auf uns auf?«, fragt er.

Entschlossen nicke ich. »Um jeden Preis.«

KAPITEL 30

Meine Finger sind genauso kalt wie die Atmosphäre im Krankenhaus. Seit einer gefühlten Ewigkeit starre ich auf die weiße Wand vor mir, das grelle Licht sticht in meinen Augen, aber jedes Mal, wenn ich sie schließe, sehe ich wieder das viele Blut.

»Livi.« Dans Stimme ist ganz dicht an meinem Ohr, dennoch kommt es mir vor, als sei er weit weg. Oder vielleicht bin ich es, die weit weg ist. »Wir kriegen Besuch.«

Blinzelnd löse ich mich aus meiner Starre und drehe den Kopf träge nach rechts zu dem langen Gang. Mein Herz macht einen Hüpfer und die Lethargie fällt von mir ab, als ich meinen Vater erkenne.

»Papa«, entfährt es mir überrascht. Ich schüttele meine steifen Glieder und erhebe mich schwerfällig aus meinem Stuhl. In dem Moment hat mein Vater mich schon erreicht und schließt mich in eine feste, halsbrecherische Umarmung.

»Gott, Olivia, dir geht es gut«, murmelt er. Es fühlt sich an, als wäre ich wieder fünf Jahre alt und die Arme meines Vaters der sicherste Ort der Welt. Er umschließt mich schützend, eine Hand an meinem Hinterkopf, einen Arm sicher um meine Taille geschlungen. Dankbar presse ich das Gesicht an seine Schulter und inhaliere den vertrauten Geruch seines Deos.

»Du hast mir vielleicht einen Schreck eingejagt. Als ich nachts zurückgekommen bin und du nicht da warst, habe ich mir schon Sorgen gemacht. Dann bist du auch am Morgen nicht aufgetaucht und ich musste erst von Katharina erfahren, dass du im Krankenhaus bist. Was ist passiert? Und wo sind deine Klamotten?«

Er lässt mich los, hält aber noch meine Schultern fest und sieht mich einmal von oben bis unten an. Schuldbewusst sehe ich auf meine Schuhe. Crocks, die mir die Schwester Katharina geliehen hat. Genauso wie den weißen Kasack, den ich nun unter Jax' Jacke trage. Ich muss schon ein verwahrlostes Bild abgegeben haben, als ich barfuß und nur mit einer großen Männerjacke in die Notaufnahme spaziert bin. Aber ich wollte nicht nach Hause, ich wollte hierbleiben.

»Ein Freund wurde verletzt. Er wird gerade operiert«, erkläre ich und zwinge mich, ihm in die Augen zu sehen. Die Sorge darin trifft mich mit voller Wucht, doch noch mehr hasse ich, ihm nicht die ganze Wahrheit erzählen zu können.

»Etwa Aaron?«, fragt Papa brummend und sieht an mir vorbei. Ein Blick über die Schulter verrät mir, dass Dan und Jax steif mit hinter den Rücken verschränkten Armen hinter mir stehen. Sie wirken wie Schuljungen, die nur darauf warten, sich vom Direktor eine Standpauke abzuholen.

»Ja, es ist Aaron«, bestätige ich verzögert und trete einen winzigen Schritt zurück. Papa lässt mich endgültig los und mustert die beiden Männer scharf.

»Was ist passiert?«

Eigentlich hätte ich gedacht, dass uns diese Frage schon längst gestellt werden müsste. Von dem Krankenhauspersonal oder der Polizei. Ich meine, bei Schussverletzungen werden doch automatisch die Cops dazugerufen, oder? Aber bisher war noch niemand da und so ist mein Vater der Erste, dem wir eine Geschichte auftischen müssen.

Zum Glück springt Jax gleich ein.

»Tut mir leid, Herr Wagner. Ich habe Olivia aus dem Bett geklingelt, als ich Aaron verletzt vorgefunden habe. Wir wissen noch nicht, was genau vorgefallen ist.«

Fest presse ich die Lippen zusammen und weiche dem Blick meines Vaters aus, als er mich prüfend mustert. Ich hasse nichts mehr, als ihn anlügen zu müssen. Das war damals mit sechzehn schon ein Problem, als ich mich mit Enisa und Laura heimlich rausgeschlichen habe. Ich bin mir ziemlich sicher, dass er mir auch jetzt die Lüge deutlich vom Gesicht ablesen kann – obwohl ich nicht einmal diejenige war, die sie ausgesprochen hat.

»Ihr bringt meine Tochter nur in Schwierigkeiten«, brummt mein Vater scharf. Dieser ungewohnte Tonfall veranlasst mich doch dazu, ihn anzublinzeln. Sein eisiger Blick ist auf die Jungs gerichtet. »Tut mir den Gefallen und lasst sie in Zukunft in Ruhe.«

»Wir würden sie niemals in Gefahr bringen, Herr Wagner«, murmelt Dan unschuldig. Der Kerl, der mir vor nicht allzu langer Zeit gedroht hat, mich umzubringen, wenn ich die Anzeige gegen Falk Richardson nicht zurückziehe. Über die Ironie hätte ich fast gelacht.

»Gehen wir nach Hause, Livi.« Papas Aufmerksamkeit liegt wieder auf mir, er streicht mir mit dem Daumen sacht über meine Wange. »Du bist ja ganz durchgefroren.«

»Ich kann ihn nicht allein lassen«, erwidere ich tonlos. Sein Ausdruck wird unendlich weich. Es ist der Blick eines Vaters, der das Leid seiner Tochter am eigenen Leib spürt.

»Die Jungs werden dich informieren, wenn es etwas Neues gibt. Du kannst ihm im Moment nicht helfen.«

Die Worte sind beruhigend und sanft und lullen mich ein wie ein Schlaflied. Aber der andere Teil von mir sträubt sich dagegen. Was, wenn Falk zurückkommt, wenn er der Polizist ist, der die Befragung durchführen soll und er Aaron einfach ...

Ich schlucke hart bei dem Gedanken. Ace ist im Moment schutzlos, ich will nicht, dass er zusätzlich auch noch allein ist.

Dan streicht mir beruhigend über den Rücken. »Geh, Liv. Ich rufe dich an, sobald er wach wird.«

»Nein«, sage ich, ohne ihn anzusehen. Ich trete einen Schritt von meinem Vater zurück und straffe die Schultern.

»Okay.« Mein Vater mustert mich mit einem unergründlichen Blick. »Dann warte ich mit dir.«

»Die Werkstatt ...«, setze ich an, habe aber nicht die Kraft, den Satz zu beenden. Papa winkt ab.

»Die Jungs kriegen das allein hin.«

Wir setzen uns wieder in die Plastikstühle und ich lege meinen Kopf auf Papas Schulter. Er küsst mich sanft aufs Haar.

»Alles wird gut«, versichert er mir.

Und diese Worte, aus dem Mund meines Vaters gesprochen, geben mir mehr Hoffnung als alles andere.

Ein paar Stunden später werden wir quasi aus dem Krankenhaus geschmissen, ohne dass ich Aaron nochmal sehen konnte. Die Operation soll gut verlaufen sein, aber das beruhigt mich kein Bisschen.

Als ich am Abend in meinem Bett liege, komme ich nicht zur Ruhe. Immer wieder checke ich mein Handy, um keine Nachricht der Jungs zu verpassen. Als es an meiner Tür klopft, richte ich mich halb auf und sehe meinem Vater entgegen, der einen dampfenden Becher vor sich herträgt.

»Trink das. Ist gut für die Nerven«, sagt er und stellt das Getränk auf dem Nachttisch ab. Es ist die Tasse, die Dan mir geschenkt hat. Das lässt mich ein wenig lächeln.

»Danke, Papa.« Ich räuspere mich und rutsche vor zur Bettkante. »Die Dinge sind so verrückt in letzter Zeit.«

Ich wollte den Satz nicht aussprechen, doch ich fühle ihn mehr als jemals zuvor. Mein Vater seufzt und setzt sich zu mir ans Bett. Er legt einen Arm um meine Schultern und drückt mich an sich.

»Ich weiß du magst Bad Boys, aber vielleicht solltest du es in Zukunft mit den netten Jungs versuchen. Oder eine Pause beim Dating einlegen.«

»Es ist nicht nur das.« Verlegen reibe ich mir über die Stirn. »Daria hat mich die ganze Zeit angelogen. Ich dachte, sie wäre meine Freundin.«

»Daria? Was ist denn passiert?«

Wie gerne würde ich ihm die ganze Geschichte erzählen ...

Aber ich schüttle nur den Kopf und greife nach meinem Tee. Vorsichtig nehme ich einen Schluck.

»Danke«, murmele ich. Das warme Getränk wärmt mich bis in die Knochen und lässt mich müde werden.

So sehr, dass ich für mehrere Stunden in einen tiefen, traumlosen Schlaf falle.

KAPITEL 31

Ich bin mir ziemlich sicher, dass Papa mir Beruhigungs-
mittel in den Tee gekippt hat, aber ich kann ihn nicht
damit konfrontieren. Zumindest rutscht es auf meiner
Prioritätenliste weit nach unten, als ich am Samstagmor-
gen die Nachricht auf dem Handy habe, dass ich die
Jungs in Aarons Haus treffen soll. Noch nie war ich so
schnell geduscht und frischgemacht wie an diesem Morgen. Ich springe ins Auto und spüre nichts als Kribbeln
und Angst im Magen.

Jax öffnet die Tür mit einem Lächeln auf den Lippen,
das mir die Panik und all die schlimmen Vorstellungen
von den Schultern nimmt.

»Hey.«

»Hi. Was gibt es Neues?«

»Geh durch ins Wohnzimmer.«

Skeptisch mustere ich ihn, gebe mir einen Ruck und
laufe durch den Flur in den Wohnbereich. Gedämpfte
Stimmen locken mich dorthin. Ich erkenne Dan auf den
ersten Blick, trete noch näher und ... mein Herz bleibt
stehen.

Aaron ist zurück. Er hockt auf seiner Couch, blass um
die Nase, aber lebendig und bei Bewusstsein.

»Sieh mal an, wer aufgewacht ist«, begrüßt er mich mit
seinem üblichen Grinsen und ich glaube, zu kollabieren.

»Oh mein Gott. Du bist hier. Du musst ins Krankenhaus! Du kannst doch nicht ...«

»Vergiss nicht zu atmen, Süße.« Er legt den Kopf schief.
»Ich bin echt enttäuscht. Ich werde operiert und du
schläfst die Nacht durch? Ich dachte, du zählst die Stunden, bis ich wach bin.«

»Du bist so ein Idiot«, werfe ich ihm vor, aber ich muss lächeln, weil Erleichterung mich durchflutet. So heftig, dass meine Knie ganz weich werden.

Aaron streckt einen Arm aus. »Komm und umarme mich endlich. Oder soll ich aufstehen?«

Dan rutscht zur Seite und macht mir Platz. Vorsichtig mache ich ein paar Schritte auf die Jungs zu und setze mich schließlich neben Aaron.

»Wieso bist du schon wieder draußen? Hast du noch Schmerzen?«

»Ich bin ein Wolf, Rotkäppchen.«

»Ja, das habe ich gesehen«, schnaube ich. »Aber du wurdest angeschossen und operiert.«

»Unsere Heilung verläuft schneller«, erklärt Dan. »Unseren Kontakten in der Stadt ist es zu verdanke, dass Ace sobald wie möglich entlassen wurde und alles unter der Hand abgewickelt wird. Keine Berichte, keine Polizei.«

Mir brennen so viele Fragen auf der Zunge, deshalb fange ich am besten am Anfang an. »Wieso wart ihr überhaupt auf der Lichtung gestern Abend?«

»Willst du mich verarschen?«, schnaubt Ace. Er fährt sich mit den Fingern durch das ungemachte, schwarze Haar, was meinen Blick wieder zu ihm lenkt. Zu den Jogginghosen trägt er ein einfaches weißes Shirt und mich juckt es in den Fingern, es hochzuziehen, um zu sehen, wie die Schusswunde inzwischen aussieht. »Du warst in Gefahr. Ich habe deinen Schrei gespürt.«

»Aber ... ich habe nicht geschrien«, erwidere ich stirnrunzelnd. Immerhin hatte ich diese komische Maske an. Mir wird schlecht, als ich an das Gefühl zurückdenke.

»Ich habe es gespürt«, beharrt Ace.

Jax kommt zurück, er reicht Aaron einen Becher mit Strohhalm und setzt sich an seine andere Seite.

»Erzählst du uns jetzt, was bei dir passiert ist?«, hakt er nach.

»Daria kam zu mir nach Hause und hat mich mit Chloroform oder etwas Ähnlichem bewusstlos gemacht. Als ich aufgewacht bin, war ich schon auf halbem Weg zum Galgen, wo sie mich festgebunden haben und töten wollten.« Ich schlucke trocken. »Dasselbe haben sie mit Tonia und Josie gemacht.«

»Das bestätigt unsere Vermutung, dass Falk ein Hexenjäger ist.« Jax klingt genervt, aber nicht so fassungslos, wie ich mich fühle.

»Großartig«, stimmt Dan ironisch zu.

Ich drehe mich zu diesem, da ich noch eine Sache mit ihm zu klären habe. »Du hast mir versprochen, dass sich keiner vor meinen Augen in einen Wolf verwandeln wird«, werfe ich ihm vor, nur halb scherzhaft gemeint. »Nicht cool, Danny.«

Er schmunzelt. »Ich habe nur zugesichert, dass *ich* mich nicht in einen Wolf verwandeln werde. Aaron ist ein anderes Kaliber.«

Vielen Dank für nichts.

Tief durchatmend ziehe ich die Knie an und schlinge die Arme darum. »Alles ist so verrückt. Was tun wir jetzt mit Falk und Daria?«

»Wir kümmern uns um sie«, versichert Aaron mir. Wie kann ausgerechnet er dabei so selbstsicher aussehen?

»Du wurdest beinahe erschossen«, schnaube ich. »Schalt mal einen Gang runter. Können wir nicht, äh, die übernatürliche Polizei anrufen oder so?«

»Okay, du hast Recht, die kriegen das bestimmt besser hin.«

Hoffnungsvoll sehe ich zu Ace. »Wirklich?«

Er rollt mit den Augen. »Nein. So etwas existiert nicht.«

»Hey! Fies!« Ich schlage ihm gegen die Schulter, bereue es aber sofort wieder. Versöhnlich reibe ich über die Stelle. »Sorry.«

»Gib mir ein Kuss«, verlangt er. Ich beuge mich vor und drücke meine Lippen auf die Stelle, an der ich ihn geschlagen habe. Er umfasst grob mein Kinn und beugt sich vor, um seinen Mund auf meinen zu drücken.

Hitzig umspielt er meine Zunge mit seiner, beißt weniger sanft als erwartet in meine Unterlippe und blickt mir tief in die Augen. Ich spüre, wie Dan mir die Haare aus dem Nacken streift, dann seinen heißen Atem an der Stelle. Eine Gänsehaut breitet sich auf meinen Armen aus und ich strecke unwillkürlich den Rücken durch.

Aaron stößt ein Knurren aus, mehr Wolf als Mensch, das nicht nur mich zusammenzucken lässt. Dan lässt von mir ab und auch ich lehne mich zurück, weg von Aaron. Dieser blinzelt hektisch, aber ich erkenne dennoch seine leuchtenden Augen.

»Sorry«, raunt er.

Hilfesuchend sehe ich über seinen Kopf hinweg zu Jax, der nur skeptisch die Stirn gerunzelt hat.

»Ist schon gut«, sage ich leise und schiebe die Finger in Aarons kurzes Haar. Sein Ausdruck wird milder, er schließt die Augen und seufzt. »Du musst dich jetzt darauf konzentrieren, wieder gesund zu werden«, murmele ich. »Mit Daria werde ich selbst fertig und Dan und Jax kümmern sich um Falk. Richtig?«

»Wir warten noch auf weitere Anweisung«, erklärt Jax wenig hilfreich. Ich weiß, dass die Sache nicht einfach sein wird, aber ich will Aaron beruhigen, damit er zur Ruhe kommen kann.

Dieser hebt den Becher und trinkt aus dem Strohhalm.

»Wir müssen ihn loswerden«, sagt Dan mit einem kalten Unterton in der Stimme. »Je schneller, desto besser. Die Hexenjäger haben schon Josie und Tonia umgelegt.«

»Falk ist nicht der Kopf der Jäger«, merkt Aaron an. »Er hat selbst keine Ahnung, was er tut. Er ist nur ein Handlanger. Wir wussten, dass er Ärger bedeutet, aber jetzt ist es amtlich. Dreckiger Bastard. Er ... Jax, was zur Hölle tust du da?!«

Stirnrunzelnd spähe ich an Aaron vorbei und muss unwillkürlich auflachen. Jax reibt seinen Kopf an Aarons Schulter wie eine Katze, die ihr Revier markieren möchte. Er brummt sogar unzufrieden, als Ace ihn wegschiebt.

»Du riechst noch nach Wolf«, verteidigt er sich. »Außerdem ist in weniger als zwei Wochen Vollmond. Lass mich.«

»Das ist echt das süßeste, was ich jemals gesehen habe«, schmunzele ich. Jax seufzt augenrollend und löst sich von Ace. Schweren Herzens, wie ich bemerke.

»Sag mal«, spricht Aaron mich unvermittelt an. »Kennst du deine Mutter?«

Verwirrt sehe ich ihn an. »Wieso fragst du?«

»Wir alle erben unsere übernatürlichen Fähigkeiten von unseren Eltern«, erklärt er.

Schweigen, bis ich verstehe.

»Ihr glaubt, meine Mutter ist eine Hexe?«, entfährt es mir überrascht. Dieser Gedanke ist mir tatsächlich noch nie gekommen, dabei sollte er logisch sein. Aber sie war nie Teil meines Lebens, ich habe nie irgendeine Art Verbindung zu ihr aufgebaut.

»Du bist keine Hexe.«

»Zumindest nicht im üblichen Sinne«, fügt Jax hinzu.

Ich schlucke. »Was bin ich dann?«

»Der Schrei, du findest tote Menschen ... ich würde auf Banshee tippen.«

Banshee.

Das Wort hallt in meinem Inneren wider und ich versuche herauszufinden, wie ich mich dabei fühle. Irgendetwas müsste ich dabei spüren, oder? Aber da ist nichts. Ich bin nur verwirrt und ein wenig überfordert.

»Das ist nur eine Vermutung«, wirft Dan ein. »Wir sind noch nie einer Banshee begegnet.«

Langsam nicke ich, weil ich nicht weiß, was ich sagen soll. Ich fasse automatisch an den Ring, der an der Kette baumelt. Warum wollte meine Mutter, dass ich ihn bekomme? Aus sentimentalen Gründen oder steckt da mehr dahinter?

Vielleicht sollte ich Papa fragen. Ich weiß nur nicht, ob ich meine Gedanken in einen logischen Zusammenhang fassen kann, ohne dass er mich für verrückt hält.

»Kannst du Tote sehen?«, fragt Jax mich. Ich blinzele und fokussiere ihn wieder.

»Nicht immer«, erwidere ich leise. »In der Nacht, als ich an den Galgen gefesselt war ... da habe ich sie gesehen.«

»Tonia?«, rät er.

Ich beiße mir auf die Lippe, als die Erinnerung mein Innerstes flutet. »Tonia, Josie. Alle Hexen, die vor mir auf diesem Platz verbrannt wurden.«

Nach meinem Geständnis reden wir nicht mehr viel.

Dan besorgt ein reichhaltiges Frühstück, danach fällt Aaron in einen tiefen Schlaf und die Jungs verstreuen sich im Haus, während ich bei ihm bleibe. Er sieht so friedlich aus, noch nicht ganz gesund und blass um die Nase, aber die Gesichtszüge entspannt.

Mein Herz schmerzt bei dem Anblick. Allein die Vorstellung, wie er auf dem OP-Tisch lag und die Ärzte um sein Leben gekämpft haben ... Das alles hätte auch anders ablaufen können.

Ergeben schließe ich die Augen und streichele ihm vorsichtig über den Hinterkopf. Wenn er gestorben wäre, hätte ich sie alle umgebracht. Dessen bin ich mir sicher. Allein Aarons Anwesenheit war es zu verdanken, dass dieser mörderische Schrei nicht meine Lippen verlassen hat.

Ich verspüre den drängenden Wunsch, mich neben ihm zusammenzurollen, um ganz dicht bei ihm zu sein, aber ich reiße mich zusammen, schnappe mir stattdessen ein Buch aus seinem Regal und beginne zu lesen.

Stunden vergehen, bis Aarons Muskeln anfangen zu zucken. Sofort sehe ich über den Rand meines Buches zu ihm. Er runzelt die Stirn, seine Lider flattern.

»Livi?« Er streckt einen Arm aus, seine Hand tastet suchend nach etwas. *Nach mir.*

Ich ignoriere die irre Wärme in meinen Gliedern und verflechte unsere Finger.

»Ja. Ich bin hier«, wispere ich zurück.

Er seufzt zufrieden, rutscht dann näher, bis er den Kopf auf meinen Oberschenkel betten kann. Ungewohnt. Und schön, irgendwie.

»Wie geht es dir?«, frage ich zögernd.

Er brummt nur.

»Ich wusste nicht, dass auf *Fairy Smut* stehst«, sage ich weiter und schiele zu dem Buch, das aufgeschlagen in meinen Händen liegt und mich die letzten Stunden gut unterhalten hat.

Jetzt lacht Aaron rau auf. »Besser als Pornos.«

»Tatsächlich.« Mit einem noch breiteren Lächeln lege ich den Wälzer zur Seite und streiche ihm durchs Haar.

»Kann ich dir was bringen?«

»Nee.«

»Er muss einfach viel Schlafen«, ertönt Jax' Stimme. Ich drehe mich nach ihm um, er lehnt sich in diesem Moment über die Couch zu mir herüber. Sein frischer, herber Duft steigt mir in die Nase. Scheinbar kommt er soeben aus der Dusche.

»Ein paar Blowjobs würden mir auch nicht schaden«, murmelt Aaron mit der unschuldigsten Stimme, die ich jemals bei ihm gehört habe.

Ich rolle mit den Augen. »Ja, darauf wette ich.«

»Ich kann dir eine Nutte besorgen, wenn Olivia weg ist«, schlägt Jax mit einem Grinsen vor. Diese Vorstellung stößt mir bitter auf. Als ich ihm einen bösen Blick zuwerfe, zuckt er nur mit der Schulter. »Du bist ja tabu. Heiliges Rudelehrenwort.« Er zwinkert mir zu. »Wenn du ihm einen bläst, musst du dasselbe bei uns tun.«

»Dämlicher Macho«, schnaube ich und schiebe ihn weg, grinse aber leise, als er sich entfernt.

»Gefällt dir die Vorstellung?«, fragt Aaron mit rauer Stimme. Er beobachtet mich mit wachsamem Misstrauen.

Ich beuge mich zu ihm herunter und tippe gegen sein Kinn. »Mir gefällt vor allem die Vorstellung, dass du bald wieder fit bist, Ace.«

Sein darauffolgendes Lächeln ist so sanft und zufrieden, wie ich es noch nie bei ihm gesehen habe.

KAPITEL 32

Eine Woche vergeht, in der so etwas wie Normalität einkehrt. Ich arbeite Doppelschichten in der Werkstatt und powere mich im Fitnessstudio aus, nur um todmüde ins Bett zu fallen. Nur, um dem Drang zu widerstehen, jeden Abend vor Aarons Tür zu stehen und nach ihm zu sehen.

Dan und Jax informieren mich sporadisch per Textnachricht darüber, dass es ihm besser geht. Das reicht. Das *muss* reichen.

»Geh nach Hause, Livi«, rät Papa mir am Freitagabend, als ich gerade über einer Motorhaube beuge.

Ich richte mich auf, verziehe das Gesicht bei meinem ächzenden Rücken und greife nach meinem Handtuch, um mir das Öl von den Händen zu schrubben. »Ist es schon so spät?«

»Alle anderen sind bereits weg.«

»Hm«, brumme ich und streiche mit dem Unterarm eine Haarsträhne zurück, zumindest versuche ich es, aber ohne meine klebrigen Hände zu benutzen, wird es schwierig. Papa schmunzelt und tritt hinter mich.

»Komm, ich helfe dir«, bietet er an und löst das Haargummi, um meinen Zopf neu zu flechten.

»Da kommen Erinnerungen hoch«, schmunzele ich. »Weißt du noch, als du meine widerspenstigen Haare mit Gel fixiert hast? Ich war die Hauptattraktion im Kindergarten.«

Er lacht rau auf. »Du hast jedes Mal einen Heulkrampf bekommen, als du auch nur einen Kamm gesehen hast. Deine Kindergärtnerin hat mir fast das Jugendamt an den Hals gehetzt.«

Ich grinse, als er meinen Zopf festzieht und mir nochmal liebevoll über den Kopf tätschelt. »Wie gut, dass du sie mit deinem *Charme* überzeugen konntest.«

»*So* ist das nicht gelaufen.«

»Pff! Ich habe sie zwei Monate lang *Mami* genannt, weil sie jeden Morgen in unserem Bad stand.«

Er rollt mit den Augen und gibt mir einen spaßhaften Klaps. »Wie gut, dass du solche Dinge nicht vergisst, aber nicht daran gedacht hast, heute zu Mittag zu essen. Jetzt mach Schluss und hol uns was vom Italiener. Ich schließe ab und komme nach.«

»Na schön.« Er hat Recht, mein Magen knurrt bereits seit mehreren Stunden und nichts hört sich gerade besser an als Pizza.

Drei Pizzakartons balancierend – ich war sehr hungrig und etwas übermütig beim Italiener – stemme ich mich aus dem Wagen und steuere den Hauseingang an, während ich mit der freien Hand an meinem Bund nach dem passenden Schlüssel suche.

Ich erstarre auf halber Strecke und blinzele zu der Gestalt, die sich in der Dunkelheit abzeichnet. Jemand steht dort im Eingangsbereich, gegen die geschlossene Tür gelehnt.

Daria. Oder Falk. Irgendjemand lauert und wartet auf mich.

Eiseskälte dringt in mein Herz und meine Finger verkrampfen sich um den Schlüssel.

Atmen. Ich muss atmen, weglaufen, irgendetwas tun, nicht nur hier herumstehen wie ein verdammtes Reh im Scheinwerferlicht.

In dem Moment bewegt sich die Gestalt, das Licht im Eingangsbereich geht an und ich erkenne endlich, um wen es sich handelt: Eine junge Frau, deren Gesicht mir vage bekannt vorkommt. Ich kneife die Augen fragend zusammen und mache vorsichtig mehrere Schritte auf sie zu.

»Olivia?« Ihre zögerliche Stimme löst eine Erinnerung in mir aus, die ich nicht richtig greifen kann.

»Ähm, hi?«, gebe ich zurück.

Sie räuspert sich und strafft die Schultern. »Können wir reden?«

»Sorry, wer bist du?«, frage ich nach, als ich einfach nicht darauf komme.

Sie beißt sich auf die Unterlippe, als wolle sie es nicht aussprechen. Als habe sie gehofft, sich nicht noch einmal vorstellen zu müssen. Und als sie beschämt den Blick zu Boden richtet, wird es mir schlagartig klar.

»Oh«, entfährt es mir.

»Ja. Wir haben uns ... na ja, etwas unglücklich kennengelernt.«

Am liebsten würde ich abwehrend die Arme vor der Brust verschränken, aber die Pizzakartons sind im Weg. »Ja, ich erinnere mich daran. Du warst gerade dabei, meinen Freund zu vögeln.«

»Genau. Tut mir leid nochmal. Ich wusste wirklich nicht ...« Sie macht eine hilflose Handbewegung. Ich seufze, da ich eigentlich nicht auf *sie* sauer bin.

»Warum bist du hier und woher zur Hölle weißt du, wo ich wohne?«

»Ben hat es mir verraten. Er hatte mich gebeten, mal bei dir vorbeizufahren und dich um das Auto zu bitten ...«

Okay, jetzt werde ich wütend, bemühe mich aber darum, meine Stimme zu mäßigen. »Du kannst ihm gerne ausrichten, dass er sich ins Knie ficken kann.«

Die Frau, Annika, wenn ich mich recht erinnere, schüttelt heftig den Kopf. »Er hat mich darum gebeten, aber ich habe nein gesagt.«

Langsam werde ich ungeduldig und mein Arm schwer. »Und warum bist du dann hier?«

»Ben ist verschwunden und ich brauche deine Hilfe«, platzt es aus ihr heraus. »Er hat sich in den letzten Tagen verfolgt gefühlt und jetzt ist er weg und ich ... ich mache mir Sorgen.« Nun glitzern Tränen in ihren Augen.

»Du machst dir Sorgen um dieses Arschloch?« Trocken lache ich auf. »Als er das letzte Mal da war, hat er mir gesagt, wie sehr er mich liebt. Und dann habe ich erfahren, dass du nicht die Einzige warst, mit der er mich betrogen hat.«

Schon als ich den letzten Teil des Satzes ausspreche, bereue ich es. Annika ist nicht diejenige, die ich verletzen will, aber meine gehässigen Worte tun genau das.

»Sorry«, schiebe ich sofort hinterher.

Sie wischt sich die Tränen weg und schnieft. »Ich will nur wissen, ob es ihm gutgeht.«

»Warum kommst du damit zu mir?«, sage ich verwirrt. »Ich habe ihn nicht mehr gesehen seit dem letzten Mal.«

Kurzes Schweigen, dann sagt Annika ganz leise: »Dein neuer Freund war nicht begeistert von Ben, oder?«

Mein Blut beginnt zu kochen und ich öffne die Lippen, aber jedes Wort bleibt mir im Hals stecken.

»Komm mit hoch«, bitte ich heiser. »Ich habe genug Pizza für uns beide.«

Wie ich herausfinde, ist Annika ein genauso großer Pizza-Hawaii-Fan wie ich. Sie lächelt sogar ein wenig darüber, was ihre zarten Gesichtszüge sofort aufhellt.

Nervös streicht sie sich die braunen Haare zurück und beißt in ihr Pizzastück.

»Ben und ich sind nicht zusammen«, sagt sie schließlich mit eingezogenen Schultern. »Er war der erste Typ, den ich über eine Dating-App kennengelernt habe, und wir haben uns vier- oder fünfmal getroffen, bevor wir ... na ja, du weißt schon.«

Ich dachte, es würde schmerzen, das zu hören, dachte, es würde nicht nur meinen Stolz, sondern vor allem mein Herz treffen. Aber keins von beidem ist der Fall. Stattdessen neige ich neugierig den Kopf.

»Er bringt mich zum Lachen«, fährt Annika fort, wohl ermutigt von meinem Schweigen. »Wir können stundenlang heftige Diskussionen über unsere Weltanschauung führen und am Ende des Tages trotzdem lächeln und ...« Sie schließt die Augen und schüttelt den Kopf. »Tut mir leid.«

»Hör auf, dich zu entschuldigen«, bitte ich sie. »Erzähl mir besser, was es mit seinem Verschwinden auf sich hat.«

»Ich habe seit vergangenen Donnerstag nichts mehr von ihm gehört. Er hat sich wohl bei der Arbeit krankgemeldet, aber es ist merkwürdig, da wir sonst immer schreiben, außerdem ist er nicht in seiner Wohnung oder bei seinen Freunden. Die Polizei will da natürlich nichts machen. Ich bin einfach verzweifelt.«

Über eine Woche ist vergangen. Da war Aaron noch fit und auf den Beinen ... Unruhe kribbelt in meinem Magen. »Und warum glaubst du, dass meine Freunde etwas damit zu tun haben?«

»Ben hat von diesem Typen erzählt, der ihm bei seinem letzten Besuch eine reingehauen hat.«

»Aaron«, helfe ich ihr aus. Sie nickt.

»Ben hat es nicht laut ausgesprochen, aber er hatte Angst vor ihm. Hat seitdem ständig über die Schulter geschaut. Dieser Aaron scheint wirklich Eindruck bei ihm gemacht zu haben.«

Am liebsten würde ich den Kopf schütteln und sagen, dass Aaron Ben sicher nichts angetan hat. Aber mal ehrlich, diese Männer sind allesamt Killer. Es sind Wölfe.

Ich fasse mir ans Herz und reibe über die Stelle, hinter der es plötzlich schmerzt. Es fühlt sich an wie ein Verrat, das überhaupt zu denken, doch es ist nicht abwegig.

Bevor ich etwas darauf erwidern kann, öffnet sich die Tür und Papa betritt die Wohnung. »Hast du schon ohne mich angefangen?«, fragt er mit gut gelaunter Stimme. »Es riecht himmlisch nach Pizza.«

Annika zuckt zusammen und versinkt fast in ihrem Stuhl.

»Gib mir deine Nummer«, sage ich flüsternd zu ihr. »Ich spreche mit den Jungs. Dann melde ich mich bei dir.«

Erleichterung steht in ihrem Gesicht und zu meiner Überraschung greift sie nach meiner Hand und drückt sie. »Danke«, flüstert sie.

Ich weiß nicht, wofür sie sich bedankt. Wenn Aaron und die anderen wirklich etwas mit Bens Verschwinden zu tun haben, dann bedeutet das absolut nichts Gutes.

KAPITEL 33

»Gehst du aus?«, fragt Papa, als ich am späten Samstag-
nachmittag aus dem Bad trete, frisch geduscht und mit
geföhnten Haaren. Sein Tonfall ist ein wenig *zu* beiläufig.

»Ja. Ich muss mal raus.«

Die Wahrheit ist, dass ich Aaron gestern Abend noch
um ein Treffen gebeten habe. Er hat mir eine Uhrzeit und
eine Adresse mitgeteilt, was wohl bedeutet, dass er unterwegs ist und nicht das Bett hütet.

Hoffen wir nur, dass die Heilung von Wölfen tatsächlich so schnell und reibungslos verläuft, wie mir weisge-
macht wurde.

»Triffst du dich wieder mit den Wölfen?«

Ich bin gerade dabei, mir eine Flasche Cola aus dem
Kühlschrank zu ziehen, als ich abrupt innehalte und
meinen Vater anstarre.

»Wie hast du sie genannt?«

Ein Schmunzeln legt sich auf seine Lippen. »Na, so
nennen sie sich doch. *Free Wolves*, oder etwa nicht?«

Ich atme tief aus und zwinge mich zu einem Lächeln.
»Äh, ja, kann schon sein.«

»Also?«

»Also was?«

»Triffst du dich mit ihnen?«, hakt Papa nach.

»Ja.« Spannung knistert in der Luft, weshalb ich mich
gezwungen fühle, eine Erklärung hinterherzuschieben.
»Ich will nachsehen, wie es Aaron geht.«

»Mhm.« Er klingt nicht besonders zufrieden. »Der
Junge ist zäh. Er wird es schon überstehen.«

»Woher willst du das denn wissen?«

Papa hebt die Augenbraue. »Ich sehe sowas. Genauso
wie ich erkenne, dass er verdammt viel Ärger bedeutet.«

Er hat mir schon genug Ärger eingebracht, aber das erwähne ich besser nicht. »Vielleicht stehe ich darauf«, gebe ich mit einem ironischen Grinsen zurück.

Papa schüttelt augenrollend den Kopf. »Wie ihre Mutter«, murmelt er.

Ich entscheide mich für enge Jeans, einen kurz geschnittenen Pullover und meine übliche Lederjacke. Das sollte ein passables Outfit sein für was auch immer mich erwartet.

Laut meinem Navi brauche ich zum Zielort über eine Stunde, weshalb ich um kurz nach neun losfahre. Es ist schon dunkel, außerdem regnet es immer heftiger, was meine nervöse Stimmung nur verstärkt.

Zwei Ortschaften später komme ich endlich an. Ich finde auf Anhieb keinen Parkplatz, weshalb ich zwei Blocks weiterfahre und mit der Kapuze auf dem Kopf dann meinem Handynavi folge.

Mein Ziel ist der Eingang eines alten U-Bahnhofs, der durch eine Absperrung verschlossen ist. Prüfend sehe ich mich zu den Seiten um, aber keiner von den Menschen, die auf den Straßen unterwegs sind, schenkt mir Beachtung. Kurzerhand schlüpfe ich unter der Barriere hindurch und sprinte die Treppen herunter.

Unten angekommen entdecke ich einen mit Kreide aufgemalten Pfeil, der mich nach links weist. Er sieht frisch aus, also gehe ich davon aus, dass ich richtig bin. Dennoch überkommt mich ein mulmiges Gefühl.

Ich schiebe die Hände in die Jackentaschen und laufe weiter, blicke mich ständig über die Schulter um, aber niemand folgt mir. Etwas huscht flink durch die Gänge, vermutlich eine Ratte, doch sie ist schnell wieder in der

Dunkelheit verschwunden. Ein Schauer läuft mir über den Rücken.

Erst als ich Musik und Stimmen höre, löst sich der Knoten in meinem Inneren. Und dort, mitten auf den verwaisten Gleisen, wird eine Party gefeiert. Rapmusik dröhnt aus irgendeiner Box, die Menschen stehen in Gruppen zusammen. Es gibt sogar eine provisorische Bar und an einer Ecke wird Gras verkauft. Der Geruch kitzelt in meiner Nase.

Ich sehe mich in der Menge nach den Wölfen um. Als mein Kopf nach links schießt, entdecke ich sie endlich. Warum sind sie mir nicht früher aufgefallen? Sie stechen geradezu heraus mit ihrer düsteren Aura und der puren Selbstgefälligkeit, die sie ausstrahlen. Selbst an einem Ort wie diesem.

Jax hält einen Joint zwischen den Fingern und sieht zu einer jungen Frau, die neben ihm steht und aufgeregt gestikulierend etwas erzählt. Dan lehnt lässig an einem Geländer, er trägt ein T-Shirt, wodurch die Tattoos an den Armen sichtbar werden. Er hat eine Hand in die Hosentasche geschoben und blickt ebenfalls zu der Frau, aber mit einer skeptisch hochgezogenen Augenbraue, als würde er ihre Geschichte, was immer sie auch erzählt, nicht glauben.

Manchmal vergesse ich, wie groß die beiden Jungs wirklich sind, wie muskulös und heiß im Gegensatz zu den anderen Männern. Im Gegensatz zu *jedem*.

Und Aaron? Er toppt das Ganze. Er sitzt zwischen seinen Freunden auf einer alten U-Bahn-Wartebank, die Beine lässig aufgestellt, die Hände auf den Knien ruhend. Auf seinen Wangen liegt ein sexy Bartschatten und sein dunkler, verwegener Blick ist direkt auf mich gerichtet.

Ich schlucke trocken und setze mich endlich in Bewegung, um auf sie zuzulaufen.

»Hi«, mache ich auf mich aufmerksam. Jax und Dan sehen mich sofort an.

»Was machst du denn hier?«, fragt Letzterer misstrauisch.

»Ich muss mit Aaron sprechen«, sage ich und deute mit einem Kopfnicken zu ihm.

»Setz dich auf meinen Schoß«, bietet dieser an.

»Nein. Laufen wir ein Stück«, schlage ich vor.

»Ich wurde angeschossen, ich darf nicht laufen.« Von wegen. Seinem selbstgefälligen Grinsen nach zu urteilen, liebt er es, diese Karte zu spielen. »Setz dich auf meinen Schoß und flüstere es mir zu.«

Ich rolle mit den Augen, mache einen winzigen Schritt zur Seite und sehe zum ersten Mal das Mädchen an, das bei ihnen steht. Sie hat einen fransigen Pony und warme, braune Augen.

»Hi, ich bin Olivia«, stelle ich mich etwas verspätet vor. »Sorry, ich wollte dich nicht unterbrechen.«

»Emely.« Sie schüttelt meine Hand. »Macht nichts, diese Dummköpfe glauben mir ohnehin nicht.«

Jax schnaubt augenrollend. »Du warst high, du hast sicher nicht *Tinkerbell* getroffen.«

»Doch, ich schwöre!«, brüstet Emely sich. »Sie hat mir sogar einen Wunsch erfüllt.«

»Dein Wunsch war es, nicht zu kotzen«, merkt Dan trocken an. »Das ist kein Weltwunder.«

»Ich habe beinahe eine Flasche Malibu getrunken, natürlich war es ein Wunder.«

Ich schmunzele und frage mich, warum ich Emely noch nicht begegnet bin. Die Jungs scheinen sie zumindest nicht erst seit heute zu kennen.

Als mein Blick zurück zu Aaron gleitet, wird mir die Antwort klar. Eigentlich weiß ich so gut wie nichts von dem Leben dieser Männer. Sie hätten mich nicht einmal hierher eingeladen, hätte ich Aaron nicht um ein Gespräch gebeten.

Mein Gesichtsausdruck muss meine abwärtslaufenden Gedanken deutlich gezeigt haben, denn auch Aarons Grinsen verblasst, stattdessen erscheint eine Falte auf seiner Stirn.

Meine Lippen öffnen sich, doch bevor ich ihn wieder um ein Gespräch bitten kann, werde ich grob von hinten angerempelt. Der Stoß geht mir durch die Knochen, aber noch schlimmer ist die klebrige Flüssigkeit, die sich über meinen Nacken ergießt. Der Gestank nach Bier kommt mir in die Nase.

Aaron springt auf die Beine, ein Knurren dringt aus seiner Kehle. Mit einem Ruck schubst er den Typen weg, der gerade gegen mich gekracht ist.

»Sorry, sorry!«, lallt dieser und hebt entwaffnend beide Hände in die Höhe, wobei er noch mehr von seinem Bier verschüttet.

»Lass gut sein«, bitte ich Aaron und drücke gegen seine Schulter. Sein mörderischer Blick liegt immer noch auf dem Kerl, seine Muskeln spannen sich an unter meinen Fingern.

»Von wegen du kannst nicht aufstehen«, sage ich schnaubend, hauptsächlich um seine Aufmerksamkeit zu bekommen. Es klappt, endlich senkt er den Kopf und blinzelt zu mir. Seine Iriden glühen.

»Geht es dir gut? Hat er dir weh getan?«

»Nein, ich bin nur nass.« Das Gesicht verziehend fasse ich mir an die Haare, die auch etwas von dem Bier abbekommen haben. Ganz toll.

»Komm, ich zeige dir die Toilette«, bietet Emely an und greift beim Vorbeigehen nach meinem Handgelenk. Sie wirft den Jungs einen amüsierten Blick zu. »Und ihr sorgt dafür, dass Ace niemanden umbringt.«

Ich lasse mich von der Fremden durch die Gänge führen. Uns kommen mehr Leute entgegen, sie lachen und grüßen uns freudig. Der aufgeheizten Stimmung nach zu urteilen, geht die Party gleich erst richtig los.

»Hier gibt es viele Toiletten, aber nur eine wird ordentlich geputzt und sauber gehalten«, erklärt Emely, als wir an einer Tür ankommen und sie hereinspäht. »Jap, hier sind wir richtig.«

Sie lässt mir den Vortritt und ich trete in einen gefliesten, sauberen Raum, in dem es sogar angenehm frisch riecht.

»Danke«, sage ich zu ihr und schäle mich aus der Lederjacke und dem Pullover.

»Hübscher BH«, grinst Emely. Ich lache nur und nehme mir ein paar Papiertücher, um sie anzufeuchten. Emely kommt mir zur Hilfe und ich schiebe meine Haare aus dem Weg, als sie mir die Reste des klebrigen Biers wegwischt.

»Du bist meine Rettung«, sage ich zu ihr.

»Woher kennst du die *Free Wolves*?«, hakt sie nach. Diese Frage wollte ich ihr auch gerade stellen.

»Ich bin für eine Weile zurück zu meinem Vater in meine Heimatstadt gezogen«, erzähle ich. »Und da waren sie. Wir sind uns auf einer Hausparty das erste Mal begegnet. Und du?« Ich will unverfänglich klingen, aber meine letzte Frage ist alles andere als das.

Emely tritt zurück und wirft die dreckigen Tücher in den Mülleimer. »Wir haben uns auch auf Partys getroffen.

Meist illegale Untergrund-Partys wie diese. Irgendwann habe ich mich getraut, sie anzusprechen. Sie sind eigentlich ganz cool. Und heiß.«

Ich greife nach meinen Klamotten, um sie ebenfalls kurz auszuwaschen, während ich Emely durch den Spiegel hinweg angrinse.

Sie streicht sich eine Strähne hinters Ohr und fragt ebenso betont beiläufig: »Bist du mit einem der Jungs zusammen?«

Mein Kopfschütteln veranlasst sie dazu, den Kopf forschend zu neigen. »Dann stört es dich nicht, wenn ich mit Jax schlafe?«

»Tob dich aus«, lache ich. Mit ihm wird sie definitiv nichts falsch machen. Ich muss es ja wissen.

»Und Dan?«, hakt sie weiter nach und beißt sich auf die Unterlippe.

»Zwei sind besser als einer«, feixe ich. Emelys Blick wird lauernder.

»Ace?«

»Nicht Aaron.« Mein Grinsen vergeht im selben Moment, als ich die Worte ausspreche. Sofort bereue ich sie. Warum habe ich das nur gesagt? »Äh, ich meine, nimm ihn dir ruhig. Wir sind kein Paar oder so. Ich ... wir ... tu, was du willst«, stammele ich.

Emely lacht herzhaft auf. »Wusste ich es doch. Ace ist also tabu.« Sie zwinkert mir zu und ich kratze mich nervös am Hals. Nachdem ich mir meine – halbwegs sauberen – Sachen wieder übergezogen habe, drehe ich mich zu ihr herum. Ich würde sie so gerne fragen, ob sie etwas über Wölfe und Hexen weiß, aber das wäre verrückt, oder?

»Holen wir uns was zum Trinken und Rauchen«, schlägt Emely vor und deutet mit einem Kopfnicken zur Tür.

KAPITEL 34

Als wir nach draußen treten, stoßen wir prompt mit Aaron zusammen. Sein Blick ist so düster, dass ich die Befürchtung habe, dass er wirklich jemanden umgebracht hat. Vorzugsweise den Typen, der die Hälfte seines Biers über mir entleert hat.

»Lass uns jetzt reden«, schlägt er vor und tritt einen Schritt zurück.

»Okay«, erwidere ich perplex.

»Verpiss dich, Em«, sagt Aaron in Richtung meiner neuen Freundin. Sie zieht die Schultern ein und sieht kurz zu mir, bevor sie ein paar Schritte von uns weg macht.

»Sei kein Arsch«, zische ich ihm zu und sehe dann nochmal zu Emely. »Danke.«

»Bis später«, verabschiedet sie sich und winkt mir zum Abschied, ehe sie uns den Rücken zukehrt und den Gang entlang verschwindet. Ich wende mich wieder Aaron zu.

»Was ist passiert? Warum bist du so angepisst?«

Er lehnt sich mit einer Schulter gegen die mit Graffitis versehene Wand. »Ist nicht wichtig. Was wolltest du mit mir besprechen?«

Tief atme ich durch. Richtig. Deswegen bin ich hier. »Die neue Freundin meines Ex-Freundes war gestern bei mir.«

Aaron hebt beide Augenbrauen.

»Ja, ich weiß, ziemlich schräg«, gestehe ich. »Aber sie hat sich Sorgen gemacht. Ben ist verschwunden und ... du weißt nicht zufällig etwas darüber?«

»Machst du dir Sorgen um diesen Idioten, der dich betrogen hat und dir nicht einmal deine Sachen zurückgeben wollte?« Sein Gesichtsausdruck verhärtet sich und ich spüre quasi, wie seine Laune weiter sinkt. »Liebst du ihn noch? Hast du Angst, dass ich deinen perfekten kleinen Freund abgeknallt und im Wald neben Dans Hütte verscharrt habe?«

»Das war jetzt sehr spezifisch«, gebe ich trocken zurück.

Er stößt sich von der Wand ab und macht mehrere Schritte von mir weg, fährt sich mit beiden Händen durchs Haar. »Fuck, Olivia, was willst du von mir hören?«

»Ich will hören, dass du nichts damit zu tun hast!«, rufe ich zurück, senke meine Stimme aber sofort. »Als Annika gestern an meinem Küchentisch saß und mir davon berichtet hat ... ich konnte es nicht ausschließen, auch wenn ich es gerne würde.«

Er überbrückt die Distanz zwischen uns wieder, sodass ich den Kopf in den Nacken legen muss, um ihm weiterhin die Augen zu schauen.

»Dan ist der Killer. Frag ihn.«

»Ich frage aber dich.« Hart schlucke ich. »*Du* hast ihm eine reingehauen. *Dir* habe ich von seinem idiotischen Verhalten erzählt.«

Schweigen. Aarons Kiefer mahlt.

»Ich habe ihm nichts getan«, sagt er schließlich, wobei er sich um einen ruhigen Tonfall bemüht. »Ich bin nicht derjenige, der deinen geliebten Ex gekillt hat. Aber wer auch immer es war – du solltest ihm dankbar sein.«

Er löst unseren Blick und stapft an mir vorbei. Ich wirbele herum und greife nach seiner Kapuze, um ihn aufzuhalten.

»Denkst du wirklich, ich liebe ihn noch?!«, entfährt es mir gereizt. Aaron hält inne, dreht sich jedoch nicht zu mir herum. »Ich habe ihn nicht mehr geliebt, nachdem ich durch die Tür getreten bin und ihn beim Fremdgehen erwischt habe.«

Eine fast traurige Erkenntnis, aber es ist die Wahrheit. Das Witzige ist, dass ich Annikas Worte und ihre Emotionen sogar nachvollziehen kann. Die lockeren Gespräche mit Ben, das Gefühl, verstanden und akzeptiert zu werden – all das hat Ben mir auch gegeben. Aber im Endeffekt hat der Verrat mehr geschmerzt als sein Verlust.

Ace fährt ruckartig herum, macht zwei große Schritte und drückt mich gegen die Wand. Mit einer Hand umfasst er mein Kinn und küsst mich. Hitzig und intensiv gleitet seine Zunge in meinen Mund, nimmt mich in Besitz und lässt jede Zelle meines Körpers in Flammen aufgehen. Das ist ein völlig unpassender Zeitpunkt, aber ich kann ihm nicht widerstehen. Ich will so sehr wieder von ihm geküsst werden, dass das Verlangen bis in meine Fingerspitzen kribbelt.

Ich vergrabe die Finger in seinem schwarzen Haar, bringe es durcheinander, halte mich an ihm fest. Aaron lässt mein Gesicht los und umfasst stattdessen meine Handgelenke, zieht sie ruckartig hoch und fixiert sie über meinem Kopf.

Ein Wimmern entkommt mir und ich strecke den Rücken durch, als seine Lippen über meinen Kiefer wandern, tiefer zu meinem Hals. Der Drei-Tage-Bart kratzt angenehm über meine Haut und lässt mich schauern.

»Ace«, bringe ich atemlos hervor. Er kommt wieder an meinem Mund an, hält jedoch inne und sieht mir in die Augen.

Laute Musik und wildes Jubeln hallen von den Gleisen zu uns herüber, während ich gegen die schmutzige Wand eines alten U-Bahn-Schachtes gedrückt werde. Es ist ein bisschen schräg, aber vor allem aufregend und neu.

Allein Aarons Geruch nach Wald und Rauch verdreht meinen Kopf.

»Kommst du mit mir mit?«, fragt Aaron rau.

Wohin?, sollte ich fragen. Oder: *Wieso?* Aber ich nicke nur, lasse zu, dass er nach meiner Hand greift und mich mit sich zieht. In die entgegengesetzte Richtung der Menge. Ich habe keine Angst, auch wenn ich ihn gerade beschuldigt habe, meinen Ex-Freund umgebracht zu haben. Stattdessen spüre ich nichts als Adrenalin, Feuer und Erregung.

Aaron führt mich den langen Gang entlang, biegt dann nach links und nochmal nach links. Es wird kälter und dunkler, aber ich friere nicht. Ich fühle mich nur lebendig, als ich die kühle Luft tief in die Lunge inhaliere.

Als Ace sich zu mir herumdreht, leuchten seine blauen Augen von innen heraus. Er schlingt einen Arm um meine Taille und drückt mich eng an sich, ich fahre mit den Händen über seine muskulösen Oberarme und sehe ihm fest in die Iriden.

»Ich will dich ficken, Olivia«, raunt er mir zu. »Jetzt. Und später. Immer.«

Meine Knie werden weich und ich bin froh, dass er mich festhält. »Dann tu es jetzt.« Ich versuche mich an einem Grinsen. »Über später reden wir nochmal.«

Er lacht leise auf und erstickt jedes weitere Wort von mir mit einem hitzigen Kuss. Unsere Zungen verschmelzen miteinander, er beißt mir in die Unterlippe und ich stöhne in seinen Mund.

Wieder werde ich gegen die Wand gedrückt und wieder liebe ich es, wie der kalte Stein sich gegen meinen Rücken presst. Und ich liebe es noch mehr, wie sein Körper meinen in Besitz nimmt.

Er rollt mein Shirt hoch, kniet sich halb vor mich, um meinen Bauch zu küssen. Mit der Zunge fährt er über meine Rippenbogen und erneut erschauere ich. Seine Lippen saugen an meinem Dekolleté, mit einer Hand schiebt er ein Körbchen des BHs zur Seite, um den Nippel in den Mund zu nehmen.

»Gott«, stöhne ich und lege den Kopf gegen den Beton, die Lider halb geschlossen. Mein ganzer Körper zittert und ich will mehr. Mehr Berührung, mehr Reibung, mehr Ace.

Wieder ein Kuss, der mich fast um den Verstand bringt. Ich kratze über seine Schultern und beuge den Rücken durch. Noch während er mich küsst, öffnet er den Knopf der Jeans und schiebt eine Hand hinein, reibt über meine Mitte. Er brummt zufrieden, als er die Feuchtigkeit schon durch den dünnen Slip hindurch spürt.

»Oh, Rotkäppchen«, raunt er.

Seine Augen funkeln und sein Lächeln ist pure Verführung. Ich beiße in seine Unterlippe und sauge dann versöhnlich daran. Aaron kniet sich vor mich hin, zieht mir erst die Sneaker aus, bevor er Jeans und Slip nach unten schiebt. Es ist mir völlig egal, dass wir in einem alten, verlassenen U-Bahn-Schacht stehen, ich will nur von ihm berührt werden. Jetzt. Hier.

»Hmh, irgendwann werde ich dich ganz für mich haben und in meine Matratze ficken«, raunt er, streicht mit der Nase über die Innenseite meines Oberschenkels und kommt meiner pochenden Mitte näher. Ich beiße mir auf die Unterlippe und lege die Hände flach an die Wand in meinem Rücken.

»Aber heute begnügen wir uns damit.« Aaron legt meinen linken Oberschenkel auf die Schulter, öffnet mich, ehe er über meine feuchte Spalte leckt.

»Oh fuck«, stöhne ich und beiße mir dann in die Hand, während er mich weiter leckt. Und immer weiter.

»Ace«, keuche ich. »Oh scheiße, Aaron.«

»Ist das gut?«, fragt er und reibt mit dem Daumen über Klit, als er zu mir aufsieht. »Du bist so feucht. Mein unanständiges Mädchen.« Das warme, raue Timbre vibriert durch meinen ganzen Körper. Erneute Lustwellen schwappen über mich.

»Mach weiter«, bitte ich ihn. »Ich brauche mehr.«

»Ich gebe dir mehr«, raunt er. »Ich gebe dir alles.«

Die letzten Worte sind nur gehaucht, ich erschauere unter ihrer schweren Bedeutung. Bevor ich etwas erwidern kann, ist seine Zunge wieder an meiner feuchten Mitte und ich kann an nichts anderes denken als an den herannahenden Orgasmus.

Fast schon verzweifelt schiebe ich die Finger in sein Haar, bäume mich ihm entgegen, bewege die Hüften drängender seiner Zunge und den Fingern entgegen. Meine Lippen öffnen sich zu einem heiseren Stöhnen, ich schwebe immer höher und höher, ein Kribbeln schießt durch meine Wirbelsäule.

Das Gefühl von Lust erreicht seinen Höhepunkt und ich komme und komme und komme.

Noch während Sterne vor meinen Augen tanzen, ist Aaron wieder auf den Beinen und hebt mich leichthin auf seine Hüften. Ich wimmere, öffne die Schenkel und spüre seinen Schwanz an meinem feuchten Eingang.

»Oh Gott, ja«, keuche ich. Aaron knurrt wild und versenkt sich mit einem Ruck in mir. Beinahe hätte ich geheult, weil sich das so gut anfühlt. So vollständig. Das letzte Mal ist schon viel zu lange her.

Ich kralle mich in seinen Schultern fest und strecke den Rücken durch. Er hält mich, während er in mir stößt. Sein heißer Atem streift meinen Hals, sein Duft benebelt meine Sinne. Als er mich küsst, schmecke ich mich selbst auf seiner Zunge.

Mein Rücken schmerzt von dem Beton, aber ich ignoriere es, genieße es sogar. Genieße auch, wie seine Finger sich in meine Schenkel graben, wie seine Zähne über meine Haut schaben.

»Ace, fuck, Ace«, stöhne ich. Meine Muskeln krampfen sich um ihn zusammen und ich komme ein zweites Mal.

Aaron stößt ein letztes Mal in mich, drückt mich gegen die Wand, seine Finger hinterlassen Spuren auf meiner Haut.

Keuchend und atemlos verharren wir in der Position. Ich vergrabe das Gesicht an seinem Hals und schließe für einen Moment die Augen, um einen klaren Kopf zu bekommen.

»Du machst mich schwach, Olivia«, flüstert er mir zu. »So schwach.«

Meine Lippen verziehen sich zu einem Lächeln. Ich küsse seinen Hals und lege den Kopf wieder zurück. »Wann habe ich das denn geschafft?«, scherze ich.

Aaron bleibt ungewohnt ernst. Er streicht mir die Haare hinters Ohr, seine Fingerknöchel streichen federleicht über meine Wange. »Schon als ich dich das erste Mal gesehen habe«, flüstert er.

KAPITEL 35

»Dan und Jax sind nicht begeistert darüber, dass du hier bist«, sagt Aaron, gerade als ich den Knopf der Jeans schließe und mit beiden Händen durch die Haare fahre. Mein Atem geht immer noch schwer und meine Gedanken fühlen sich an wie in Watte gepackt. Wie high. Nur seine Worte versetzen mir einen Dämpfer.

»Wieso?«, frage ich.

Aaron streicht sein Shirt glatt, sein Blick gleitet in die Ferne, in die Dunkelheit.

»Ich wollte euch nicht in eurer Privatsphäre stören«, sage ich weiter, weil sein Schweigen mich nervös macht. Er sieht wieder zu mir, sein Blick ehrlich verwirrt. Ich schnaube. »Es ist offensichtlich, dass ihr hergekommen seid, weil ihr Spaß haben wolltet. Feiern. Mädels vögeln. Bei den Partys mit mir ging es nur um Macht, nur darum, Falk zu beschützen.«

Ich spüre selbst, dass ich bei jedem Wort verbitterter klinge. Aber genau so fühle ich mich. *Verbittert*, weil diese Erkenntnis mich verletzt.

Aaron sagt nichts, starrt mich nur an, doch ich erkenne an der scharfen Linie seines Kiefers, dass er die Zähne fest zusammengepresst hat. Schnaubend wende ich mich ab und laufe an ihm vorbei, will raus aus dem Tunnelsystem, aber Aaron hält mich fest. Ruckartig wirbelt er mich herum. »Daran liegt es nicht. Murphy gefällt es nicht, wenn du in unserer Nähe bist. Denkst du wirklich, wir hätten alles nur für Falk getan?« Er schüttelt barsch den Kopf. »Wir wollten Zeit mit dir verbringen. *Ich* wollte es.«

Verwirrt runzele ich die Stirn. »Warum sollte es euren Boss interessieren?«

»Es ist kompliziert.«

Das war alles mit diesen Wölfen bisher. »Er muss es ja nicht wissen. Oder ist er jetzt gerade hier?«

»Es ist kompliziert, Olivia«, wiederholt er. Er klingt so resigniert und frustriert, wie ich mich fühle, doch das macht es nicht besser.

»Dann lass mich gehen.« Demonstrativ blicke ich auf seine Hand, die immer noch meinen Oberarm festhält. »Lass mich gehen und mach es deinem Boss recht.«

Er verengt die Augen. »Wieso bist du so stur? Lass mich ausreden. Ich habe dich hergebeten, weil ich *wollte,* dass du da bist. Trotz allem.«

Seine Worte treiben mir fast die Tränen in die Augen. Ich weiß, was er meint. Ich weiß, dass ich zu stur und stolz sein kann, besonders dann, wenn ich das Gefühl habe, verletzt werden zu können. Aber gerade dieser Stolz wird mir zum Verhängnis. Viel zu oft. Er nimmt das Beste von mir.

Ich höre auf, mich gegen seinen Griff zu wehren und senke den Kopf. Aaron lässt meinen Arm los, legt mir stattdessen die Hand an den Hinterkopf und zieht mich zu sich. Kurz darauf presse ich das Gesicht an seine Brust und inhaliere den Geruch seines Shirts. Irgendwie fühlt sich das tröstlich an.

»Jetzt bist du hier und ich werde dafür ohnehin Ärger bekommen«, brummt er. »Also kannst du auch bleiben.«

Ich widerstehe dem Drang, zu widersprechen und wirklich abzuhauen, sondern nicke nur. »Okay.«

Er lässt mich los und ich trete ein paar Schritte zurück. »Was genau ist das für eine Party? Ein illegaler Kiffertreff?«

Er lacht leise und seine Augen blitzen wieder auf. »Das Battle ist bestimmt schon im vollen Gange. Komm mit.«

Mein Magen sackt in sich zusammen, wenn ich daran denke, gleich bei einem illegalen Boxkampf zuzusehen. In letzter Zeit hatte ich genug echte Action, ich kann darauf verzichten, zwei Typen anzufeuern, die sich kloppen.

Aber ich werde überrascht. Denn als Aaron mich zurück zu den Schienen führt, bemerke ich zuerst die grölende Menge, es wird gejubelt und geklatscht. Und ich realisiere, was für eine Art Kampf das ist.

Keine Boxkämpfe.

Dancebattles.

»Oh Gott«, entfährt es mir und ich lache befreit auf. Aaron grinst ebenfalls, es wirkt echt und so strahlend, dass mein Herz ganz komische Sachen macht. Er sieht nicht mehr so selbstgefällig aus wie zu Anfang des Abends, auch nicht wütend und verbissen wie in dem Gang vorhin, sondern entspannt und gelöst.

Ich mag diesen Aaron.

Er zieht mich bis nach vorne, damit wir beide uns die Tänzer genauer ansehen können.

Mitreißende Beats grölen durch gleich mehrere Boxen und die Tänzer geben ihr Bestes. Ein junger Mann mit umgedrehter Basecap tanzt sich die Seele aus dem Leib, beeindruckt mit Breakdance und rhythmischen Hip-Hop-Moves. Seine Konkurrentin jedoch ist leicht bekleidet und dreht sexy ihre Hüften. Ich erkenne sie erst auf den zweiten Blick.

Emely.

Ich jubele noch lauter und feuere sie an. Aaron schlingt die Arme von hinten um meine Taille und für einen Moment fühlt sich alles leicht, frei und perfekt an.

Es ist früher Morgen, als ich zurück nach Hause kehre. Es gab insgesamt fünf Tanzwettbewerbe und wie ich verstanden habe, wird es in einer Woche den finalen Kampf zwischen den heutigen Siegern geben. Emely hat mir in voller Euphorie alles davon erzählt.

Ich wünschte, es würde immer so leichte, unbeschwerte Abende geben. Aber je näher ich meinem Zuhause komme, desto schwerer wird das Gefühl in meiner Brust. An meiner Wohnung angekommen ist es endgültig vorbei mit der Leichtigkeit.

»Sicher, dass ich dich nicht nach Hause bringen soll?«, frage ich an Aaron gewandt. Er hat darauf bestanden, mit mir mitzufahren. Könnte auch daran liegen, dass Dan und Jax ihm den ganzen restlichen Abend die kalte Schulter gezeigt haben.

Aaron schüttelt auf meine Frage hin den Kopf. »Ich laufe den Rest des Weges.«

Ich nicke und wir steigen aus. Aaron folgt mir bis zur Haustür.

»Was hast du vor?«, frage ich misstrauisch.

»Ich begleite dich nach oben.«

»Ja klar.« Ich schnaube. »Du willst dich nur zu mir ins Bett legen.«

»Nein, ich bringe dich nur bis zur Tür«, beharrt er.

Erstickt lache ich auf. »Ernsthaft?«

Von der Seite betrachte ich sein Gesicht, den angespannten Kiefer und den starren Blick. Dennoch sagt er: »Lass uns gehen.«

Schweigend laufen wir die Treppen hoch und ich schließe die Haustür auf. Ich schlüpfe hinein und schäle mich aus meiner Jacke. Aaron folgt mir und schließt die Tür hinter sich.

»Ich dachte, du wolltest ...« Abrupt verstumme ich, als das Licht im Flur angeht. Mein Vater steht im Türrahmen und sieht uns entgegen. Er trägt nur Shorts und eine lockere Trainingsjacke.

»Hi Papa«, grüße ich und räuspere mich. »Tut mir leid, habe ich dich geweckt?«

»Nein, Livi. Alles in Ordnung.« Seine Worte sind wie immer sanft, aber sein Blick könnte töten. In diesem Fall Aaron, der halb hinter mir steht.

»Hallo Herr Wagner«, sagt er mit gedämpfter Stimme. »Ich bringe Olivia nur nach Hause.«

»Sie kann sich allein nach Hause bringen«, erwidert mein Vater salopp. Gott, ich ertrage dieses Machogehabe im Moment nicht.

»Du kannst jetzt gehen«, sage ich an Aaron gewandt. »Danke.«

»Wohin hast du sie wieder mitgeschleift?«, fragt Papa in so einem scharfen Tonfall, den ich noch nie bei ihm gehört habe.

»Wir waren auf einer Party«, erklärt Aaron.

Mein Vater stößt ein halbes, abschätziges Lachen aus. »Eine Party. Ich weiß, auf welche Art Partys du gehst, Junge.«

Ich rolle mit den Augen und werfe Aaron einen Blick zu. »Bis irgendwann.«

Seine blauen Augen huschen über mein Gesicht, als würde er etwas suchen, als müsste er sich vergewissern. Ich habe absolut keine Ahnung, was er sehen möchte.

»Bleib hier«, sagt mein Vater überraschend, klingt dabei jedoch angepisst. »Du kannst nicht mitten in der Nacht durch die Stadt spazieren. Du bist immer noch verletzt, schätze ich?« Er macht eine unbestimmte Handbewegung hinter sich. »Ich beziehe dir die Couch.«

Na, wenn das keine Wendung ist.

»Papa ...«, setze ich an, aber er hat sich schon abgewandt und ist losgelaufen.

»Na gut«, flüstert Aaron mir amüsiert ins Ohr. »Dann schlafe ich auf der Couch.«

Mein Papa ignoriert meine weiteren Einwände und so ist zehn Minuten später das Sofa für Aaron fertig.

»Danke, Herr Wagner«, sagt er höflich.

»Mhm. Gute Nacht«, brummt dieser nur und schlurft zurück in sein eigenes Schlafzimmer.

Gott, ich verstehe ihn nicht. Einerseits kann er Aaron nicht leiden und will uns voneinander fernhalten, andererseits bietet er ihm einen Schlafplatz an, damit er nicht nachts allein heimgehen muss.

»Schlaf schön«, wünsche ich Aaron und verschwinde im Bad, um mich abzuschminken und bettfertig zu machen.

Müdigkeit hängt in meinen Gliedern und ich freue mich darauf, gleich in mein Bett zu schlüpfen. Als ich auf dem Weg dorthin nochmal ins Wohnzimmer spähe, erkenne ich, dass Aaron es sich schon gemütlich gemacht hat.

Mit einem Schmunzeln ziehe mich in mein Zimmer zurück. Mein Herzschlag dröhnt immer noch in meinen Ohren, als ich unter der Decke liege und in die Dunkelheit starre.

Flüstern liegt in meinen Ohren.

Flüstern und Wimmern, das lauter wird, wenn ich die Augen schließe.

Mit einem harten Schlucken lege ich beide Hände auf mein Herz und konzentriere mich auf meine Atemzüge. Es wird nicht besser. Diese dunkle Vorahnung kriecht wie eine Schnecke über meine nackte Haut.

Es wird etwas Schlimmes passieren.
Schon bald.
Ich weiß nur noch nicht, was es ist.

KAPITEL 36

Es wundert mich nicht sonderlich, dass Ace am nächsten Morgen bereits verschwunden ist, als ich aufwache.

»Ich habe Daria eine Weile nicht mehr gesehen«, sagt Papa, als wir später am Nachmittag gemeinsam einen Film sehen. Der Abspann von *Aquaman* läuft gerade und ich starre einen Moment länger auf den Bildschirm, ehe ich ihn ansehe.

»Ich auch nicht«, erwidere ich.

»Habt ihr euch vertragen?«

»Nein.«

Eine dumpfe Schwere legt sich auf meine Ohren, ein schrilles Piepen dröhnt durch die Stille, dann wieder Geflüster. Undeutlich, leise und dicht, aber kaum zu überhören. Fest beiße ich die Zähne zusammen.

»Livi. Olivia.« Papa schüttelt meine Schultern und ich blinzele hektisch. Mein Vater hat besorgt die Stirn in Falten gezogen. »Alles in Ordnung?«

Rasselnd atme ich aus. »Ja. Ja. Ich ...« Ich presse eine Hand auf den Mund. »Mir ist schlecht. Sorry.« Ich stürze ins Badezimmer, aber statt mich über die Kloschüssel zu beugen, steige ich unter die Dusche und stelle sie an. Meine ganze Haut brennt und glüht regelrecht.

Kaltes Wasser fließt über mein Gesicht, meine Haare und meine Klamotten.

»Scheiße«, fluche ich.

Ich taste nach meiner Brust, weil es sich anfühlt, als würde eine schwere Last darauf drücken und mir die Luft zum Atmen nehmen. Meine Finger ertasten den Ring meiner Mutter. Ich habe die Kette nicht mehr abgenommen, nachdem Ace sie mir angelegt hat. Verdammt, ich habe sogar vergessen, dass ich sie überhaupt trage.

Das Metall ist heiß, beinahe schmerzhaft glühend. Ich ziehe sie aus, die Kette verfängt sich in meinen Haaren, ich zerre panischer daran und werfe den Ring schließlich einfach aus der Kabine auf den Fußboden.

Die Hitze hört auf, meine Haut zu quälen, stattdessen spüre ich, wie meine Glieder aufgrund der Kälte zittern. Schnell stelle ich die Dusche ab und schließe die Augen.

Ich werde ruhiger und ruhiger, bis ich wieder klar sehen kann.

Ich wische mir die Haare aus der Stirn und blicke auf den Goldring, der nun auf den Fliesen liegt. Als ich vorsichtig darauf zutrete und ihn aufnehme, spüre ich nichts mehr von der Hitze.

Ein ganz normaler Ring. Gewöhnlich.

Wir alle kriegen unsere übernatürlichen Fähigkeiten von unseren Eltern vererbt.

Ich hebe ihn auf und halte ihn gegen das hereinfallende Sonnenlicht.

Wasser tropft unablässig aus meinen Klamotten und meinen Haaren auf die Fliesen, aber ich beachte es kaum.

Der Ring. Er ist in der Innenseite graviert.

Ein einfaches Wort.

Tod.

Unwillkürlich halte ich den Atem an und wische den Ring schnell an meinem Shirt sauber, bis ich einen neuen Versuch starte. Nicht nur ein Wort steht drin, sondern ein ganzer Satz.

Im Tod sind wir eins.

Am Montagmorgen werde ich von einem lauten Klingeln geweckt. Ich falle fast aus dem Bett, weil ich glaube, verschlafen zu haben. Doch ein schneller Blick auf das Handy verrät mir, dass es erst sechs Uhr morgens ist.

Wer zur Hölle schellt so früh bei uns?

Eilig reibe ich mir über die Augen, springe aus dem Bett und tapse barfuß durch die Wohnung. Ich betätige den Summer für die untere Eingangstür und verfluche mich gleich dafür, nicht vorher gefragt zu haben, wer zur Hölle um diese Uhrzeit Sturm klingelt.

»Wer ist das?« Papa taucht hinter mir auf. Er kommt wohl aus der Dusche, seine Haare sind noch feucht, aber er trägt bereits seinen Blaumann.

»Keine Ahnung«, gestehe ich und trete zur Seite, als er an mir vorbeiläuft und die Haustür öffnet.

Meine Kehle wird trocken und Angst kribbelt unter meiner Haut. Kalte Dunkelheit durchflutet mich, meine Stimmbänder vibrieren beinahe. Meine Finger tasten die Wand entlang, ich stütze mich dagegen und bemühe mich nach allen Kräften, den Schrei nicht loszulassen, der sich in meinem Körper zusammenbraut.

»Hallo«, grüßt mein Vater. Er klingt überrascht, aber nicht besorgt. Ich zwinge mich, mich von der Wand abzustoßen und zwei Schritte vorzumachen, um ebenfalls zu sehen, wer vor der Tür steht.

Es sind zwei Polizisten, beide in Uniform. Keiner davon ist Falk, was mich zumindest etwas aufatmen lässt.

»Herr Wagner. Wir müssen Sie bitten, uns auf die Wache zu begleiten. Nehmen Sie ihre Ausweisdokumente mit.«

»Papa?«, frage ich verwirrt, doch mein Vater bleibt ganz ruhig.

»Verraten Sie mir, um was es geht?«

»Nur um eine Befragung, Herr Wagner«, erklärt einer der Männer.

Der andere fügt trocken hinzu: »Zwingen Sie uns nicht, Sie vor Ihren Nachbarn in Handschellen abzuführen.«

Was zur Hölle?!

»Schon gut. Ich komme mit«, sagt Papa unterkühlt und kehrt ihnen den Rücken zu, um nach seiner Jacke zu greifen. Er sieht flüchtig zu mir.

»Kümmere dich um die Werkstatt, Livi. Ich bin bald zurück.«

Fuck, wie schafft er es nur, so ruhig und gefasst zu bleiben? Ich habe das Gefühl, gleich in einen erstickten Heulkrampf zu geraten. Die Tränen brennen bereits in meinen Augen.

»Papa.« Ich strecke die Hand nach ihm aus, will ihn festhalten, umarmen, irgendetwas. Doch er drückt nur kurz meine Finger, ehe er sich in aller Ruhe den Polizisten zuwendet.

»Wir können dann.«

Meine Welt wankt gefährlich, als ich dabei zusehe, wie er, begleitet von zwei Cops, im Treppenhaus nach unten verschwindet.

Meine Lungen schmerzen, so sehr muss ich den Schrei unterdrücken.

Was wollen sie nur von meinem Vater?

Das ist nicht richtig.

Nichts hiervon ergibt irgendeinen Sinn.

Der Gedanke an die Arbeit hilft mir, mich aufzuraffen und das zu tun, worum mein Vater mich gebeten hat. Ich öffne die Werkstatt und weise die Mitarbeiter an. Alle fragen nach Papa und jeder sieht mir an, dass etwas nicht stimmt.

»Ich kann mich um Michaels Fahrzeuge kümmern, die heute fertig werden sollen«, schlägt Richard gutmütig vor.

»Danke. Das wäre toll.« Fahrig streiche ich mir durch die Haare. Ich selbst habe genug zu tun, aber wenig überraschend komme ich kaum voran.

Immer wieder blicke ich auf mein Handy, doch es bleibt stumm. Keine Nachricht von meinem Vater. Inzwischen sind Stunden vergangen. Ich werde noch verrückt bei der Warterei. Am Nachmittag rufe ich sogar bei der Wache an, aber die Polizistin kann mir keine Auskunft geben und bittet mich um Geduld.

Das ist der schlimmste Tag meines Lebens. Die Sorge macht mich fast wahnsinnig, selbst die Arbeit kann mich heute nicht ablenken.

Es ist schon dunkel, als ich die Werkstatt abschließe und über den Hof zu meinem Auto laufe. Ich drücke den Knopf zum Öffnen, die Scheinwerfer meines Wagens leuchten auf. Gerade als ich die Hand an den Griff lege, um die Fahrertür zu öffnen, huscht ein Schatten an mir vorbei. Aus Reflex zucke ich zusammen, will herumfahren, als ich schon an den Hüften gepackt und herumgewirbelt werden.

Ein Schauer geht durch meinen Körper, ein Schrei bleibt mir im Hals stecken, als ich mit dem Rücken voran gegen den Wagen gepresst werde.

Fuck.

Dan steht vor mir, unter seiner Kapuze lugen ein paar schwarze Haarsträhnen hervor, seine blauen Augen leuchten und er hat ein Grinsen im Gesicht.

»Hey Livi.«

»Du Arsch!«, stoße ich aus und schlage ihm mit voller Wucht gegen die Brust. Er zuckt nicht einmal zurück, was mich noch wütender macht. »Kannst du mich nicht wie ein normaler Mensch ansprechen?«

»Nein.«

Ich schnaube. »Ich bin heute nicht in Stimmung für Spielchen.«

»Wir haben gehört, was mit deinem Vater passiert ist.«

Das zweite Mal innerhalb von neunzig Sekunden zucke ich zusammen, dieses Mal, weil Jax' Stimme hinter mir ertönt. Ich sehe über die Schulter zu ihm. Er steht auf der anderen Seite meines Wagens, die Unterarme auf dem Autodach abgestützt.

»Wisst ihr mehr als ich?«, hake ich nach.

Jax nickt mir zu. »Gib mir deine Schlüssel. Wir fahren.«

Ich will fragen wohin, aber das würde nur zu Diskussionen führen, für die ich heute keinen Nerv mehr habe. Wortlos werfe ich ihm die Schlüssel zu und schiebe Dan beiseite, um auf die Rückbank einzusteigen.

»Kommt Aaron auch?«, hake ich nach, sobald wir den Hof der Werkstatt verlassen. Jax wirft mir durch den Rückspiegel einen vielsagenden Blick zu.

»Ace sitzt auf der Strafbank«, erwidert er scharf.

Dumpfe Enttäuschung macht sich in mir breit, aber ich verdränge das Gefühl schnell und starre durch die Windschutzscheibe in die Dunkelheit. Wir fahren offensichtlich raus aus der Stadt.

»Was hat er denn gemacht?«, kann ich mir die Frage nach zwei schweigsamen Minuten doch nicht verkneifen.

»Er hat dich gefickt.«

Ich beiße mir auf die Unterlippe. »Hat er das gesagt?«

»Er brauchte nichts sagen«, antwortet Jax nüchtern. »Wir konnten es riechen, als ihr zurückgekommen seid.«

»Ace tut immer das, was er nicht darf«, fügt Dan hinzu. Er klingt nicht so angepisst wie Jax, nur angespannt.

Ein dumpfer Schmerz pocht in meiner Brust auf. Aaron muss gewusst haben, dass Jax und Dan riechen können, was wir in den Tunneln getan haben. Hat er mich deshalb mit zu dem Dancebattle genommen, damit er es ihnen unter die Nase reiben kann?

Der Gedanke legt sich wie ein schwerer, bleierner Gegenstand auf meine Brust.

»Ich kapiere es nicht. Ich kann Sex haben, mit wem ich will«, gehe ich automatisch in Abwehrhaltung.

Sowohl Jax als auch Dan schweigen daraufhin und ich zwinge mich selbst, mich auf das Wesentliche zu fokussieren.

»Mein Vater«, beginne ich. »Was wisst ihr darüber? Warum wird er verhört?«

Ein anderer, neuer Schmerz flammt in meiner Brust auf, den ich schon den ganzen Tag über verspüre. Ich mache mir so wahnsinnig Sorgen, dass mir das Atmen schwerfällt.

»Es wurden menschliche Überreste im Wald gefunden«, fängt Dan unvermittelt an. »Deswegen wird Michael befragt.«

Wie komisch, den Namen meines Vaters aus seinem Mund zu hören. Noch mehr schockiert mich aber die andere Tatsache.

»Wessen Überreste?«, frage ich und schlucke gegen den Kloß in meinem Hals.

»Das ist noch unklar.«

»Etwa Tonias?« *Oder Bens.* »Wieso wird mein Vater deswegen verhört? Muss er jetzt in U-Haft? Oh, fuck.«

»Das wissen wir alles noch nicht, Olivia«, erklärt Dan geduldig. »Das werden wir gleich hoffentlich herausfinden.«

»Wir gehen auf eine Party, auf der sich zwei Polizisten aufhalten. Sie schulden uns einen Gefallen«, fügt Jax hinzu.

»Und wir müssen ihnen auf einer Party auflauern, um diese Info zu bekommen?«

Jax lacht rau auf und wirft mir einen bedeutungsschweren Blick durch den Rückspiegel zu. »Du willst es doch jetzt wissen und nicht bis morgen warten, oder?« Definitiv, gutes Argument. »Außerdem sind Evie und Christian bestimmt kooperativer, wenn wir in der Öffentlichkeit sind.«

Oh wow, ich bin Teil ihres Erpressungskommandos. Wenn ich dafür mehr Informationen bekomme, soll es mir recht sein. Seufzend lehne ich mich in den Sitz zurück und blicke aus dem Fenster. Zwei Atemzüge später fällt mir das nächste Problem auf. Ich schiele an meinem ölverschmierten Blaumann herunter.

»Ihr hättet mir früher Bescheid sagen sollen. In dem Outfit komme ich sicher auf keine Party«, merke ich an.

»Oh, richtig.« Dan greift nach etwas, das er im Fußraum abgestellt hat, und reicht es mir hinüber. Es ist eine Papiertüte. »Das ist für dich.«

Skeptisch nehme ich es entgegen und blicke hinein. »Oh, scheiße, Danny«, entfährt es mir mit einem überraschten Lachen. Ich stoße einen anerkennenden Pfiff aus, als ich das schwarze Kleidchen aus der Tüte hole und betrachte. »Heiß.«

»Ich bin sicher, Dans Geschenk ist nicht ganz uneigennützig gewesen«, feixt Jax. »Los, zieh es an.«

Das werde ich.

Und dann werde ich diese Polizisten dazu bringen, mir alles zu erzählen.

KAPITEL 37

Die Party findet in einem pompösen Ballsaal statt, dessen Eingangsbereich reichlich geschmückt ist. Als ich durch den großen Torbogen laufe und die vielen LED-Lampions sich in meinen Augen spiegeln, fühle ich mich wie eine Prinzessin, die auf dem Weg zur Nacht ist, die ihr Leben verändern wird.

Mein Outfit hilft diesem Gefühl eindeutig.

Es ist hochgeschlossen, die obere Partie besteht jedoch nur aus feiner Spitze. Der Rock ist so kurz, dass ich definitiv weiß, dass ich mich heute Abend mit diesem Kleid nirgendwo hinsetzen kann. Es schmiegt sich wie eine zweite Haut um meinen Körper. Noch nie habe ich mich in so einem gewagten Teil so wohl gefühlt.

Letzteres liegt auch an meiner Begleitung.

Beide Männer haben unter ihren Kapuzenpullovern blütenweiße Hemden an, in denen sie zum Anbeißen aussehen. Dan mit den Tattoos, Jax mit diesem verschmitzten Casanova-Grinsen, das selbst die Empfangsdame des Schlosses in Verlegenheit bringt.

Er spricht ein paar Worte mit ihr, ein paar Scheine wandern über die Theke und schon sind wir drin. Bestechung ist so leicht. Zumindest, wenn man so unverschämt gutaussehend und charmant ist wie der Teufel persönlich.

Zu dritt betreten wir den weitläufigen Saal und ich halte unwillkürlich inne, atme tief durch und lasse die Atmosphäre auf mich wirken.

»Was ist das für ein Event?«, frage ich flüsternd.

»Eine Art Wohltätigkeitsgala«, flüstert Dan mir zur.

»Reiche Leute treffen sich und sammeln Geld. Der

Großteil fließt direkt in die Planung und Ausrichtung der nächsten Gala. Wahre Helden.«

»Mischen wir uns unter die Leute«, schlage ich vor. »Sagt mir Bescheid, wenn ihr eure Cop-*Freunde* bemerkt.«

»Okay, Boss.« Jax zwinkert mir zu, bevor er sich in Bewegung setzt. Ich folge ihm, lasse den Blick gespielt flüchtig über die Anwesenden schweifen und schnappe mir ein Sektglas, das ein schicker Kellner uns anbietet. Mit einem Zug exe ich den Inhalt und nehme mir direkt das nächste.

»Nervös?« Dan schiebt die Hände in die Jeanstaschen und lehnt sich lässig gegen einen der Stehtische, auf dem ich mein Glas abstelle.

»Dieser Tag war ätzend«, seufze ich leise.

»Stell das hintenan«, rät Jax. »Bleib professionell.«

»Sorry, ich bin noch nicht lange im Erpressungsbusiness«, erwidere ich ironisch.

Er schenkt mir ein schiefes Lächeln. »Du bist ein schlaues Mädchen, du lernst sicher schnell.«

Schnaubend wende ich mich ab und lächele einem Kellner hoffnungsvoll entgegen, der daraufhin unseren Tisch ansteuert und mir einen weiteren Sekt anbietet.

»Okay, jetzt dreh dich langsam herum und sieh unauffällig Richtung Raummitte«, flüstert Dan mir zu. Ich befolge seine Anweisung sofort, nippe an dem Sektglas und spähe in den Raum hinein.

So viele schick gekleidete Menschen. Obwohl die Männer sich in Schale geschmissen haben, passen sie nicht hier rein. Sie sind anders, wilder, *echter.*

Verstohlen betrachte ich erst Jax, dann Danny, bevor ich mir mit den Fingerspitzen durch mein Haar fahre. Ich muss gestehen, dass ich viel mehr zu ihnen passe als zu dem Rest. Ich bin eine Hexe, womöglich eine Banshee. Definitiv nicht brav. Nicht geordnet. Nicht der Norm entsprechend. Diese Erkenntnis fühlt sich überraschend gut an.

Meine Schultern straffen sich automatisch und ich atme tief durch.

»Die Braunhaarige mit dem Pferdeschwanz. Das ist Evie Thomas. Der große, breitschultrige Typ mit dem Vollbart ist ihr Partner Christian Ronalds. Das sind unsere Leute«, informiert Dan mich.

Ich erkenne sie auf Anhieb. Sie trägt ein silbernes, bodenlanges Kleid und ein dezentes Abend-Make-up, er einen gutsitzenden, dreiteiligen Anzug. Beide sehen umwerfend zusammen aus und zwischen ihnen herrscht eine vertraute Atmosphäre, die verrät, dass sie miteinander arbeiten. Er legt ihr locker einen Arm um die Taille, sie führt lässig Small-Talk mit den Gästen und sieht ihn dabei immer wieder an, um ihn mit einzubeziehen, während er nur nickt, ohne sie zu unterbrechen.

»Was machen Polizisten bei einer Wohltätigkeitsgala?«

»Ronalds strebt an, Polizeiobermeister zu werden. Da kann es nicht schaden, sich mit dem leitenden Staatsanwalt gut zu stellen.«

Gott, ich hasse es, dass politisches Geschick und die richtigen Kontakte mehr wert sind als gute, ehrlich Arbeit. Selbst bei der Polizei.

»Ich gehe voraus«, entscheide ich spontan. Die Männer widersprechen nicht, weshalb ich mein Glas abstelle und zielstrebig auf die Polizisten zusteuere.

Ich schüttele meine Haare über die Schultern und setze mein bestes, unschuldiges Lächeln auf. Gerade als ich auf die beiden zulaufe, verabschieden sich die anderen Gäste, mit denen sie sich unterhalten haben. Perfekt. Ganz *aus Versehen* rempele ich Ronalds an.

»Oh, sorry!«, sage ich sofort und greife wie automatisch an seinen muskulösen Unterarm. Er dreht sich halb zu mir um, einen überraschten Ausdruck auf dem Gesicht.

»Alles in Ordnung?«, fragt er mit dunklem Timbre in der Stimme.

»Ja, alles gut. Sorry. Selbst in Sneakers stolpere ich über einen ebenen Boden«, scherze ich, lasse ihn los und trete einen Schritt zur Seite, um ihn genauer anzusehen. Auch Ronalds dreht sich nun vollends zu mir herum und lässt den Blick einmal über meine Gestalt wandern.

»Christian Ronalds, richtig?«, frage ich, immer noch ein süßliches Lächeln auf den Lippen.

»Ja.« Irritation flattert über sein kantiges Gesicht. Er wirft einen Blick zu seiner Kollegin, die mich mehr als skeptisch mustert.

»Hi. Olivia Wagner.« Ich strecke ihm die Hand hin und er schüttelt sie, aber sein Gesichtsausdruck wird immer misstrauischer.

»Kennen wir uns?«, hakt er nach.

»Jetzt schon.« Ich mache eine kurze Pause und lecke mir über die Lippen, bevor ich zum Sprechen ansetze. »Ihre Kollegen haben heute meinen Vater auf die Wache mitgenommen. Wieso?«

»Ähm ...« Ronalds ist wie vor den Kopf gestoßen von meiner Offenheit, aber Evie übernimmt sofort.

»Tut mir leid, Olivia, wir dürfen keine Informationen herausgeben. Du wirst sicher verstehen, dass das gerade ein mehr als unpassender Zeitpunkt ist.«

»Oh, meinst du?«, frage ich und rutsche ebenfalls zum Du, immer noch ein Lächeln auf den Lippen. »Das erscheint mir wie genau der richtige Zeitpunkt.«

Ronalds' Blick flackert auf etwas hinter mir und ich bekomme eine Gänsehaut im Nacken, als sich jemand hinter mich stellt. Das sind weder Jax noch Dan.

»Du solltest meinem Mädchen besser geben, was sie will«, dröhnt Aarons unverkennbar kratzige Stimme hinter mir. »Sonst kann es ungemütlich werden.«

Ich widerstehe dem Drang, mich zu ihm herumzudrehen, kann aber nicht verhindern, dass mir der Atem stockt und mein Herz anfängt zu rasen. Immer schneller und immer härter.

Evies Miene wird verkniffen und Christians Ausdruck düster.

»Ihr solltet nicht hier sein«, sagt er knurrend.

Ich kollabiere beinahe, als Aaron lässig einen Arm von hinten um meine Schulter legt und sich vorbeugt. Seine Lippen sind unmittelbar neben meinem Ohr, sein warmer Atem streift mein Schlüsselbein.

»Ich denke, das ist genau der richtige Zeitpunkt, Chrisi. Oder soll ich mir das Mikro schnappen und all den Leuten erzählen, dass du Beweise hast verschwinden lassen für einen netten Geldbetrag auf deinem Konto?«

Eisiges Schweigen. Tiefes Durchatmen seitens Ronalds.

»Wir treffen uns in zehn Minuten draußen«, sagt Evie fest. Sie fasst an Ronalds' Schulter und drückt sie kurz. Dieser wirkt alles andere als begeistert, nickt aber.

Aaron legt mir eine Hand an die Taille, als wir uns gemeinsam von dem Tisch entfernen.

»Nettes Kleid«, flüstert er mir zu. Ich werfe ihm einen flüchtigen Blick zu, bleibe jedoch an seinen Augen hängen. Das intensive Blau seiner Iris hält mich gefangen.

»Ich weiß.« Ich zwinge mich, nach vorne zu dem Durchgang zu blicken, auf den wir zusteuern. Die anderen Wölfe schließen sich uns an. »Dan hat es mir gekauft.«

»War ja klar«, murmelt er, aber ich kann seinen Tonfall nicht deuten. Ist er verärgert deswegen?

Wir verlassen den Ballsaal, kommen in einen schummrigen Flur und passieren auch diesen. Durch die Hintertür treten wir nach draußen auf einen Hinterhof. Tief atme ich durch und entferne mich einen Schritt von Aaron, seine Finger rutschen von meiner Hüfte.

»Die Cops kommen in zehn Minuten raus«, informiere ich die übrigen Männer, die sich in einem Halbkreis versammeln. Niemand achtet auf mich, beide Blicke sind wütend auf Aaron gerichtet.

»Du solltest nicht hier sein«, knurrt Jax.

Aaron presst die Kiefer aufeinander und schiebt die Hände in die Taschen seiner Anzughose. Erst jetzt nehme ich wahr, dass er auch ein schwarzes Hemd und eine hellblaue Fliege dazu trägt. Er sieht so gut aus darin. Meine Fingerspitzen kribbeln von dem unterdrückten Verlangen, die Hand auszustrecken und über seinen muskulösen Oberarm zu fahren.

»Ich habe schon verstanden, dass ihr mich ausschließen wollt«, gibt er eisig zurück. Von dem charmanten Ton ist nichts mehr übrig.

»Aus gutem Grund«, grollt Dan. »Du hast die Regeln gebrochen.«

»Jax hat angefangen!«, wehrt Aaron ab. Ich habe das ungute Gefühl, dass es hierbei um mich geht.

»Das hatten wir geregelt«, unterbricht Dan ihn. »Aber du musst es auf die Spitze treiben. Wegen dir stecken wir bald alle in Schwierigkeiten.«

»Ihr könnt mich mal.« Aaron schnaubt. »Es geht um Michael. Da werde ich nicht daheimsitzen und abwarten, nur weil ihr ein Problem mit meiner Anwesenheit habt.«

Meine Lippen öffnen sich, doch ich weiß gar nicht, wie ich diese Frage formulieren soll. Aarons Worte klingen so, als ob er wegen meines Vaters hier ist. Nicht um meinetwillen, sondern tatsächlich, um Papa aus der Klemme zu helfen. Aber dafür müsste er irgendeine Verbindung zu ihm haben, die mir bisher entgangen ist.

Dans Blick schweift kurz zu mir und die Verwirrung in meinem Gesicht muss greifbar sein, denn er räuspert sich und schüttelt den Kopf. »Scheiße, ist doch egal. Jetzt bist du hier. Benehmen wir uns, das ist wichtig.«

»*Warum* ist es so wichtig für euch?«, hake ich nach und sehe dabei Aaron an.

»Das geht uns alle etwas an«, antwortet jedoch Jax mir.

»Könnt ihr nicht wissen«, halte ich dagegen. »Vielleicht geht es nur um meinen Vater. Vielleicht hat es nichts mit euch zu tun.«

Aaron erwidert meinen Blick fest. »Wenn es mit Michael zu tun hat, dann auch mit uns«, erklärt er ruhig und betont jedes einzelne Wort. Ich werde das Gefühl nicht los, dass er mir damit mehr sagen will. Als ob irgendeine Botschaft hinter den Worten steckt, die ich nicht begreife.

Flach atme ich aus, versuche, einen Zusammenhang dahinter zu verstehen, aber es gelingt mir nicht. Zumindest nicht, bis Evie Thomas und Christian Ronalds nach draußen treten und vorsichtig die Tür hinter sich zuziehen.

Dan stellt sich sofort neben Ace, Jax neben mich. Der Unmut und die Streitigkeiten sind fürs Erste vergessen; die Wölfe halten wieder zusammen. Für den Augenblick.

»Nach dieser Information sind wir hoffentlich quitt«, sagt Christian gereizt.

»Wir werden sehen«, erwidert Aaron lässig.

»Das ist mein Ernst, lass dieses selbstgefällige Grinsen, du dämlicher Bastard.«

Meine Muskeln versteifen sich bei den Beleidigungen. »*Dämlich* ist es, wenn ein korrupter Polizist versucht, die Karriereleiter hochzusteigen«, werfe ich ein und hebe das Kinn. »Du hattest kein Problem damit, deine Position auszunutzen, um dich selbst zu bereichern. Es ist deine eigene Schuld, wenn du dich erpressbar machst.«

Christian schnaubt nur, aber Evie faucht mich regelrecht an: »Wer ist dieses Mädchen?«

Dunkelheit zieht sich in meinem Bauch zusammen, Wind bauscht auf und lässt meine Haare nach vorne wehen. Er trifft auch Evie, sie verengt die Augen und stemmt eine Hand gegen den Zug. Ein paar gelbe Funken zischen an meinem Ohr vorbei.

Aaron lacht schallend los. »Du hast dir in die Hose gemacht, Evie, als wir deine kleine private Poolparty gecrasht haben. Wenn du dich schon vor uns fürchtest, solltest du Olivia besser nicht verärgern.«

»In der Tat nicht.« Jax mustert mich von der Seite und ich atme tief durch, um meine Wut zu zügeln. Evie verstummt und senkt den Arm.

»Warum befragt die Polizei meinen Vater?«, frage ich geradeheraus.

»Wir haben menschliche Überreste gefunden.« Christian holt eine Packung Zigaretten aus seiner Tasche und zieht sich eine heraus. »Verbrannte Knochen, kaum mehr zu identifizieren.«

Verbrannt, hallt es in meinem Kopf wider.

»Was genau könnt ihr dazu sagen?«, hakt Dan nach.

Christian zieht an seiner Kippe. »Offenbar liegen sie bereits eine ganze Zeit lang in dem namenlosen Grab. Jahrzehnte sogar.«

Also weder Tonia noch Josie. Aber ich kapiere immer noch nicht, was mein Vater damit zu tun hat. Der Polizist scheint meine nächste Frage zu ahnen, denn er sieht mich direkt an und erklärt: »Neben den Knochen wurde ein Ring gefunden, der graviert war. *T.H. + M.W.* Die Kollegen haben die Eheschließungen der letzten Jahrzehnte durchgesehen und es gab einen Treffer.«

Er muss es nicht aussprechen, mir wird schlagartig alles klar.

»Talia Heller und Michael Wagner«, sage ich hohl. Meine Eltern. *Meine Mutter.* Ich taumele einen Schritt zurück. »Das ist nicht meine Mutter. Meine Mutter ist nicht tot.«

»Das versuchen wir herauszufinden.« Christians Ausdruck wird fast mitleidig. »Bisher konnten wir Talia Heller nirgends finden. Dein Vater ist nicht der Hauptverdächtige, wir haben keine festen Beweise. Aber, nun ja, wir ermitteln in alle Richtungen.«

Mein Herz zieht sich so schmerzhaft zusammen, als habe jemand Eiswasser über meine Lungen gekippt. Wieder wirbeln Funken um mich herum, Dunkelheit braust in meinem Inneren auf wie eine Welle, zerschlägt an den Klippen meines Selbst und reißt alles mich sich.

Meine Mutter ist zwei Jahre nach meiner Geburt verschwunden. Ein Freigeist, sagte Papa immer. Eine Wanderin.

Sie. Ist. Nicht. Tot.

»Es gibt keinerlei Beweise«, sagt Jax nachdrücklich an mich gewandt. Er muss spüren, was in mir gerade vorgeht. Sie alle, denn auch Aaron neben mir wird unruhig und dreht sich nach mir um. In seinen blauen Augen flackert etwas auf, das mir beinahe den Boden unter den Füßen wegreißt.

Nicht Mitleid, keine Beschwichtigung. Nur Schuld.

Ab diesem Moment weiß ich, dass es stimmt.

Die Lippen fest aufeinanderpressend, um den Schrei nicht herauszulassen, der so schmerzhaft in meinem Innersten brennt, mache ich auf dem Absatz kehrt und renne los.

KAPITEL 38

Ich renne wie eine Wahnsinnige. Wie ein Mädchen, dessen Welt gerade erschüttert wurde.

In meinen Venen pulsiert eine unmenschliche, uralte Kraft, die mich antreibt und mich beflügelt, beinahe wortwörtlich. Ich habe das Gefühl, schneller zu sein als der Wind, schneller zumindest als gewöhnlich. Ich renne durch Wälder und an Landstraßen vorbei und halte erst an, als ich mein Ziel erreiche.

Meine Lunge kollabiert fast, ich atme hektisch und realisiere ein paar Atemzüge später, wo ich mich befinde. Wie gebannt starre ich auf den Grabstein, der sich vor mir erstreckt.

Schlichter Granit. Keine Inschrift.

Aber ich weiß es. Ich spüre es mit jeder Faser meines Seins.

Tränen fließen unkontrolliert über meine Wangen, als ich das namenlose Grab anschaue. Es ist wie ein Phantomschmerz, ein Verlust, den ich nicht wirklich betrauere, dennoch so deutlich spüre, als würde mir plötzlich ein Teil meiner Lunge fehlen.

Ich sinke auf die Knie, strecke die Hand aus und berühre mit den Fingerspitzen den kühlen, glatten Stein.

Hier ist meine Mutter begraben.

Ich habe sie nie kennengelernt, habe nie ihre warme Umarmung gespürt, nie ihre tröstenden Worte gehört. Sie war nicht da, als ich mir das erste Mal das Knie gestoßen habe und das der schlimmste Schmerz war, den ich jemals empfunden habe. Sie war nicht da, als ich meinen ersten Liebeskummer hatte und verstand, dass körperliche Schmerzen nichts im Vergleich dazu waren. Sie war nicht da, als ich all die bedeutenden Momente meines Lebens verbracht habe. Mein erster Kuss. Mein Abschluss. Die ersten, waghalsigen Versuche, erwachsen zu sein.

Und dennoch spüre ich ihren Verlust in jedem Winkel meines Körpers.

Meine Mutter ist lange tot. Sie war bereits tot, als ich meinen ersten Schritt getan habe.

Ich falle auf die Knie, rieche feuchte Erde und Tod, als ich die Augen schließe und ergeben weine.

Es tut mir so leid. All die Male, als ich sie verflucht habe, weil sie Papa und mich allein gelassen hat. Manchmal habe ich sie aus tiefstem Herzen gehasst, weil ich gedacht habe, dass sie noch lebt.

Aber die Toten kann man nicht hassen.

»Es tut mir so leid«, flüstere ich heiser in den Wind hinein und berühre erneut mit den Fingern den kühlen, unbeschrifteten Stein. »Es tut mir so leid, Mama.«

Ein harter Schlag gegen die Schulter bringt mich schlagartig zurück in die Realität. Reflexartig springe ich auf die Füße, taumele und fahre herum.

Zwei Personen stehen vor mir, beide tragen die leuchtenden Masken mit Neonbeleuchtung, weshalb ich sie automatisch Falk zuordne.

Dunkelheit und Wind brauen sich zusammen, eine nie gekannte Stärke pulsiert in meinen Adern. Ich stoße einen ersten Schrei aus und die Druckwellen schleudern die beiden Männer mehrere Meter zurück.

Wenn seine Lakaien da sind, kann Falk nicht weit entfernt sein. Aaron und die anderen dürften aber ebenfalls nicht lange auf sich warten lassen ...

Du bist eine Banshee. Du schaffst es allein.

Die Stimme scheint aus dem Jenseits zu kommen, jedenfalls sind es nicht meine Gedanken, die diese kraftvollen Worte formulieren.

Fest balle ich die Hände zu Fäusten, bereit für einen weiteren Angriff. Aber noch während die Männer sich aufrappeln, werde ich von hinten grob gepackt. Jemand fasst nach meinen Händen und verdreht sie schmerzhaft hinter meinem Rücken. Ich schreie, im selben Moment wird mir ein nasses Tuch zwischen die Zähne geklemmt.

Scheiße!

Echte Panik macht sich in mir breit, ich wehre und trete um mich. Schwarze Punkte tanzen vor meinen Augen, alles geht in einem wilden Strudel unter. Vor mir taucht das Gesicht meiner Mutter auf, das ich nie persönlich gesehen habe, aber von Fotos kenne. Es scheint, als würde sie jetzt anklagend auf mich herunter starren.

Grob werde ich herumgeschleudert, das Tuch immer noch zwischen meinen Lippen.

Aufstehen.

Umständlich komme ich auf die Füße, meine Fingerspitzen kribbeln elektrisierend und meine Lunge zerbirst fast vor lauter Energie. Zwei Maskenmänner stehen vor mir, einer hält ein langes Messer.

Nutze die Kraft deiner Lunge.

Ich kann nicht, ich habe ein verdammtes Tuch im Mund und wenn es schlecht läuft, ist es getränkt in Chloroform. Mir ist bereits schwindelig. Zu allem Übel haben sich auch die anderen beiden Typen wieder aufgerappelt, einer tritt hinter mich und greift nach meinen gefesselten Händen.

»Na los«, fordert er seine Kumpels grob auf. »Stich sie ab, danach können wir die Hexen-Schlampe verbrennen.«

Nutze deine Kraft!

Aber wie, verdammt?! Wut und Panik kochen in mir hoch, vermischen sich zu einer explosiven Mischung, die mich beinahe zerreißt. Blinzelnd sehe ich zu meinem Angreifer, der mit seinem Messer einen Schritt auf mich zu macht. Zögernd, als wäre ich eine scharfe Bombe die jeden Moment hochgehen kann.

Mein Blick schweift über seine Schulter zu dem Gesicht meiner Mutter. Es ist, als würde sie direkt hinter ihm stehen. Genauso strahlend schön wie auf den Bildern vor zwanzig Jahren.

Nutze dein Erbe.

Ist das ihre Stimme in meinem Kopf? Ich wünschte, ich wüsste es. Ich wünschte, ich wüsste, wie sich ihre Stimme anhört.

Ruckartig zerre ich meine Hände aus dem Griff des Fremden, sprenge die Fesseln, brenne mich mit der Dunkelheit, der Hitze, der Wut durch die Fasern, bis meine Hände frei sind und ich mir das stinkende Tuch vom Gesicht reiße.

Die Männer hinter mir weichen instinktiv zurück, als Funken um mich herum explodieren. Sie surren wie Glühwürmchen, umkreisen meine Hände und Arme, fliegen hinauf zu meinem Hals und streifen heiß meine Wangen.

Tief atme ich durch, mache mich bereit, doch zuvor blicke ich ein letztes Mal in das Gesicht meiner Mutter. Sie lächelt jetzt zufrieden, ihre Augen treffen direkt auf meine. In meinen Ohren piepst es so laut, dass ich das Gefühl habe, mein Trommelfell müsste zerplatzen.

Sie öffnet den Mund und ich halte inne, höre zu, will verstehen, was sie mir zu sagen hat. Will noch einmal ihre Stimme in mir widerhallen hören.

Aber dann löst sie sich in schallenden Rauch auf, ich blinzele und im nächsten Moment ist sie weg.

»Nein!«, stoße ich verzweifelt aus und mache einen Satz auf sie zu.

Im gleichen Atemzug realisiere ich, dass ich einen Fehler begangen habe. Denn ich trete genau auf den Maskenmann mit dem Messer zu.

Meine Augen weiten sich schockiert, als ich begreife, dass ich geradewegs in die Klinge des Idioten gelaufen bin.

Zwei Sekunden später explodiert alles umfassender Schmerz in jeder Zelle meines Körpers. Ich stoße einen Schmerzensschrei aus, der wie eine Welle durch den ganzen Platz fegt und die Angreifer zu Boden befördert. Wind streicht mir durchs Haar und bringt es durcheinander, die Funken um mich herum flackern und erlöschen.

Taumelnd sinke ich auf die Knie, die Hände panisch auf die blutende Wunde gepresst. Immer mehr warme, klebrige Flüssigkeit rinnt zwischen meinen Fingern hindurch.

Ich muss aufstehen und fliehen, solange die Männer ausgeknockt sind, das ist meine einzige Chance. Aber ich schaffe es nicht einmal, meine Sicht zu klären. Vor meinen Augen flimmert und flackert noch alles wie in einem schlechten Horror-Film.

Bitte, bitte, bitte, flehe ich zu mir selbst. *Steh auf. Renn weg. Tu irgendetwas!*

Wankend komme ich auf die Füße, blinzele hektisch. Eine dunkle Gestalt taucht zwischen den namenlosen Gräbern auf. Sie hält eine Pistole in der Hand, richtet sie aber nicht auf mich.

Stattdessen bleibt der Fremde vor dem Typ mit dem Messer stehen, der sich gerade aufrappeln will. Dieser stößt jetzt ein panisches Japsen aus, als ihm der Lauf der Knarre gegen die Schläfe gedrückt wird.

»Bleib besser liegen, Kumpel«, sagt der Mann mit der Waffe.

Mir bleibt jedes Wort und jeder Schrei im Hals stecken.

Gottverdammt.

Das ist kein Fremder. Das ist mein Vater.

KAPITEL 39

Ich komme nicht mehr mit, als plötzlich die Stimme meines Vaters erklingt. Es hilft mir auch nicht, dass ich wieder klarer sehen kann und ihn tatsächlich erkenne.

Nach gut vierundzwanzig Stunden des Bangens und Hoffens steht er endlich vor mir. Hier, am anonymen Grab meiner Mutter, eine Knarre in der Hand.

Ich beiße mir so fest auf die Zunge, bis ich Blut schmecke. Schritte erklingen hinter mir, ich drehe den Kopf und blicke in ein leuchtend blaues Augenpaar. Dan.

»Bist du verletzt, Liv?«, fragt er. Beiläufig tritt er einem der Männer, der sich stöhnend vom Boden erheben will, gegen die Schläfe. Mein Kopf schießt zurück zu meinem Vater.

»Was ist hier los?«, stelle ich die viel sinnvollere Frage.

»Kümmert euch um die Jäger«, sagt mein Vater, ein weiterer Mann taucht – für meinen benebelten Geist wie aus dem Nichts – auf und nimmt die Pistole meines Vaters entgegen. Es ist Jax.

»Geht klar, Boss.«

Gott, das kann nur ein dummer, viel zu realer Traum sein.

»Hey, Livi.« Papa kniet jetzt unmittelbar vor mir, umfasst mein Gesicht und sieht mir in die Augen. Sein Blick so ernst, wie ich ihn noch nie gesehen habe. »Es wird alles gut. Ich bringe dich in Sicherheit.«

»Ich b-blute«, stottere ich und drücke die Hände fester auf die Wunde.

Ein Knurren ertönt hinter mir, dann das Geräusch von Fußsohlen, die über Erde schaben. Fauchen, Gerangel.

»Hör auf!«, befiehlt Dan.

»Sie ist verletzt!«, erklingt eine andere Stimme, die mir einen heißkalten Schauer über den Rücken fahren lässt.

Aaron.

Ich will mich herumdrehen und gleichzeitig nicht. Er soll mich nicht so sehen. Hilflos, blutend, am Boden. Verwirrt und verstört.

Offenbar gewinnt Aaron den Kampf mit Dan, denn kurz darauf kniet er sich an meine Seite.

»Ace«, sagt mein Vater warnend. Seine Stimme klingt eiskalt, aber Aaron reagiert nicht auf ihn.

»Ich hab' dich, Rotkäppchen.« Sein heißer Atem streift meinen Hals und ich schließe ergeben die Augen. Ich zittere am ganzen Körper, als er die Arme unter meine Schultern und meine Kniekehlen legt und mich leichthin hochhebt.

»Ich nehme sie«, sagt Papa. »Kümmere du dich um die Jäger.«

»Nein.« Aarons Antwort ist kaum mehr als ein Grollen. Mit immer noch geschlossenen Augen lege ich die Wange an seine warme Brust, höre seinen schnellen, kräftigen Herzschlag. Der Geruch nach frischem Gras und feuchter Erde fühlt sich an wie eine Liebkosung meiner Sinne.

»Aaron.« Papas Stimme klingt warnend, aber Aaron reagiert auch nicht drauf. Er läuft stoisch weiter.

Noch nie in meinem Leben habe ich mich so sicher gefühlt wie in diesem Moment. Wie ironisch, wo ich doch mit einer blutenden Schnittwunde von einem Mann getragen werde, der mir mehr als einmal gezeigt hat, wie gefährlich er ist.

Und dennoch kann ich nichts gegen das warme, prickelnde Gefühl in meinem Inneren machen, das mich mit aller Heftigkeit umspült.

Aaron bringt mich in sein Haus. Als er mich vorsichtig auf der Couch absetzt, öffne ich zum ersten Mal wieder die Augen. Sein Gesicht zeichnet unterdrückte Wut und Schmerz, in seinen blauen Iriden sprühen Funken.

»Bleib bitte hier«, flüstert er mir zu.

Ich will ihm eine ironische Bemerkung darüber an den Kopf werfen, dass ich kaum eine andere Wahl habe, aber sie bleibt mir im Hals stecken, als er mit zwei Fingern sacht über meine Wange streichelt. Stattdessen sehe ich ihm nur nach, als er aus dem Raum verschwindet.

Dreißig Sekunden später kniet er wieder vor mir, einen Verbandskasten auf dem Sofa neben mir ausgebreitet. Er benutzt eine Schere, um das blutdurchtränkte Kleid aufzuschneiden.

»Das war bestimmt teuer«, bemerke ich. Aaron hebt den Kopf und wirft mir einen ironischen Blick zu. Ich bin dankbar für diese so typische Geste.

»Dan kann es sich leisten.« Sacht nimmt er meine Hände und will sie von meiner Wunde entfernen. Kälte wallt in mir auf, schäumt auf wie eine Meeresbrise, und ich halte dagegen.

»Lass mich dich verarzten, Olivia«, bittet Aaron mit erstickter Stimme. In seinem Blick steht ein unübersehbares Flehen. »Bitte.«

Etwas in meinem Inneren schmilzt und ich löse den Widerstand, lasse zu, dass er meine Hände zurückschiebt und das Kleid endgültig entfernt. Ich wage es nicht, auf die Wunde zu blicken, spüre noch das Messer, das oberhalb meines Hüftknochens eingedrungen ist. Der Schmerz, das widerliche Geräusch ...

Ich zucke zurück, als kaltes Desinfektionsmittel die Stelle trifft, beiße mir fest auf die Lippe.

Das Blut zwischen meinen Fingern ist halb getrocknet und fühlt sich dennoch glitschig auf meiner Haut an.

Aaron stößt ein überraschtes Lachen aus. »Sieh hin, Rotkäppchen.«

Stoisch schüttele ich den Kopf, schlucke angestrengt gegen die Übelkeit, die in meiner Kehle prickelt.

Seine Stimme bekommt einen neckenden Unterton. »Sei kein Feigling. Sieh hin.«

Die Herausforderung kämpft gegen die Panik in mir – und gewinnt. Widerwillig senke ich den Blick, erwarte, eine offene Wunde, aber stattdessen ... nichts. Nur glatte, makellose Haut, umrahmt von Blut.

»Was ... wie ...« Ratlos sehe ich in sein Gesicht. Neben dem aufgesetzten Grinsen erkenne ich echte Erleichterung in seinen Zügen.

»Banshee-Heilkräfte, würde ich sagen.«

Befreiung fließt heiß durch mich und ich lehne mich zurück. »Gott sei Dank.«

Ein Lächeln zupft an Aarons Mundwinkel, aber er senkt den Kopf wieder und nimmt ein weiteres Tuch, um das Blut von meiner Hüfte und dem Bauch zu waschen. Schließlich säubert er auch meine Hände. Ich sehe ihn die ganze Zeit dabei an, sehe auf die dunklen Wimpern und die konzentrierte kleine Falte zwischen seinen Augenbrauen.

Keiner von uns sagt ein Wort, die Minuten verstreichen, bis das Klingeln an der Tür uns auseinanderreißt.

Aaron seufzt tief und grollend. Er erhebt sich, zieht sich den schwarzen Hoodie über den Kopf und reicht ihn mir. »Hier.«

Verwirrt richte ich mich halb auf, nehme das Kleidungsstück entgegen und sehe ihm nach, als er zur Tür geht. Einen Moment zögere ich, dann streife ich den warmen Stoff über und wage es, mich wieder auf die Füße zu stellen. Meine Knie zittern noch, aber da ist kein Schmerz mehr in meinen Eingeweiden. Nur Schock und Kälte.

»Wo ist sie?«, höre ich die aufgebrachte Stimme meines Vaters. Mein Magen zieht sich warm zusammen und ich komme ihm entgegen. Kurz vor der Schwelle zum Wohnzimmer treffen wir aufeinander.

»Livi.« Papa packt meine Schultern, will mich offenbar in eine Umarmung ziehen, aber hält inne und mustert mich von oben bis unten. »Geht es dir gut? Bist du verletzt? Du hättest sie gleich ins Krankenhaus bringen sollen!« Der letzte Teil ist schroff an Aaron gerichtet, der hinter meinem Vater auftaucht. Auch Jax und Dan stehen bei ihm, beide sagen jedoch kein Wort.

»Sie hat sich selbst geheilt«, erklärt Aaron.

Papa zieht misstrauisch die Augenbrauen zusammen. »Das muss ich mir mit eigenen Augen anschauen.« Er dirigiert mich sanft zurück zur Couch, auf der ich eben saß. Mit einem Augenrollen hebe ich den Hoodie ein Stück und zeige ihm die Stelle, an der die Wunde vor einer guten halben Stunde geklafft hat.

»Jetzt schuldest du mir aber auch einige Erklärungen«, verlange ich.

Mein Vater seufzt erleichtert und schließt dann die Augen, während er sich die Schläfen massiert. »Das ist dein gutes Recht. Ich habe dir zu lange nicht die ganze Wahrheit gesagt.«

Kraftlos lässt er sich neben mich sinken. Jax und Dan treten ebenfalls ins Wohnzimmer ein und verteilen sich – mit genügend Abstand zu uns – auf den Sesseln, während Aaron zunächst den blutigen Lappen aufsammelt und gemeinsam mit dem Verbandskasten wegbringt.

Als er zurückkommt, setzt er sich auf die Lehne direkt neben mich und schlingt beschützend einen Arm um meine Mitte. Ein merkwürdiges warmes Gefühl durchströmt mich, hinterlässt nichts als Kribbeln und Feuer. Ich weiß nicht, wie ich darauf reagieren soll. Ich weiß nicht einmal, wieso Aaron mich auf diese Weise hält. Seit dem letzten Mal in den Tunneln steht so viel Ungesagtes zwischen uns.

Mein Vater öffnet die Augen, sein Blick gleitet kurz zu Aaron, fokussiert dann aber wieder mich.

»Mama ist tot«, spreche ich die erste unumstößliche Wahrheit aus.

Das einfache Nicken seinerseits lässt dennoch eine ganze Welt in mir zusammenbrechen. Tränen schießen in meine Augen, Aarons Griff um meine Taille wird fester.

»Du hast mich zwanzig Jahre lang in dem Glauben gelassen, dass sie abgehauen ist und unsere Familie im Stich gelassen hat, um durch die Welt zu reisen.«

»Ja«, sagt Papa leise. »Ich habe alle in dem Glauben gelassen.«

»Wieso?«, frage ich erstickt.

»Deine Mutter«, er presst kurz die Lippen aufeinander, sieht mich aber weiterhin an, »war die stärkste und schönste Frau, der ich jemals begegnet bin. Ich habe mich im ersten Augenblick in sie verliebt. Doch sie hat ein Geheimnis mit sich herumgetragen.«

»Sie war eine Banshee«, rate ich. Das Gesicht meiner Mutter taucht vor meinem inneren Auge auf, ihre Stimme klingt in meinen Ohren wider.

»Ja. Als sie es mir das erste Mal erzählt hat, habe ich ihr nicht geglaubt. Sie war etwas Besonderes, hatte den Kopf immerzu in den Wolken. Dass sie sich solche

Sachen ausdenkt, passte einfach zu ihr, das habe ich damals gedacht.«

»Aber es war nicht ausgedacht.« Meine Stimme ist jetzt ganz leise.

Papa schüttelt den Kopf. »Nein.«

Schweigen kehrt ein. Ich schließe die brennenden Lider und atme tief durch, bevor ich zur nächsten Frage ansetze. »Wie ist sie gestorben?«

Denn egal, was ich heute alles über meinen Vater erfahre, ich weiß zu hundert Prozent, dass er nicht der Mörder meiner Mutter ist.

»Sie ist gestorben wie Josie und Tonia«, erklärt Papa ruhig. »Durch die Hand der Hexenjäger. Sie haben sie ... sie haben sie verbrannt.«

Jetzt kann ich die Tränen nicht mehr zurückhalten. Aaron schlingt auch den zweiten Arm um meinen Oberkörper und hält mich fest. Vater schenkt ihm einen warnenden Blick, der mir nicht entgeht.

»Warum hast du es geheim gehalten?«

»Die Hexenjäger haben damals drei Hexen verbrannt. Deine Mutter und zwei ihrer besten Freundinnen. Einer der Jäger ist dabei ebenfalls ums Leben gekommen. Nach dem Tod deiner Mutter schwor ich Rache, aber ich war allein und machtlos. Das Einzige, was mir in dem Moment übrigblieb, war, ein Pakt mit den verbliebenen Jägern zu schließen. Alle Tode wurden verschleiert und die Jäger hörten auf, nach weiteren Hexen zu suchen. Sie wussten damals nicht, dass noch zwei weitere junge Mädchen zu den Hexen gehörten, sondern dachten, ihren Job getan zu habe. Also nahm ich den Deal an und brachte die Mädchen in Sicherheit, wo sie von den Jägern niemand finden konnte. Ich dachte, dass das im Interesse deiner Mutter stand. Außerdem hatte ich selbst ein kleines Mädchen zu versorgen und hätte es nicht übers Herz gebracht, dich in all das mit hineinzuziehen. Du solltest zumindest ein Elternteil haben.«

Mein Herz zerreißt förmlich durch den Schmerz. Was für eine Last. Wie konnte Papa nur nicht an alldem zerbrechen? Wie hat er es nur geschafft, weiterzumachen, mich großzuziehen und mir das beste Leben zu ermöglichen?

Ein hilfloses Schluchzen lässt meinen Körper erzittern. Wie konnte er nur lächelnd in der ersten Reihe stehen, als ich eingeschult wurde, mit der buntesten Schultüte in der Hand, während er den Verlust seiner Frau betrauerte? Ich verstehe einfach nicht, woher er diese Kraft genommen hat.

»Hätte ich gewusst, dass du ihr Erbe in dir trägst, hätte ich es dir früher erzählt«, fährt Papa fort, die Stimme gefasst, aber mit einem schmerzvollen Unterton. »Du hast nie irgendwelche Anzeichen gezeigt. Erst heute habe ich gesehen, dass deine Fähigkeiten sich anders als bei Talia entfalten.«

Ich strecke die Hände aus und er ergreift sie, umschließt meine Finger fest und streichelt über meine Handrücken. »Es tut mir leid, Livi.«

»Was ist danach passiert?«, hake ich erstickt nach. »Was hast du mit den Free Wolves zu tun?«

»Nachdem sich die Lage beruhigt hat, habe ich mir geschworen, den Hexenjägern Einhalt zu gebieten. Ich habe verstanden, dass es nicht nur in unserer Stadt Hexen und Jäger gibt, sondern überall. Also habe ich begonnen, Kontakte zu knüpfen, andere Übernatürliche ausfindig zu machen und ein Netzwerk aus Verbündeten zu knüpfen. Ich habe dir nie erzählt, dass deine Mutter aus einer wohlhabenden Familie kam und mir ein beachtliches Erbe hinterlassen hat. Das Geld nutze ich seither, um meine Teams zu unterstützen und sie angemessen zu bezahlen für ihre Arbeit. Ace, Jax und Dan sind eine Gruppe von vielen.«

Oh Gott, all das Geld stammt von meinem Vater? Uns hat es nie an etwas gemangelt, aber wir lebten nicht im Überfluss. Er hat nie neue Sachen gekauft, wenn man alte noch reparieren konnte, außerdem arbeitet er mit aller Leidenschaft in seiner Werkstatt.

Vermutlich hat er es absichtlich getan, um die Jäger nicht auf seine Fährte zu locken.

Ich winde mich aus Aarons Umklammerung und blicke ungläubig über die Schulter zu ihm, dann sehe ich zu Dan und Jax. »Mein Vater ist *Murphy*. Ihr arbeitet für ihn.«

»Wer hat dir denn davon erzählt?«, fragt Jax misstrauisch.

»Aaron«, antworte ich.

Jax schnaubt. »Super. Haben wir uns nicht darauf geeinigt, ihr genau das *nicht* zu erzählen?«

Aaron verengt die Augen. »Wir haben uns auch darauf geeinigt«, erwidert er knurrend, »dass keiner von uns sie anrührt. Erinnere mich daran, Jax, wer hat nochmal zuerst mit ihr geschlafen?«

»Oh großer Gott«, murmelt Papa.

»Ach und wer hat sie zuletzt …«, setzt Jax an, aber ich unterbreche ihn.

»Hört auf!« Mit beiden Händen fahre ich mir durch die Haare und atme tief durch. »Hört auf, verdammt.«

»Als Josie spurlos verschwunden ist, hatte ich Sorge, dass die Jäger zurück in der Stadt sind«, erklärt Papa ruhig, er wirft den Jungs aber noch einen scharfen Blick zu. »Deswegen habe ich die Free Wolves hierher beordert und sie auf die Sache angesetzt.«

Ein Schauer überkommt mich. »Woher wusstest du, dass Josie eine Hexe ist?«

»Für mich als Normalsterblichen ist es schwierig, Hexen zu erkennen«, gibt mein Vater zu. »Aber bei Josie wusste ich es, da auch ihre Mutter eine war. Hannelore Müller war einst eine Freundin deiner Mutter.«

Oh Gott. Ich reibe mir die Schläfe und nehme mir ein paar Atemzüge Zeit, um die ganzen Informationen irgendwie zu verdauen. Es gelingt mir nicht wirklich. Aaron streicht mir sanft die Haare über die Schulter und massiert mit einer Hand meinen Nacken. Seine Berührung fühlt sich an wie ein warmes, wärmendes Feuer gegen die Kälte in meinem Inneren.

»Ace«, sagt mein Vater schneidend. Sein Blick ist härter geworden, als ich ihn jemals zuvor erlebt habe. »Hältst du das gerade wirklich für angebracht? Geh und gesell dich zu deinen Freunden.«

Aarons Hand verharrt an Ort und Stelle. »Nein.«

Ich halte unwillkürlich den Atem an.

»Ihr hattet klare Anweisungen, was meine Tochter betrifft.«

Ich bin mir ziemlich sicher, dass keine davon darin bestand, mich zu entführen oder mir Todesangst einzujagen, also haben wohl alle dagegen verstoßen.

»Das ist mir egal«, erwidert Aaron gereizt.

»Ace«, sagt Dan warnend. »Mach es nicht schlimmer.«

»Nein«, wiederholt er erneut. Seine Hand verschwindet jedoch aus meinem Nacken und ich drehe mich vorsichtig zu ihm herum. Sein eisblauer Blick verhakt sich in meinem.

»Ich kann mich nicht von ihr fernhalten«, sagt er leise, ohne das Gesicht abzuwenden. »Ich kann und möchte nicht. Olivia ist meine Gefährtin.«

KAPITEL 40

Gefährtin, Gefährtin, Gefährtin, hallt es durchgängig in meinem Inneren wider.

Totenstille folgt auf sein Geständnis. Ich spüre, dass er gerade etwas Welterschütterndes gesagt hat. Zumindest erschüttert es *meine* Welt, auch wenn ich es nicht verstehe.

Schließlich ergreift mein Vater das Wort. »Wir haben darüber gesprochen, Aaron.« Ganz ruhig, aber mit einer unterschwelligen Drohung.

»Das war *davor.* Jetzt ist sie nicht mehr mit Ben zusammen.«

Wieder wird mein Innerstes erschüttert.

»Fuck«, entfährt es Jax.

Dan reibt sich über das Gesicht. »Warum hast du es uns nicht gesagt? Wir hätten niemals ...«

»Fuck«, wiederholt Jax, als Dan den Satz nur unbeendet stehen lässt.

Mir reicht es. Ich springe auf die Füße, umrunde die Couch und stapfe aus dem Wohnzimmer.

»Olivia, warte!« Aaron folgt mir, ich fahre herum und lasse die Dunkelheit wie eine Schutzmauer in mir aufwallen. Abrupt stolpert er zurück.

»Lass mich in Ruhe«, grolle ich. »Ihr redet ohnehin über meinen Kopf hinweg. Dann muss ich nicht dabei sein.«

»Livi, bitte«, sagt mein Vater, aber ich reagiere auch nicht darauf. Ich schnappe mir den erstbesten Schlüsselbund, der auf der Kommode liegt, und stürme endgültig nach draußen. Zum Glück habe ich meine eigenen Schlüssel erwischt. Offenbar sind Jax und Dan mit meinem Wagen von der Veranstaltung hierhergefahren.

Ich bin nur heilfroh, in das vertraute Auto zu steigen, das Lenkrad zu umschließen und loszufahren. Vor unserem Wohnkomplex werde ich kurzzeitig langsamer, aber ich bringe es nicht über mich, anzuhalten und auszusteigen. Stattdessen fahre ich weiter, überbrücke hunderte Kilometer, bis ich die Wohnung erreiche, die ich seit Monaten nicht mehr betreten habe. Einst war das mein eigenes, kleines Reich, unser Zuhause, meins und Bens.

Schwerfällig laufe ich die Stufen hinauf, während ich an meinem Schlüsselbund den passenden Haustürschlüssel heraussuche. Meine Finger zittern, als ich die Tür öffne und eine frische Brise mir entgegenweht.

Es riecht nach Meersalz und Vanille. Der Lufterfrischer, den ich vor einem halben Jahr angeschafft habe. So vertraut und gleichzeitig so fremd.

Meine Schultern sacken nach unten, ich streife durch die Räume, fahre mit den Fingerspitzen über die Regale und Kommoden, auf denen sich eine Staubschicht gebildet hat.

Ben ist nicht da, er ist nach wie vor verschwunden und ich habe noch nicht herausgefunden, was mit ihm passiert ist. Mein Herz zieht sich schuldbewusst zusammen, als ich am Wohnzimmerfenster stehen bleibe und hinaus in die Dunkelheit blicke. Ich habe es Annika versprochen und mich nicht bei ihr gemeldet.

Alles fällt auseinander. Wie oft wurde an nur einem Tag meine Welt ins Wanken gebracht? Der Tod meiner Mutter, das geheime Doppelleben meines Vaters. Aaron, Gefährtin ...

Ergeben schließe ich die Augen. Was für eine Ironie, dass ich ausgerechnet hierher zurückgekehrt bin. Hier hat das ganze Chaos angefangen. Hätte ich Ben nicht mit

Annika erwischt, wäre ich niemals zurück zu meinem Vater gezogen, wäre nicht auf Falk und auch nicht auf die Free Wolves gestoßen.

Aber ist das wirklich wahr? Aarons Aussage klingt noch in meinen Ohren wider.

Das war davor. Jetzt ist sie nicht mehr mit Ben zusammen.

Ich schlucke hart. *Was zur Hölle.*

Wir müssen darüber reden. Aber im Moment will ich mich nur irgendwo verkriechen und alles um mich herum vergessen.

Noch an diesem Abend schreibe ich meinem Vater eine Nachricht, in der ich mitteile, wo ich mich befinde und dass ich für ein paar Tage in meiner alten Wohnung bleibe. Er akzeptiert das, nachdem ich ihm versprochen habe, mich jeden Tag mindestens einmal zu melden.

Ich wechsele die Bettwäsche, bringe es aber schlussendlich nicht über mich, darin zu schlafen. Stattdessen verziehe ich mich auf die Couch, schmeiße den Fernseher an und vergrabe das Gesicht im Kissen.

Mein Handy klingelt unentwegt. Mal leuchtet Aarons Name, dann wieder Dans oder Jax' auf, aber ich will mit keinem reden.

Eine Woche lange verkrieche ich mich förmlich hier. Der Vollmond kommt und geht und auch wenn mein Innerstes sich nach meinem Wolf verzehrt, bleibe ich standhaft.

Zwar gehe ich raus, um den Kühlschrank zu füllen, und treffe mich mit Enisa und Laura, aber ich antworte weder auf die Nachricht der Wölfe, noch reagiere ich auf Aarons Anrufe. Einzig mit meinem Vater telefoniere ich regelmäßig, um ihn von meiner Sicherheit zu überzeugen.

Als es am Dienstag an meiner Tür klingelt, weiß ich, wer dahintersteht, bevor ich sie öffne. Mein wild klopfendes Herz und der plötzlich rasende Puls verraten es mir, als wüssten meine Instinkte mehr als ich.

Und sie behalten recht.

Aaron ist triefnass, als wäre er den ganzen Weg im strömenden Regen gerannt, der seit heute Morgen vom Himmel fällt. Sein Brustkorb hebt und senkt sich hektisch, seine blauen Augen glühen wölfisch.

»Du wirst mich reinlassen und wir werden miteinander reden«, verlangt er knurrend.

Etwas in meiner Brust flattert auf wie ein überdrehter Schmetterling. Tief atme ich durch und nicke.

»Okay.« Ich bewege mich nicht vom Fleck.

Aaron macht einen Schritt auf mich zu, senkt den Kopf und blickt direkt in mein Gesicht. Meine Finger zittern, weshalb ich die Faust balle. Noch ein Schritt seinerseits, bis uns nur eine Handbreite trennt. Und so viele ungesagte Worte.

Aber Aaron sagt keines davon, er schiebt eine Hand in meinen Nacken, zieht mich endgültig zu sich und küsst mich stürmisch, bis ich keine Luft mehr bekomme.

Atemlos lösen wir uns voneinander.

»Ist Ben da?«, fragt er grollend.

Verwirrt schüttele ich den Kopf. Endlich schaffe ich es, vor ihm zurückzuweichen und Platz zu machen, damit er eintreten kann.

»Willst du was trinken?«, frage ich, als er verloren in meinem Wohnzimmer steht und sich umsieht. Sein Blick ist lauernd, als würde er jeden Moment einen Angriff erwarten.

»Nein.«

»Setz dich.«

»Nein.«

Ich presse die Lippen zusammen, verschränke die Arme vor der Brust und bleibe ein paar Meter von ihm stehen. »Was bedeutet es, dass ich deine Gefährtin bin?«, frage ich ihn geradeheraus. Ich kann keine weitere Minute mehr damit verschwenden, mir dieses Wort ins Gedächtnis zu rufen und mir auszumalen, was es bedeuten *könnte*. Ich muss es wissen. Aus seinem Mund hören.

»Jeder Werwolf hat seinen Seelengefährten«, erklärt Aaron schlicht. Er schiebt die Hände in die Hosentaschen und neigt den Kopf. »Seine einzige Liebe, sein Für-Immer-Jemand. Im besten Fall seine Frau, mit der er weiteren Nachwuchs in die Welt setzen kann.«

Ich schlucke angestrengt. »Seit wann weißt du es? Seit du mich im Schwimmbad beinahe ertränkt hast?«

Er geht nicht auf meine spitze Bemerkung ein, sondern antwortet ganz ruhig: »Seit fünf Jahren.«

Fassungslos öffne ich den Mund, kriege jedoch keinen Ton heraus. »Das ist nicht wahr«, bringe ich schließlich gepresst hervor. »Wir kannten uns damals nicht.«

»Nein. Aber ich habe dich gesehen. Ich war nach einem Auftrag mit Jax und Dan in ihrer Heimatstadt und etwas hat mich wie verrückt zu dir gezogen. Ich bin dem Instinkt gefolgt und dort standst du: im Gang deiner Schule mit deinen zwei Freundinnen. Du hast gelacht und dich dann zu mir herumgedreht. Du hast geblinzelt, die Stirn gerunzelt und mir einen zweiten Blick geschenkt. Dem komischen Typen mit der alten Lederjacke und dem missmutigen Gesicht, der ganz eindeutig nicht in eure Schule gehört hat. Seit diesem Moment wusste ich es. Du bist meine Gefährtin. Ich wollte dich um jeden Preis kennenlernen, aber einen Tag später wurde ich von der Polizei verhaftet und in Untersuchungshaft gebracht. Wie du weißt, war ich drei Jahre lang im Gefängnis.«

Tränen brennen in meinen Augen. Gott, ich erinnere mich an diesen Moment. An diesen Jungen mit dem zerbrochenen Blick. Jetzt sieht Aaron nicht mehr aus wie der schmächtige Kerl mit den zerwühlten Haaren und dem Weltschmerz, der ihm so offen in den blauen Augen stand. Aus dem kaputten Jungen wurde ein Mann, der gelernt hat, seine Dämonen zu seinen besten Freunden zu machen.

Aaron leckt sich über die Unterlippe, bevor er weiterspricht. »Drei Jahre lang hatte ich nur dich im Kopf. Deine grünen Augen haben sich in meinen Geist gebrannt. Die ersten Tage waren die schlimmsten. Die Minuten sind wie in Zeitlupe vergangen, mein Körper hat sich nach dir verzehrt, aber besonders schlimm war es an Vollmond. Ein Jahr ist verstrichen, das zweite brach an und ich wollte nur noch raus. Zu dir. Ich habe mir die Chance auf Freigang selbst versaut, weil ich immer wieder in Schlägereien geraten bin, ich konnte mein Temperament nicht zügeln und die anderen Insassen haben es mir nicht leicht gemacht. An manchen Tagen hat es sich angefühlt, als würde ich an der Sehnsucht ersticken. Im dritten Jahr wurde es besser. Ich hatte endlich Hoffnung, ein Entlassungsdatum, eine reelle Chance, dich zu sehen. Und dann war es soweit. Es war der 26. Juli, ein verdammt heißer Tag. Noch mit meiner Reisetasche auf den Schultern bin ich durchs halbe Land gefahren und stand schließlich vor deinem Haus.«

Mein Herz pocht so schmerzhaft, dass es einem Wunder gleicht, dass ich noch aufrecht stehen kann. »Das war der Tag, an dem ich mit Ben zusammengezogen bin«, sage ich tonlos.

Aaron nickt langsam. Der harte Stahl in seinen Augen bricht und ich erkenne, wie sehr er leidet. Immer noch, seit damals. »Ich stand auf der anderen Straßenseite und habe zugesehen, wie du den letzten Karton in den Umzugswagen gehievt hast. Lachend hast du die Hände in die Luft gestreckt und gejubelt, bevor du Ben in die Arme gefallen bist und ihn geküsst hast. Am liebsten hätte ich ihn auf der Stelle umgebracht. Aber du sahst *so* glücklich aus.«

Die Tränen rinnen jetzt ungehindert über meine Wangen. »Aaron ...«, sage ich erstickt. Wenn ich gewusst hätte, dass er dort stand, uns beobachtete ... Er war damals ein Fremder für mich. Aber, *Gott*, ich wünschte, es wäre alles anders gelaufen.

»Deinem Vater ist mein Auftauchen nicht entgangen. Er hat gleich gesehen, was in mir vorgeht. Nachdem du weg warst, hat er mich zur Seite gezogen und erklärt, dass du Hals über Kopf in Ben verliebt bist und mit ihm in eine andere Stadt ziehst, um zu studieren. Michael hat mich schließlich, trotz meiner Zeit im Gefängnis, in sein Team aufgenommen. Er hat Jax, Danny und mich zu einem Auftrag ans andere Ende des Landes geschickt. Weit weg von dir.«

Ich wische mir die Tränen von den Wangen. »Du hast mich nie angesprochen. Du hast nie etwas gesagt. Ich kannte dich nicht. Ich war drei Jahre lang mit Ben zusammen, während du ...« Ich kann diesen Satz nicht einmal zu Ende sprechen, meine Stimme bricht.

Aaron überbrückt die Distanz, legt beide Hände auf meine tränennassen Wangen und sieht mir eindringlich in die Augen. »In dem Moment, als du mit dem

Umzugswagen und Ben davongefahren bist, habe ich begriffen, dass ich niemals der Hauptcharakter deiner Geschichte sein werde. Ein unkontrollierbarer Wolf, ein verurteilter Straftäter. Niemals deine einzige Liebe, niemals dein Für-Immer-Jemand, niemals dein Mann, mit dem du Kinder bekommen willst.«

Ich senke den Kopf und ersticke beinahe an den Tränen. Fest schlinge ich die Arme um seinen Hals und vergrabe das Gesicht an seiner Schulter.

»Das ist nicht wahr«, sage ich. Immer und immer wieder. Sein Griff wird fester.

Es braucht ein paar Minuten, um mich zu beruhigen. Schluchzend hebe ich den Kopf. »Deine Freunde wussten nichts davon«, stelle ich fest. »Warum hast du es ihnen nicht gesagt? Wieso hast du zugelassen ...«

Ich bringe den Satz wieder nicht zu Ende.

»Hätte ich dich einsperren sollen, bis du dich in mich verliebst?«, fragt er mit einem ironischen Unterton. »Du weißt, dass es nicht funktioniert hätte. Du musstest dich entscheiden. Es ist immer deine Entscheidung, Olivia. Und verdammt, du hast es spannend gemacht, hm? Ich wusste wirklich nicht, ob du Jax, Dan oder mich am liebsten magst.«

Erstickt lache ich auf.

Er legt eine Hand in meinen Nacken und drückt mich zurück an seine Brust. »Aber der Moment, als ich angeschossen wurde und du bei mir geblieben bist, hat etwas in mir verändert. Ich will dich, Rotkäppchen. Und ich will, dass du dich für mich entscheidest.«

Ich schließe die Augen und lausche seinem kräftigen Herzschlag an meinem Ohr. Eine ganze Weile stehen wir nur so da, bis ich den Kopf wieder hebe, mich auf die Zehenspitzen stelle und ihn sacht küsse.

KAPITEL 41

Aaron küsst mich zurück. Besitzergreifend gleitet seine Zunge in meinen Mund und nimmt ihn in Beschlag, wie kein anderer vor ihm es getan hat.

»Jetzt, wo ich dich Stück für Stück besser kennenlerne«, raunt er mir zu, »merke ich erst, wie perfekt du zu mir passt.«

»Du kannst dich glücklich schätzen«, japse ich scherzhaft zurück. »Deine Gefährtin ist immerhin eine verdammte Banshee.«

Er lacht befreit auf und irgendwann landen wir auf der Couch, ich auf seinem Schoß, er die Hände besitzergreifend um meinen Körper geschlungen. Aaron legt die Stirn an meine und atmet aus. »Wir müssen die Hexenjäger aufhalten.«

Ich küsse seine stoppelige Wange und lecke seinen Kiefer entlang. Genießerisch neigt er den Kopf in den Nacken. »Das müssen wir«, hauche ich. »Ist Falk ihr Anführer?«

»Mittlerweile glaube ich das, auch wenn ich zu Anfang nicht davon überzeugt war.« Er packt meine Hüften und dirigiert sie gegen seine. So viel Stoff liegt noch zwischen uns, aber ich spüre seine Hitze bereits. Und seinen Schwanz. »Sein Großvater war ebenfalls ein Hexenjäger.«

Ich halte inne. »Hat er meine Mutter ...«

Ich muss den Satz nicht zu Ende sprechen, Aaron weiß, was ich meine. »Ja«, sagt er abgehackt.

Ich schlucke, schließe für einen Moment die Augen und bringe die Wut wieder unter Kontrolle. Und mit ihr die tosende Dunkelheit.

»Hmh«, schnurrt Aaron, die Lippen an meiner Kehle. »Ich spüre das Erzittern deiner Macht. Das macht dich wütend, kleine Banshee, habe ich recht?«

Ich neige den Kopf und verschränke die Hände in seinem Nacken. »Ich will ihn umbringen. Das bin ich all meinen Vorfahren schuldig, die an diesem Galgen verbrannt wurden.«

Aaron vergräbt die Finger fester in meinen Hüften. »Ja. Und ich habe schon einen Plan, wie wir sie alle rächen können.«

Er beugt sich vor und leckt verführerisch über meine Unterlippe. »Wir konnten weder Josie noch Tonia vor seinem Gefolge beschützen, aber zumindest geht unser Plan auf.«

Ich lasse die Lippen über seine Wangen, den Puls und den Hals herunter gleiten. »Euer Plan hat nicht zufällig etwas mit dem vielen Blut zu tun, das ihr von Falk für eure Dienste erhaltet?«

»Genau das.« Er grinst schief. »Sein Blut zu trinken regt nicht nur unsere Instinkte an. Es hat auch einen anderen Zweck.«

Die Arme immer noch um seinen Hals geschlungen lehne ich mich zurück und blinzele ihn an.

»Dein Vater will dich von all dem fernhalten.« Aaron schiebt die Hände unter mein Top und streichelt mit den Fingerspitzen über meine nackte Haut. Seine Berührungen schießen elektrisierend durch meinen Blutkreislauf und lassen mich ganz feucht werden. Ich strecke den Rücken durch, als er über meinen Rippenbogen streicht.

»Und was denkst du?«, frage ich atemlos.

Er beugt sich ein Stück vor, um an meiner Unterlippe zu knabbern. Eine Weile sind wir nur damit beschäftigt, uns zu küssen. Aaron zieht mir das Top endgültig aus, sodass nur noch meine braunen Haare in Wellen über meine nackten Brüste fließen. Er streicht sie über meine Schultern zurück und ich lege den Kopf in den Nacken.

»Ich glaube«, raunt er, »dass du unsere einzige Hoffnung bist, um diesen Krieg zu gewinnen.«

Seine Zunge fährt die Konturen meiner Brüste nach, bevor er verführerisch die harten Nippel umspielt. Ich stöhne leise, als er die rechte Brustwarze einsaugt.

»Dann lass uns diesen Krieg gemeinsam führen«, murmele ich.

Aaron sieht zu mir auf. Er muss die Kampfeslust in meinen Augen gesehen haben, denn er lächelt daraufhin stolz.

»Ja. Lass es uns beenden, Rotkäppchen.«

Ich steige von seinem Schoß, um ihm die Hose aufzuknöpfen. Hoffentlich grazil lasse ich mich auf die Knie sinken und umfasse seinen harten Schaft. Ungezügelte Lust spiegelt sich in seinen Augen wider.

»Gott, Olivia.«, stöhnt er.

Fest sehe ich ihm in die Augen, als ich mich vorbeuge und über seine Härte lecke, die feinen Adern mit der Zunge nachfahre und ihn das erste Mal richtig schmecke. Genießerisch rolle ich mit den Augen, lecke den Vorsaft von seiner Spitze, bevor ich ihn ganz in den Mund nehme.

»Fuck!«, flucht Aaron laut. Seine Finger verflechten sich in meine Haare und ich liebe es, dass er die Kontrolle übernimmt. Er hält meinen Kopf fest, ich spüre das angenehme Ziehen auf meiner Kopfhaut, als er mich vor und zurück dirigiert. Er fickt meinen Mund mit aller Hingabe und ich folge seinem vorgegebenen Rhythmus.

»Scheiße, Liv, komm her«, keucht er schließlich. Ich weiß, was er braucht, und ich will es genauso sehr. Ich entlasse ihn aus meinem Mund und stehe auf, um mir die Hose samt Unterwäsche herunterzuziehen.

Lustverhangen sieht er mir dabei zu, lässt den Blick einmal mehr über meinen nackten Körper wandern. Ich setze mich zurück auf seinen Schoß, die Hände auf seinen Schultern abgestützt und lasse ihn langsam, Stück für Stück, in mich gleiten.

»Ich habe einen Plan«, raunt Ace, als ich ganz auf ihm sitze. Ich genieße, wie er mich ausfüllt, wie sein Schwanz genau die richtigen Stellen stimuliert, als ich mich auf und ab bewege. Er packt meine Hüften, beinahe schmerzhaft graben sich seine Finger in mein Fleisch.

Keuchend lege ich die Stirn an seine. »Ich höre?«

Er grinst verrucht und fickt mich mit zwei tiefen Stößen, die mich hilflos zum Stöhnen bringen. »Bist du sicher, Rotkäppchen? Ich glaube, der große böse Wolf bringt dich gerade um den Verstand.«

»Bild dir ja nichts ein«, japse ich, obwohl er verdammt nochmal recht hat. Ich verliere meinen Kopf, verliere mich in ihm, in seinen groben Stößen, dem atemberaubenden Gefühl der Reibung, seinen Händen auf meiner Haut.

»Ahh, fuck!«, stöhne ich abgehackt, als er erneut zustößt und ich nur noch Sterne sehe.

»Pass auf, kleine Banshee«, flüstert er mir zu.

Meine Nägel schaben über seinen Nacken und seinen Rücken, während ich die Wirbelsäule beuge und ein elektrisierendes Prickeln meine Mitte durchfährt. Er fühlt sich *so* gut in mir an.

Unsere Lippen treffen erneut aufeinander und ich lasse die Zunge in seinen Mund gleiten, schmecke ihn, während er mich weiter langsam fickt.

»Ich bin ganz Ohr«, sage ich, abgehackt keuchend.

Aaron lehnt sich zurück, die Hände noch an meinen Hüften. Tief stößt er in mich, meine Augen rollen ekstatisch nach hinten und die Kratzspuren auf seinem Rücken werden tiefer. Scheint ihn nicht im Geringsten zu stören.

Ich erzittere in seinen Armen, verkrampfe mich und lasse los, als der erste Orgasmus meinen Blutkreislauf durchfährt und meinen Kopf völlig leerfegt.

Ace flüstert mir seinen Plan währenddessen zu.

Zum Glück erzählt er ihn mir nochmal, als ich das Post-Orgasmus-Hoch verlassen habe.

So oder so – ich bin bereit, alles zu tun.

Alles zu geben.

Für ihn.

Für mich.

Für die Free Wolves, für Josie und Tonia und alle lebenden Hexen, die ich ab sofort beschützen muss.

KAPITEL 42

Eine Woche ist nach dem Gespräch mit Aaron vergangen, als ich zurück nach Hause kehre. Ich fühle mich bereit, den restlichen Free Wolves entgegenzutreten, fühle mich bereit, ein klärendes Gespräch mit meinem Vater zu führen, ich bin für alles gewappnet – bis auf eine Konfrontation mit Daria.

Als sie mit Unschuldsmiene vor mir im Treppenhaus steht, spüre ich all die Kälte und Dunkelheit in meinen Venen pulsieren. Doch zu meiner Überraschung bricht Daria in Tränen aus. Zwischen etlichen »Es tut mir leid« sagt sie immer wieder: »Ich dachte, ich würde das Richtige tun.«

Und so führe ich ein letztes Gespräch mit der Person, die ich für meine Freundin gehalten habe. Wir ziehen uns in ihre Wohnung zurück und reden stundenlang über alles, was wir uns vorher nicht sagen konnten.

Womöglich ist es das Dümmste, das ich tun kann, aber ich vertraue ihr einmal mehr. Ich erzähle ihr einen Teil des Plans, den Aaron und ich gefasst haben, und spanne sie kurzerhand mit ein.

Als es dann endlich so weit ist und ich allein vor meinem Vater stehe, bin ich diejenige, die losheult.

»Oh, Livi«, murmelt er und zieht mich in eine feste Umarmung.

»Warum hast du es mir nie erzählt?«, will ich schluchzend wissen.

»Ich dachte, es ist das Beste für dich«, antwortet er heiser. Seinem Gesicht sehe ich die letzten Tage deutlich an. Die Sorgenfalten sind tiefer geworden.

»Aber er gehört doch zu mir«, erwidere ich.

Papa drückt mich etwas fester. »Du bist in Gefahr.«

Das weiß ich. Immerhin bin ich zurückgekommen, um mich genau dieser Gefahr zu stellen.

Papa seufzt, als ich ihn nur ansehe, und sein Blick wird weicher. »Komm, setzen wir uns. Ich will dir etwas über den Ring deiner Mutter erzählen.«

Aufregung kribbelt durch meine Wirbelsäule, ich laufe ins Badezimmer, wo ich in einer Schatulle den Ring aufbewahre. Das letzte Mal hat er mir fast die Haut verätzt. Aber damals wusste ich noch nicht so viel wie heute.

Ich lege ihn in die Mitte des Esstisches, wo mein Vater auf mich wartet. Sacht streicht er mit den Fingern über das Gold.

»Ich hätte ihn dir früher gegeben, hätte ich irgendwelche Anzeichen wahrgenommen, dass du das Erbe deiner Mutter in dir trägst«, beginnt er, immer noch mit einem wehmütigen Ausdruck.

»Warum hast du es jetzt getan?«

»Die Wölfe haben mich informiert, dass du eine Hexe sein könntest. Ich habe es für Unsinn gehalten, immerhin hätte ich doch etwas merken müssen. Schlussendlich war es eine sentimentale Geste. Es hat sich gut angefühlt, dass du etwas von deiner Mutter bei dir trägst.«

Mein Herz wird schwer bei diesem Gedanken. Das fühlt sich für mich ebenfalls gut an.

Papa räuspert sich. »Der Diamant ist mit dem Blut einer mächtigen Banshee geschmiedet. Er verstärkte die Fähigkeiten deiner Mutter und öffnet das Totenreich für sie. Sie konnte mithilfe des Rings mit toten Hexen kommunizieren.«

Ein Schauer überkommt mich. »Ich habe sie gesehen«, murmele ich. »An ihrem Grab, als ich in Gefahr war.«

»Du bist genauso stark wie sie«, sagt Papa flüsternd.

In seinen Augen leuchtet Schmerz und Stolz gleichermaßen. »Aber auf andere Weise. Talia hat den Tod gerochen wie ein Bluthund. Bei Menschen und Hexen. Du hingegen ...«

»Ich *spüre* die Toten«, vervollständige ich seinen Satz. Ich habe nicht gewusst, dass Tonia dem Tode geweiht war, doch ich habe ihre Leiche gefunden.

»Das ist eine nützliche Gabe«, erklärt mein Vater. »Hexenseelen sind unsterblich.«

»So etwas Ähnliches hat Dan schon mal gesagt«, fällt es mir ein.

Papa nickt. »Wenn ihre menschlichen Hüllen sterben, bleiben die Seelen gefangen. Sie können sich zu echten Plagegeistern entwickeln. Deshalb ist es wichtig, ihnen den nötigen Frieden zu geben.«

»Das haben die Wölfe bei Josie und Tonia gemacht, habe ich recht?«

»Ganz genau. Es mag makaber klingen, aber jeder Tropfen Blut muss ihren Körper verlassen. Zur Erde kommt, was aus Erde geschaffen wurde.«

»Und dann?«, frage ich leise. »Was passiert mit ihren Seelen? Ich habe Mama und die anderen Hexen am Galgen gesehen. Sie sind noch da.«

»Ja, weil du eine Verbindung zum Totenreich hast. Was tatsächlich mit ihren Seelen geschieht, wo sie hingehen, was sie spüren ... das ist ein ewiges Geheimnis, das keine tote Hexe verrät.«

Eine Gänsehaut überkommt mich, genauso wie Neugier. Aber ich verstehe. Niemand von uns weiß, was ihn nach dem Tod erwartet, und vielleicht ist das nur fair.

Ich beiße mir auf die Unterlippe. »Hat Mama ihre Ruhe gefunden?«

»Ja, natürlich. Sie hat mir alles beigebracht, was ich darüber weiß, und ich vermittelte das Wissen weiter.«

Jetzt umfasse ich den Ring und spüre ihn warm in der Handfläche. »Ich bin froh, dass wir offen reden können. Es gibt noch viel für mich zu lernen.«

Papa greift nach meinen Händen. »Ich ebenfalls, Livi.«

Später am Abend stehe ich vor meinem Spiegel und betrachte den Ring, der an meinem Hals baumelt. Nachdenklich streichele ich über den Diamanten. Ich fädele ihn aus der Eisenkette und lese die Inschrift.

»Im Tod sind wir eins«, flüstere ich, spüre das verräterische Kribbeln.

Zitternd hebe ich die linke Hand und stecke mir den Ring an. Kurz schließe ich die Augen und atme tief durch.

Ein und aus.

Als ich die Lider wieder öffne, sehe ich mich selbst im Spiegel. Und hinter mir befinden sich all jene Hexen, die auf dem Scheiterhaufen verbrannt wurden.

Ich habe keine Angst, aber ein beinahe ohnmächtiges Gefühl des Respekts überkommt mich.

Im Tod sind wir eins.

»Bringen wir die Hexenjäger zur Strecke«, flüstere ich ehrfürchtig.

KAPITEL 43

Zwei Wochen vergehen relativ ereignislos. Keine mörderischen Jäger, keine verschwundenen Hexen. Die Werkstatt verabschiedet sich eine Woche vor Heiligabend traditionell in den zweiwöchigen Urlaub und ich verbringe das Wochenende in Aarons Haus.

Immer noch fällt es mir schwer, zu glauben, dass tatsächlich mein Vater diesen ganzen Luxus bezahlt.

»Ihr seid viel zu überbezahlt«, meine ich ironisch, als ich mit den Fingern – wieder mal – andächtig über die teuren Möbel fahre.

»Sag das nicht zu laut«, droht Dan, der gerade am Küchentisch sitzt, eine Schüssel vor sich.

Nachdenklich ziehe ich mir einen Stuhl heran, stütze das Kinn auf die Hand und betrachte Dan. »Gibst du mir einen Löffel ab?«

Er betrachtet mich misstrauisch, füllt jedoch einen Löffel mit Haferbrei und Erdbeeren und hält ihn mir ihn. Himmlisch. Er macht einfach die beste Overnight Oats.

»Seid ihr jetzt ein Paar?«, fragt er mich unvermittelt. Ich blinzele zu ihm auf.

»Frag Aaron.«

Dan rollt mit den Augen. »Ace sagt: Frag Livi.«

Schmunzelnd senke ich den Kopf und streiche mir die Haare hinters Ohr. »Veranstalten wir heute eine Pyjamaparty oder habt ihr noch vor zu verschwinden?«, weiche ich sehr subtil aus.

»Keine Sorge, ihr könnt auch in unserer Anwesenheit vögeln.« Jax kommt in die Küche, schlingt einen Arm von hinten um mich und drückt mir einen Kuss auf die Wange. »Wäre nicht das erste Mal.«

»Willst du, dass Ace dich umbringt?«, fragt Dan und deutet mit seinem Löffel anklagend auf Jax.

»Was, dürfen wir sie jetzt nicht mehr berühren?« Demonstrativ leckt Jax über meinen Hals, ich zische auf und schlage ihn weg. Lachend lässt Jax sich auf den Stuhl neben mich fallen. »Darf ich in Zukunft Mädchen auch als mein Eigentum markieren, wenn ich behaupte, dass sie meine Gefährtin ist?«

»Wir teilen weiterhin brüderlich, du hochnäsiger Wichser«, erwidert Dan.

»Also, Pyjamaparty ja oder nein?«, hake ich nochmal nach.

»Morgen ist Vollmond«, antwortet Dan schlicht.

Ich ziehe die Füße an und schlinge die Arme um meine Knie. Interessiert blicke ich zwischen den Wölfen hin und her. »Ihr verbringt diese Nächte zusammen?«

»Nein.« Jax stößt mich mit der Schulter an. »Das weißt du doch ganz genau.«

Oh ja, ich erinnere mich sehr gut daran.

Wieder ist es Dan, der mir eine Erklärung liefert: »Die Nächte davor verbringen wir zusammen. Besonders wegen unserer Instinkte. An Vollmond wäre es zu gefährlich. Wir sperren uns in unsere Wohnungen ein und bringen die Nacht hinter uns, ohne rauszugehen und zu jagen.«

Ich beuge mich über den Tisch und nehme mir Dans Schüssel, die er nicht mehr angerührt hat. »Was passiert, wenn ihr euch nicht einsperrt?«

»Wir jagen hübschen Frauen nach und zerren sie in unser Bett«, flüstert Jax dicht an meinem Ohr und schnappt spaßhaft nach meiner Kehle. Augenrollend schlage ich ihn weg.

»Du bist mir wie immer keine große Hilfe, Julian.«

Er sagt noch etwas, aber ich höre ihm nicht mehr zu, da Aaron gerade die Treppe herunterkommt. Seine Haare sind feucht, einzelne Wassertropfen fließen von seinem Nacken in den Kragen seines Shirts. Sein Blick flackert von Jax zu Dan und bleibt schließlich an mir hängen.

»Nerven sie dich schon?«, fragt er rau.

»Und wie«, gebe ich schmunzelnd zurück und esse noch einen Löffel Porridge.

»Soll ich sie rausschmeißen?« Er setzt sich auf den Stuhl mir gegenüber, seine blauen Augen intensiv auf mein Gesicht gerichtet, als müsste er meine Mimik studieren.

»Nein«, erwidere ich lässig und streiche mir durch die Haare. Herausfordernd sehe ich ihn an. »Lass sie zusehen.«

Ein Grinsen erscheint auf seinen Zügen. »Hat dir niemand gesagt, dass man Wölfe so kurz vor Vollmond nicht reizen sollte?«

Ein Kribbeln schießt durch meine Wirbelsäule. Flach lege ich die Hände auf den Tisch und neige den Kopf. »Sonst was?«

»Sonst könnten sie dich jagen.«

Jetzt beiße ich mir auf die Unterlippe. »Ich wurde schon von Wölfen gejagt«, hauche ich, hebe das Kinn und atme stockend aus. »Es hat mir gefallen.«

Seine blauen Augen leuchten auf, sie glühen regelrecht. Tief inhaliere ich den waldigen Geruch nach Wolf, der in den letzten zwei Minuten zugenommen hat. Aaron atmet hörbar ein und aus, blinzelt, bis das Glitzern verschwindet.

Er schnalzt mit der Zunge. »Du hast dir einen schlechten Zeitpunkt ausgesucht, Rotkäppchen.«

»Ach ja?« Geräuschvoll schiebe ich den Stuhl zurück, erhebe mich und verlasse die Küche erhobenen Hauptes.

Bereits im Flur fängt Aaron mich ab, drückt mich gegen die Wand und reibt seinen Ständer lasziv an meinem Hintern. Ich keuche leise auf, stütze die Hände gegen die kühle Tapete und strecke die Wirbelsäule durch. Seine Lippen wanden von meinem Hals zu meinem Ohr, sein heißer Atem hinterlässt eine Spur aus Feuer auf meiner Haut.

»Glaubst du, ich bin jetzt sanfter zu dir?«, fragt er knurrend und beißt in mein Ohrläppchen.

Aus meiner Kehle dringt ungewollt ein Kichern, was sich zu einem Japsen entwickelt, als er in meinen Hals beißt. »Ich glaube, dass du derselbe düstere Idiot bist«, gebe ich zurück. Aaron wirbelt mich herum und ich lande mit dem Rücken hart an der Wand. Sein Blick wandert heiß über mein Gesicht, bis er an meinen Lippen hängen bleibt.

»Und du bist dieselbe Löwin, habe ich Recht?« Er greift nach meinen Handgelenken und zieht meine Hände über den Kopf. Sein harter Körper drückt gegen meinen, seine Lippen fahren über meinen Kiefer. »Eine Löwin, die schnurren kann, aber auch mal die Krallen ausfährt.«

Ich strecke mich ihm entgegen und unsere Lippen streifen übereinander. »Wolltest du mir damit Angst einjagen?«, hake ich nach. »Als du mich im Schwimmbad unter Wasser gedrückt oder als du mich entführt und in den Wald gebracht hast?« Ich lecke mir über die Unterlippe und neige den Kopf. »Es gibt sicher bessere Methoden, um eine Frau für sich zu gewinnen.«

Ace grinst schief. »Ich dachte, wenn ich dich abschrecke, wenn ich dir erstmal zeige, wie ich bin, wirst du abhauen und mich nie wieder sehen wollen. Dann wäre es leichter gewesen, mich von dir fernzuhalten.«

Jetzt küsst er mich richtig, heiß gleitet seine Zunge in meinen Mund, während er meine Hände weiterhin über den Kopf pinnt.

Als er meinen Hals liebkost und an meiner Haut saugt, sehe ich an seiner Schulter vorbei in die Küche. Sowohl Dan als auch Jax sitzen noch am Küchentisch, die Köpfe zu uns gedreht, die blauen Augen glühend.

Ein Lächeln umspielt meine Mundwinkel, Ace lässt meine Hände los, stattdessen tasten seine Finger nun unter meine Klamotten, fahren unter dem Bund meiner Jogginghose entlang.

»Beweg dich nicht«, raunt er mir zu, als seine Finger über die hauchzarte Unterwäsche gleiten, er schiebt sie beiseite und taucht sie in meine Feuchtigkeit.

»Oh Gott«, stöhne ich und lege den Kopf in den Nacken. Meine Beine beginnen zu zittern, als er den Daumen über meine Klit kreisen lässt.

»Wieso bist du denn so feucht?«, fragt Aaron neckend. »Wegen Dan? Jax? Hm?«

Ich beiße ihm in die Unterlippe und Aaron lacht leise. Mit der freien Hand greift er mein rechtes Bein und schlingt es um seine Hüfte, öffnet mich weiter für sich. Er reibt erneut über meine empfindsamste Stelle, während er jetzt zwei Finger in mich schiebt.

»Fuck, Aaron«, keuche ich. Mein Blick wird wie hypnotisch von seinem gefangen. Allein dieses verruchte Lächeln lässt meine Knie ganz weich werden.

»Ja, Rotkäppchen«, schnurrt er. »Genau das wollte ich hören.«

Er zieht die Finger zurück, packt meine Hüften und hebt mich hoch. Ich lache erschrocken auf und kralle mich an seinen Schultern fest, während er mich in sein Schlafzimmer trägt.

In dieser Nacht schlafen wir alle zusammen auf der Sofalandschaft. Zwischen drei ausgewachsenen Wölfen ist es ziemlich eng, aber zumindest wird es nicht kalt bei all der Körperwärme.

Am nächsten Morgen sind sie besonders gereizt und empfindlich. Nach dem Frühstück verabschieden Jax und Dan sich in ihre eigenen Wohnungen.

»Willst du wirklich nicht, dass ich bei dir bleibe?«, frage ich zum wiederholten Male, als ich schon im Eingangsbereich des Hauses stehe. Aaron schüttelt den Kopf.

»Nein.« Er streicht mir die Haare aus der Stirn und mustert mein Gesicht. Er wirkt ungewohnt ernst. »Bei mir ist es anders als bei Jax. Ich habe eine stärkere Verbindung zu meinem Wolf. Das ist ... das solltest du nicht sehen.«

Mein Herz wird schwer. Einen Moment länger betrachte ich ihn, nicke schließlich.

»Dann bis morgen.« Ich küsse ihn ein letztes Mal sanft.

»Bis morgen, Olivia.«

Mit einem mulmigen Gefühl lasse ich Aaron hinter mir und steige in mein Auto, um nach Hause zu fahren. Heute werde ich definitiv nicht entspannen können. Ein unruhiges Kribbeln sitzt tief in meinem Magen. Als ich in meinem Zimmer sitze, ziehe ich den Ring meiner Mutter aus der Jackentasche und betrachte die Inschrift. Bisher habe ich ihn nicht mehr angezogen, doch ich habe das Gefühl, ihn bald zu brauchen.

Falk und seine Leute werden nicht aufgeben.

Aber das werden wir auch nicht. Wir werden ihnen zuvorkommen und alles beenden. Schon bald.

Ich versuche, die Hoffnung in mein Herz zu schließen und die Angst abzuschütteln. Es gelingt mir nicht.

Die bevorstehende Vollmondnacht macht mich nervös.

Ich hoffe inständig, dass ich falschliege.

KAPITEL 44

Der Vollmond versteckt sich hinter der grauen Wolkendecke, aber ich spüre ihn mit jeder Faser meines Körpers. Zumindest jetzt, wo ich weiß, was er bei meinen
Wölfen auslöst.

»Livi?«, fragt Papa und reißt meine Konzentration zurück auf unser Kartenspiel. Richtig. Ich bin dran. An diesem Sonntagabend wollten wir uns gemeinsam ablenken, aber es klappt nicht.

Ich seufze laut und lege meinen Stapel zur Seite.

»Machst du dir Sorgen um die Jungs?«, frage ich geradeheraus.

Papa seufzt und lässt sein Deck ebenfalls sinken. »Das
tue ich ständig.«

Wir sehen uns an und ich versuche zu begreifen, was
das für ein Teil seines Lebens ist, den er bisher vor mir
verheimlicht hatte. Er war immer mein Held, schon vorher als alleinerziehender Vater, Automechaniker und
jetzt auch als Retter der Hexen.

Ungewollt steigen mir Tränen in die Augen, ich blinzele
sie hektisch weg, aber Papa hat sie schon gesehen.

»Hey«, sagt er sanft. »Es wird alles gut. Sie kommen
klar, das tun sie immer.«

»Ich weiß.« Ich wische mir über die Wangen. »Daran
liegt es nicht. Ich bin nur so stolz auf dich. Und ich
wünschte, du hättest mir früher alles erzählt.«

Papa greift über den Tisch hinweg nach meinen Händen. »Werden wir jetzt nicht sentimental, Livi. Vergessen
wir das Spiel, okay? Holen wir uns Pizza und schauen
eine Serie an. Wie wärs mit *Teen Wolf*?«

Ich rolle mit den Augen, muss aber grinsen. »Hör bloß
auf.«

Mein Vater lächelt ebenfalls, bevor er sich erhebt und nach Schlüsseln und Geldbeutel greift. »Pizza Hawaii?«

»Ja, bitte.«

»Okay. Bis gleich.«

Ich sehe ihm nach, wie er zur Tür hinaus verschwindet, dann springe ich auf und laufe zum Fenster, um in die sternenlose Nacht zu blicken. Reflexartig greife ich in die Tasche meines Hoodies und taste nach dem Ring. Er ist noch hier.

Als meine Finger das Metall berühren, zucke ich instinktiv zusammen. Flüstern klingt in meinen Ohren wider, es knistert und knackt. Einen Moment lang blendet mich etwas, ich blinzele hektisch, die Welt dreht und windet sich vor meinen Augen.

Eilig ziehe ich meine Hand aus der Jackentasche und sehe wieder aus dem Fenster. Versunken in düsteren Sorgen und wie hypnotisiert von dem Vollmond zucke ich zusammen, als ein Klingeln durch die Stille der Wohnung schellt. Mein Handy.

Aaron, ist mein erster Gedanke. Aber es ist nicht sein Name, der auf dem Display aufleuchtet.

»Ja?«, gehe ich mit einem Stirnrunzeln ran.

»Olivia!« Hektisches Atmen, Rauschen. »Bitte, ich brauche Hilfe. Liv ...«

»Daria, was ist los?«, frage ich eindringlich. »Wo bist du?«

»Im Wald. Scheiße, scheiße!« Daria flucht lautstark. »Liv, hier sind Wölfe im Wald.«

Mein Herz setzt einen Schlag aus.

»Ich komme. Weißt du, wo genau du bist? Schick mir deinen Standort.«

»In der Nähe des alten Grillplatzes. Bitte. Ich brauche deine Hilfe.«

»Bin schon auf dem Weg«, verspreche ich ihr. »Daria, warum ...«

Die Verbindung bricht ab und ich fluche. Tausend Fragen schwirren in meinem Kopf herum, aber die kann Daria mir später beantworten. Jetzt muss ich erst einmal so schnell wie möglich in den Wald.

Bei mir ist es anders als bei Jax. Ich habe eine stärkere Verbindung zu meinem Wolf. Das ist ... das solltest du nicht sehen.

Ich wünschte, ich hätte vorhin nachgefragt, was er damit meint. Aber vermutlich werde ich es gleich mit eigenen Augen sehen.

Mit schlitternden Reifen komme ich auf dem Parkplatz vor dem Waldweg an, stecke die Schlüssel in die Jackentasche und sprinte los. Erste Regentropfen benetzen kalt meine Haut. Kurz werde ich langsamer, sehe durch das Blätterdach in den Himmel. Die knorrigen Äste bilden eine Art Dach über meinem Kopf.

Der Regen verstärkt die Gerüche des Waldes um mich herum. Der Wind flüstert in den Baumkronen, aber die Worte sind zu wirr, um einen Sinn zu ergeben. Es fühlt sich an, als würde der Wald mit mir sprechen, doch ich verstehe die Sprache nicht.

Nach einer gefühlten Ewigkeit komme ich endlich zur Lichtung. »Daria?«, rufe ich flüsternd, sehe mich hektisch um. Der Regen ist inzwischen stärker geworden, meine Haare kleben feucht im Nacken. Ich blinzele und stocke unwillkürlich.

Nein. Die Lichtung ist nicht verlassen, wie es mir auf den ersten Blick schien. Die dunklen Gestalten machen nun ihre Masken an, fünf Menschen stehen vor dem Galgen verteilt da und warten nur auf mich.

Aus Reflex fahre ich herum und will losrennen, aber jemand hat sich unbemerkt an mich herangeschlichen und wirft mich nun mit voller Wucht um. Die Luft wird mir aus den Lungen gepresst, als ich gen Boden gedrückt werde. Ich rutsche in dem Schlamm aus, stemme die Hände dagegen, doch bevor ich mich aufrichten kann, spüre ich einen Tritt an meinem Hinterkopf.

»Scheiß Hexen-Schlampe«, grollt Falks Stimme wie ein Donner über mich hinweg.

Ich schmecke Blut im Mund und mit dem metallischen Geschmack auch Todeslust. Dunkelheit, Kälte, Regen.

»Ich bin keine Hexe«, erwidere ich gegen den Schmerz schluckend. »Ich bin eine Banshee, du Wichser.«

Mein Schrei fegt über den ganzen Platz, ich hieve mich hoch und wirbele im selben Moment herum. Falk kommt ebenfalls auf die Füße, ein verkrampftes, widerliches Grinsen auf dem Gesicht. Ich stemme die Hände vor, lasse die Dunkelheit aufwallen und stoße ihn erneut um.

Instinktiv taste ich nach dem Ring und umfasse ihn mit der Faust. Macht durchströmt meine Venen, hinter Falk tauchen geisterhafte Gestalten auf, mit blasser Haut und langen, wallenden Gewändern.

Hexen. Verbrannte Hexen, die hier auf diesem Platz ihr Leben gelassen haben. Meine Schwestern.

Olivia.

Renn weg.

Es ist eine Falle.

Renn!

Endlich kann ich die Stimmen laut und klar hören, erkenne, was sie mir zuflüstern. Einen Moment bin ich so überwältigt und abgelenkt davon, dass ich nicht merke, wie sich von hinten zwei Personen an mich heranschleichen.

Sie greifen nach meinen Armen und verdrehen sie schmerzhaft hinter dem Rücken, jemand reißt meinen Kopf zurück und steckt mir etwas zwischen die Lippen. Sterne tanzen vor meinen Augen.

Sammle deine Dunkelheit!

Renn, Mädchen, wehr dich!

Du bist stärker als sie!

Die Stimmen dröhnen überlaut in meinem Kopf und übertönen Falks Ansprache, die er offenbar an mich richtet, während seine Kollegen mich auf die Knie zwingen.

Ich konzentriere mich auf die ungestüme Macht in mir, versuche sie festzuhalten, aber sie entweicht meinen Fingern wie Rauch.

Einer der Typen tritt gegen meine Faust, mit der ich den Ring umklammert halte. Einmal. Zweimal.

Ich schreie gegen den Schmerz, gegen das ekelhafte Tuch in meinem Mund, doch der Mann zwingt meine Finger gewaltsam auseinander und der Ring entgleitet meiner Hand. Augenblicklich verschwinden die Geiser der Hexen, die Stimmen und mit ihnen die überwältigende, machtvolle Dunkelheit.

Scheiße. Nein!

»Ein Ring«, höre ich die Stimme hinter mir.

»Schmeiß ihn weg«, befiehlt Falk.

Ich sehe dabei zu, wie der kleine, kostbare Ring meiner Mutter im Dickicht des Waldes verschwindet. Etwas in mir zieht und zerrt und zerbricht so schmerzhaft, dass ich beinahe an dem Schrei in meiner Kehle ersticke.

Nein. Das kann alles nicht wahr sein.

Tränen vor Verzweiflung und Wut verschleiern mein Sichtfeld, aber ich blinzele sie hektisch weg und sehe

Falk direkt in sein hämisches Gesicht. Er hält eine Waffe in den Händen, die er gerade nachlädt.

»Zugegeben, Olivia *fucking* Wagner«, höre ich ihn sagen. »Ich bevorzuge es, Ungeheuer wie dich bei lebendigem Leib verbrennen zu sehen. Aber ein Schuss in den Kopf muss für dich genügen, du widerspenstiges Biest.«

Falk wiegt die Pistole in seiner Hand. »Ein Schuss von dem Anführer der Jäger sollte ausreichen, meinst du nicht auch?«

Ich versuche, all den unbändigen Hass, den ich empfinde, in meinen Blick zu legen. Falk betrachtet mich einen Moment länger voller Abscheu, dann lässt er die Knarre sinken, macht einen Schritt zur Seite und überlässt die Bühne jemand anderem.

Eine Person mit tiefsitzender Kapuze tritt statt Falk vor mich, nimmt die Pistole von dem Polizisten entgegen und wendet sich endgültig mir zu.

Mir gefriert jegliches Blut in den Adern, als ich ihn erkenne.

KAPITEL 45

Starr blicke ich in die Augen der Person, die ich einst geliebt habe.

»Es tut mir leid, Olivia. Ich habe gehofft, das niemals tun zu müssen. Lange Zeit habe ich geglaubt, dass die Gene deiner Mutter an dir vorbeigegangen sind.« Er nimmt die Kapuze endgültig ab und seufzt. »Ach, Livi. Es bricht mir das Herz, dich so zu sehen.«

Selbst wenn ich nicht geknebelt wäre, wüsste ich nicht, was ich zu ihm sagen sollte. Der Schock sitzt so tief in meinen Knochen, dass meine Kehle sich wie ausgetrocknet fühlt.

Es ist immerhin Ben, der nun die Knarre auf mich richtet. Als Falk es getan hat, war ich wütend und rachsüchtig. Aber jetzt? Jetzt spüre ich nur überwältigende Leere.

Ich war jahrelang mit ihm zusammen, er saß so oft gemeinsam mit meinem Vater am Esstisch und hat den perfekten Schwiegersohn vorgespielt.

»Bring es zu Ende«, drängelt Falk. Ungeduldig und angstvoll. Er hat selbst gesehen, wie ich mich die letzten Male aus den Fängen der Jäger befreit habe. Doch Ben zögert.

»Jeder Mensch hat das Recht auf letzte Worte«, meint er. »Nehmt ihr den Lappen aus dem Mund.«

»Sie ist gefährlich«, beharrt Falk alarmiert, doch Ben winkt ab.

»Sie wird mir nichts tun. Entfernt den Knebel.«

So ein selbstgefälliger Bastard. Er denkt nicht, dass ich all die Hexen rächen will, die er auf dem Gewissen hat, nur wegen irgendwelcher Gefühle, die schon lange abgekühlt sind?

Der Schock klingt langsam ab und macht wieder Platz für die Wut in mir.

Tief atme ich die frische Luft ein, als jemand den Knoten an meinem Hinterkopf löst und der Lappen an meinen Hals rutscht. Der Regen hat nachgelassen, alles riecht nach kaltem Wind und feuchtem Gras. Mein geliebter Geruch, der immer auch an den Wölfen hing.

»Du hast recht«, sage ich mit rauer Stimme. »Ich werde dir nichts tun.«

Bens Miene ist ganz ruhig, als er auf mich heruntersieht. »Ich wünschte, das müsste nicht so enden.«

»Ich ebenfalls.« Ich lecke mir über die trockenen Lippen. »Ihr habt euch eine Hexe nach der anderen vorgeknöpft, ihr aufgelauert und sie feige zur Strecke gebracht.«

Jetzt verengt er leicht die Augen. »Nichts an dem, was wir tun, war jemals *feige*. Die Hexenjagd ist seit jeher eine ehrenvolle Aufgabe, die nur den Starken …«

»Ihr seid nicht stark!«, falle ich ihm ins Wort. »Ihr habt unschuldige Menschen umgebracht.«

»Hexen sind niemals unschuldig. Wir *beschützen* unschuldige Menschen vor Kreaturen wie euch!«, mischt Falk sich ein.

»Dann war es nicht feige, dich drei Jahre lang in mein Leben zu schleichen, nur um mich und meinen Vater im Blick zu behalten?« Trocken lache ich auf. »Was für eine Glanzleistung, Ben. Herzlichen Glückwunsch. Aber soll ich euch etwas sagen? Jetzt seid *ihr* die Verlierer.«

Ben tritt einen Schritt zurück, die Waffe liegt noch in seiner Hand, doch ich verspüre keine Angst mehr. Nur Macht.

Ich blicke in den Himmel. Die Wolken schieben sich gerade zur Seite und machen Platz für den hell erleuchteten Vollmond. Wie auf Kommando ertönt in diesem Moment ein lautes Wolfsgeheul aus dem Wald.

»Was hast du getan?«, fragt Ban beinahe tonlos.

Lässig neige ich den Kopf zur Seite. »Ich? Gar nichts. Ihr wart diejenigen, die uns zuerst angegriffen haben. Wir rächen uns nur. Gemeinsam.«

Laute, weibliche Stimmen ertönen um uns herum. Von allen Seiten treten Frauen auf die Lichtung, die Hände erhoben, immer wieder denselben Spruch in einer uralten Sprache aussagend. Jung und Alt haben sich zusammengefunden, starke und schwache Hexen.

»Nehmt die Hexen gefangen!«, brüllt Ben über die Lichtung zu den Maskenmännern, die bisher nur reglos dastanden. Sie setzen sich in Bewegung, wollen auf die Frauen zulaufen, aber stoßen gegen eine unsichtbare, kraftvolle Barriere, von der sie zurückgefedert werden.

»Hexenfalle«, erkläre ich und kann mir ein Lächeln nicht verkneifen. »Es war uns klar, dass ihr jede Hinrichtung auf genau diesem Platz durchführen wollt. Deshalb haben wir Vorkehrungen getroffen und das Pentagramm in einem Salzkreis um diesen Platz gelegt. Und Daria, die mich hergelockt hat?« Ich schnalze mit der Zunge. »Sie spielt jetzt in unserem Team. Sie hat unser Codewort am Telefon durchgegeben, was für mich das Zeichen war, mein Team zusammenzutrommeln.«

All die Hexen sind auf Aarons Kommando hier. Er hat sie ausgesucht, ihnen davon erzählt und sie überzeugt, mitzumachen. Das hier ist sein Plan. Nur haben wir gedacht, mehr Zeit zu haben. Daria sollte dafür sorgen, dass die Jäger ein paar Tage stillhalten, zumindest bis der Vollmond rum ist. Als sie mich vorhin angerufen hat, wusste ich nicht einmal, ob die Hexen und Wölfe es noch rechtzeitig schaffen.

Aber das haben sie. Sie sind da, um all die Hexen zu rächen, die hier schon ihr Leben geben mussten.

»Wie gut, dass die Wölfe so viel Blut auf Vorrat hatten.« Bens Hand zittert, als ich mich erhebe, das Kinn erhoben. Die Männer hinter mir weichen zurück. Doch ich sehe nur Falk an. »Vielen Dank für deine regelmäßigen Spenden.«

Ben sieht abrupt zu seinem Gefolge, er knurrt etwas Unverständliches. Falk hat geglaubt, die Wölfe austricksen und ihnen vorgaukeln zu können, er stünde auf ihrer Seite. Aber er hat die Rechnung ohne ihre Instinkte gemacht.

»Ihr werdet sterben«, prophezeie ich düster.

»Du bist ein Monster«, haucht mein Ex-Freund.

»Womöglich.« Ich denke an Josie und Tonia. An meine Mutter. »Jeder ist mal der Bösewicht. Aber für heute bin ich die Heldin.«

Er hebt die Waffe und zielt geradewegs auf meine Stirn. »Michael!«, ruft er laut. »Wenn du mit deinem Hexengefolge nicht sofort verschwindest, werde ich deine Tochter auf der Stelle töten!«

Ich blicke über meine Schulter und mein Herz sackt in sich zusammen. Sie sind da. Mein Vater, Daria, Jax und Dan mit leuchtenden Augen. Und neben ihnen ein schwarzer, knurrender Wolf, der ungeduldig mit den Krallen scharrt.

»Mach dir keine Mühe«, sage ich zu Ben und drehe mich vollends zu meinen Liebsten um. »Die Hexenfalle ist dicht, niemand kann rein oder raus.« Das Pentagramm ist an Falks Blut gebunden. Die Wirkung erlischt erst, wenn er stirbt.

Das wissen wir alle, doch Papa ruft trotzdem zu einer der Hexen: »Lass sie raus!«

»Das geht nicht«, erwidert diese zwischen zusammen-
gebissenen Zähnen. Sie muss jegliche Konzentration
aufbringen, das merke ich. Es wird Zeit, es zu Ende zu
bringen.

»Tut es«, bitte ich sie. »Jetzt.«

»Nein!«, ruft Jax. Seine Stimme ist kaum mehr als ein
Knurren. »Holt sie zuerst raus. Olivia, ich schwöre,
komm da raus oder ich bringe dich um!«

Ich lache erstickt auf. Dan stemmt sich mit den Händen gegen die Barriere, die daraufhin gefährlich erzittert.

»Hört auf«, bitte ich sie beide. »Es ist okay. Es ist meine
Aufgabe, die Hexen zu beschützen.«

Deswegen bin ich eine Banshee. Deswegen geben
meine toten Vorfahren mir die Stärke, die Dunkelheit, die
Kälte. Sie helfen mir, damit ich anderen helfen kann.

»Livi.« Papa legt die Hand flach gegen die Barriere. »Es
tut mir so leid.«

»Das sollte es nicht. Ich liebe dich. Ich liebe euch alle.«

Ein Windhauch neben mir lenkt meine Aufmerksamkeit auf sich. Meine Mutter steht neben mir, ihre Gestalt
flackert und verschwimmt. Sie will nach mir greifen,
doch ihre Hand gleitet wie durch mich hindurch.

So sollte das nicht enden.

Nein, sollte es nicht.

Ich bin so stolz auf dich.

»Ich ebenfalls auf dich«, sage ich heiser.

Ein Heulen lenkt meine Aufmerksamkeit zurück auf
den schwarzen Wolf. Die blauen Augen, die ich so sehr
liebe. Ich wünschte, ich könnte ihn noch ein letztes Mal
in seiner menschlichen Gestalt sehen. Ich wünschte, ich
könnte ihm sagen, dass er immer der Hauptcharakter
meiner Geschichte sein wird.

Aaron bewegt sich blitzschnell, macht auf dem Absatz kehrt und stürmt davon, hinein in den dichten Wald. Das ist okay. Er muss nicht dabei zusehen, wie ich sterbe. Ich will nicht, dass ihn das sein ganzes restliches Leben lang verfolgt.

»Jetzt«, befehle ich den Hexen und sehe in das Gesicht meiner Mutter. »Ich danke euch.«

»Noch nicht, Stopp!«, ruft Jax. Im nächsten Moment kommt der schwarze Wolf wieder wie ein Blitz aus dem Dickicht des Waldes geschossen. Rasend schnell stürmt er direkt auf uns zu. Er wird doch nicht ...

Doch. Er wird.

Ich japse auf, als er mit voller Wucht gegen die Barriere rennt. Die geisterhafte Gestalt meiner Mutter verschwimmt, nur um im nächsten Moment hinter Aaron aufzutauchen. Es sieht so aus, als würde sie ihm mit bloßen Händen ein Tor durch die unsichtbare Mauer schlagen.

Zwei Sekunden lang scheint alles in Zeitlupe zu passieren. Der Wolf gleitet wie durch eine Seifenblase, schwebt kurz majestätisch in der Luft, bis er auf allen vier Pfoten vor mir ankommt.

Unwillkürlich stolpere ich zurück und falle auf den Hintern. Aaron springt einfach über mich und direkt auf Ben zu. Ich fahre halb herum, katalysiere all meine Macht und stoße einen Schrei aus. Die Pistole fliegt aus Bens Händen, kurz bevor Aaron meinen Ex-Freund umwirft und gemeinsam mit ihm auf dem Boden landet.

Ich will mich aufrappeln und ganz auf die beiden konzentrieren, aber etwas anderes lenkt meine Aufmerksamkeit auf sich. Ich spüre es, bevor ich den schimmernden Ring tatsächlich sehe, den Aaron vor mir ins Gras hat fallen lassen.

Der Ring meiner Mutter. Er hat ihn mir zurückgebracht.

Eilig greife ich danach, das Mondlicht reflektiert sich in dem Gold, als ich ihn überstreife. Ich schließe die Augen und als ich sie wieder öffne, ist meine Welt eine andere.

Die Hexen sind zurück, ich sehe und höre ihre Stimmen. Sie schweben auf mich zu.

Du bist die Beschützerin der Hexen.

Aber nicht nur für heute, sondern dein ganzes Leben lang.

Heute ist nicht der Tag, an dem du auf unsere Seite wechselst, Mädchen.

Meine Augen werden groß, als sie immer näherkommen und Hände nach mir greifen. Ich fahre ruckartig herum, mache einen Satz auf Aaron und Ben zu. Mit aller Kraft, die ich aufbringen kann, schlinge ich die Arme um den sehnigen Wolfskörper und presse ihn an mich.

»Ace«, flüstere ich, als er sich windet.

Die Hexen packen mich und ziehe mich in die Lüfte. Ich lasse meinen Wolf nicht los.

Stattdessen vergrabe ich das Gesicht an seinem blutigen Fell und lasse zu, dass meine Vorfahrinnen mich durch die Barriere bringen und, gemeinsam mit Aaron, sacht auf dem Boden neben meiner Familie absetzen.

»D-danke«, sage ich überwältigt und blicke zitternd zu ihnen auf.

Ein warmer, wohltuender Hauch liebkost meine Wange.

»Jetzt?«, fragt eine der Hexe panisch.

»Ja, jetzt!«, ruft mein Vater die Anweisung. »Bringt es zu Ende. Ein für alle Mal.«

Ich habe die Arme immer noch um Aarons Wolfskörper geschlungen, als ich dabei zusehe, wie das Pentagramm implodiert und den Jägerring ein für alle Mal zerschlägt.

KAPITEL 46

Die Vollmondnacht geht vorüber und Aaron erholt sich nur langsam von seiner Verwandlung.

Die Hexen bleiben für ein paar Tage zusammen und nisten sich in Aarons Haus ein. Obwohl die meisten sich gar nicht kennen, hat sich schnell ein Gemeinschaftsgefühl entwickelt. Sie sind nicht nur aus unserer Stadt, sondern kommen auch aus den Nachbarstädten. Insgesamt sind es sechs an der Zahl und ich fühle mich geehrt, Teil von ihnen sein zu können. Jede erzählt von ihren Erfahrungen und Fähigkeiten und manchmal reden wir stundenlang nur über unsere liebsten Serien und Bücher. Als sie fünf Tage später abreisen, bin ich richtig traurig. Zumindest zwei von ihnen werde ich regelmäßig in der Stadt sehen.

»Wie geht es Ace?«, frage ich, als ich später am Tag wieder zuhause ankomme und meinem Vater am Küchentisch begegne.

»Er ist noch in deinem Zimmer und verkriecht sich«, erklärt er. Seufzend setze ich mich zu ihm.

»Ist das normal?«

»Hin und wieder, ja. Es ist eine Menge passiert in dieser Vollmondnacht.«

Wie recht er hat. Jedes Mal, wenn ich darüber nachdenke, was wir getan haben, überkommt mich ein Gefühl der Reue. Der Jägerring hat insgesamt siebzehn Hexen auf dem Gewissen, aber dennoch hatten sie auch ein normales Leben. Allein der Gedanke daran, dass ich Annika irgendwann gegenübertreten und ihr sagen muss, dass Ben tot ist, verdreht mir den Magen.

»Ich sehe mal nach ihm«, entscheide ich, um nicht in dem Gedankenstrudel zu ertrinken, und erhebe mich.

Auf der Küchenanrichte steht noch die Lasagne von gestern, ich spähe unter die Alufolie und überlege, Aaron etwas mitzubringen, als Papa sagt: »Er soll zum Essen gefälligst rauskommen.«

»Na gut«, schmunzele ich und verziehe mich ins Schlafzimmer.

Mein Freund liegt nicht mehr wie erwartet im Bett, sondern steht, eine Hand in die Hosentasche geschoben, am Fenster.

»Hey«, mache ich auf mich aufmerksam. »Hast du dich in einen Rentner verwandelt, der die Nachbarskinder beobachtet und anschwärzt, wenn sie zu nah an den geparkten Autos vorbeirennen?«

Er antwortet mir nicht, weshalb ich mich hinter ihn stelle und die Arme um ihn schlinge.

»Mürrischer Wolf«, murmele ich.

Endlich dreht er sich zu mir herum, umfasst mein Gesicht mit beiden Händen und sieht auf mich herab. In seinen blauen Augen tobt ein Sturm.

»Geht es dir besser?«, frage ich.

»Ich habe deinen Ex-Freund umgebracht.«

Bei seinen Worten zucke ich zusammen. »Wir haben sie alle umgebracht«, erwidere ich tonlos.

»Nein. Ben war bereits tot, bevor das Pentagramm implodiert ist. Ich habe ihn umgebracht, weil er dich mit der Waffe bedroht hat, weil er dich hintergangen hat, weil er dich mir weggenommen hat. Ich war wütend und habe ihn getötet, weil ich es mit jeder Faser meines Körpers wollte.«

»Ace.« Ich umschließe sein Handgelenk. »Fühlst du dich deswegen schlecht?«

»Du hast mich von ihm weggezogen.« Seine Stimme wird heiser. »Aber da war es schon zu spät.«

»Oh Gott, Aaron.« Mein Griff wird fester und Tränen schimmern jetzt in meinen Augen. Natürlich, er kann es nicht wissen. Er hat nicht gesehen, was ich gesehen habe.

»Als ich den Ring meiner Mutter aufgezogen habe, konnte ich die toten Hexen wieder wahrnehmen. Sie haben mich mitgezogen, um mir aus dem Pentagramm zu helfen. Das Einzige, woran ich gedacht habe, war, dass ich nicht ohne dich gehen kann. Also habe ich dich festgehalten. Ich habe nicht an Ben gedacht. Keine Sekunde. Ich habe nur daran gedacht, dass wir entweder gemeinsam hier rauskommen oder ich bei dir bleibe.«

Nach meinen Worten ist es eine ganze Weile still zwischen uns, bis Aaron sich vorbeugt und mich zart auf die Lippen küsst. Immer und immer wieder, bis wir beide uns besser fühlen.

»Ich spüre ebenfalls das drückende Gefühl der Schuld«, flüstere ich ihm zu, als wir anschließend zusammen in meinem Bett liegen und leiser Musik lauschen. »Obwohl ich weiß, dass wir das Richtige getan haben.«

»Das vergeht nicht«, erklärt er zurück. »Ich wünschte, ich könnte dir etwas Besseres dazu sagen, aber unsere menschliche Seite wird immer um die trauern, die von uns gegangen sind. Egal, wer es war.«

Nachdenklich sehe ich ihn an.

»Das ist okay«, befinde ich schließlich. »Dafür haben wir die Hexen gerächt und beschützen die, die noch da sind. Ich frage mich nur, wie wir das alles erklären sollen. Es sind so viele Leute gestorben ...«

»Bei Falk und Ben wird es wohl am schwersten. Die anderen waren eine Art Söldnertruppe, sie kamen aus aller Welt und haben sich den Jägern angeschlossen. Darum kümmert Michael sich.«

Ich will gar nicht wissen, wie. Auch die Ermittlungen wegen der aufgefundenen Überreste meiner Mutter haben sich im Sand verlaufen, nachdem Papa ein paar Anrufe getätigt hat. Er ist viel mächtiger, als mir bewusst ist.

Aaron zieht mich ein wenig fester in die Umarmung und ich lasse die Überlegungen los, während ich mich an ihn kuschele. Darüber kann ich zu einem späteren Zeitpunkt mit meinem Vater sprechen.

»Ich bin müde.«

»Dann lass uns schlafen.«

Lächelnd sehe ich zu ihm hoch. »Morgen wird ein besserer Tag.«

EPILOG
Sechs Monate später

Heute ist einer dieser Tage, an denen die Sonne erbarmungslos auf die Straßen knallt.

»Das ist furchtbar«, ächze ich und drehe den Regler der Klimaanlage, aber es wird nicht besser, mir schlägt nur noch mehr brühwarme Luft entgegen. »Wir hätten doch in Dannys Mustang mitfahren sollen.«

»Dann hätten wir keinen Abstecher machen können.« Aaron wirft mir einen feixenden Blick zu. »Wobei, du magst es ja, wenn sie zusehen.«

»Idiot!« Ich schlage ihm gegen den Oberarm, muss aber grinsen. Der kurze *Abstecher* vorhin war es definitiv wert. Mit einem zufriedenen Seufzen ziehe ich die Beine an und blicke aus dem Fenster.

Aaron greift nach meiner Hand, verschränkt unsere Finger und legt unsere ineinander verflochtenen Hände auf seinem Oberschenkel ab. »Schlaf mir jetzt nicht ein. Ich werde dich nicht aus dem Wagen tragen.«

Dieser alte Romantiker. »Wirst du wohl«, schmolle ich. »Wenn du es nicht tust, dann sicher Dan oder Jax.«

»Immer Konkurrenz im Nacken, ha?«, zieht er mich scherzhaft knurrend auf.

Ich muss wieder wie eine Idiotin grinsen. »Wenn du nicht aufpasst.« Wir wissen beide, dass es nur dummes Gerede ist. Unglaublich, dass es erst ein halbes Jahr her ist, seit wir so richtig zusammengekommen sind. Es kommt mir so natürlich vor, als wäre er schon immer mein Partner gewesen.

»Wir sind in einer halben Stunde da«, verspricht Aaron versöhnlich, führt meine Hand zu seinen Lippen und küsst meinen Handrücken.

Tatsächlich schaffe ich es, nicht einzuschlafen, auch wenn lange Autofahrten mich wahnsinnig müde machen. Aber es lohnt sich, wachgeblieben zu sein. Ace fährt direkt in den Vorhof zur Werkstatt, auf dem schon alles für das Grillfest aufgebaut ist.

»Papa!«, rufe ich euphorisch, als ich meinen Vater erblicke. Wie ein kleines Mädchen falle ich ihm in die Arme und lasse mich von ihm herumwirbeln. »Gott, ich bin so froh, dich zu sehen.«

»Und ich erst. Haben die Wölfe dich gut behandelt?« Ich kann mir schon denken, wie sein prüfender Blick jetzt zu den Besagten schweift und die Jungs ihre unschuldigste Miene aufsetzen, aber ich will einen Moment länger das Gesicht an Papas Schulter pressen und seinen vertrauten Duft inhalieren. Das fühlt sich so gut an.

»Halbwegs«, sage ich melodramatisch, als ich mich von ihm löse.

»Na, darüber müssen wir nochmal sprechen. Jetzt essen wir erstmal, wir haben gerade fertig gegrillt.«

Dann sind wir ja perfekt gekommen.

An den provisorisch errichteten Holzbänken und Tischen treffe ich auf Daria, die mir ein vorsichtiges Lächeln zuwirft. »Hey.«

»Hi«, erwidere ich. Noch sind wir nicht an dem Punkt angekommen, an dem wir uns freundschaftlich umarmen und locker miteinander quatschen können. Am Ende hat sie sich auf unsere Seite geschlagen, aber dennoch hat Daria vorher mit den Jägern zusammengearbeitet. Ich bin jedoch guter Dinge, dass wir es bald wieder hinbekommen. Irgendwann.

Neben Daria hat Papa auch die anderen beiden Hexen aus der Stadt und ein paar seiner Arbeitskollegen eingeladen.

Es wird ein entspannter Nachmittag. Wir erzählen von den schönen Seiten unserer Reise. Später, wenn die Gäste weg sind, müssen wir Papa die Einzelheiten berichten. Immerhin waren wir in seinem Auftrag da.

Durch seine Kontaktleute hat Vater die Meldung bekommen, dass sich weit im Norden zwei rivalisierende Hexenzirkel gebildet haben und die Sache immer mehr eskaliert ist. Unsere Mission, die Lage zu beruhigen, war erfolgreich, und ich habe einiges mehr über Hexen und auch über mich selbst gelernt.

Diese Reise hat mir gezeigt, dass ich genau das in Zukunft machen will. Und ich bin mir nicht sicher, ob ich mein Studium nach der Pause überhaupt fortführen möchte. Aber dieses heikle Thema spreche ich lieber an einem anderen Tag nochmal an.

Noch an diesem Abend besuche ich meine Mutter an dem namenlosen Grab auf dem kleinen anonymen Friedhof.

»Sex auf dem Friedhof, Livi, ernsthaft?«

Ich schlage Aaron für diesen Kommentar tadelnd in die Seite, der darauf spaßhaft nach meinem Hals schnappt. »Warum hast du mich sonst hierher geschleift?«

»Pscht«, mache ich und sehe mich kurz um, um mich zu vergewissern, dass wir wirklich allein sind.

»Setzen wir uns«, schlage ich flüsternd vor und umfasse Aarons Hand, um ihn herunterzuziehen.

Er murrt leise, hockt sich aber neben mich auf den staubigen Boden. »Und nun?«

»Warte.« Ich greife an meinen Hals zu dem Ring, der dort hängt, nehme ihn ab und fahre mit dem Finger über die Inschrift.

Im Tod sind wir eins.

Meine Finger zittern ein wenig, als ich mir den Ring überziehe. Eine warme Brise weht meine Haare nach hinten und ich atme die frische Luft tief ein. Langsam lege ich die Hände flach auf den Knien ab und mobilisiere die Dunkelheit und Kälte in mir. Der Wind wird stärker.

»Liv«, sagt Aaron und greift nach meinem Oberarm. »Alles in Ordnung?«

»Ja. Einen Moment noch«, erwidere ich, schließe die Augen und konzentriere mich auf meine Fähigkeiten.

»Olivia.«

Tränen steigen mir in die Augen, als ich die Stimme wahrnehme. Blinzelnd öffne ich die Lider und lächele meine Mutter an.

»Hi.«

Gemächlich läuft ihre geisterhafte Gestalt zwischen den Grabsteinen entlang, sie geht neben ihrem Grab in die Hocke und mustert mich mit schief gelegtem Kopf wachsam.

»Du hast mich gerufen.«

»Das habe ich. Aber ich bin nicht in Gefahr«, versichere ich ihr.

Aarons Griff um meinen Oberarm wird fester. Ich weiß, dass er meine Mutter weder sehen noch hören kann, doch es ist mir wichtig, dass er heute dabei ist.

»Das freut mich. Du hast offensichtlich gelernt, mit deinen Kräften umzugehen.«

»Ja. Besser später als nie«, erwidere ich und versuche mich an einem Grinsen.

Es ist so komisch, mit ihr zu reden. Nicht nur, weil sie tot ist, sondern weil es tatsächlich *meine Mutter* ist.

»Ich wünschte, ich wäre da gewesen, um dir alles beizubringen«, sagt sie wehmütig.

Sehnsucht trifft mich so schlagartig, dass sie die Kälte fast vertreibt, die Gestalt meiner Mutter flackert leicht. Ich schlucke und konzentriere mich wieder.

Es gibt so vieles, das ich ihr sagen möchte, sie fragen will, aber wir haben leider nicht ewig Zeit.

»Ich möchte dir jemanden vorstellen«, sage ich deshalb und blicke Aaron kurz an. Auch Mutter mustert ihn jetzt interessiert. »Das ist Aaron.«

»*Ein Werwolf*«, rät sie und ich nicke. Ihr Lächeln wird wärmer. »*Er erinnert mich an deinen Vater in jungen Jahren.*«

»Sag das bloß nicht«, erwidere ich ironisch. Ihr melodisches Lachen mischt sich mit der Windböe.

»*Es ist wahr. Sag Michael, dass ich ihn liebe.*«

»Das tut er auch. Er vermisst dich wahnsinnig.« Papa spricht es nie aus, aber ich habe es schon immer an der Art bemerkt, wie er über Mama redet.

Wieder flackert die Gestalt meiner Mutter und ich beiße die Zähne zusammen. Warum ist es nur so schwer, wenn ich mich nicht in Lebensgefahr befinde? Die Hexen im Norden haben mich davor gewarnt, meine Verbindung zu den toten Hexen für eigene Zwecke zu missbrauchen, aber ich wollte es zumindest ein einziges Mal tun. Wollte Mama noch ein letztes Mal sehen, mit ihr sprechen.

»*Ich werde immer über euch wachen, Olivia*«, verspricht Mama mit leiser Stimme. »*Das verspreche ich dir.*«

Ich wünschte, wir hätten mehr Zeit miteinander. Aber das Leben ist manchmal verdammt unfair.

»Danke, dass du mir damals das Leben gerettet hast. Danke für alles«, erwidere ich gepresst.

Mama muss merken, dass es mir schwerfällt, die Verbindung aufrecht zu erhalten, denn sie lächelt erneut und sagt: *»Lass jetzt los, Liebes. Es ist in Ordnung.«*

Sie beugt sich vor und berührt sanft meine Wange, ich spüre die Liebkosung in der nächsten Windböe, als ich meine Kräfte loslasse und ihre Gestalt in Schall und Rauch verschwindet.

Zitternd nehme ich den Ring wieder ab und fädele ihn zurück an die Kette. Aaron lässt meinen Oberarm los und zieht mich stattdessen an seine Brust.

»Ist schon gut«, murmelt er beruhigend und erst jetzt realisiere ich, dass ich weine.

»Ich vermisse sie so sehr«, schluchze ich. Es war so viel leichter, als ich noch geglaubt habe, dass sie lebt und durch die Welt reist.

»Ich weiß.« Mein Wolf drückt mich enger an sich. »Ich weiß, Baby.«

Keine Ahnung, wie lange wir so dasitzen, aber als wir aufstehen und zum Auto laufen, steht der Halbmond weit oben am sternenklaren Himmel.

»Lass uns etwas Lustiges unternehmen«, bitte ich ihn mit heiserer Stimme. »Ich will mich ablenken.«

Abrupt packt Aaron mein Handgelenk, wirbelt mich herum und drückt mich mit dem Rücken voran gegen den Wagen. Überrascht keuche ich auf, stemme die Hände gegen seine Schultern, schiebe ihn jedoch nicht weg. Sein schiefes Grinsen ist voller Verheißung.

»Ich habe da eine Idee.«

»Ach ja?« Mein Blick gleitet von seinen blauen Augen zu seinen Lippen, aber Aaron hebt mein Kinn und zwingt mich, seinen Blick zu erwidern.

»Der Wald ist nicht weit entfernt. Ich gebe dir einen Vorsprung, während ich meine Wölfe zusammentrommele.«

Aufregende Vorfreude kribbelt in meiner Wirbelsäule.

»Und dann?«, frage ich gehaucht.

»Du rennst. Wir jagen dich. Wer dich zuerst fängt, kriegt ... dich.«

Ich lache leise auf. »Dann musst du dir aber Mühe geben, Ace.«

»Ich werde bis aufs Blut kämpfen«, verspricht er todernst, beugt sich noch ein Stück vor, bis unsere Lippen nur Millimeter voneinander entfernt sind.

»Und was, wenn ich gewinne?«, necke ich ihn. »Darf ich es mir dann selbst besorgen?«

»Du kannst dir deinen Gewinn aussuchen.«

Das klingt fair. Und ich weiß schon genau, was ich möchte.

»Na gut«, stimme ich zu.

Aaron neigt den Kopf und wir küssen uns zart.

»Bereit, dich jagen zu lassen, Rotkäppchen?«, fragt er schnurrend.

»Immer, mein großer böser Wolf.«

Immer nur ihn.